大自然文学研究（第五卷）

Research on Nature Writing (vol.5)

主　编：刘　飞　韩　进
副主编：刘君早　张　玲

时代出版传媒股份有限公司
安徽文艺出版社

图书在版编目（CIP）数据

大自然文学研究.第五卷/刘飞,韩进主编；刘君早,张玲副主编.--合肥：安徽文艺出版社,2023.12
ISBN 978-7-5396-7875-7

Ⅰ.①大… Ⅱ.①刘… ②韩… ③刘… ④张… Ⅲ.①中国文学－当代文学－文学评论－文集 Ⅳ.①I206.7-53

中国国家版本馆CIP数据核字(2023)第216376号

出 版 人：姚 巍
责任编辑：宋晓津　成　怡　　　　装帧设计：张诚鑫

出版发行：安徽文艺出版社　　www.awpub.com
地　　址：合肥市翡翠路1118号　　邮政编码：230071
营 销 部：(0551)63533889
印　　制：合肥创新印务有限公司　(0551)65152158

开本：710×1010　1/16　印张：18.75　字数：270千字
版次：2023年12月第1版
印次：2023年12月第1次印刷
定价：58.00元

（如发现印装质量问题，影响阅读，请与出版社联系调换）
版权所有，侵权必究

目 录

编者的话 / 001

纪念刘先平先生

"先生之风,山高水长"
　　——纪念刘先平先生　　　　　　　　　　　　吴怀东 / 003
一蓑烟雨任平生
　　——刘先平先生周年祭　　　　　　　　　　　韩　进 / 008

理论与实践

大自然文学研究的理论资源及这些资源的阈值　　　谭旭东 / 023
马克思主义生态美学中"美的规律"在三个范畴的实现　徐立伟 / 028
当代中国生态文学的三重价值诉求　　　　　　　　汪树东 / 044
写在"生态文学"周边　　　　　　　　　　　　　季亚娅 / 060
自然美的转向:从"祛魅"到"复魅"
　　——以大自然文学创作为例　　　　　　　　　张　娴 / 069
刘先平大自然文学对"自然"的建构　　　　　　　吴其南 / 079
"大自然文学"的精神生态价值探析　　　　　　　朱鹏杰 / 088
刘先平大自然文学创作的精神特质　　　　　　　高春民 / 100

文学与自然

论朱光潜美学中的自然审美欣赏问题　　　　　　　　　　王　意 / 109

中国古代文论中"远"范畴的自然美学意蕴　　　　　　　梁明月 / 125

从《文心雕龙·原道》看刘勰的文道自然观　　　　　　朱文娟 / 133

秋浦河，太白情
　　——李白秋浦与秋浦河书写及其意义探析　　　　　李进凤 / 144

"太白秋声静坐中"
　　——论李白山水诗的静谧之美　　　　　　　　　　任志宏 / 158

从渔钓诗看杜甫的自然关怀　　　　　　　　　　　　　孙道潮 / 169

飞卿乐府诗中的"春"意及其审美意趣　　　　　　　　胡文梅 / 176

论南渡时期的渔父词　　　　　　　　　　　　　　　　戴云逸 / 188

清代诗僧律然《息影斋诗钞》中"月"意象的书写　　　王雨晴 / 199

生态女性主义理论视域下的毛姆小说《雨》　　　　　　陈　钰 / 207

论海子诗歌对当代诗学的影响
　　——兼评海子的大自然文学创作理念　　　刘渠志　刘墨涵 / 217

中国古代齐云山诗歌研究　　　　　　　　　　　　　　金秀枝 / 234

新著评介

呼唤中国大自然文学理论建设
　　——评何向阳主编《呼唤生态道德》的理论意义　　韩　进 / 245

建构中国大自然文学理论话语体系的奠基之作
　　——评《刘先平大自然文学创作研究》　　　　　　刘金凤 / 249

大自然文学研究的奠基之作
　　——略评《大自然文学论纲》　　　　　　　　　　孟凡萧 / 253

大自然的守望者
　　——评《高黎贡山女神》　　　　　　　　　　　　张　玲 / 257

播撒一粒生态和美的种子
　　——评吴惠敏先生的《安徽湿地植物图说》　　疏延祥 / 263

学术动态

安徽大学第一届大自然文学作家班结业典礼隆重举行 / 275

大自然文学协同创新中心召开2021年度招标课题工作会议 / 278

安徽大学大自然文学协同创新中心召开2021年度招标课题评审会 / 279

安徽大学大自然文学协同创新中心大自然文学第二届作家班开班 / 280

建设中国特色的大自然文学理论
　　——"中国当代大自然文学理论建设研讨会"综述　韩　进 / 282

编者的话

《大自然文学研究》第五卷收录研究论文30余篇,既有理论阐释,又有文本分析,从学术源流、理论资源、创作手法和发展方向等多个角度对大自然文学的创作进行了系统的归纳与阐释,体现了大自然文学研究的最新成果。

本期内容分五个部分:"纪念刘先平先生""理论与实践""文学与自然""新著评介""学术动态"。2021年1月10日,著名大自然文学作家刘先平先生不幸去世。刘先平先生是安徽大学大自然文学研究所首任所长,安徽大学大自然文学协同创新中心副理事长,为推动大自然文学的研究和大自然文学创作的人才培养作出了重要贡献。本期特设《纪念刘先平先生》专辑,约请安徽大学文学院院长、安徽大学大自然文学协同创新中心主任吴怀东教授,安徽省文艺评论家协会主席、安徽大学大自然文学协同创新中心学术委员会委员韩进教授撰写纪念文章,以向刘先平先生致敬。"理论与实践"主要选取了当代大自然文学理论建设研讨会上部分学者的论文。"文学与自然"收录的主要是大自然文学协同创新中心年度招标课题的阶段性成果。"新著评介"展示了近年来出版的几部有关大自然文学及自然名物研究方面的学术力作。"学术动态"反映出大自然文学协同创新中心、大自然文学研究所的工作推进情况。

纪念刘先平先生

"先生之风,山高水长"

——纪念刘先平先生

吴怀东[①]

2022年温暖的春天、酷热的夏天、干燥的秋天在恍惚中已很快过去,现在又来到冬天,来到刘先平先生离开的那个季节,不过,这个寒冷的季节已不属于刘先生,而属于思念中的我们。

因为专业和工作的关系,我接触刘先平先生其实比较晚。2014年秋某日,安徽大学党委李仁群书记让人通知我到刘先平先生工作室开会,那是我第一次走进在龙河校区南门停车场旁的刘先平大自然文学工作室,也是我第一次见刘先平先生,他是一个很平易近人的大个子,也是一个虽然消瘦但精神矍铄的老人!

2011年以来,教育界轰轰烈烈地兴起建设2011协同创新中心的活动,协同创新中心也就是高等学校创新能力提升计划,这是继"985工程""211工程"之后,国家高等教育系统中又一项体现国家意志的重大战略举措。"2011计划"以协同创新中心建设为载体,协同创新中心分为面向科学前沿、面向文化传承创新、面向行业产业和面向区域发展四种类型。我参会后才知道,龙河校区的这栋楼,是2010年时任安徽省政府主要领导特批建设的一个机制独特的工作室,主要意图是基于刘先平先生大自然文学创作成就,通过入驻大学,参与大学的文化活动,参与大学的科学研究和人才培养,推动保护自然理念的传播。不过,小楼建好已几年,活动却一直未落地。李仁群书记审时度

[①] 吴怀东,博士,现为安徽大学文学院教授,任安徽大学文学院院长、安徽大学大自然文学协同创新中心主任。

势,要求完善工作机制,成立由刘先平大自然文学工作室和安徽大学文学院为主要单位参与的大自然文学协同创新中心,整合、协同校内外相关机构资源,实现大自然文学创作、文化传播、科学研究与人才培养四个方面的多位一体和"携手并进"。2015年10月11日,由中共安徽省委宣传部汪家驷副部长、安徽大学党委李仁群书记揭牌,在安徽省政协资源环境委员会副主任、校友邱江辉等同志的见证下,安徽大学"大自然文学协同创新中心"终于成立。

大自然文学协同创新中心成立后,我发现原来很多美妙的想法因为制度限制、资源不足而难以实施,不过,同人们和刘先生仍然克服困难,联手组织了不少有意义的活动,比如主办研讨会、开设作家班等,因此我得以经常出入大自然文学工作室,和刘先生来往就多了起来。这些活动,不仅深化了我对大自然以及大自然文学的认识,甚至启发了我的很多人生思考,而且随着逐渐走近刘先平先生,原来耳闻的一个抽象的作家概念逐渐变成真实而亲切的老人,一位偶尔也喝点小酒、经常爽朗大笑的老人。接触久了,我又逐渐发现这个老人与众不同的品质,正如我在一篇论文里说到的这种感觉:"我总是试图将这位老人的日常行为(比如手的颤抖)和神圣的文学创作活动联系起来,我好奇的是,这样一位每天和我一样活动在安大校园里的老人,为什么会做出和安大校园眼镜湖边树林里乘凉的那些老人不一样的事情?"人是多面的,有的人之所以能够和一般的人有所差异,恰恰因为他具有一些与众不同的可贵品质。

一、刘先平先生是了不起的作家!

刘先平1938年出生于肥东长临河西边湖村,1957年就已公开发表文学作品,先后有诗歌、散文、理论,1961年毕业于浙江大学中文系,先后在合肥师范专科学校、合肥市第六中学任教,后转到《安徽文学》《传奇·传记》任编辑,从此从事专业文学创作,笔耕不辍半个多世纪。2021年,安徽文艺出版社出版了刘先平先生手订的《刘先平大自然文学文集典藏》,皇皇15册,收录刘先生一生的代表作15种,近800万字:《云海探奇》《呦呦鹿鸣》《千鸟谷追踪》

《大熊猫传奇》《走进帕米尔高原》《美丽的西沙群岛》《追梦珊瑚》《一个人的绿龟岛》《续梦大树杜鹃王》《高黎贡山女神》《山野寻趣》《麋鹿找家》《和黑叶猴对话》《爱在山野》《追踪雪豹》。这样的艺术成就,在历经社会曲折的他那个年龄段的作家中也是极其罕见的。一个作家通过他的作品说话,这些作品是他的心血,是他不朽的精神创造!

刘先平先生的作品具有独特的文学创新品质,如他晚年创作的《追梦珊瑚》的文体就具有鲜明的独创性:此书主要内容就是从"我"的经历和视角展开,"我"和李老师一起来到西沙群岛,巧遇珊瑚研究专家皇甫晖博士等人,后者在当地渔民和守岛部队的大力支持下研究珊瑚的保护问题,而"我"和李老师就跟随着皇甫晖博士等人的研究活动,深入观察、了解珊瑚的生活习性和美丽形态。毫无疑问,《追梦珊瑚》的内容并没有触及当代社会更复杂的社会问题,没有官场尔虞我诈,没有钩心斗角,没有美女爱情,没有曲折离奇的情节;在技巧上,似乎没看到作者刻意的讲究,尽管其中的人物甚至情节(我一直没有直接向刘先平先生求证)也有虚构的因素(我在百度上认真地检索了一下,却没有发现一个姓名叫皇甫晖的研究珊瑚的博士)。此书虽然有科考纪实报告文学的特色(科学性很强),但是,又不尽然。仔细阅读这部书,既能感受到自然之美、科学之趣,又能感受到"我"的好奇心、"我"丰富的人生经验和生活智慧。换言之,这是一部以科学考察为主要情节塑造了多个人物的文学作品,是一部兼具科学性和故事性的书,是一部带有科考报告性质却是虚构性的现代小说。从某种意义上说,刘先平先生的创作对我们现有的文学理论提出了严肃的挑战,也提供了非常好的研究课题。

二、刘先平先生是当代杰出的环保主义者!

刘先平先生被誉为"当代中国大自然文学之父",贯穿他几十年文学创作的唯一主题就是大自然,就是生态道德。20世纪70年代末,环境问题还没有引起人们的注意,但刘先平先生已敏锐地从儿童文学转向大自然文学,他觉得热爱自然不应该只是儿童的事,更是成人的事,是社会的大事,人与自然的和谐不能等到资源枯竭、环境恶化时才开始关注,可见他是环境保护的先知先觉者。他的作品既给读者提供文学审美,也是向社会大众作生态道德宣传。他创作的大自然文学作品,力图将科学考察、文学感受融为一体,为此他亲自进行野外考察,不惜冒着生命危险,多次登上青藏高原、帕米尔高原雪山考察,多次到南海诸岛考察,到了古稀之年还亲自到云贵高原国家自然保护区考察。他创作的作品所呈现的自然美,总是那么鲜活、生动,让人不忍破坏!

在人与自然一体的世界中,人享受着大自然温暖的怀抱,是单纯快乐的,而今天重新认识人与自然的关系,享受着现代人与自然一体观念的人类,也应该是快乐的。成千上万年以来人类与大自然的关系其实可以浓缩在一个个体人的成长过程之中,在婴幼儿时期,童话世界就是万物有灵的世界,人与大自然一体,生活在童话世界中的孩子是快乐的,而今天热爱大自然的人也应该是单纯快乐的。美国自然文学作家爱默生就这样说:"田野与丛树引起的欢愉,暗示着人与植物之间的一种神秘联系。它们说明我不是孤单一人也不是不被理睬。它们在向我点头,我也向它们致意。"刘先平先生的大自然文学作品给我们带来无限快乐,却是他忧思的书!

三、刘先平先生更是一位蔼然长者!

我初次见到刘先平先生,他已是近八十岁的老人,可是,自从我们大自然文学协同创新中心成立后,他经常主动给我和赵凯教授、刘飞教授、韩进总编打电话,约到大自然文学工作室,提出来要开展哪些活动,他的思想、他的举止没有一点老态龙钟、安享晚年的样子。这与我们在生活中看到的很多老人不同,我感叹他真是一个不服老的老人!

为了培养大自然文学创作人才,在他的倡议下,我们中心成立了作家班,组织在校学生学习大自然文学。2019年夏天,他亲自联系、安排学生去云南高黎贡山国家自然保护区、黄山九龙峰自然保护区采风。学生们去了之后,他多次在电话里和我提到学生们的写作问题,特别是安全问题,他后来还是忍不住亲自去黄山九龙峰看望采风中的学员们。他是这样体贴温厚!

我们和他讨论事情,常常到了饭点,他就请我们吃饭:"走!到'食为先'继续讨论!我让君早预订了包厢!"谈话中,他从不主动提及他经历的艰难,即使有一次我们提到他小时候家里困难,他在南淝河或巢湖边摸鱼、到三河作坊当学徒,他也依然是笑呵呵的。

2021年秋天,《刘先平大自然文学文集典藏》出版后,刘先平先生亲自打电话给我,请我到他家去取书,他说这套书出版后,第一个签名送出的就是我。那时,刘先平先生已知道自己来日无多,他还亲自签名送书给我和其他熟悉的朋友,还拖着病体亲自送书到他曾经就读的母校中学。2021年10月23日,他的双手颤抖得已经无法拿笔书写,他仍然坚持亲自出席"中国当代大自然文学理论建设研讨会",与他的老朋友——著名大自然文学学者鲁枢元及著名当代文学评论家潘凯雄、何向阳等共进晚餐,淡定自若地谈大自然,谈大自然文学创作,谈大自然文学研究,他用这样一种工作的方式、笑对人生的方式洒脱地向朋友们、向人世告别!

这样一位普通而又不普通的刘先生走了,这样一位在过去七年里经常和我们讨论文学、讨论科考、讨论生态却从未言及家长里短的老人永远走了,回到他一生热爱的美丽自然之中,而他留下来的优美作品及其思想必将像春天的风、夏天的雨、秋天的月、冬天的雪永远温润人间,山高水长,他的精神将永远与山水同在!

一蓑烟雨任平生
——刘先平先生周年祭

韩 进[①]

今年的冬天来得迟,却冷得猛,一日间温差近20摄氏度,合肥没有了春天,也没有秋天。老天爷喜怒无常,大自然也无规律可言,唯有病毒百般变化,从春到夏,从秋到冬,日复一日,年复一年,不知何时才是尽头。耳边不时响起熟悉的声音:人类不道德地对待自然,大自然正以自己的方式报复人类,唯有生态道德,才能拯救生态危机的现实,重现人与自然和谐共生的曙光。声音那么真切、清晰,又那么遥远、飘忽……

又一个风雪交加的冬季。天气阴晦着,风呼呼地刮,雪漫不经心地飘,地上湿滑滑的,却没见一点白,冷得人有透骨的凉和刺骨的痛。

这情景与先生走时一个样儿。

先生离开我们快一年了。长歌当哭,必是在痛定之后,如今却没有了眼泪,心有些麻木了。

先生离开我们快一年了,该做点什么呢?只能写些回忆的文字,以慰藉先生在天之灵。

一、先生领我走进大自然文学

我和先生相见是在30年前的1993年。

[①] 韩进,安徽大学兼职教授、研究生导师,安徽大学大自然文学协同创新中心学术委员会委员,安徽省文艺评论家协会主席。

那年9月我刚从杭州大学毕业回到家乡的安徽少年儿童出版社工作。待工作安定下来后,我就去拜访刘先平先生。

红星路老文联大院有一排灰色的宿舍楼。三楼有间十平方米左右的书房,是先生创作和办公的地方。靠东边窗口的办公桌上堆满了书和书稿,阳光透过纱窗晒到桌面上,碎成点点星光,给人冬日的温暖和遐想。阳光反射到窗户对面的两排书架上,上面凌乱而有序地站满了书。

约莫十分钟光景,门外楼道里传来洪亮的声音,韩进吗?让你久等了。话音未落,一位红上衣的大汉已匆匆走进门来。我答应着,连忙迎上去,双手恭敬地递上两封信,那是我的两位导师蒋风教授、韦苇教授分别写给先生的亲笔信,也是把我托付给先生的介绍信。那时先生是省作协常务副主席、安徽省儿童文艺家协会主席,我这位儿童文学研究生是来向"组织"报到的。

我向先生汇报了自己的情况。先生说他1957年考进杭州大学中文系,蒋风正是他的儿童文学课老师。20世纪80年代,先生还邀请蒋风老师来安徽参加过台湾儿童文学代表团首次来大陆进行的儿童文学交流。韦苇也是他敬重的老朋友,经常在各种会议上见。原来如此,我心里不再紧张了,像见到导师那样亲切,有了很多关于导师、学校、儿童文学的话题。先生请我向两位导师问好,推荐我加入省作协,安排我加入安徽省儿童文艺家协会做副秘书长,希望我多做些安徽儿童文学研究,还留我在家里吃了中饭。临别前,先生送我他的第一部大自然探险散文集《山野寻趣》,请我多提意见,并一直送我下楼到红星路路口。

《山野寻趣》是我读到的先生第一部大自然文学作品,从此先生引我进入了大自然文学,一晃已有30个年头了。

第一次集中阅读先生的全部大自然文学作品,是3年后的1996年。中国作协、安徽省委宣传部、省文联、中国青年出版社联合在北京召开"刘先平大自然探险长篇系列"(5种)研讨会,先生提前送我一套样书,安排我写一篇系统些的创作论,在研讨会上交流。

"刘先平大自然探险长篇系列"是先生之前所有大自然文学作品的结集,包括4部长篇小说(《云海探奇》《呦呦鹿鸣》《千鸟谷追踪》《大熊猫传奇》)和

1部散文集(《山野寻趣》)。那时我正在写作《中国儿童文学史》,就从文学史视角写了一篇5000字评论,题目为《大自然的呼唤——刘先平大自然文学创作散论》。也许视角独特、视野较广、内容丰富,有真情实感,大会交流后受到好评,被点名发表在《文艺报》上。这是我写的第一篇关于先生大自然文学创作的评论。先生又将研讨会交流论文结集出版,著名儿童文学评论家束沛德主编,书名为《人与自然的颂歌——刘先平大自然探险文学评论集》。这是我作为责编为先生编的唯一一本书。后来先生在安徽出版了10多部作品,我都没有做过责编,想来遗憾。幸运的是,此后先生每有新作出版,都在第一时间送我签名本,我也不敢怠慢,总是第一时间读后,写出评论向先生汇报。如此这番,我珍藏了先生所有的大自然文学作品的签名本,认真读过先生所有作品,也为先生每一部作品写过评论。这样日积月累,在28年后的2020年,在先生的督促、指导下,我完成了一部44万字的《刘先平大自然文学创作研究》,由安徽大学出版社出版。当我惴惴不安地将这份作业呈送给先生并请他指正时,先生认真地拿来钢笔,一边要我在扉页上签字,一边说辛苦了,写得好也出得漂亮。看到先生满意的表情,我有一种眼睛湿润的幸福感。先生为大自然文学付出了全部,我这点浅显的学习体会又怎能把先生的贡献和精神总结好呢?第一部研究先生创作的著作,算是学生给先生的答谢,更希望抛砖引玉,有更多人来关注先生,关注中国大自然文学。

二、为大自然文学正名

中国有"大自然文学"这个名词,不是先生首用的。但创立中国的"大自然文学"门类,非先生莫属。先生是当之无愧的中国大自然文学的开拓者,完全配得上"中国大自然文学之父"的称号。

名不正则言不顺,言不顺则事不成。为大自然文学正名这件事,先生从1996至2021年,用了整整25年,也是他人生最后的25年。

在中国的理论话语里,最早使用"大自然文学"一词的,是浙江师范大学教授、世界儿童文学研究专家韦苇先生。早在1994年出版《俄罗斯儿童文学论谭》时,韦苇将以俄罗斯作家比安基、普里什文等为代表的书写大自然的儿童文学作品,译作"大自然文学",首次在中国儿童文学研究中提出大自然文学"是俄罗斯儿童文学的一大优势",已经发展出可以与儿童文学并行不悖的一种新文学样式了。

将俄罗斯儿童文学中书写自然的文学创造性地翻译为"大自然文学",韦苇是中国第一人,是他在世界儿童文学浩瀚的海洋里发现了"大自然文学"这一叶扁舟。这与刘先平提出的"大自然文学"没有必然联系,虽然都叫"大自然文学",韦苇是从俄罗斯儿童文学中"译述"过来的,其间有韦苇的独家发现和理论智慧。刘先平则完全是从自己20年大自然文学创作实践中感悟、总结、提炼、上升而来的,正如浦漫汀教授给先生创作的定位,是"中国的大自然文学"。

如果说先生首倡大自然文学,也汲取了儿童文学理论界的意见,那是来自北京师范大学教授、儿童文学理论家浦漫汀女士。在中国第一个将先生的创作称作"大自然文学"的也正是浦漫汀教授。

1996年上半年,为筹备10月份在北京召开的"刘先平大自然探险长篇系列"(5种)研讨会,先生两次专程到北师大拜访浦漫汀教授,请教授给这套文集取一个响亮又合适的名字,也是对先生之前的创作作一次回望总结,给今后的创作有个明确的导向定位。浦漫汀教授对先生说:你以崭新的人与自然的关系审美,写出的是最新的大自然文学,有鲜明的特点,是中国的大自然文学,世界上大自然文学流派的真正兴起,也是20世纪七八十年代。

先生感谢浦漫汀教授对他的理解、肯定和鼓励,但将自己的文集命名为《刘先平大自然文学》,心里还是没底,更不敢冒昧将自己的创作称作"中国的大自然文学"。先生向浦漫汀教授说明自己的顾虑,表示还不宜打出"大自然文学"的旗号。浦漫汀教授理解先生的心情,尊重先生的想法,给先生文集定名为《刘先平大自然探险长篇系列》,为此后倡导大自然文学先做准备。

研讨会结束后的四五年间,先生一直在思考"大自然文学"这件事,多方征求意见,最终决定在2000年10月召开的安徽省儿童文学创作会议上,借思考世纪之交的安徽儿童文学发展方向,提出优先发展"大自然文学"的主张。

先生特意将会址选在世界文化与自然双遗产的黄山,亲自主持会议并作《高举大自然文学的旗帜》主旨演讲,第一次正式提出"大自然文学"概念。出席会议的著名儿童文学作家、评论家金波先生作了《标举大自然文学的旗手》主旨发言,会议上达成广泛共识,《文艺报》头版头条发表了记者专题报道,引发文艺界广泛关注。2001年5月31日,束沛德先生以《新景观　大趋势:世纪之交中国儿童文学扫描》为题的演讲中,将安徽倡导的"大自然文学",与江西倡导的"大幻想文学"、浙江倡导的"幽默文学",并称新世纪高高飘扬在儿童文学天空的"三面美学旗帜"。

旗开得胜,顺势而为。2003年11月6日至10日,省委宣传部、省作协、省儿童文艺家协会联合在黄山举办"大自然文学研讨会",先生主持会议,对这次安徽儿童文学创作会议定名为"大自然文学研讨会"做了主题说明,号召开展"什么是大自然文学?"的大讨论。

什么是大自然文学？这是先生急迫想要讲清楚、讲明白、讲透彻的大问题,让儿童文学界、文艺评论界都能接受。没有一个普遍接受的大自然文学概念,就没法将"大自然文学"倡导进行下去。

起初先生寄希望于评论理论专家们来解决专业的理论问题,渐渐发现专家们说到"大自然文学",往往自说自话,各说各话,谁也说服不了谁,谁也不想说服谁,长此以往,不仅学术问题难以说清,还有误伤感情的风险,特别有两种倾向让先生忧心忡忡:一是套用西方自然文学、生态文学的理论来评价先生的创作,与先生的创作实际不符;二是过分强调大自然文学的儿童文学特征,甚至认其为儿童文学的"小儿科"。两者都没有给大自然文学一个恰当的位置,与先生倡导大自然文学的初衷有走远走偏的态势。

先生看在眼里,急在心里,决定自己出手,现身说法,从自己创作体验和学术思考出发,原汁原味地阐释他的大自然文学观,既不是美国自然文学的翻版,也不是生态文学的"儿童化",与儿童文学的关系,可以说源于儿童文学,又跳出儿童文学,已经发展出具有独立艺术品格的新文学形式。

先生关于大自然文学的认识,高度凝练在《呼唤生态道德》一文中。这篇文章先生写了15年,2008年4月2日作为"我的山野朋友"系列丛书的序言首发,全文 3000 余字。先生此后不断修改文字、完善观点,到 2020 年 12 月收入同名"刘先平大自然文学作品评论选集"《呼唤生态道德》一书时,正式发表的版本有 8 种之多。2020 年 2 月 27 日,先生写了 6 万字长文的《我和当代大自然文学》,第一次完整地回顾了他的大自然文学人生,回答了什么是大自然文学:歌颂人与自然和谐、呼唤生态道德的文学,即当代大自然文学。

这样一句高度凝练的表述,浸透了先生一生的心血和智慧,有着非常丰富的内涵,需要结合先生创作大自然文学 40 多年(1978—2021)的人生来解读,是先生留给中国大自然文学最为宝贵的学术财富,对建构具有中国特色大自然文学评论话语和理论体系有着独到发现和引领方向的重要意义。

三、最开心的十年

2010 年,是先生最开心的一年。2010 年至 2020 年,是先生最开心的十年。

2010 年 1 月,安徽省人民政府批准建立并授牌"刘先平大自然文学工作室",同时交代了工作室五大任务:大自然文学作品研究、创作、整理、展示和衍生产品开发等。这一年,先生本人也以大自然文学的突出成就,被推荐为国际安徒生奖提名奖并应邀出席在西班牙举办的颁奖典礼。此后的 2011、2012 年,先生又连续两年入选国际林格伦文学奖候选人。

没有无源之水、无本之木。早在 2017 年 4 月 6 日,安徽省政府参事室曾向省委省政府报送"政府参事建议(第 6 期)",建议重点扶持安徽省优势文学门类:大自然文学和儿童文学。这里将"大自然文学"与"儿童文学"并列,认作是两个并行的文学门类。2009 年 7 月 10 日,先生收到国务院参事室主任陈进玉的来信,告知先生那年 2 月 12 日写给温家宝总理的信,国家信访局已摘要报送给温家宝总理,并认为先生信中提出的《亟待树立生态道德、实施生态文明建设》的建议非常重要,国务院参事室将在《国是咨询》第 4 期全文刊登先生的建议,报中央领导同志和各地区、各部门负责同志参阅。信中对先生"在大自然文学领域取得突出的成就"表示崇高的敬意。

安徽省政府迅速落实国务院《国是咨询》有关精神,2009年10月31日,省政府就省发展和改革委员会《关于建设刘先平大自然文学工作室的请示》做出正式批复:"刘先平先生作品在国内外具有广泛深远的影响,具有很大的开放价值和市场潜力,省政府同意授牌'刘先平大自然文学工作室'。"2010年1月,省政府正式批准建立"刘先平大自然文学工作室"(皖政秘〔2010〕26号文件)。经过将近一年的筹备,2010年12月22日,省政府在稻香楼宾馆隆重举行"刘先平大自然文学工作室"授牌仪式,省长亲自授牌,省政府秘书长主持仪式,曾任中宣部副部长、中国作协党组书记、名誉副主席翟泰丰题写"刘先平大自然文学工作室"牌匾。建立后的"刘先平大自然文学工作室"挂靠省政府参事室管理,省政府专款建设了一座园林式徽派建筑,坐落在安徽大学老校区天鹅湖畔,体现了人与自然和谐而居的生态理念。

省政府高规格批准建立"刘先平大自然文学工作室",这是安徽文艺界的大事件,更是先生追梦大自然文学的大事件,给先生坚持大自然文学创作和继续倡导大自然文学极大的鼓舞,为开展大自然文学创作与研究营造了良好氛围、重大机遇和方向指引,也对人们认识先生的大自然文学观有四层启示:一是大自然文学与儿童文学是并行不悖的两个独立的文学门类;二是大自然文学的生态道德主题对建设生态文明的意义;三是大自然文学得到国家和省级政府的高度重视,"大自然文学"概念第一次写进了政府文件,得到肯定、认可和鼓励,这是关系"大自然文学"信誉、命运和前途的大问题;四是以刘先平的名字命名大自然文学工作室,肯定并确立了先生与大自然文学的关系,那就是先生与大自然文学不可分,说到刘先平的创作,就是大自然文学,讲到中国大自然文学,特指刘先平创作。可以说,刘先平、大自然文学与儿童文学、生态道德、大自然文学工作室四大关键词,表明了先生创作大自然文学的价值、创建中国大自然文学门类的贡献,以及先生在当代文艺界的影响和大自然文学开拓者、奠基人、举旗手的身份与地位,不仅是学术界、文艺界的认识,更是政府充分肯定和强力扶持的。这不仅打消了一些人的怀疑,也给先生的大自然文学创作开辟了一条光明的大道。

此后十年,先生加倍珍惜,加倍工作,夜以继日,不知老之将至,他要以辉煌的成绩来答谢政府的关怀和同人的关心。十年间,先生大自然探险的足迹从南海的西沙群岛到青藏高原,从三江源到呼伦贝尔大草原,从云南高黎贡山世界物种基因库到英国皇家植物园,先生坚持每年一次到大自然去深入生活,先后推出新作和作品选集50余种(套),《美丽的西沙群岛》获第12届中宣部"五个一工程"奖(2012),《续梦大树杜鹃王》获首届中国自然好书奖年度华文原创大奖(2018),《孤独麋鹿王》获第三届比安基国际文学奖小说荣誉奖(2019)。与此同时,2011年,"刘先平大自然文学作品动漫、影视、儿童剧改编权转让项目"在上海文化产权项目招商会上估价1.3亿元。2017年,根据先生同名大自然探险长篇小说改编的动画片《大熊猫传奇》于国庆节隆重上映。

　　这十年间,为扩大大自然文学影响,开展大自然文学理论建设,先生策划、组织了一系列大自然文学活动。2010年,安徽大学大自然文学研究所成立,出版《大自然文学研究》辑刊。2015年,安徽大学大自然文学协同创新中心成立,培养大自然文学研究领域的研究生,开展有关大自然文学的课题研究,创办"大自然文学作家班"(2018)。先后举办三次全国性大型学术研讨会:"大自然文学国际研讨会"(2014)、"生态文明视野下的当代大自然文学创作研讨会"(2019)、"中国当代大自然文学理论建设研讨会"(2021)。策划并组织出版"大自然文学研究丛书",包括赵凯等著《大自然文学论纲》(2020),何向阳主编《呼唤生态文学:刘先平大自然文学作品评论选集》(2020),韩进著《刘先平大自然文学创作研究》(2020)、《新世纪中国大自然文学观察》(2021)4部理论著作。

　　这是收获的10年,是先生最开心的10年,也是先生操心最多、最繁忙的10年。之前先生只是创作,创作是个人的事情;如今工作室是一个光荣的集体,一个承载政府任务的团队,需要他规划和领导,需要每年都有新成果。

　　这10年,到大自然探险考察、创作、研究、活动、会议、接待等等,每一件事先生都亲力亲为,追求尽善尽美,即便是年轻人也忙不过来,何况先生已是七八十岁的老人。业绩来自奋斗、奉献,荣誉是先生用心血和生命换来的。就是这样不知疲倦、夜以继日地劳作,先生的身体渐渐出了问题,他总以为自己长年考察锻炼，身强力壮，又乐观通达，毅力坚强，疾病都会躲着他，有些不舒服、不如意，也都扛一扛过去了，事情忙完了，找个时间疗养休息，就都恢复了，可以重新投入战斗。可在先生的计划里，永远有做不完的事，永远有梦想在前方招手。直到 2020 年初，先生明显感到容易疲劳、恢复很慢，有些力不从心的时候，已经有些晚了。

四、假如再给三年时间

先生是累病的。先生非常坚强，能忍；先生非常要强，什么都自己忍着。他不想让他人知道他的病情，甚至家人，他是不想因此打扰别人生活，也不想别人因此来打扰自己，他要抓紧生命最后的时间，尽可能多做点事情，他还有很多计划想去实现。在他人眼中，先生永远是那个精力充沛、乐乐呵呵、帅气儒雅的大自然文学家，他总以为自己还很年轻，舍得花时间与年轻人交朋友，特别重视从年轻大学生中培养大自然文学创作与研究两用人才，经常对大自然文学作家班的学生说，搞儿童文学和大自然文学的人，都心态年轻、乐观、长寿。他说自己是"80 后"老大哥，要带领学弟学妹们一起奋斗。

第一次感觉到先生身体有恙，是 2020 年六一儿童节。以往每年的儿童节就是儿童文学家的节日，先生都要组织省儿童文艺家协会举办活动，这年没有。后来得知先生住院了，5 月 27 日做了一次大手术，此后一直在化疗中，默默地顽强地与病魔做斗争。先生不让他人知道这件事，出院后我去工作室看他时，也只得装作不知道，回避生病健康的话题。后来 1 年半时间内，先生到上海、广州、北京等地寻医问诊的同时，把主要精力用在策划、组织、推进"中国当代大自然文学理论建设研讨会"上，这是先生生前最重视、最用心、最劳累、寄望最高的一次重要会议。会议于 2021 年 10 月 25 日至 27 日顺利召开，先生非常满意，终于可以歇息下来，养好身体，准备过年了。

11 月 22 日是先生 83 周岁生日，在先生家里有个生日小聚会。饭后先生约我到他办公室进行一次长谈。他说到未来三年要做三件大事：一是建立刘先平大自然文学数据库，将所有出版的作品、手稿、图片全部数字化，为数字化应用做准备;二是整理他40年大自然探险考察日记,写一部日记体自传,已有出版社愿意出版;三是商议完善大自然文学工作室组织架构、可持续发展问题。第一次看到先生凝重的表情,在生日这天谈起这个沉重的话题,我们心里都明白为什么。"想得先生也知白,欲将留与后来人。"(唐·贯休《比干传》)。先生所说的三年三件大事,明显带有安排"后事"的意思,生时作永别,这要有怎样的勇气,又是何等悲壮。虽然先生已有心理准备,但不会想到下一次病情来得凶猛,留给他的时间竟然不到40天。

春节将近,先生决定到医院做一次全面体检,把身体调养好,和家人过一个平安祥和的春节。他对自己有信心,过去那么多生死关头都过来了,这次也会没事。1月9日早饭后,离医院上班的时间还早,先生就争分夺秒地伏案写作,临走前也没有收拾办公桌,钢笔自然地放在稿纸上,随时准备回来继续。还有先生已经答应好的,将自己所有作品授权无偿制作成盲文,收入中国盲文图书馆数字馆,授权合同也准备从医院回来后签。然而,意外发生了,先生再也没能回来,不辞而别,没有一句交代。

假如再给先生三年时间,该有多好,那时也才86岁,不算老啊,何况先生可以完成"三件大事"的心愿。哪怕再给先生三天时间,让先生临走前和家人、朋友有个交代也行。然而,人生没有假如,后悔时已经来不及了。斯人已去,活着的人也要警醒自己,各自珍重,处理好工作与生活的关系。初中英语课学过一句西方谚语,"work while you work, and paly while you paly",译成中文就是"在你工作的时候工作,在你该娱乐的时候娱乐",就是劳逸结合的意思,虽然背在心里,却也只是当作一句谚语而已,对其中的深刻道理没有感觉,现在突然冒了出来,也是一次提醒。美国盲聋作家海伦·凯勒有一部自传故事《假如给我三天光明》,写一个盲聋之人对光明的渴望,如果给她三天光明,她会去做什么?我从中感受到的心灵震撼,是我们健康的人该如何珍惜光阴,珍惜生命,热爱生活,关爱他人,不然,就真的后悔莫及了。

五、一蓑烟雨任平生

先生离开我们快一年了。我们感念他对大自然文学的贡献,努力去继承他开创的大自然文学事业,却没有了旗帜的引领。繁华落尽,物是人非,但工作室仍在艰难前行,先生的作品还在陆续问世,大自然文学作家班还在继续,《大自然文学研究》还在出版,大自然文学协同创新中心的活动还在开展……还有一批人在默默地顽强地坚守,这是对先生最好的纪念。

先生一生是有"风波"的人,他的励志故事曲折感人,是一部人生的教科书。人生是一场苦行,每一步都在磨砺中前行。童年时代,父母早逝,先生在姨妈的照顾下长大,12岁就到染坊当学徒,受尽委屈和磨难,是大哥帮他脱离学徒生活,回到课堂。先生勤奋刻苦,1957年考取杭州大学中文系,同年发表文学作品,主编学生会刊物《水滴石》,本想在文学上有所作为,《水滴石》因为其中刊发的文章受到批判,先生受到牵连,校园大字报上写着"刘先平是中文系上空高高飘扬的一面白旗",直到1961年大学毕业前才得以平反。大学毕业后回到省会合肥学校任教,1963年又因为一篇评论文章受到批判,"文革"开始的1966年,"被批、被斗、被抄家",十多年的创作日记、读书笔记、创作文稿被付之一炬,先生扔掉了手中创作的笔,发誓再也不写一个字。

1972年有了转机,为纪念毛泽东发表《在延安文艺座谈会上的讲话》30周年,已经在安徽文学界崭露头角的先生,被调到亟待恢复的《安徽文学》编辑部做编辑,其间他作为联系皖南地区作者的刊物编辑,每月总有一周时间在黄山一带深入生活,在大自然探险中结识了考察野生动物的科学家,科学家将先生领出了"大自然属于人类"的误区,让他领悟到"人类属于大自然"的新境界。当"文革"结束后的1978年,先生名誉得到恢复时,先生没有在单位庆祝自由,而是赶到考察队的营地,作出了他人生中最重要的决定:重新拿起笔,创作以大自然为题材的新文学,后来称为"大自然文学"。

先生的大自然文学旅途不是一帆风顺的,虽然波澜不惊,却也"风波"不断。被误解、怀疑、嫉妒过,也被质疑、批判、哄骗过。这一切,先生心里都如明镜似的,不辩论,不计较,不抱怨,不挑破。很多年事情过去后,才恍然大悟,才明白先生的为人智慧。先生不是完美无缺的人。他追求完美,追求梦想,但有个性有脾气,即便被误读,也不争辩,任由时间来回答。事后问及缘由,先生总是笑呵呵地说,爱咋样咋样,没有时间浪费在这些小事上。好多事情,不必计较,过去就过去了。

是啊,人生没有过不去的坎。先生在大自然中探险一辈子,多少惊心动魄、生死存亡的关头都过去了。先生以一颗自然赤子之心,爱大自然的每一片绿叶,由对草木鸟兽虫鱼之爱,推及爱所有人,包括对他有偏见的人,他都一笑了之,视其为干事创业的动力。他人生中最大的事情,就是书写自然之美、人性之美、人与自然和谐之美。

说先生没有爱与恨,没有杂念和私心,那是不符合实情的。他最爱的是大自然文学,由爱自然到爱人类。他的最大私情是奢望所有人都来关心他心爱的大自然文学,他的一切忍让就像他的全部付出一样,都是为了大自然文学。凡是对大自然文学的意见,不论赞许还是怀疑,不论支持还是反对,他都乐于去听,都引以为友,都被他当作坚持的动力、前行的帮手,每一次拾级而上,会当绝顶,他都像孩子那样天真地向所有人分享他看见的风景。

先生是攀登不止的追梦人,不断把眼光投向另一座更高的山峰。他不无孤独的身影穿行在祖国的山川河海,那阵阵松涛和滚滚海浪仿佛是他强大的心脏搏击命运的声响,在他一部接一部大自然文学的字里行间跳动,带给读者一部人与自然和谐共生的宏大交响曲。时而潺潺流水,时而两岸猿声;时而千鸟鸣谷,时而呦呦鹿鸣;时而雪豹出没,时而鱼翔浅底;时而传来巢湖之滨长临河畔摸鱼捕虾的嬉水声,时而传来世界屋脊青藏高原中华水塔的呢喃声……真是无处没有他的足音,无处不是他的心声。

魂归自然,呵护山林万物,风动树梢,有他前行的身影,百花斗艳,是他灿烂的笑脸。先生真的走了,又总感觉他还在身边……想起苏轼有一首词叫《定风波》,写的是途中遇雨,同行人狼狈不堪,只有词人独醒,触景生情,获得人生的顿悟和启示。其中"一蓑烟雨任平生"一句,抒发了主人公面对人生的风风雨雨,不畏坎坷、初心不移的情怀意志和豪放之气,正可以借来形容先生的一生。

理论与实践

大自然文学研究的理论资源及这些资源的阈值

谭旭东[①]

大自然文学作为我国新时期以来一种重要的文学现象,也作为一种重要的文学写作,它的研究可以借鉴和使用一般的文学理论,但并非所有的文学理论都可以拿过来进行文本分析和现象解读。在分析和研究大自然文学作品时,文本分析是最重要的一部分,但文本分析需要最合适的理论和方法。

这里拟从五个方面展开论述大自然文学研究的理论资源及其使用方式。

一、大自然文学作为生态文学

生态文学是一个很大的概念和范畴,它包含了所有生态主题的写作,甚至有些作家创作时并非因为关注生态问题,而仅仅是借生态、环境话题来表达其他的题旨,这样的作品也被人归于生态文学范围。值得注意的是,国内生态文学研究出现了泛化现象,不但归类很泛化,而且概念梳理也非常模糊,以至于连《诗经》都被归于了"生态文学"文本。殊不知,生态文学和自然文学都是现代观念下的产物,都是人的现代性追求的表征,把古典文学作品中的那些今天看来具有生态意识的作品看作生态文学,无疑是对生态文学的现代性这一本体属性缺乏基本认识。因此,所谓"生态文学古已有之"和"儿童文学古已有之"一样,是对现代意识和现代文学紧密互文的忽视。

大自然文学不能涵盖生态文学,而生态文学可以涵盖大自然文学。大自

[①] 谭旭东,上海大学文学院教授。

然文学作为一种生态文学,生态理论、生态批评、生态伦理学和环境理论都可以作为阐释其问题、分析其现象的基本理论。当生态理论、生态批评、生态伦理和环境理论应用于大自然文学时,更多的是对作家观念和立场的分析与考察,在文本细读时,更具有意识形态分析特点,因此,把大自然文学作为生态文学考察时,大自然文学更多地具有文化意义和社会价值。但就大自然文学作品进行具体分析时,如果是进行语言分析和结构分析,那就只能用形式主义批评理论和语言学理论了。

二、大自然文学作为一种非虚构写作

从欧美的自然文学来看,自然文学可以归于非虚构写作。因此,非虚构写作的基本观念及写作方法可以作为解读自然文学的基本话语。我国大自然文学也基本上可以归于非虚构写作,刘先平的大自然文学作品、胡冬林的大自然文学作品与欧美的自然文学写作,从非虚构属性来看,基本一致。因此,从非虚构写作角度来观察和分析大自然文学是有效的。

非虚构写作不是一种文体,最早是创意写作里提倡和分类出来的一种写作方式。从美国创意写作教育教学的发展历程来看,非虚构写作最早和虚构写作是并列的一种写作方法,创意写作工坊课程中,教师要教学生进行虚构、非虚构和诗歌写作训练,于是,就有了比较完善的非虚构写作工坊、虚构写作工坊和诗歌写作工坊等教学模式。且随着非虚构写作、虚构写作提法的普及,渐渐地人们就从创作和出版角度认可了它们并作为一种写法。而非虚构和虚构两种写法又有不同的紧密联系,于是,非虚构写作就被认为是一种文体,甚至是一个当代文学的理论性概念。但从创意写作角度看,非虚构写作虽然更多的是创作方法,但这些创作方法对应的是散文、纪实、回忆录和自传等文体作品的写作,也可以作为评价尺度,比如,非虚构写作中的"形象描写""大脑地图""'事实'束缚""非虚构的真实""隐喻的记忆""模糊的记忆"等等,这些创作方法也可以作为理论概念,在分析和评价大自然文学作品时发挥阐释性作用。

三、大自然文学作为一种儿童文学

欧美和俄罗斯都有不少自然文学被归于儿童文学,或其受众主要是儿童,如俄国作家普里什文的《林中的水滴》就具有儿童文学的可接受性特点,而且作家在写作时也考虑到了儿童读者的立场和需求。我国大自然文学也多为儿童文学界所接受,并在相当长的时间为儿童文学界所重视,且刘先平、胡冬林、黑鹤等的作品均作为儿童文学出现在媒体与读者的视野中,他们也有意识地把读者定位为儿童。其他的自然文学作家和诗人的创作也大体如此,无论这些作家创作时是否有意为之,大自然文学作为儿童文学考察,都需要借助儿童文学的理论和方法来解读,这些理论主要包括儿童观和儿童文学观。

大自然文学作品里一般不刻意塑造儿童形象,也不一定需要儿童视角。但它面向儿童读者时,一定有儿童读者的想象和儿童作为"隐含读者"的意识。如黑鹤《重返草原》《鬼狗》等作品里,就有比较明显的"儿童读者"的定位和视角,作家更善于从儿童视角来书写动物和大自然,且《重返草原》就是作家为《儿童文学》杂志举办的擂台赛写的,其他的作品大多数应少儿出版社之约所写。另外,大自然文学尊重自然生命的态度,也和尊重童年生命的态度是一致的。在分析刘先平这样的有意为儿童创作的大自然文学作品时,一定要研究作家的创作动机,并结合创作动机的研究来分析作品中或隐或显的儿童观和儿童文学观。

四、大自然文学作为一种跨界写作

在欧美,自然文学也多有跨界写作的特点,我国的大自然文学也具有鲜明的跨界特点。尤其是刘先平的大自然文学创作,我在10多年前就在论文里归纳出其"跨界写作"的特点:它属于散文,但不全像散文;它像纪实文学,但又与报告文学不同;它是儿童文学,但又不仅仅是儿童文学。对这样一种跨界写作,大自然文学的阐释就需要跨界理论,不但要一般文学创作的理论,还要创意写作理论。创意写作理论强调类型突破、成规突破,强调写作的自由化、民主化,强调主体的批判性和反思性,大自然文学里天然带着这些特质。刘先平创作大自然文学作品时,就有意突破了文体的界限,突破了报告文学、散文和纪实的写作成规,重构了一种新的文体成规,使大自然文学还兼具了一种独特的文类性。此外,刘先平的大自然文学作品,几乎每一部都会在选材、视角和表现的重点等方面,尽心尽力,别具一格,使其创作呈现出多元的特点,这是典型的创意性——作家自我设计,自我超越,并实现了创作的新追求。

注意到这两点,对评价刘先平大自然文学创作是非常重要的,因为这样才不会简单地把刘先平的创作贡献和艺术追求停留在生态立场、生态意识等评价上,这样也容易避免单纯地陷入"思想评价"和"伦理批评"的方法论里。因此,创意写作理论和跨界理论在解读大自然文学创作时,是非常有效的理论。

五、大自然文学研究理论借鉴的有效性

当然,所有可以为大自然文学研究所用的理论,都有它的理论阈值,即有效空间与范围。那么,这些理论的空间和阈值在哪里呢?这里也简略地谈一些看法。

首先,任何理论都是有限的理论,不能过分扩大所借用理论的阈值而进行过度阐释。分析和评价刘先平的大自然文学作品时,无论是用生态文学理论,还是用非虚构写作的理论和儿童文学理论,甚至用一般的散文理论,都要把握好尺度,而不能牵强附会,更不能任意贴标签。

其次,对具体的作品分析要有理论的侧重。刘先平的大自然文学,有的偏于散文,如《山野寻趣》,多有散文特点。在分析时,用散文理论就很有效,能够把作家通过写景来抒情的意趣表现出来。但对于《柴达木盆地》,包括最新出版的"行走中国"系列,都具有行走文学的特点,且有明显的在场感和地

域性,因此,从美国自然文学理论来观察和评述,是非常有意义的,也能较好地传递出这些作品的思想价值和审美价值。当然,对于胡冬林的《山林笔记》《狐狸的微笑》和《野猪王》等作品,也有明显的美国自然文学的地域感,因此,从自然文学的视角去研究和评述,不但可以精准地评判这些作品的自然文学属性,还能找到中国大自然文学与美国自然文学的美学关联。

再次,大自然文学虽然可归于生态文学整体里去考察,但大自然文学的创作动机、艺术旨趣和思想取向是非常鲜明的,因此,明显带着流派性质。不难发现,对中国的生态文学进行整体考察时,是很难把它当作文学流派的,但在对中国大自然文学创作进行整体研究时,可以借用文学流派的概念,至少,大自然文学创作是新时期以来一个重要的创作潮流,从创作到理论已经初步成型,且大自然文学的观念和理论体系中,作家是重要的参与者和建构者。

总之,我国大自然文学创作经历了40多年的自觉发展,已经形成了一个特殊的文学现象,同时也形成了它独特的文类属性。在评述和研究大自然文学的过程中,要重视对我国大自然文学整体特点的分析,在归纳和总结的基础上,抽象出大自然文学的美学特征和文类属性,这样就可以让专业读者去借助各种合适的文艺理论来阐释和评估大自然文学的艺术价值和思想价值了。

马克思主义生态美学中"美的规律"在三个范畴的实现

徐立伟[1]

李泽厚先生在《美学四讲》中提到了马克思主义美学"是一种讲艺术与社会的功利关系的理论,是一种艺术的社会功利论"[2]。同时,他认为马克思主义是发展的理论,可以随着时代的需要和特质来实现自身发展。他提出,就马克思主义理论的研究而言,坚持马克思主义不意味着发展马克思主义,而发展马克思主义才是真正的坚持马克思主义。

随着经济文化的发展,在关于马克思主义美学的研究中,"美的规律"的阐释是马克思主义在中国发展的一个鲜活例证。20世纪下半叶《1844年经济学哲学手稿》的研究兴起以来,关于"美的规律"有过声势浩大的多次讨论,并且,随着我国文艺现状的复杂化和多元化,关于"美的规律"的理论也在不断地发展、丰富和完善。对"美的规律"的阐释也由最初的保守走向了开放,拓宽了"美"的阐释空间。

在《历史与美学之谜的求解——论马克思〈1844年经济学哲学手稿〉的美学问题》中,朱立元教授指出了"美的规律"的基本内容:人通过广义的对象劳动时间在认识、遵循对象规律和尺度的同时,把自己衡量对象的尺度和本质力量设为目的,在对象上面加以实现,达到主体尺度与对象尺度、合目的性与合规律性、自由和必然的有机统一,从而与现实(对象)世界建构起特定的审

---

[1] 徐立伟,文学博士,浙江理工大学中文系讲师。
[2] 李泽厚:《华夏美学·美学四讲》,三联书店,2009年,第249—250页。

美关系。① 在这段论述中,我们不难发现三个主要元素:人、实践和美,即人通过实践获取美感。再进一步讲,联结人和美之间的桥梁,是实践。所以,就生态美学而言,也是不离其宗。曾繁仁先生就提出过:"将我们的生态美学观奠定在马克思的唯物实践存在论的哲学基础之上。"②这就是马克思主义生态美学,它"把人类的命运与整个大自然的命运紧密相连,高度关注自然本源和生命存在,用有机整体观看待人 自然—社会的关系,将人类文化、艺术、审美也纳入整个生命动态系统范围"③。由此可见,马克思主义生态美学的基本问题,就是围绕着人的实践的三组关系——"人与自身、人与自然、人与社会"——而展开的。那么,马克思主义生态美学中"美的规律"的实现,就需要在"人""自然""社会"三个范畴内展开探讨。

一、人的范畴

人的范畴主要是实现实践的属性。实践属性的确定,要从实践的主体出发去思考。关于实践的主体问题,马克思在《关于费尔巴哈的提纲》中指出:"从前的一切唯物主义(包括费尔巴哈的唯物主义)的主要缺点是:对对象、现实、感性,只是从客体的或者直观的形式去理解,而不是把它们当作人的感性活动,当作实践去理解,不是从主体方面去理解。"④这段话再次强调了实践在马克思主义哲学中的基础地位,并且,通过对费尔巴哈的批判,确证了人是实践的主体。那么实践,作为人的实践也就具备了属人性。属人性不光是实践的属性,也是美的规律的属性。近几十年来,国内对美的规律的研究,尤其是

---

① 朱立元:《历史与美学之谜的求解——论马克思〈1844年经济学哲学手稿〉的美学问题》,上海人民出版社,2014年,第317页。
② 曾繁仁:《当代生态文明视野中的生态美学观》,《文学评论》2005年第4期,第55页。
③ 彭秀银,张子程:《人类命运的终极关怀——论当代马克思主义生态美学建构的人文学意义》,《江汉论坛》2008年第5期,第97页。
④ 中共中央马克思恩格斯列宁斯大林著作编译局:《马克思恩格斯选集》(第1卷),人民出版社,2012年,第133页。

对《1844年经济学哲学手稿》的研究,都是在比较人和动物之间的差别来判断美的属性的,动物不懂得美的尺度,美只针对于人而言,也就是像朱立元指出的:"美的规律应该是属人的规律,应该体现人的自由、自觉的类本质。"[1]更进一步明确了实践的属人性。

美的规律是实践的,实践是属人的,所以美的规律也就是属人的。那么,美的规律在"人"这个范畴的实现,就是要保证实践的属人性,保证人的自由自觉。人的自由自觉体现在人的自然性之中,因为具备自然性的人在与自然界的对象性活动中,实现了本质力量的对象化。人的内在本质力量的实现,应该是人与自然相统一相融汇的,而不是相对立相冲突的。也就是人的自然性的实现。

关于人的自然性,马克思从两个方面对此进行了概括,一方面,人是能动的自然物;另一方面,表现和确证人的本质力量的外在世界是不以人的意志为转移的。人不但具有自然性,而且人的实践对象、感性力量的对象(材料)依然首先是自然界。自然界是人类无机的身体,人的精神和肉体与自然发生关系,实质上是自然自身内部的关系,因为人具有自然性。毫无疑问,人也是自然的一部分。所以,当确认了人的自然性,以及对象性活动的客体为同样具备自然属性的自然界时,就可以证明——当人与自然发生冲突时,人就出现了某种形式的异化。这主要体现在两个方面:一个是种的方面,一个是文化方面。

人在种的方面实现"美的规律"意味着融汇,而不是改变自然的尺度。属人性的实现在种的方面就是生态整体主义的实现,而非人类中心主义的泛滥。生态整体主义"把生态系统的整体利益作为最高价值,把是否有利于维持和保护生态系统的完整、和谐、稳定、平衡和持续存在作为衡量一切事物的根本尺度,作为评判人类生活方式、科技进步、经济增长和社会发展的终极标

---

[1] 朱立元:《历史与美学之谜的求解——论马克思〈1844年经济学哲学手稿〉的美学问题》,上海人民出版社,2014年,第315页。

准"①。在现代社会,人的生产实践保持属人性,需要人和自然共同承担生态整体的压力,所以,人类与自然之间的关系应该在保持物种尺度的融汇上,而不是一种尺度对另一种尺度的征服,甚至消灭。在《自然与文学的对话》中,日本学者提出:"在非人类的宇宙里,从树上掉落的一片树叶也是遵循着整体秩序飘落的。"②所以,对大自然的暴力征服是对实践属人性的粗暴践踏。人的尺度消灭一个物种的尺度,意味着人的自我毁灭,意味着人从自身的尺度中切除了一部分的自然属性,这种属性来源于一个被人类消灭的物种,而人的胜利是暂时的、表象的胜利,它的实质是人的自然性的严重破坏。人的自然性,也就是属人性发生了异化,人同自身建立了对立的关系。这种关系的思想基础,就是人类中心主义。人类中心主义,是以人类的尺度为万物的尺度,以实现人类的物质和精神需求为第一目标的人与自然关系模式。人类中心主义忽视人是自然的一部分,并且热衷于对自然的征服和改造。但是,可以预见的是,在这种模式下,人类终将会以失败告终。人的尺度不是孤立存在的,"所有的生命都在某种程度上依赖于另一个生命,而且,每一个个别的自然造物的部分都必须支撑其他的部分,进而,如果缺少了任何一个部分,所有其他的部分必然因此而秩序紊乱"③。当人类毁灭一个物种,那么这个物种所承担的压力就会转嫁给其他物种。当然,这种转嫁一定会波及人类。人类的承受能力将遭受巨大挑战,当人的力量不足以承担转嫁而来的压力时,人将二次转嫁,或者灭亡。人与自然斗争的大量失败经验证明了人不足以承受这样的生态压力,时刻面临着灭亡的威胁。在艾特玛托夫的《断头台》中,人类烧毁了草原,用以建设代表现代文明的公路,抓获幼狼换取烈酒,屠杀羚羊,上缴肉类供给,最终导致狼的复仇,牧民在人与狼的决战中,误击中幼子,战斗结束,四野苍茫,狼迹遍地,人类受到严重的惩罚。从最初的筑路开矿,

---

① 王诺:《生态批评与生态思想》,人民出版社,2013年,第141页。
② [日]山里胜己、高田贤一、野田岩一等编:《自然和文学的对话》,中国社会科学出版社,2014年,第9页。
③ R. P. McIntosh: *The Background of Ecology: Concept and Theory*, Cambridge, UK: Cambridge University Press, 1985, p78.

到大规模捕杀野生动物,所有满足人欲的规划都为悲剧埋下了伏笔。人类没有考虑整体的自然,仅仅从自身的欲望出发,在与自然的战斗中,落得了"白茫茫大地真干净"。甚至作者发出了这样的呼喊:"为什么你要赐予那些互相残杀、把大地变成大众耻辱的坟墓的人以智慧、语言以及能创造万物的自由的双手?"他甚至呼吁人类:"不要再贪求对别人的统治!"[1]文学作品以悲壮的形式,反映了人的自然性的不可侵犯,生态整体性的不容置疑,这是实践属人性的种的基础。

人在文化的方面实现"美的规律"意味着生活的回归,而不仅仅是消费。现代社会的生活异常便捷,整个社会的运行效率超过以往任何时代,同时带来的效果还有人们的物质消费量超过了以往任何时代。"人类能力的急剧膨胀,是我们的不幸,而且很有可能是我们的悲剧,因为这种巨大的能力不仅没有受到理性和智慧的约束,而且还以不负责任为其标志。"[2]现代社会让生活变得轻松,消费却让文化变得复杂。不知不觉中,这种消费文化已经让人们偏离了自然的属性,成了一个无尽索取对象,走向了"娱乐至死"的无尽之路。这种异化是人的文化性与人的自然性的对立,精神的人受不住物质的贪欲,开始走向腐败和衰亡。莱德菲尔德强调现代社会中,人们缺乏精神超越维度而处于现实欲望难平的浮躁焦虑中。[3]毫无节制的消费使人类陷入了重重欲望之火燃起的焦虑之中,引发了层层恶果。所以,为了自保,也为了在人的范畴内实现生态美学的"美的规律",就需要对一种理性消费精神的回归,而不是无节制的消费主义狂热。

但客观的情况是,科技的进步推动了消费需求的极大满足。并且在经济发展和消费需求的互相作用下,消费社会的影响开始渗透到各个领域,呈不断蔓延之势。欲望需求的基本平衡早已被打破,人陷入了对物质的无限追求之中,并且这种追求借以栖身于消费文化。芭芭拉和杜博斯在《只有一个地

---

[1] [俄]艾特玛托夫:《断头台》,冯加译,外国文学出版社,1987年,第221页。
[2] Linda Lear. Rachel Carson: *Witness for Nuture*, New York: Henry Hholt & Company, 1997, p407.
[3] 王岳川:《当代西方最新文论教程》,复旦大学出版社,2011年,第477页。

球》中总结道:"对消费品的喜新厌旧成风,无限制地使用能量,我们的前途只能是生态系统的灾难。"①但是,我们需要厘清的是,反消费主义,并不是杜绝全部消费,而是理性消费,逐渐回归一种简单生活,减少人类身体的"扩张",至少避免无限制的消费,导致人的死亡,加重"属人性"的消失。这是属人性的自保之道,也是"美的规律"在人这个范畴的实现之道。在尼尔·波兹曼的《娱乐至死》一书中,封皮上印着一个头顶电视,手里还拉着孩子的人,这与作者本人创作此书的初衷相呼应,人类终将丧失思考,并死于人们所热爱(消费)的事物。"在这里,一切公众话语都日渐以娱乐的方式出现,并成为一种文化精神。我们的政治、宗教、新闻、体育、教育和商业都心甘情愿地成为娱乐的附庸,毫无怨言,甚至无声无息,其结果是我们成了一个娱乐至死的物种。"②相对于曾经贫瘠的文化消费而言,现在的一切有些过剩了,我们不再会死于饥饿,而是死于过剩。技术的进步所引起的人与自然的关系变化必须引起我们重视。技术的进步到底意味着什么,这是我们需要辩证思考的东西。马尔库塞就曾经质疑过技术的进步与人性的倒退是否存在着某种关联。"西方文明究竟出了什么毛病?"③这就提出了另一个问题,我们如何反对这种毫无克制的消费。这需要厘清,我们的反消费主义的对象是什么?是消费主义毫无节制的思想。技术应该是均衡的技术,让人和自然界保持着一种平衡,一种互补,而不是偏废一方。就是用在人身上的技术应该和用在自然身上的技术是均衡的。不光是人化的技术,也应该是自然化的技术,一种贯通于自然和人的平衡之道的技术,以及技术思想,这样才能保证实践的属人性,使人在文化方面实现简单生活的回归,在文化的范畴实现"美的规律"。

---

① [美]芭芭拉·沃德,勒内·杜博斯:《只有一个地球》,国外公害丛书编委会译校,吉林人民出版社,1997年,第23页。
② [美]尼尔·波兹曼:《娱乐至死》,章艳译,广西师范大学出版社,2004年,第2页。
③ [美]麦基编:《思想家——当代哲学的创造者们》,周穗明,翁寒松译,三联书店,1987年,第70页。

二、自然的范畴

自然的范畴主要实现实践的方式。实践方式的问题,要从实践的对象出发去思考。马克思对实践对象的描述直接明了:"在实践上,人的普遍性正表现在把整个自然界首先作为人的直接的生活数据,其次作为人的生命活动的材料,对象和工具变成人的无机的身体。"[①]自然界作为人无机的身体,是一种被动的结构,在人与自然的关系中处于对象的客体。但是人对自然的对象性活动并不是随意的,为所欲为的,相反,他应该是有目的的,为满足一定需要而进行的。当人类的目的性与自然界的规律性达成统一时,自然界就不再是无机的身体,而成为一种有机的身体,成为人的自然身体,成为了人身体的一部分。这种有机的过程,是一种合规律性与合目的性统一的过程。"美的规律"在自然范畴,也就是实践方式上的实现,就体现在这个过程之中。

首先是自然规律与社会规律的统一。自然规律的一个特点就是遵循着自然界的整体的平衡。"自然是一张具有奇特结构的网,由柔软的、易破的、脆弱的、精致的材料制成,按照他的结构和目的把一切都连接成令人惊叹的整体。"[②]通过一种有机的联合,自然界的各种各样的生物在各自的轨迹上运动,保持着整个系统的平衡稳定和更新循环。自然规律的另一个特点就是自然物种之间的平衡关系。"所有的生命都在某种程度上依赖于另一个生命,而且,每一个个别的自然造物的部分都必须支撑其他的部分,进而,如果缺少了任何一个部分,所有其他的部分必然因此而秩序紊乱。"[③]这也指明了自然规律是一种整体平衡,并且这种整体平衡由各个物种之间的平衡所支撑。

---

① 中共中央马克思恩格斯列宁斯大林著作编译局:《1844年经济学哲学手稿》,人民出版社,2014年,第52页。

② Donald Worster:*Nature's Economy:A History of Ecological Ideas*,Cambridge,UK:Cambrige University Press,1994,p48.

③ R. P. Mclntosh:*The Background of Ecology:Concept and Theory*,Cambridge,UK:Cambridge University Press,1985,p78.

那么什么是社会关系呢？社会关系是指社会成员之间由实践需要和生产方式的现实水平决定的各种联系，包括血缘关系、情爱关系、合作关系、经济关系、政治法律关系等。① 那么社会关系遵循的规律是什么呢？黎红雷教授指出，"政治人""经济人""文化人"作为人类历史上三个划时代的人性假设，对人类社会的管理之"道"——包括"道路"，即人类管理所经历的过程，以及"道理"即人类管理所秉持的理念——带来了深刻的影响。② 简单地看，这是权力与意识形态的关系，权力保证社会结构，意识形态维护着权力。

正因为"自然作为人们眼前的感觉世界，无论就其现存的形式还是将来的形式而言，都是整个社会活动的产物，我们所感觉到我们周围的对象，城市、村庄、田野、森林，都带有人类劳动的印记"③，所以，如果实现社会规律与自然规律的统一，在权力方面，不应该让人的权力关系模式进入人与自然关系之中，而是相反，让大自然的平衡规律进入人的权力结构之中。在这个过程之中，应该对现代的社会实践方式进行批判。因为在自然规律与人的权力模式之间，自然规律是不可变的，而人的权力模式却是可以调整的。自然的规律介入社会规律，是一种客观的必然。而反过来，社会规律顺应自然规律，会促进社会的文明与发展，使人的合目的性和合规律性在权力模式下和自然模式下实现统一，以自然规律推动社会的发展。在意识形态方面，维护权力的模式应该发生变革，从权力走向规律，把自然的规律视为最高"权力"。所谓的权力，不过是一种管理模式，是少数人对多数人的支配。这本身就是对自然规律的违背。并且，对于不符合自然规律的力量的维护，势必导致人与人之间发生异化，当权者和被支配者形成对立。资本主义的生产方式就明确地为这种异化做了注解。所以，放弃导致异化的权力意识形态，转而维护人与自然普遍具有的自然规律，才是意识形态反作用于人与自然的动力所在。

---

① 杜福洲：《社会关系中的"人"与"人的"社会关系》，《中共中央党校学报》2006年第6期，第81页。
② 黎红雷：《人性假设与人类社会的管理之道》，《中国社会科学》2012年第2期，第66页。
③ ［德］霍克海默：《批判理论》，重庆出版社，1989年，第192页。

其次是自然价值与社会价值的统一。当代社会正处在经济社会的高速发展时期,转型与变革之际的社会价值会存在着一定的不稳定性,甚至会影响整个社会的运转,并加重自然的负担。尤其是消费主义的风尚,会直接导致精神与物质层面消费的过度化、狂欢化。尤其对自然环境的改造在经济社会中体现为物质生活的极大丰富,消费需求的极大满足,又反过来刺激社会消费不断蔓延。"技术的发展不仅仅是技术本身的水平提升问题,更是一个社会问题,社会的不利性制约尤其是体制性障碍常常是技术发展所面临的主要矛盾。"[1]技术进步带来的消费,已经形成了恶性循环,自然价值和社会价值在这样的旋涡里都是混乱的。所以,源自自然规律本身的自然价值,应该发挥作用,与社会价值达成某种程度上的一致。我们把这种价值称为危机价值。也就是预设当下自然的生态状况已经达到临界点,而人类的消费观念、价值观念应该建立在这种临界值上,人类用人类的危机感树立整个社会的环境价值,正如诗歌《瑞普·凡·温克尔》中写到的:"一觉醒来/那片会唱歌的森林不见了/那片布满传说的森林没有了/到处都是被截肢后的树墩/宛如一块一块放大的伤疤。"[2]危机价值的好处是我们可以通过我们所看到感受到的生态危机来重塑我们的社会价值。一方面,是平衡危机。这是整个自然生态赖以维系的重要条件。随着工业的发展,人类的欲望膨胀,对自然的开发变成了掠夺,人们想要的和自然能给予的形成了鲜明的对立,"人类在满足其身体需要方面的发展走向了极端,这个星球不能为这种高等动物追求不断增加生活需要的幸福提供足够的物质"[3]。当人类超过了自然所能承受的范围,向自然索取得越多,他对这种整体平衡的破坏就越大,最后导致全方位的危机。而这个危机,就是我们建立危机意识的先决条件,用这种危机观所形成的危机价值来推动人类需求的降低,回归一种简单生活的价值取向。另一方面,

---

[1] 肖峰:《技术发展的社会形成:一种关联中国实践的研究》,人民出版社,2002年,第5页。

[2] 侯良学:《让太阳成为太阳——侯良学生态诗稿》,三晋出版社,2010年,第57页。

[3] Lawrence Copue(ed.) : *The Green Studies Reader*; *From Romanticism To Ecocritisism*, New York:Routledge,2000,p269.

是周期危机。这是整个自然循环的必要条件。当人类消耗自然的消费周期领先于自然循环的恢复周期,那么周期危机就产生了,比如湿地的消失,远远高于湿地产生的速度,这种周期的巨大差距,对白驹过隙的人类来说,就是对资源的彻底失去。湿地是众多水鸟的最重要栖息地,是众多鸟类赖以生存的地方。但是湿地的流失量是巨大而迅速的。有统计表明,湿地的流失量是每年45万亩,也就是每天1200英亩将消失不见。这样的例证还有很多,人类将面对无法挽回的"资源空场",人的需求将被放逐,人就陷入了一种无法满足的焦虑和痛苦之中。于是,减少消费量,减轻自然负担,延长人类消费周期也就是相对缩短自然的循环周期,这样的周期危机同样能够建立一种低耗的危机价值。

最后是生态发展与社会发展的统一。这种发展是立足双方规律上的双向度作用力发展,而不是主被动形态二元对立。但现实是,常常由于生态的发展受到社会发展的制约或破坏,而社会的发展并没有以生态的发展为目标。生态性的目的着眼于维持自然界整体的发展,社会性的目的在于人的全面发展。一方面,人类认识到自身是自然界的一环,是生态系统的一个要素;另一方面,无度地向自然索取,毫不犹豫地破坏生态,将自身从生态循环的系统中抽离,凌驾在整个系统之上,把自身作为整个系统目的和系统为之服务的中心。这是发展思维上的异化。因为对自然的征服和奴役就意味着对自身的征服和奴役。人是在作茧自缚。马克思指出:"我们必须时时记住,我们统治自然界绝不像征服者统治异族人那样,绝不像站在自然界之外的人那样,相反地,我们连同我们的肉、血和大脑都存在于自然界之中。"①

所以在自然这个范畴,合规律性与合目的性的要旨在于自然界与社会发展的协调统一。一方面是物种的稳定与社会的稳定的统一。物种的稳定即需要生物链条的完整,在所有环节上对所有相关联的组成部分进行统一观照,保证物种的生息繁衍、维持和扩大。鲁克尔特提出生态学的一个重要观

---

① 中共中央马克思恩格斯列宁斯大林著作编译局:《马克思恩格斯选集》(第3卷),人民出版社,2012年,第998页。

点就是"万物互相关联"①,保持生态系统内部的完整,就是保护内部的关联,包括人与自然物之间的关联。反映在社会实践方面,就是实现"绿色发展"。绿色发展的主要指导思想是以绿色、低碳、循环为特征的社会发展模式,以及由此来的节能环保型生活方式。这种制度受自然条件、生态状况、物种体量等条件约束,在人类生产生活的过程中秉持绿色理念,并统筹社会中的经济、政治、人口、环境等要素,最终实现经济与生态、人与环境的全面发展。另一方面是自然界整体的发展与社会的向前进步。迪拉德提出"接纳它们(自然界)一个个进入我的意识,可能让我自己的意识更加清明,或许能将它们的意识加之于我的人类意识之上,又向它们展现出自己的善意和关怀,理解与同情"②。检视人类,社会性调节的目的则将目光更多地放在了人的身上,人的社会性调节就是以人类中心主义为基础,以人类的道德为出发点,"当动植物等非人类存在物的利益与人类的利益发生冲突不可两全时,道德的特殊的直接的目的和标准便不起作用了"③。但是,当考虑到人的进化、社会的发展与当物种的进化具有不可回避的同构性时,整个社会需要的就不仅仅是经济上的持续发展,还要有生态上的可持续发展。道德上,人类不应该也不可能放弃自然。这是可持续发展的重要前提。所谓可持续发展,"要求人们在现实的物质生产活动中,在科学技术的实际使用中,以不破坏人与自然的和谐并尽量造成二者之间的协调为基础、条件和出发点"④。所以,自然与社会在发展上的统一,就落在了"可持续"上,人的发展的直接出发点就是对自然的保护前提下的社会与自然共同发展。

---

① Willam Rueckert. Literaure and Ecology ED. Chery Glotfelty and Harold Fromm:*The Ecocriticism Reader*;*Landmarks in Literary Eecology*. Athens,Georgia:the Press of Georgia University,1996,p107.

② Annie Dilland:*Pilgrim at Tinker Greek*,New York:Harper's Magazine Press,1974,p94.

③ 王海明:《人类中心主义与非人类中心主义辨难》,《辽宁大学学报》2006年第2期,第1页。

④ 邢媛:《论可持续发展理念的人格价值》,《自然辩证法研究》2001年第1期,第54页。

三、社会的范畴

社会的范畴主要实现实践的目标。实践目标的问题，要从实践的主体出发去思考。在关于马克思主义美学的论述中，一个基本的共识是"美是属人"的，人是美的主体。马克思主义生态美学中"美的规律"的实现在社会范畴的实现，就一定要考虑到主体的自然性问题。因为人类有其属人的自然性，"因此，美也有其属人的自然性。也就是说，美的事物和美的现象必然直接或间接地体现人的自然性，美的事物和现象对人的自然性的体现，就是美的自然性"①。那么，作为实践目的"美"就必须体现出自然美。而自然美的必要条件是，人在自然属性"合规律性"的美。这就要求美在社会范畴的实现，把握住人的自然性的实现。

在考虑人的自然性的实现时，同样应该考虑到自然的自然性，也就是在社会实践中，要实现人的自然性与自然的自然性的统一，社会作为一个实践载体，要满足这种统一，这样才能将实践的目标，也就是美呈现出来。而实现人的自然性与自然的自然性的统一，就需要生态伦理的构建。生态伦理，来源于生态伦理学，"是一门新兴的基于生态学、环境科学的原理，研究人类的生态道德或环境道德的应用伦理学"②，生态伦理是"美的规律"——实践目标在社会范畴上的实现。

生态伦理要取法生态传统。我国的生态思想有着悠久的历史，在先秦时代，先贤们就已经建构了关于生态伦理的最初形态，在这一点上，我们的生态思想拥有着非常丰厚的传统文化资源。"儒家仁爱自然的思想，道家道法自

---

① 朱寿兴:《人的自然性和美的自然性问题》，《马克思主义美学研究》（第6辑），2003年，第168页。
② 程立显:《关于可持续发展的若干伦理学问题》，《北京大学学报》2000年第3期，第34页。

然的理念,佛教依正不二的话语,共同构成了中国传统生态伦理体系"①。对于儒家、道家、释家的哲学,体大精深,在此不作展开,但是生态伦理思想可以取道的主要精神,尤其是传统哲学中关于实践的合规律性与合目的性的表达形态,还是可以略作管窥。儒家的天人合一,其中就有最初的生态整体主义思想,将人与自然看作一个整体,不但具有统一的规律性,而且还有统一的目的性,人与自然的共存是一种互相作用、相互构成的状态,最高的美的实现,就是天人合一。道家的"道法自然",直接将实践的合规律性写在了纲领之中。"自然而然"是道的最高法则,自然的运动是永不停息的,天人之间的道就是自然永不停息的力的表现。道的永恒性也意味着自然的永恒性,自然法则就是天人的法则,是合规律性与合目的性的终极归宿。释家的"众生平等"是一种消解了中心主义的思想,人与自然的关系不是征服和奴役,不是主动和受动,而是轮回中的众生。尤其万物皆有佛性,也指出佛家认可自然生态与人自身的属性上的统一,以及对众生的慈悲之心。可以看出,虽然时代久远,但是传统文化中的生态伦理思想还是在今天发挥着重要作用。

生态伦理要致力生态公平。生态公平,顾名思义,以实现整个生态系统的物种全面协调发展为目的,反对人为的奴役与服从,控制与消灭,让一切在自然规律下有机生存。这里面包含着两个方面,一方面,是人与自然界的关系。人与自然的公平关系,要突破传统伦理学局限,将"人—自然—社会"纳入其研究视域,把道德观照的范围从人扩大到动物、植物和整个生态系统,强调生物具有平等的观念。② 这和佛教的众生平等具有某些同构性,就是对生命权利的平等性给予了最大程度的认可。这也是生态公平的一个重要条件。就像纳什所言,"(动物)拥有属于它们自己的生命与价值。一种不能体现这种思想的伦理学将是苍白无力的"③。于是生态公平的伦理精神就将人拉下

---

① 周光迅,王丽霞:《中国特色生态伦理话语权简论》,《浙江社会科学》2015 年第 8 期,第 96 页。

② 周光迅,王丽霞:《中国特色生态伦理话语权简论》,《浙江社会科学》2015 年第 8 期,第 98 页。

③ [美]纳什:《大自然的权利》,杨通进译,青岛出版社,1999 年,第 3 页。

了中心的神坛,人将和整个自然界所有的生物、生命体、自然资源一样,在存在价值以及自然地位上享有同等的地位。人类与所有同等地位的存在物一样,共同为整个生态系统负责。另一方面,是自然界中的物种与资源关系。人对自然资源、自然生命体的认知,在现代化社会中,浸染了太多人类中心主义视角,通过现代主义的价值观,将生物界、资源界的类属分成了三六九等,人类依赖性强的就靠前,人类依赖性弱的就靠后,这是一种短视的行为。生态伦理要求建构一种去除了人类中心主义视角的平等观念,让自然物处在一种平等状态,享受平等待遇,而不是一部分被保护,另一部分被破坏的状态。借用《庄子》中的表述,就是"以道观之,物无贵贱"。

  生态伦理要建构生态话语。生态话语和政治话语、经济话语等具有同样重要的地位,它呼吁的是一种人与自然的和谐关系,并且这种和谐关系的建立与社会政治、经济、文化的发展有着同等重要的地位,要建构一种生态意识形态话语。所谓生态意识形态,是一种与政治、经济、文化等相独立的意识形态模式,而一个独立化意识形态的形成必须具有三个方面的特性:理解周围现实世界的理论基点,反映人类自身生存价值的目标,付诸从理论基点到目标实施的行动纲领。[①] 马克思主义生态美学在这个范畴内自有发挥空间。从对现代性生产方式的批判,到"美的规律"在属性、方式、目标上的实现,每一个环节都是理解、反映、实施的过程,而马克思主义者的理论,也为生态伦理的建构提供了有力支撑。马尔库塞指出"大气污染和水污染、噪音、工业和商业强占了公众迄今为止还能涉足的自然区,这一切较之于奴役好不了多少。这方面的斗争是一种政治斗争,对自然的损害在多大程度上直接与资本主义经济有关,这是十分明显的。同时有人费劲地想使生态的政治作用'中立化',并利用它来美化现存的东西。尽管如此,今天我们必须反对制度造成的自然污染,如同我们反对精神贫困化一样"[②]。制度与制度的变更与改良都是

---

  ① 史小宁:《生态意识形态的功能性解释及其价值取向》,《求实》2014年第5期,第32页。
  ② [美]马尔库塞:《反革命和造反》,任立译,商务印书馆,1982年,第129页。

意识形态的运动形式,所以即便我们的语境与马尔库塞立论时有所不同,但是我们对污染的反对态度是鲜明的,并且这种话语必须建构,用以支持和满足生态意识形态对生态环境发展的反作用力。还要建构一种生态审美话语。这就回到文学艺术的审美功能上来了。生态文学,尤其是大自然文学要发挥出审美特性,这种特性要与生态伦理的要求相适应,并为生态伦理意识形态的建立发挥作用。这种审美话语要从文艺作品和文艺批评两个方面入手。在文艺作品方面,生态文学要引起足够的审美反思。"所谓生态文学主要是指那些敏感地对现代世界生态危机加以揭示,对其人类中心主义价值观加以批判,对导致生态危机的现代文明加以反省的作品。"[1]就像王岳川所说的,生态文学反映的是一种价值危机,并且这种价值危机由人与自然的关系一直蔓延到人与人的关系中来。生态文学的意义就在于对这种危机进行反思,引起人们的反省。在文艺批评方面,生态批评就是"探讨文学与自然环境关系的批评"[2]。关于生态批评的首要目的,肯定是对生态文学作品进行分析研究,但是它所侧重的则是对生态伦理、生态文化,以及多角度生态意识形态的考察,并借此分析生态思想中的问题以及发展方向。不仅如此,生态批评还具有一些实际的功用,通过文学的审美分析,对人与自然的关系进行研究,呼吁建立一种人与自然和谐发展的生态伦理观念,并且,致力于推动自然的可持续发展,并引导人类社会的可持续发展,在这个角度上实现合目的性与合规律性的统一。

"美的规律"是一个开放的、发展的课题,它的重要内容在于"实践"。美是属人的,所以实践也同样离不开人。"美的规律",尤其是马克思主义生态美学中,"美的规律"在人的范畴的实现,首先就要实现实践的属人性。人的自由自觉,是人在尺度的方面与自然的融汇,而不是改变自然中物种的尺度,而人在文化方面的实践,应该是生活的回归,而不是毫无节制的消费。属人

---

[1] 王岳川:《当代西方最新文论教程》,复旦大学出版社,2011年,第477页。
[2] 王岳川:《当代西方最新文论教程》,复旦大学出版社,2011年,第481页。

性的实现在人的范畴是生态整体主义的实现,而非人类中心主义的泛滥。

自然的范畴主要实现实践的方式。实践方式是一个有机化的过程,是一种合规律性与合目的性统一的过程。"美的规律"在自然范畴,也就是实践方式上的实现,就体现在这个过程之中。在这个范畴,要实现自然规律和社会规律的统一,即自然价值与社会价值的统一、生态发展与社会发展的统一。

社会的范畴主要实现实践的目标。实践目标的问题,要从实践的主体出发去思考。也就是实践的属人性。于是,要考虑人的自然性,在考虑人的自然性的实现时,同样应该考虑到自然的自然性,而实现人的自然性与自然的自然性的统一,就需要生态伦理的构建。马克思主义生态美学中"美的规律"的实现,需要生态伦理的完善,综合取法生态传统、致力生态公平、建构生态话语三股力量,从共时和历时的线上共同完成生态伦理建设,从而在社会的范畴上实现"美的规律"。

马克思主义生态美学中,"美的规律"的实现,同样是开放的过程。"美的规律"在人、自然、社会范畴的实现,是一个不断发展、变化的过程。随着"美的规律"在人与自然、社会的实践关系中的不断实现,生态美学还将在新的高度上引导人们的生产实践活动,在新的高度上实现"美的规律",拓展人的实践。

发表于2020年安徽文艺出版社《大自然文学论纲》

当代中国生态文学的三重价值诉求[①]

汪树东[②]

李松涛在长篇抒情诗《拒绝末日》的《序章·SOS——紧急呼救》中呐喊道:"地大的恶行,触怒了地,/天大的贪欲,惹恼了天。/大自然,委实被伤害得太深了——/许多温暖的记忆,/都已冰凉。稍一触摸,/就冻得浑身发抖。/飞得好好的禽鸟突然就坠毁了,/游得好好的鱼鳖突然就曝尸了,/跑得好好的野兽突然就断气了,/站得好好的树木突然就扑倒了,/笑得好好的花草突然就凋萎了,/唱得好好的清泉突然就哑默了,/晴得好好的蓝天突然就阴暗了,/这一连串的突然,/让我产生一系列的潸然。……跑遍方知——/地球已千疮百孔,/天空已恶云密布。/窗外,大自然面黄肌瘦,/创伤幽幽急待包扎。/生态环境黄牌迭示,/不曾经历的即将发生——人类,可能被罚下场去!"[③]这就是当今生态问题的严峻性!要说天崩地裂,也确非夸张,看看诗人李松涛对土地耗竭、水污染、滥伐森林、滥捕野生动物以及人类战争给生态环境造成的不可弥补的创伤等生态问题全方位地审视,就知道生态危机到底有多可怕了,人类正因自己无节制地破坏生态行为而日暮途穷了。如果再考虑到全球气温升高、物种灭绝加速、垃圾泛滥、核污染等全球性生态危机,人与自然的关系早已陷入全方位的紧张之中,现代人真的有可能彻底毁灭自然生态,从而彻底毁灭人类的未来。正是直面这种生态危机,当代中国生态文学

[①] 基金项目:本文为2017年度国家社会科学基金项目"中国当代生态文学史暨生态文学大系编纂(1978—2017)"(项目编号:17BZW034)成果之一。

[②] 汪树东,武汉大学文学院教授。

[③] 李松涛:《拒绝末日》,春风文艺出版社,1996年,第2页。

因势而生,迅猛发展,越来越多的作家关注自然,关注生态危机,重新感受自然之美,主动亲近自然生命,思考人类的未来命运。张炜、姜戎、陈应松、贾平凹、迟子建、胡发云、雪漠、阿来、红柯、杨志军、赵德发等作家的生态小说,于坚、李松涛、吉狄马加、华海、侯良学、哨兵、李少君、徐俊国、倮伍拉且、鲁若迪基等作家的生态诗歌,苇岸、韩少功、蒋子丹、徐刚、李青松、马丽华、周涛、刘亮程、李存葆、周晓枫、傅菲、杨文丰、胡冬林、李林樱、哲夫、王治安、古岳等作家的生态散文、生态纪实文学,高行健、杨利民、过士行等作家的生态话剧,刘先平、沈石溪、金曾豪、蔺瑾、黑鹤等作家的生态儿童文学,早已经给当代中国文学注入一股大自然的清新之风,并呼唤着国人生态意识的深度觉醒。

整体考察当代中国生态文学,我们可以看到其中表现出鲜明的三重价值诉求:第一重价值诉求,是对现代文明中泛滥的欲望化、城市化、科技崇拜和人类中心主义等倾向的无情批判,为受伤的大自然发出深情的呼告,企盼现代人摆脱自然冷漠症;第二重价值诉求,是充分呈现大自然的优美与壮美,承认自然生命的主体性和内在价值,为饱受侵凌的大自然复魅;第三重价值诉求,是重建生态整体观,重建人与自然和谐相处之道,为现代文明的生态转型鸣锣开道。从生态文明高度看,当代中国生态文学的使命就是引领国人重新感受自然之美,在新时代开辟出天人合一的文化新命。

一

当代生态文学首先引人注目的是全面彻底、严峻急切的现代文明批判。众所周知,自文艺复兴以来,现代文明就以西方文明的转型为契机一直释放着巨大的普世力量,影响着整个人类;到了启蒙运动,现代文明的基本准则就被更完善地设计着,并一直被视为解放人类的力量。然而,毋庸讳言,现代文明本身就包含着巨大反文明力量。以色列学者艾森斯塔特曾说:"野蛮主义不是前现代的遗迹和'黑暗时代'的残余,而是现代性的内在品质,体现了现代性的阴暗面。现代性不仅预示了形形色色宏伟的解放景观,不仅带有不断自我纠正和扩张的伟大许诺,而且还包含着各种毁灭的可能性:暴力、侵略、战争和种族灭绝。"①张炜也曾指出,"很少有人敢于去认识和表达那些最基本的事实,比如说现代化本身所蕴含的危机、粗暴性和野蛮性。现代化当中反文明的部分并没有被认识,或者我们压根就不愿意去正面谈及。这种粗暴和野蛮的成分已经让人类付出了沉重的代价,也许有一天还会葬送人类的全部希望"②。正是因为现代文明具有反文明的一面,自现代文明诞生之日起,对现代文明的批判也就一直不曾中断,时而舒缓,时而峻急,时而微弱,时而严厉。但就现代文明对自然生态的破坏而言,当代生态文学则要聚焦于其泛滥的欲望化、城市化、科技崇拜和人类中心主义等倾向,为受伤的大自然发出深情的呼告,企盼现代人摆脱自然冷漠症。

现代文明和华夏传统文化中的少私寡欲的思想背道而驰,它不但论证了人的世俗欲望满足的合法性,而且把欲望视为文明的发展动力,更是让人的情感、意志和精神都为人的欲望服务,让所有科学技术、工商业、经济制度和政治制度乃至学术研究等都为了满足人的物质欲望而转动。然而人的欲望是无限的,无限的欲望指向有限的大自然时,大自然的溃败就无法逃避。因此,当代生态文学对现代文明欲望化的生态批判也势在必行,许多作家都把批判笔锋指向现代文明的欲望化。李存葆曾说:"人类的文明史,实际上是一部人的欲望不断膨胀的历史。"③这是多么直击要害的论断,当我们剥除文明史表层的涂饰后,我们还能看到什么东西像人的欲望如此膨胀吗? 这种欲望尤其是对物质资料的无限欲望和对子孙后代的无限欲望,可悲的是欲望的满足必然要摧毁大自然的丰饶和自在。"当人的欲望之喙膨胀得比鲸口还大时,鲸类的黄杨厄闰便过早地降临了。"④这种欲望在现代工业文明和市场经济的助长下就更是如火如荼。李存葆在《鲸殇》中曾这样描绘19世纪前半叶成为世界捕鲸基地的夏威夷:"一时间,夏威夷港口内,列国的鲸船旌分五色,云屯雾集。美丽的夏威夷成了鲸血漂杵的屠宰场,浩瀚的大洋里,捕鲸者们

---

① [以色列]艾森斯塔特:《反思现代性》,旷新年等译,三联书店,2006年,第67页。
② 张炜,王光东:《张炜王光东对话录》,苏州大学出版社,2003年,第13页。
③ 李存葆:《绿色天书》,河南文艺出版社,2006年,第221页。
④ 李存葆:《大河遗梦》,解放军文艺出版社,2002年,第13页。

张扬着强悍,喷溅着血腥,播撒下欲望的种子,打捞着巨大生命的死亡……"①这种对大自然肆意掠夺的强力是文明吗?不,是人类的耻辱!是人为物欲俘虏的可悲!

针对现代文明的欲望化倾向,张炜也曾一针见血地指出:"人类在19世纪和20世纪所做过的最愚蠢的事情,就是追求物质的欲望不可遏制,一再地毁坏大地。更不可饶恕的是毁坏世道人心。单纯地发展经济、一味追求经济增长的思想,是这个世界上最愚蠢的思想。这是人类最没有出息的表现。我们爱土地,是爱生长的基础,也是爱一个健康的世界。被商业扩张的触角缠住了的世界,很快就会被硝烟熏黑。西方列强在这方面给我们上过历史的课,今天又在无助的阿拉伯世界给我们上这现实的课。"②的确,如张炜所说,现代文明把人的欲望充分地煽动起来,使人与大自然处于敌对状态。小说《柏慧》中,人们在海湾里钻井,油船常常泄漏,导致海洋大面积污染,过度抽取地下水则导致沿海地区海水倒灌,树木枯死,荒滩扩大,此外,人不断地扩大矿区、开发海滩,把人与大自然完全对立起来。更为可怕的是,这种现代文明正以迅雷不及掩耳之势在全球范围内扩展开来。因此,张炜说道:"从某种意义上来看,片面追求全球性的现代化只能是一场使我们这个世界加速毁灭的疯狂的欲望行动。我们反对现存的'现代性'内容,是因为我们要追求人类生存的真正智慧,遏制追逐财富的无限欲望,引导人类的理性思维,以抵达物质与精神、人类与自然的和谐幸福。"③但是张炜的这种和谐理想的实现前提,就是现代人必须更为彻底地反思现代文明的反文明的部分,努力地超越现代文明的粗暴和野蛮。张炜小说中那些信奉并享受着现代文明的人物基本上都是道德沦落、心灵扭曲、肤浅庸俗的人,如《九月寓言》中的秃脑工程师、《柏慧》中零三所和杂志社中的大部分人物、《外省书》中的史铭和史东宾父子等。

现代文明的欲望化根源往往还是城市化。城市化带来的生态问题非常

---

① 李存葆:《大河遗梦》,解放军文艺出版社,2002年,第14页。
② 张炜:《你在高原·西郊》,春风文艺出版社,2003年,第573页。
③ 张炜,王光东:《张炜王光东对话录》,苏州大学出版社,2003年,第43页。

多，城市本身的空气污染、水污染、土地污染、垃圾泛滥且不说，且说城市人和大自然处于相对隔绝的状态，城市人巨大的消费欲望会对大自然造成覆巢般的灭顶之灾。法国政治哲学家伯特兰·德·朱维诺曾说："由于世界是由城市控制的，人类在城市中是与其他种类生物隔绝开的，因此人类属于生态系统的感觉不复存在。这使我们对自己必须终生依赖的东西如水和树木采取苛刻的和急功近利的态度。"①的确，所有反生态的观念、言论和行为几乎都可以溯源至现代城市文明中。城市化普遍造成了现代人和自然关系失调，直接造成了危如累卵的生态危机，当代生态文学对城市化也普遍持严厉的批判态度。

徐刚的生态散文的主旨之一就是对城市化的生态批判。面对钢筋水泥筑就的现代都市，徐刚感叹道："水泥电杆矗立路旁，冷冷地瞧着我。在这都市，人们须臾离不开的、最昂贵的，甚至打上权柄印记的水泥，是理性的模特、有序的典范、囚室的象征，它坚固钢筋，堵塞裂缝，封闭大地。"②这种以理性化为特质的现代科技文明是与大地为敌的，对大自然的征服是极为肆无忌惮的。徐刚曾说："朋友让我们一起大声疾呼：为中国的推土机划定不能逾越的红线——并不是所有的土地都应当开发，并不是所有的地下矿藏都属于这一代人，并不是所有的荒野都需要高楼大厦！"③当然，为现代文明划定界限，并不是那么容易的事，还要求我们对人与自然之间全方位的生态关系做出合理而深邃的阐释。张炜对城市化的生态批判更为严峻而急切。张炜曾说："城市真像是前线，是挣扎之地，苦斗之地，是随时都能遭遇什么的不测之地。人类的大多数恐惧都集中在城市里。"④也正是这种恐惧扭曲着人性，使现代城市成为粗暴和野蛮的发源地。因此，张炜的绝大部分小说，如《能不忆蜀葵》《怀念与追记》《外省书》《远河远山》等，都存在一个逃离城市的主题叙事。

---

① ［美］赫尔曼·戴利，肯尼斯·汤森编：《珍惜地球》，马杰等译，商务印书馆，2001年，第204页。
② 徐刚：《边缘人札记》，广东人民出版社，2000年，第180页。
③ 徐刚：《边缘人札记》，广东人民出版社，2000年，第20页。
④ 张炜：《你在高原·西郊》，春风文艺出版社，2003年，第570页。

赵本夫的长篇小说《无土时代》叙述的也是一个渴望逃离城市的生态故事。

其实,就现代文明而言,欲望化和科技崇拜是相辅相成的,正是现代人的欲望化倾向,才会促使现代人崇拜科技;也正是现代人的科技崇拜,才会使得现代人的欲望化生存如火如荼。正如詹克明所言,"人类最致命的弱点就是永不满足地追求享乐。科学发展使得这种贪婪的欲望受到激发,简直达到了极度奢侈的病态程度以及难以制约的疯狂程度"[①]。的确,现代人的欲望化和科技崇拜都近乎疯狂。

当人类不能建立生态意识,不能和大自然和谐相处时,科学技术越是发达,大自然就越是危险,人类自身的命运就越是前途莫测。因此,从生态史观来考察人类历史,我们也许不得不赞成徐刚的如下观点:"当我们从生态、自然这些角度去考察这个世界时,不得不沮丧地发现:所有的技术进步都是暂时的,而由此带来的衰退及混乱却是持续的乃至无法挽回的。"[②]技术的进步仅仅是对人而言,当人利用技术的力量而又不尊重自然的时候,人就只会给自然带来伤害和混乱,最终也导致人自身的受伤和混乱。从生态史观看人类历史,我们从人类文明成就中几乎发掘不出什么值得骄傲的东西,"地球上所有无序几乎都是人为的,战车碾过土地,炮火炸毁城乡,森林倒地,挖草开荒,捕杀野兽,浊浪的灭顶之灾,干旱的煎熬龟裂,都市脚下水泥封闭的沉郁……我们听不见土地的叹息,如同沙漠涌到我们脚下之前,我们熟视无睹沙漠的推进一样。人类历史的一部分,就是土地荒漠史"[③]。与在人类文明的压力下大自然的普遍溃败的后果相比,人类文明那一点成就又何足言道?

无论是欲望化、城市化还是科技崇拜,最终都与人类中心主义密切相关。现代文明坚持明确的人类中心主义立场,因此才会不顾其他自然生命的合理利益,不顾地球生态的合理利益,依赖突飞猛进的现代科技,征服自然、改造自然,以满足现代人永无餍足的欲望为鹄的,大力推进城市化,最终促使生态

[①] 詹克明:《空钓寒江》,上海教育出版社,2010年,第12页。
[②] 徐刚:《中国,另一种危机》,春风文艺出版社,1995年,第185页。
[③] 徐刚:《我将飘逝》,中国青年出版社,2004年,第34页。

危机频频爆发。针对强硬的人类中心主义，徐刚曾说："人在自然生态中的位置，与一粒微尘、一只甲虫差不多，所不同的是人从来就索取更多、需要更多、破坏力最大，而且最残暴。微尘凝结成雨核，甲虫默默无闻地劳作，森林稳固土地，而人欲横流却迫使大地退隐、家园不再。"①"人只是一种存在，和大自然中所有存在物一样的存在，人因为大自然的存在而存在，大自然不因人的存在而存在。"②这是在价值论上对人的重新定位，他要求人不要再把自己的利益和需要肆意地凌驾于大自然之上。当然，人毕竟在事实上与自然生命已经存在区别，人现在有能力破坏自然，也有能力保护自然。生态中心主义支撑起来的生态伦理就要求人"要不失时机地把伦理扩展到大地之上的万物，人的最可贵的道德应是对人之外的万类万物的怜爱及呵护"③。这种对万类万物的怜爱及呵护要求我们，不但要保护珍稀动物，还要习惯于和更大量的不珍稀甚至令人生厌的那些小昆虫和平共处，不要对自然万物轻易地按照人类利益和喜好排定等级，更不能肆意张扬对自然生命的种族歧视。

现代人类中心主义还表现于现代人总是不顾大自然的生态规律，妄图改造自然、征服自然，满足其短暂的功利需要，结果造成不可控制的生态破坏悲剧。众所周知，半个多世纪前的知识青年下乡，无论是到北大荒还是内蒙古，抑或青海、新疆、云南、海南等地，都曾经罔顾当地的生态规律，大肆破坏自然生态。老鬼的长篇纪实小说《血色黄昏》就叙述了"文革"时期一批到内蒙古锡林郭勒草原插队的知青的悲惨生活。那些下放的知青和复员的军人不顾生态规律，到草原上大肆开垦，结果导致草原沙化严重，最终那些严重浪费人力物力的农垦工程不得不废弃。

二

当代中国生态文学的第二重价值诉求，是充分呈现大自然的优美与壮

---

① 徐刚：《边缘人札记》，广东人民出版社，2000年，第340页。
② 徐刚：《伐木者，醒来！》，吉林人民出版社，1997年，第4页。
③ 徐刚：《伐木者，醒来！》，吉林人民出版社，1997年，第8页。

美,承认自然生命的主体性和内在价值,为饱受侵凌的大自然复魅。

众所周知,越来越多的现代人居住于城市,远离大自然,对大自然之美日益缺乏敏感,自然冷漠症快速地弥漫于现代人的心灵天空,像雾霾一样令人窒息。与此相关,中国当代作家也日益丧失了描绘自然之美的意愿和能力,人事的纠缠和人性的破碎成为他们关注的焦点,他们少有能够融入自然的机会,因而也很难以自然之美震撼读者麻木的神经。但是在当代中国生态文学中,作家们却致力充分呈现大自然的优美与壮美。例如周涛散文对自然之美的描绘就极为动人,而且在对自然万物的充满激情的描摹中体现出美妙的生态意识。在散文《巩乃斯的马》中,他是如此写马的:"我喜欢看一群马,那是一个马的家族在夏季牧场上游移,散乱而有秩序,首领就是那里面一眼就望得出的种公马,它是马群的灵魂。作为这群马的首领当之无愧,因为它的确是无与伦比的强壮和美丽,匀称高大,毛色闪闪发光,最明显的特征是颈上披散着垂地的长鬃,有的浓黑,流泻着力与威严;有的金红,燃烧着火焰般的光彩;它管理着保护着这群牝马和顽皮的长腿短身子马驹儿,眼光里保持着父爱般的尊严。"[1]这种对自然生命之美的迷醉无疑是灵魂的高贵素质之一。他在散文《伊犁秋天的札记》中这样描写树木:"这时的每一棵树,都是一棵站在球光里的黄金树,在如仪的告别式上端庄肃立。它们与落日和谐,与朝阳也和谐。它们站立的姿势高雅优美,你若细细端详,便可发现那是一种人类无法模仿的高贵站姿,令人惊羡。它们此时正丰富灿烂得恰到好处,浑身披满了待落的美羽,就像一群缤纷的伞兵正准备跳伞,商量、耳语,很快就将行动……大树,小树,团团的树,形态偏颇的树,都处在这种辉煌的时刻,丰满成熟的极限,自我完美的巅峰,很快这一切就会消失,剩下一个个骨架支棱的荒野乞者。"[2]很显然,没有对自然生命的内在价值的敏锐体悟,作者又如何能如此诗意地描情状物呢?

当代生态文学中,刘先平对大自然之美的描绘堪为典范。他的《走进帕

---

[1] 周涛:《周涛散文》第1卷,东方出版中心,1998年,第5页。
[2] 周涛:《周涛散文》第1卷,东方出版中心,1998年,第30页。

米尔高原——穿越柴达木盆地》《美丽的西沙群岛》《续梦大树杜鹃王——37年三登高黎贡山》等长篇纪实文学对当今世界残存的自然之美都做过惊心动魄的描绘,令人过目难忘。例如在《走进帕米尔高原——穿越柴达木盆地》中的《蓝色交响曲》一节里,他描写青海湖:"突然满目青青,顷刻间蓝色溢满天地,寰宇只有色彩涌动——她总是以绝世的容颜矗立在人面前,令人迷乱,屏声息气,这就是青海湖!大自然赋予她惊人的美貌!天也有情,从洞开的云天中将灿烂的阳光投下。我们立在高冈俯瞰,青海湖蓝得如天空、如宝石,蓝得晶莹,蓝得透明,蓝得舒展,蓝得壮阔。我们急切、快速地奔向湖边。青海湖却如少女般羞涩地隐去了蓝色的披纱,只有清亮、明澈。湖底红色的卵石、黄色的沙砾历历可数。几条鳇鱼轻盈地游来,鳍在摇曳,嘴在翕动。泼刺一声,一只鱼鸥挺着长喙,闪电般地追来,鳇鱼惊炸四散。晚了,鱼鸥的长喙已钳住了猎物,蹿出水面,扬扬得意地拍着翅。这样的精彩,只有在青海湖才能看到。美是有距离的。我们又登上湖边的台地。正是日上中天,又是满湖青色。微风乍起,那蓝、那青、那靛,斑斓起伏,紫气浮荡,粼粼波光如音符跳动,天籁骤起,蓝色交响曲波澜壮阔,在天宇回荡。她用色彩的变幻,鸣奏出惊世骇俗的最为神圣的乐章!"[①]在此,刘先平以远景鸟瞰青海湖,展示其碧蓝的绝色,再以近景细察,展示其鸢飞鱼跃的勃勃生机,复以远景统观,以音乐为喻,展示其超凡脱俗之美。流贯字里行间的,是作者被自然之美震撼的狂喜、极乐之情。能够写出如此自然之美的心灵,无疑是高洁的,令人尊敬的。

当然,当代作家中能够把生态视域的自然之美描绘得更充分的还是李存葆的生态散文。因为有了对生态智慧的领悟,李存葆对自然之美的描绘下笔生花,诗意盎然。中国古典山水田园诗歌和小品散文虽然采取的是天人合一的书写立场,但是由于缺乏现代生态学知识的浸润,自然山水的面貌无疑点染着更多的人化色彩,而李存葆的绿色大散文具有鲜明的现代生态学知识背景,自然生命断然摆脱了人化色彩,自由自在地尽情展现自然风姿。相对于

---

① 刘先平:《走进帕米尔高原——穿越柴达木盆地》,人民文学出版社,2016年,第11页。

大部分中国现代山水田园散文小品,李存葆的绿色大散文在描绘大自然时更是基本上摆脱了人类中心主义立场,大自然的主体地位得到尊重,大自然不再仅作为作家抒情写意的中介和手段,其自在之美让人心明眼亮。

李存葆对自然之美是极为敏感的。在《绿色天书》开篇,他就惊叹道:"西双版纳的热带雨林,就是上苍从袖口撒落在华夏版图上的一卷翠得让人眼亮、美得叫人心颤、神秘得令人窒息的'绿色天书'。"[①]奇特的比喻、大胆的想象、急促的语气让我们直接洞察到作者被大自然之美超度的心灵的震颤。在《净土上的狼毒花》中,作者又感叹道:"香格里拉无疑是上苍以超迈的意志挥洒出的一幅美轮美奂的画幅,以饱满的情绪吟唱出的一曲浑厚而多声部的交响乐,以飞动的灵感谱写出的一首汪洋恣肆的长篇抒情诗。"[②]急涛骇浪般的排比句式追摹的是在大自然之美的旋风中扶摇而上的思绪与心灵。

李存葆的《绿色天书》对热带雨林中的绞杀树的描绘更是惊心动魄,在以行的中国文学中,就笔者的浅闻陋见,似乎没有哪位作家能把大自然这种生命奇观以如此酣畅笔墨描绘出来。这种描绘不但要具有准确的生物学知识,更要完全颠覆人类中心主义立场,从大自然的角度来打量大自然,从生态学角度来把握自然生命的生与死、活力与残酷。像《红楼梦》中林黛玉那种美是人的美,是中国传统文化涵育出来的病态之美,而李存葆笔下热带雨林里的绞杀树的美却是宇宙大生命涵育出来的生态之美,在这种自然生命面前,人很难说爱还是恨,喜欢还是害怕,恐怕只能惊叹,只能为大自然的神秘和威严而深感敬畏。

应该说,当生态作家以诗意的笔触呈现出自然生命的优美与壮美时,他们就有意地颠覆了人类中心主义的价值立场,承认了其他自然生命的主体性和内在价值。

姜戎的长篇小说《狼图腾》也是充分承认自然生命的主体性和内在价值的。在他笔下,额仑草原上的狼,野性勃勃,血性激烈,有勇有谋,敢作敢为,

---

① 李存葆:《绿色天书》,河南文艺出版社,2006年,第223页。
② 李存葆:《净土上的狼毒花》,《当代》2005年第6期。

为宁静的草原带来无处不在的杀机,也催生出草原压抑不住的盎然生机。美国神学家尼布尔曾说:"在动物生命中,真正独特的是物种而不是个体。特定的动物只是通过物质之特殊生命策略的无穷重复来表现自己的。"①这也许对于陋于观察、有人类中心主义倾向的人来说,的确是如此。但是对于具有生态视野的作家而言,他们却能发现那些动物中同样具有独特性的个体。《狼图腾》中,刚到新草场,包顺贵、巴图和杨克他们去猎狼,他们追捕的那两只狼宁肯自杀埋入乱石中也不愿意被捕,这种宁死不屈的行为就充分地展示了个体生命的独特性。而被包顺贵、徐参谋等人的吉普车追得气力衰竭后倒地而死的巨狼,也有西楚霸王自刎式的悲壮和无奈。小狼形象也是《狼图腾》的一大亮点。作者能够摆脱人类中心主义立场,充分地展示小狼这个野性生命的真实性格和悲惨一生。小狼在吃食时拒绝任何人和动物的靠近,这似乎是狼性贪婪的表现,知情陈阵却看出,"小狼在以死拼食的性格中,似乎有一种更为特立独行、桀骜不驯的精神在支撑着它"②。小狼对自由的追求也很感人:为争得牵系它的铁链长出一尺,它也会喜不自胜;宁可被勒死,它也不愿系在被搬家的牛车后牵上路。陈阵认识到:"草原狼无论食与杀,都不是目的,而是为了自己神圣不可侵犯的自由、独立和尊严。神圣得使一切真正崇拜它的牧人都心甘情愿地被送入神秘的天葬场,期盼自己的灵魂也能像草原狼的灵魂那样自由飞翔……"③而小狼的一生也就是尽力追求自由的一生,这充分展现了一个野性生命的高贵与庄严。在这样的自然生命面前,我们人还能有高高在上的自豪感吗?我们还不能领悟到生命之间的平等与友情的必要吗?

现代文明的主要趋势之一就是对大自然的祛魅,剥夺大自然的主体性和内在价值,把自然生命还原为机械式的存在,从而导致大自然的魅力顿失。不过,针对这种趋向,当代中国生态作家反其道而行之,通过充分呈现大自然之美,展示其不可剥夺的主体性和内在价值,展示其自然生命的高贵和尊严,

---

① [美]尼布尔:《人的本性与命运》上卷,成穷译,贵州人民出版社,2006年,第56页。
② 姜戎:《狼图腾》,长江文艺出版社,2004年,第224页。
③ 姜戎:《狼图腾》,长江文艺出版社,2004年,第363页。

从而再次为大自然复魅。

三

当代中国生态文学的第三重价值诉求,是重建生态整体观,重建人与自然和谐相处之道,为现代文明的生态转型鸣锣开道。从生态危机审视现代文明,现代文明最致命的欠缺就在于对大自然的有机整体性以及人之生命的有机整体性的忽视。斯普瑞特奈克曾说:"现代世界观强行造成了人与周围自然界、自我与他人、心灵与身体之间的破坏性断裂。"①当现代文明牺牲了这种有机整体性,从长远来看,最追求效率的现代文明,也许会成为最没有效率的文明,最追求理性的现代文明也许会成为最非理性的文明。

因此,确立生态意识,核心要义就是重建生态整体观。所谓生态整体观,就是要认识到自然界万事万物(人从根本上看也是自然中的一员)构成有机联系的整体,每一事物都占有一定的地位,相互联系,相互依存,不存在主次等级之分,共同维护着精美的地球生态系统,一方的败坏很可能潜伏着整体的败坏,而生态系统的兴盛必然要求所有部分的兴盛。美国生态思想者麦茜特曾说:"生态学的前提是自然界所有的东西都是和其他东西联系在一起的……作为一种自然哲学,生态学扎根于有机论——认为宇宙是有机的整体,它的生长发展在于其内部的力量,它是结构和功能的统一整体。"②生态学对大自然的有机整体性的发现,启示了思想家对主客两分的现代性思维的批判,也发现了人类和非人类世界的有机整体性。

许多中国当代作家都已经重建了生态整体观。徐刚几十年来始终关注生态问题,他的《伐木者,醒来》《长江传》《地球传》《大森林》等生态报告文学声誉卓著,影响深远。他在生态散文中曾多次提到德国科学家乌·希普克把蔚蓝地球比作宇宙飞船,在茫茫宇宙中多么孤寂而脆弱。对于这艘"地球号"

---

① [美]斯普瑞特奈克:《真实之复兴》,张妮妮译,中央编译出版社,2001年,第6页。
② [美]麦茜特:《自然之死》,吴国盛等译,吉林人民出版社,1999年,第110页。

宇宙飞船而言,所有生命构成一个整体,不能轻易地为了人类利益而损害整体的利益。他说:"地球生态环境的演变与恶化,从来都是牵一发而动全身的,它细密地互相关联着,似一张网,像一根链,环环相接,既微妙而又真实。'蝴蝶效应'说的就是这个道理。"①自然生命的整体性要求我们不能仅囿于人类的眼前私利而不顾自然生命的整体利益,没有了自然生命的整体利益,人类的眼前私利最终也无法保存。

曾到陕西秦岭深入生活、特别关注野生动物保护的女作家叶广芩也说:"大自然实在是个很奇妙的东西,大如风云雷电、山川河流,小至岩鼠、山猫、蚍蜉蝼蚁,一切分裂与分解,一切繁殖与死亡,一切活动与停滞,一切进化与衰退,俨然各有秩序,人类不要从中裹乱,否则会搬起石头砸自己的脚。"②她领悟到了大自然是个俨然有序、普遍联系的有机体,这的确是生态意识的首要法则。

生态整体观在姜戎的长篇生态小说《狼图腾》中同样得到充分的体现。如果说额仑草原的白狼王是维护草原繁荣的野性力量,那么毕利格老人就是维护草原繁荣的人性力量,是当地人中的"白狼王"。他的生态智慧最根本地体现在关于草原上"大命"和"小命"的说法中。知青陈阵看到黄羊的美丽时就觉得黄羊可怜,狼可恶,滥杀无辜。而毕利格老人却说:"难道草不是命?草原不是命?在内蒙古草原,草和草原是大命,剩下的都是小命,小命要靠大命才能活命,连狼和人都是小命……蒙古人最可怜最心疼的就是草和草原。"③如果说美国生态思想家利奥波德倡导人要像大山一样思考,那么毕利格老人就是像草原一样思考,这是真正的生态整体主义者,他的确看重个体生命,但更看重生态系统的和谐与健康。

当然,许多作家在人与大自然的正向关联中感悟着生态整体观。写过《绿色天书》《净土上的狼毒花》等华美的生态大散文的李存葆,在《鲸殇》中

---

① 徐刚:《边缘人札记》,广东人民出版社,2000年,第79页。
② 叶广芩:《老虎大福》,太白文艺出版社,2004年,第226页。
③ 姜戎:《狼图腾》,长江文艺出版社,2004年,第35页。

就曾说:"山山林林的鹿鸣狼嗥虎啸猿啼,岩岩石石的蜥行虫跳蝎藏蛇匿,江江海海的鱼腾虾跃鲸驰鲨奔,土土缝缝的菇伞霉茸蚓动蚁爬,坡坡岭岭的蔬绿稻黄果香瓜甜,花花树树的蜂飞蝶舞鸟啾禽啁……生命无所不在,扑朔迷离的大自然,以其斑驳的万物摇曳的万有,构成了神奇的无限。冥冥中,天人合一、物我难分,无限神奇里也包容着人类自己。"①天人合一、物我难分的前提就是所有生命的彼此关联,不但万有生命中包含着人,万有生命也互相包含,而人仅是万有生命中的一种,不可能永远凌驾于万有生命之上。李存葆还曾大声呼吁着人类的群体意识:"环保意识,生存环境,生态平衡,这些随着现代工业文明所出现的词汇,已如晨钟暮鼓在人类良知的回音壁上鸣响。人类面临的共同困惑在强烈地呼唤群体意识。"②这种群体意识不但超出部落、民族、国家,而且超出人类中心主义的群体意识,它要求人以平等态度对待一切有情众生。人类必须把自身重新放回到大自然中去,不是根据与大自然的对立程度,而是根据与大自然的和解程度来衡量人类文明的程度,人必须认识到,"一种生命的单方面扩张,不仅会使其他的生命受阻,同时也会祸及单方面扩张者自身"③。这也就是说,人类必须把自己重新纳回到大自然的生态平衡中,不能单方面地凌驾于生态系统之上,无限制地破坏生态平衡。李存葆曾语重心长地说:"人类真正的不幸,在于不懂得在珍惜自身的同时,也应珍惜身外的一切生灵;不懂得自身生命的彩练原本与身外生命的虹霓连成一片。人之外的任何生命的毁灭,不仅是兽的悲哀,更是人的悲剧。"④人的生命的繁盛和丰富必然要求着自然生命的繁盛和丰富,当自然生命不可避免地凋零殆尽时,人性也将日趋单薄,人心也将在茕茕孑立、形影相吊中渐渐枯竭。

正因存在着生命间无所不在的生态关联,当此种生命受到伤害时,彼种生命也难逃厄运。莫尔特曼曾精辟地指出,"生命体系联系人类社会及其周遭的自然,如果生命体系中产生了自然体系死亡的危机,那么必然产生整个

---

① 李存葆:《大河遗梦》,解放军文艺出版社,2002年,第21页。
② 李存葆:《大河遗梦》,解放军文艺出版社,2002年,第17页。
③ 李存葆:《绿色天书》,河南文艺出版社,2006年,第241页。
④ 李存葆:《大河遗梦》,解放军文艺出版社,2002年,第25页。

体系的危机、生命看法的危机、生命行为的危机以及基本价值和信念的危机。和(外在)森林的死亡相对应的是(内在)精神疾病的散播。和水污染相对应的是许多大都会居民的生命虚无感"①。无独有偶,非常关注生态问题的著名作家张炜在生态小说《三想》中也写道:"事实上,哪里林木葱茏,哪里的人类就和蔼可亲、发育正常。绿树抚慰下的人更容易和平度日,享受天年。土地的荒芜总是伴随着人类心灵上的荒芜,土地的苍白同时也显示了人类头脑的苍白。它们之间的关系没人注意,却是铁一般坚硬的事实。"②张炜的洞察力颇为深邃,启发心智。

徐刚更是深深体会到自然生命与人同根连枝,一荣俱荣,一损俱损:"我们变得轻薄,是因为离开了土地;我们心灵枯槁,是因为我们看不见绿色;没有了危哉大山的险峻,脚下的路反而变得更加迷茫;失去清泉的滋润,又怎么能流淌出清泉一般的智慧呢?"③现代文明处境中,人的内在精神危机与自然的外在生态危机互为表里,唇亡齿寒。

现代人常常囿于一己私利,肆无忌惮地破坏大自然,原本以为对人没有什么害处,但是自然界的整体联系会把恶果一一扩散,就像石落水塘,激起万般涟漪,最后把恶果反馈到人自身。阿城的知青小说《树王》写到20世纪60、70年代云南知青破坏原始森林的狂热。奇特的是,当树王被伐,森林遭毁,大自然生灵涂炭时,与大自然有着隐秘联系的肖疙瘩也郁郁而终。这无疑是暗示着人与大自然的生死与共。贾平凹的生态小说《怀念狼》中,当秦岭地区无狼可猎时,那些捕狼队猎人也奇特地相继患上各种疾病,有人得了软骨病,有人得头痛症,有人性能力完全退化。

刘先平曾把他几十年来的写作目标概括为呼唤生态道德,他曾写道:"我冒着种种的危险和艰难,在野生的动植物世界探险,无论是描写滇金丝猴、梅花鹿、黑叶猴,还是红树林、大树杜鹃,都是为了歌颂生命的美丽,但总是见证

---

① 杨通进等主编:《现代文明的生态转向》,重庆出版社,2007年,第229页。
② 张炜:《远行之嘱》,长江文艺出版社,1996年,第202页。
③ 徐刚:《沉沦的国土》,人民文学出版社,2005年,第156页。

着生命的悲壮——它们在人类的猎杀和砍伐下苦苦挣扎。就连每年要进行一次宏伟生育大迁徙的藏羚羊，或是给人类带来福祉的麝，或是山野中呼唤爱的黑麂，都无可避免地遭受着厄运。它们生存的空间正被人类蚕食、掠夺。这使我产生了无限的忧伤和愤怒，也促使我更加努力地呼唤生态道德的树立，也更寄希望于孩子——他们是人类的未来。"[1]我相信，刘先平这种为生态文明而努力的使命感就是生态文学发展的终极动力。

最后，我们再次来看看吉狄马加的诗歌《有人问……》："有人问在非洲的原野上/是谁在控制羚羊的数量/同样他们也问/斑马和野牛虽然繁殖太快/为什么没有成为另一种灾难/据说这是狮子和食肉动物们的捕杀/它们维系了这个王国的平衡/难怪有诗人问这个世界将被谁毁灭/是水的可能性更大？还是因为火？/罗伯特·弗罗斯特曾有这样的疑问/其实这个问题今天已变得很清楚/毁灭这个世界既不可能是水，也不可能是火/ 因为人已经成为一切罪恶的来源！"这就是我们谈论文学与自然、谈论生态文学的意义所在！

---

[1] 刘先平：《走进帕米尔高原——穿越柴达木盆地》，人民文学出版社，2016年，第3页。

写在"生态文学"周边

季亚娅[①]

一

环球同此凉热。西方反思现代性危机的"生态文学"之风，终于吹向了太平洋这端。如果"生态文学"在美国的起因，源自人类中心主义科技进步理性导致的自然生态危机、后殖民导致的社会文化危机、消费资本主义导致的人文精神危机（王岳川：《序胡艳琳〈文学现代性中的生态处境〉》），2000年前后中国出版界竞相推出"绿色"丛书，对《寂静的春天》《沙乡年鉴》《瓦尔登湖》等作品的引介，到当下"青山绿水"与生态文明建设，这个时间节奏，正和中国当代加速城市化与工业化进程有关。只有在现代城市化转型基本完成和消费社会网络全面铺展的时刻，才有余裕的时间反思西方现代性在我们这片土地的具体处境，文学叙事的兴趣才有可能从饥饿转向生态，田野才有可能从生产工具变成青山绿水。

在"古今中西"的框架里讨论"生态文学"，百年中国现代化进程人们如何看待"自然"或者环境，它如今所呈现的政治正确并非那么天然。它折射出了两个重要问题，一个是"古今冲突"中传统的中断与承继；一个是"中西冲突"里中国文化的失语与主体文化身份的重新苏醒，中国山水自然如何应对西方现代话语进程。当下"生态文学""自然写作""生态批评""生态诗学"这些家

---

① 季亚娅，《十月》杂志执行主编，北京大学文学博士。

族相似的概念,有着共同的文化立场与问题意识,即面对当代生态环境危机,有必要将文学审美的范围扩展到自然生态上来。但在中国现代史也是文学史与自然史的密切关系中,"生态"也不仅仅是指自然生态,还是社会生态、文化精神生态与自然的互动往来,以及在此基础上对西方现代性、对当代资本的反思和文化主体意识的重建。否则,"生态文学"必将缩略成环境类型文学或曰"生态报告文学",而在它周边,本应有丰饶且通向当代各个问题的表意空间。

打开这些空间依赖于作品解读,尤其是对经典文学文本生态角度的再解读。因为仅仅是生态主题的中国当代文学作品存量较少且影响有限,早些年有哲夫的"黑色生态批判"序列、郭雪波的"沙漠"序列,近些年有王族的新疆动物随笔、胡春林《山林笔记》、半夏《与虫在野》等,而更多的作品是将生态写作意识与其他主题叠加起来,文本更显深邃与宽广。比如阿来《空山》等作品,对博物学和康藏地区文明多样性的兴趣,与藏区现代化进程的生态危机呈现相叠加;迟子建的《额尔古纳河右岸》,地方风物背后有重返少数民族精神原乡的考量。生态及其周边美学、历史文化、自然伦理、政治经济学等多重视域的引入,这"所有大地上的事情",可为当代文学拓展新的感觉形式、问题序列和方法论空间。

二

"生态"究其根本是一个现代性问题。一方面,谈论它必然不能简单征用老庄或桃源等古代传统话语。那么这一整套在文学现代转型中被搁置的古典中国绿色传统,在何种意义上才能被"生态文学"激活和借用?古典风景的绿水青山与今日所指有何不同?如果风景的发现与人的发现是一回事,古人、现代人和当代人的主体又有何不同?古典伦理和美学秩序如何进入当代生态伦理的内部?另一方面,在现代语境里考量中国生态意识之发生,即中国现代性如何处理与山水或田园或自然的关系,值得回顾和重新梳理。

"我的眼中已没有自然,/我老早就感觉着我的变迁;/但你那灰色的情感,/还留恋着我,不想离缘……"(郭沫若《对月》)郭沫若对自然留恋与舍弃、膜拜与征服的矛盾态度,体现着五四一代对现代工业文明的复杂情绪。在《伟大的精神生活者王阳明》一文中,1921年的郭沫若表达着对老庄和"天人合一"境界的喜爱,以"天人合一"的形态出现的"自然",是"传统"的同义词,但随后在1923年《自然与艺术》里他却宣称,"20世纪是文艺再生的时代,是文艺从自然解放的时代,是艺术家赋予自然以生命,使自然再生的时代","艺术家不应该做自然的孙子,也不应该做自然的儿子,而应该做自然的老子"。中国文学史里人第一次被置于自然之上,这个征服自然、开辟洪荒的大我,与五四民族自我形象的塑造大有关联。人与自然、现代与传统的关系在这一代知识分子的自我认同里被矛盾地体现。他说自己既是"骸骨的迷恋者",又是"偶像的破坏者"(郭沫若《我是个偶像崇拜者》)。

在西方现代科技理性和中国传统中游移,郭沫若这种对自然矛盾的态度,内在于中国现代性的最初。20世纪20年代现代思想史上著名的"科玄论战",便是对西方现代性持抵抗态度的集中体现。张君劢对"科学万能"思想的质疑,梁启超《欧游心影录》对欧洲工业文明的批判,梁漱溟对工业机械生产的憎恶以及对宇宙自然"融合无间"的追求,究其实质,是对西方现代性的直觉式忧惧,而试图以东方农耕文明传统来主导中国现代化进程,与那个时代文学对工业文明的浪漫化想象拉开了距离。

这种抵抗尚不能称为"生态"意识。郭沫若等人喜爱的"天人合一"的自然想象,背后是一整套农耕文明生产方式和伦理准则,此"自然"同现代化进程之中的自然——被经纬度标识和被铁路和现代公路分割的真实自然,还不是一回事。而20世纪50年代中国画运动中的"改造山水",是山水或自然,由古典审美范式走向现代山水的一大转折点。诗人艾青《谈中国画》提出,"画山水必须画真的山河"。如果在传统山水画的脉络里,山水的对应物并非人类社会,而是儒、道两家认识世界的抽象媒介、士大夫的精神内面,山水所代表的隐逸文化是中国人文化心理结构的重要组成部分,那么强调写生,发现"社会主义真山水",则是要摆脱山水作为传统美学"有意味的形式"。山水不再是文人士大夫审美传统里的"残山剩水",而是新的民族国家想象里最重要的视觉构成。朱光潜在《山水诗与自然美》里谈到传统审美山水范式时说："人不感觉到自然美则已，一旦感觉到自然美，那自然美就已具备意识形态的阶级性。""劳动人民对于过去文人在山水诗所得到的那种乐趣（隐逸闲适的乐趣）实在是隔膜的，而且应当是隔膜的。"山水被当成是旧文化的审美表征，成为认知的障碍，美学教育成为新的国家想象所需要的"审美共同体""情感共同体"的重要手段。"改造山水"因而成为一个意味深长的议题，传统与现代的冲突，"自然"审美之后的新旧意识形态博弈，从"文人"到"人民"这现代国民主体意识的自觉，审美相对于物质层面工业现代化的意义，都在此处呈现。

工业化之后的当代山水表达，依然借用了这一山水脉络里的国族叙事。"绿水青山""大好河山"的国族表述，与新世纪文学作品中大量的返乡书写构成平行对照。"看见真实的山水"成为不言自明的方法，梁鸿的"梁庄系列"、格非《望春风》、罗伟章《声音史》、王十月《米岛》，当代田园在工业文明冲击下的集体焦虑情绪，所遭遇的政治与经济、生态与景观、人心与历史的变化，在这些作品中有集中的呈现。于是"绿水青山"变成一种愿景和隐喻，一种可以安放传统和自我的文化自信，在经历了百年眺望西方现代性的焦灼旅程后，蓦然回首发现身后山河依旧。山水就如散文家黑陶在《江南容器》中谈到的"容器"，一个后现代场景里的装置，它包含了对山水美丽的古典秩序想象、与当代史相纠缠的个人生命成长体验，被太平洋地缘政治改写过的中国南部地理坐标、红色革命人文地理和现代都市空间，这就是当代文学的极富象征性的江南"生态"景观。

三

格非《麦尔维尔读札》中说，在麦尔维尔几乎所有的作品中，始终贯穿着这样一个十分清楚明晰的主题：对乡野、乡村以及远古生活的礼赞与向往，对现代城市文明的批判和忧虑。与同时代霍桑、梭罗、爱默生一样，麦尔维尔终其一生都在试图重返自然的最深处，重返那个充满耕种、打猎与垂钓之乐的甜蜜之乡……《白鲸》所表达的是作者对人类进入海洋时代以来渐渐形成的资本主义新秩序的忧虑、反思和批判。伴随一种"还乡式"的重返传统和大自然的冲动,麦尔维尔也试图对这样一种新秩序的未来进行展望,并发出预警。

这种文明批判意义上的书写与解读,在我看来,正是"生态文学"最严肃、最富启示性的地方。"生态文学"是"为处于危险的世界写作",是对人类如何与同类、与万物共生共存的秩序的探索,它指向这样一种目的——重构人的精神,重构不同于现代人主体的其他主体形式。麦尔维尔的启示性在于,勇敢、意志、勤奋和坚韧,这些资本主义上升时期的人格精神,在某种时刻恰恰指向人性的反面。人类一旦踏过自然与文明的平衡点,就已踏上了一条不归路,从而必然会导致尼采所谓"最后之人"的出现。"裴廓德号"这艘资本主义象征秩序的"不归之舟",作为人类的象征,它疯狂的攻击行为不仅指向大自然,也同时指向人类本身,"它也是一条吞噬同类的船"。

这几乎是所有生态文明批判的母题。雷蒙德·威廉姆斯说过,"人与自然关系的表述实际上源自人和人之间的关系",另一位法兰克福学者马尔库塞也认为,人与自然关系异化折射的是人与人关系异化的实质。如果资本主义的生态危机也是一种文化危机和政治危机,如果冲突与攻击性植根于西方理性的深处,"美美与共,天下大同",东方文明的世界图景未尝不是一种意味深长的借鉴,也正在这个意义上,桃源的意义凸显。中国语境中的桃花源,传统中国文人千百年的理想世界,它所指向的人与人、人与自然和谐相处的智慧和东方式的禅意,成为西方生态文学中熟悉的乌托邦场景(彼尔·波特《一念桃花源》)。天人合一的自然是中国古代文化价值和道德合法性的文化基础,人与自然进而与他者社会的顺应、亲和关系,是东方文明的集体无意识。

西方生态文学里常出现两种异质空间,一种是"芳草鲜美、落英缤纷"的桃花源式理想主义乌托邦;一种是福柯所言的具有现实预警作用的恶托邦,生态灾难的末世图景和人性的异化是常见的主题。新世纪的许多科幻电影,《后天》《雪国列车》《流浪地球》《釜山行》等就是这一主题的再现。这种对现代主体内部隐含的攻击性自我的反思,和对其带来生态灾难的末世描写,在当代中国纯文学领域少有,但在网络文学中很常见。网络文学中的"废土题材"就是专注末世灾难的题材类别,我吃西红柿《吞噬星空》、烟雨江南《狩魔手记》、会说话的肘子《第一序列》,对秩序毁灭之中的人性与文明批判都有相当的现实深度。

文明批判能最大限度地激活生态文学的能量,使其承当一个文明的"先知"和预警者角色。如何在当代"自然"的内部去触摸它的来路和去处,去理解当代作家和田园的关系,以及这种关系中所隐含着的文明批判,这条思考脉络里有两个关键人物:张炜和韩少功。张炜的野地意识中那种为大地守夜的雄壮之心,那种人与动物、人与自然、人与人、人与人性的关系,有其对地方的坚守和乌托邦式的"民间"情怀。而韩少功《马桥词典》《山南水北》中的当代田野,是革命史与个人生命体验、地方与帝国、语言与劳动之间的存在。这两人以写法与活法的一致性,与当代资本主义文明的感受和认知方式拉开距离。

四

中国风景传统对自然的审美有两种不同的方式,一种是占有式的:

柳宗元《钴鉧潭西小丘记》记载了他为了风景而买地的经历:丘之小不能一亩,可以笼而有之。问其主,曰:"唐氏之弃地,货而不售。"问其价,曰:"止四百。"余怜而售之。……即更取器用,铲刈秽草,伐去恶木,烈火而焚之。嘉木立,美竹露,奇石显。由其中以望,则山之高,云之浮,溪之流,鸟兽之遨游,举熙熙然回巧献技,以效兹丘之下。枕席而卧,则清泠之状与目谋,潆潆之声与耳谋,悠然而虚者与神谋,渊然而静者与心谋。不匝旬而得异地者二,虽古好事之士,或未能至焉。

在柳宗元的笔下,小丘由最初的"弃地"变成"异地",依赖的是"好事之士"的怜爱与慧眼。小丘一旦成为有主之地,鸟兽云溪就变成为人"回巧献技"的演员。所有权在这里不仅是"伐恶木"之类安排布置物质世界的权力,而且与作者富有想象力的诠释和审美品位构成对照。其中审美与所有权的关系意味深长,而美或诗意本身也变成一种文化象征性资本。

"购买大自然"这一饱含矛盾的处境,苏东坡也曾面临这个问题,他在《记游定慧院》中赏游各处私家园林的海棠、枳木和竹林,虽多处园林易主"为市井人",但因为苏东坡的赏游园林仍维持了原有的品位,所有权与文化象征资本与美学品位的互动关系,在这个例子中更为明显。而《赤壁赋》中的苏东坡领悟到:"且夫天地之间,物各有主,苟非吾之所有,虽一毫而莫取。惟江上之清风,与山间之明月,耳得之而为声,目遇之而成色,取之无禁,用之不竭,是造物者之无尽藏也,而吾与子之所共适。"终极的风景审美无须执着于物权,这是中国风景传统中另一种超然态度。柳宗元和苏东坡对自然的态度,暗含着风景里的产权问题,青山绿水不仅是万物生长的诗性家园,也可能是资本所有权意义上的圈地运动,审美也有着政治经济学的围墙与门槛。

梁鸿在《梁庄十年》中回应了当代风景里的苏东坡之困,"河坡地"一节里用铁丝网圈起来的"桃林",围在她昔日风光旖旎的湍水河滩上。梁鸿的情绪由最初的愤怒到无奈接受,围起来、不能自由奔跑的河坡地,有可能是河道新生态的一部分,且意味深长的是,"伤害"也有可能"形成新的美好"。当生态问题与当代资本主义挂钩,比如环境保护、旅游地产开发项目与市场和私有产权相联系,一方面,财富与精心设计的美景互相维护与滋养;另一方面,财富的不平衡也必然带来风景的不平衡,城市中心与城乡接合部常呈现这种景观对比。而将视野拉至更远,在资本全球体系里打量,落后产能和污染产业向非发达地区的转移、对边缘地区的资源榨取和大规模劳动转移、发达国家向第三世界倾倒的生态垃圾,这些具体而常见的场景都指向福斯特所言"生态帝国主义"。资本世界体系从诞生之初就把世界分为中心与边缘,边缘地区的"生态"在中心"发展"需求前常被忽略,边缘地区的"发展"也常被中心"生态"需求所压抑。……(它所精心设计的全球风景,比如非洲荒野,最后的"香格里拉"……)从这个意义上看待全球生态危机,"绿水青山"里应该包括一条新路。它应该是所有人都能平等享受和欣赏的自然之美,它应该是将人从自然和社会全部压抑之中解放出来的发展的余裕,它应该是更耐心倾听自我之外的他者需求的伦理准则。

五

生态写作者还深信,"野地里蕴含着对世界的救赎"(梭罗),人和自然的关系里蕴含着人和自我、人和人之间更完美的相处方式。在更为开放、多样的当下山水书写里,生态写作的意义还在于,提供理解环境、理解自然更丰富多样的、更具独特和差异性的感受过程,提供一种从书斋走向田野的观察方式,从纯文学那让人疲倦的小资式风景抒情里解脱出来。

半夏《与虫在野》是一本极具特色的昆虫观察书。它是一次文学与科学的田野携手,也是一本饱含美与深情的博物学笔记。有丰富写作经验的作者嫁接其生物学背景,当了一回虫类们的"荒野侦探"。对于半夏而言,"看虫是种世界观",人类单眼与虫类复眼的对视时刻,是后工业时代人对自然的克己复礼,人类与另类物种这一命运共同体,有如复调音乐,声部各自独立却又和谐统一。半夏在后记里写到,她对虫子的拍摄方式与摄影家不同,不是专业相机的摆拍,而是手机拍摄的"生境图",为的就是手机拍虫的"闯入感"不强,能够得到最自然的生境照片,"因为看见并不容易"。如果摄影这种承载人类目光的视觉媒介,其闯入、强迫、征服的特点常常被当成男性话语方式的隐喻,半夏这种更融入的与环境共存的拍摄方式,可称为"阴性的镜头"。如果对自然的征服与闯入态度背后是理性至上的"科学中心主义",半夏则是以女性的温柔之心感悟和体认万物皆有情的"仁义在野"。

田野意识和在地意识是这类写作的共同特点,胡冬林的《山林笔记》有着同样的行走经验。他既是自然的观察者和记录者,又投身到山林生态保护的现场,五年多长白山居住体验与数十万字的山林日记,使得写作与生命实践呈现出一种交互性状态。他追随前猎手、长白山挖参人和采药人的足迹,遍访长白山的动物、植物、菌类,在纸上搭建一片立体而多维的文学森林。王族《最后的猎人》,新疆传统向现代转型中最后一代猎手与动物之间的故事,狩猎作为一种生活方式的消失凸显游牧民族"自然"观念的变化。毛晨雨的"稻电影农场"及其文献,以乡村生活的影像志和文字形式,对乡村社会正在发生的转型细节、地方历史和民间话语,进行生态学、文学、民族志意义上的跨界书写,构建一种当代乡土知识与行动的乌托邦,他的自我认同里有楚地巫性和士绅传统。走出书斋,以文字对接行动与实践,做生活的在场者和介入者,这个意义上的生态写作常与非虚构写作、田野调查相关联,这也是当代文学新鲜的方法论。

发表于《长江文艺》2021年第11期

自然美的转向:从"祛魅"到"复魅"[①]
——以大自然文学创作为例

张 娴[②]

有关自然美的问题一直都是美学研究的热点问题,并始终围绕"人与自然关系"这一核心要素展开。随着人类历史发展语境的变化,有关人与自然关系的认识以及人类对自然的审美态度也发生着不断的转变,从起初把自然作为客体性对象进行神化膜拜,到后来"人类中心主义"提出对自然的"祛魅"[③],将人的主体性及创造性凌驾于自然之上,再到"生态中心"论"自然全美"等观点的提出,美学界以呼吁对"世界的复魅"[④]实现了对"人类中心主义"审美模式的彻底反拨,有关自然美的生成范式及审美转向在美学及文学创作领域也有了划时代的体现。在20世纪全球性生态危机背景下崛起的具有中国本土生态文学特色的大自然文学,就是以自然美及人与自然关系为主要书写内容,并以构建人与自然和谐共生的诗意家园为最高审美理想,具有鲜明的现代生态伦理意识的一种文学现象。本文试图以其代表作家刘先平为主的大自然文学创作为例证,从马克思主义生态观、生态存在论等角度探讨在当今绿色发展语境下自然美的转向及其新的审美核心,通过阐述工业时

[①] 基金项目:本文为安徽省哲学社会科学规划青年项目"跨文化批评视域下的中日生态文学比较研究"(AHSKQ2017D20)研究成果。

[②] 张娴,安徽工商职业技术学院副教授。

[③] "祛魅(Disenchantment)"一词最早出现在马克斯·韦伯提出的观点"世界的祛魅(the Disenchantment of the world)"里,其本义是指西方国家在从宗教社会向世俗化社会转型过程中对世界宗教性统治的解体,后多为美学界引用。

[④] [美]大卫·雷·格里芬:《后现代精神》,王成兵译,中央编译出版社,1998年,第3页。

代以来"祛魅"所导致的人类生存困境及在现代文学创作领域中体现出的反思,提出以"人在自然中存在"来体认生命之"魅"的观点,为自然的"复魅"之路构建新的哲学美学维度,最终指向生态文明建设,实现人类"诗意地栖居"①。

一、"祛魅"导致的困境

工业时代以来,人类从神化和拜物化的宗教传统中解放出来,展示出前所未有的物质文明与精神财富,随着科技进步和现代工业化进程的不断推进,工具理性开始主导一切,现代科学以种种量化的指标对不同性质的事物进行抽象化比较与剥离,使得人与物、人类与世界之间最本真的价值联系丧失。马克斯·韦伯的"世界的祛魅"之说,认为由于科学和技术的发展,人们不再相信世界上存在着"任何神秘、不可测知的力量"②,一切事物都是可以通过技术性的方法计算并掌控的,世界在人们眼中不再具有神秘魅力。人类过分迷信并自信于科技知识对自然的驾驭、对世界的改造,自然本身所具有的力量与神圣性被彻底祛除,更多的是作为人类科技进步作用下物质资源的占有与利用而存在。

在这一历史背景下,认识论美学应运而生,它以主客二分的二元对立思维模式作为审美的哲学基础及逻辑起点,把人与自然进行形而上的分离,将人的认知凌驾于自然之上,过分强调人的主观能动性,忽略并抹杀自然的本体意义。认识论美学把审美过程直接等同于人的某种政治的、经济的、功利的认知手段,自然美则等同于主体对客体征服过程中的价值确认,是价值选择后的结果。人对自然的态度从精神化膜拜转变为"理性化"主宰,并以征服

---

① 出自海德格尔在其论著《荷尔德林诗的阐释》中所引荷尔德林的诗歌名句"Full of merit, yetpoetically, man dwells on this earth"(人充满劳绩,但还诗意地栖居在地球大地上),后被译介为"诗意地栖居"。

② [德]马克斯·韦伯:《学术与政治》,钱永祥译,广西师范大学出版社,2004年,第168页。

和改造自然作为自身价值的体现,而仅仅被视作审美客体的自然世界,只有在符合了人类的美感形式体验时才具有美的意义与价值。

这种以人类中心主义为思想核心的世界观导致的直接后果就是人的"可知意识"过分膨胀,无限放大了人的主观力量,并以此曲解了人对自然世界的贪欲就等同于人类的生存与发展。"祛魅"虽在一定程度上摆脱了人在对世界认知过程中所持有的一种具有主观盲目性的"超验崇拜",但同时也将人与自然世界完全剥离,摒弃了自然的本原力量及与人类密不可分的关联性。在这种世界观的主导下,"祛魅"所导致的人类生存困境日益凸显,这一困境在社会发展中所带来的必然后果就是生态危机爆发,自然灾害、环境污染、生态失衡、物种灭绝等问题频频发生,人与自然对立的状态日益严重。从人类自身发展而言,如果仅仅凭借工具理性在各种科技、知识领域以符号式、量化式的形态来实现自我的价值认同,否定自然的力量及自然的规律,那么人的本真价值也必将因过分迷信知识科技的"无所不能"而沦为工具的"奴隶",人类也就失去了自身本原力量不断上升的空间,走向一种价值归属与自身发展相悖的境地。

二、文学创作中的反思

在文学创作领域,西方作家最早开始以环境污染问题及生态危机作为文学创作新的题材,审视人类工业化发展过程中所面临的生存困境,重新思考人与自然的关系,以文化启蒙主义姿态反对人类中心主义对"世界的祛魅"的功利化态度,在反思人与自然的冲突及自然书写的核心价值中形成独特的美学追求,提出了"重返自然"理念及生态主义思想,并由此引发了环境文学、自然文学、荒野文学、生态文学等一系列有关生态书写的文学创作风潮,通过对自然神圣的复归及对自然书写的独特美学追求来唤醒当代人类日渐消退的自然意识和融入自然的文化传统。

我国一批以刘先平、苇岸、胡冬林、刘亮程、宋晓杰等为代表的大自然文学作家,将文学创作的人本主义立场转向生态整体主义,以探索的姿态将人置身于自然整体之中,对自然的书写强调人的在场感、亲历性、纪实性,自觉地把过去传统文学作品里仅仅对人的生存境遇的关注,延伸到对自然及自然界其他生命物种生存境遇的关注,反思人类中心主义对自然的蔑视与戕害,拷问如果失去对大自然、对地球生命物种应有的尊重与保护,人类将何去何从,并以此吹响呼吁人类回归自然、敬畏自然的号角。"它们在人类猎杀、压迫下的苦苦挣扎……它们生存的空间,正被人类蚕食、掠夺……自然养育了人类,可我们缺失了感恩,缺失了对其他生命的尊重。"[1]例如,作品《黑麂的爱情故事》中,作家详尽地描述黑麂所赖以生存的密林被人类滥伐,生存家园遭到破坏,致使黑麂无奈之中闯入居民区以寻求人类的保护,通过对自然界生命物种生存况的思考,反思人类自身生存境况的窘迫。作品《魔鹿》中有一连串的感叹:"是的,魔一般的鹿树,魔一般的美!美是有距离的!我愿意保持这种距离,为了欣赏美。"[2]作家是完完全全站在审美论的角度,由人的本位延伸到自然的本位,自然不再是被剥夺了主体性价值的美感客体,而是一种主体性的独立的美的价值与存在。

这一类文学现象的产生,为我们提出了新的历史性反思:随着自然"复魅"呼吁的兴起,在打破过去主客二分审美模式、恢复自然其本真魅力的神圣性与审美性、保护地球自然生态这一新的历史要求下,如何重新建构人与自然的关系?又如何以此作为哲学起点将自然美问题与当下生态美学、生态文明建设紧密联系,实现人与自然协调共生的绿色发展?

三、审美的转向

当代生态美学认为,人与自然的关系不应是"我"与"它"对立的主客体关系,而应是一种"我与你"式的对等的主体间性关系,把人与自然作为两个主体进行平等对话,并把这种"审美主体之间的对话放到生存本体论的意义上

---

[1] 刘先平:《呼唤生态道德》,《人民日报》2008年7月3日第16版。
[2] 刘先平:《山野寻趣》,江苏人民出版社,2008年,第11页。

来考察"[1]。这种基于主体间性哲学审美世界观的转变,"把人的感性和理性统一于人的生存"[2],重新肯定了自然的本体意义,打破了"人类中心论"的价值体系,以对自然"复魅"的审美转向来实现对过去"祛魅"时代所导致的人类困境的突破与超越。

如果说"复魅"的过程可以看作对过去传统的以认识论为基础的人类中心主义二元对立思维模式的一种消解,那么消解之后势必也需要再次对自然美问题进行新的学理重构与认识升华。我们应该认识到,从"祛魅"到"复魅"审美转向的发生,既不是单纯地对过去人类企图主宰自然的全面否定,也不是提倡重新恢复对自然的盲目崇拜。在新的时代语境下,"复魅"不是形而上的愚昧神化,也不仅仅是精神敬畏,更多的应是一种对自然的价值认同,并以此为前提重新确认人在生存发展进程中的自我价值与身份认同。

那么,在当代有关自然书写的文学作品里,自然之于人类的本质意义何在?书写自然的"魅丽",是否就等同于恢复地球原始生命状态,等同于人的"在场性"的缺失?首先,当代自然文学作品里有关自然的审美书写,自然不再只是作为一种具有参照性的"景物",而是直接作为艺术主体及审美本体、一种具备本原性美感呈现的审美存在,自然之"魅"从未消失,也不会因人的审美方式、价值标准的变化而转移。其次,回到自然美与艺术美的关系这一美学命题上看,自然美为我们展现出无穷无尽的张力与审美体验,自然美与艺术美并非对立,而是一种统一、一种融合。这也体现出了马克思、恩格斯的生态审美观,美来自人类的实践活动,美也来源于客观事物的存在。自然美是艺术美的根基,同时自然美本身也具备艺术美的形态,我们常说的"山水如画"正是对此命题的例证。我们的文学作品虽将自然直接作为艺术创作主体和审美本体,但并未回避"人",作家对自然的书写也未抹去人的情感体验与

---

[1] 赵善青,李明贤:《从"祛魅"到"复魅"——当代生态美学研究现状》,《承德民族师专学报》2010年第1期。

[2] 赵善青,李明贤:《从"祛魅"到"复魅"——当代生态美学研究现状》,《承德民族师专学报》2010年第1期。

人文关怀。在生态环境支离破碎、生命物种不断灭绝的当下，把人置身于自然之中，直面人，直面人对自然该有的责任意识与道德关怀，既是一种对过去审美活动中非此即彼的主客二分思维模式的否定，也是对当今西方"荒野文化"忽略人的"在场性"的一种纠偏，更是一种彻底的自然主义与彻底的人道主义相统一的体现。

例如《云海探奇》里帮助野生动物科考队在紫云山茫茫云海中考察短尾猴生命活动，进而领略到大自然的瑰丽多姿及猿猴世界的精彩纷呈的主人公黑河与望春；《呦呦鹿鸣》里从打猎队的枪口下救出梅花鹿的主人公蓝泉和小叮当；《大熊猫传奇》里为了寻找一对饥饿的大熊猫母子，在川西高原充满野性的原始自然生态环境中走进自然、亲近野生动物的兄妹俩果彬和晓青；《美丽的西沙群岛》中保卫祖国边疆，将肩负的使命与海洋生态融为一体的守疆战士。这些作品中的生动人物无不勇敢地走向大自然，把自我置身于自然之中，与自然融为一体，在探索自然的神圣与旖旎的同时也在确认自我存在的价值与生存意义。

四、"复魅"新的美学核心

马克思曾说："人直接地是自然存在物。所谓人的肉体生活和精神生活同自然界相联系，也就等于说自然界同人自身相联系，因为人是自然界的一部分。"[①]存在论哲学则直接指出"人不是存在的主人，人是存在的看护者"[②]。自然孕育了人类，而人类本身就栖居在自然之中，也是自然存在的一部分。世间万物包括人在内，首先是以"在……之中存在"为前提的，宇宙自然则是容万物于其中的存在场域。从这一哲学起点出发，我们可以说大自然之于人类超越了传统意义上的自然之物，它应是存在之物不断生生涌动着的同时又

---

① [德]马克思，[美]恩格斯：《马克思恩格斯全集》(第42卷)，中央编译局编译，人民出版社，2006年，第96页。
② [德]海德格尔：《海德格尔选集》(上卷)，孙周兴选编，三联书店，1996年，第385页。

向自身返场的一种"存在的晕圈"①,并在其生生不息、自融自洽的动态平衡中源源不断地召回"人"这一存在之物向内在的"晕圈"里去探求与发现未知世界。

"我对自然的观察,就具有了另一种视角和另一种含义——实际上是和大自然相处,融入自然……通往沙漠深处的红柳、滂沱大雨中扑入胸膛的小鸟、青藏高原的花甸、天鹅湖畔的麝鼠城堡、南海红树中的蛇鳗、从雨林中伸出的野象长鼻、进入箱式峡谷寻找黑叶猴王国……往往比结果更有意义。发现过程的艰辛,自有一种蕴藏在平常中的特殊的魅力。"②这段文字充分体现了大自然文学创作者的自然哲学观,自然之美是建立在"关系之美"的基础上的,即人与自然在审美境域里是"此在与世界的关系"③,是人在本己存在中对存在本原的融入与参悟。从这个角度去构建新的自然美,我们可以发现,对自然审美的转向,从某种意义上说,也是对人自身"此在"存在的一种本原上的确认和旨归,自然的魅力来自生命的魅力,而生命这一主题本身也意味着人与自然世界的同一性。

如果说"人在自然中存在"是自然"复魅"之路新的哲学起点,那么对自然万物生命的体认则可以作为自然审美新的美学核心。从生命万物交互通感的角度,将人的全部感官与感觉渗入自然之中,形成种种交合感应,把自然与人的感官体验、精神意志相契合,突破形而上的审美形式,以自然的存在指向生命的本质,以生命的本质展开自然的存在。这也与伯林特提出的"参与美学"相契合,他提出重建美学理论的核心就是,应颠覆过去那种把自然作为一件事物或场景在远处去"静观",而应以人的各种感官作为审美感知和判断的基础,人应全部"参与"到自然世界中去,从而在"参与"活动中获得感性体验与哲理性思考相结合的丰富的审美愉悦。

---

① 吴承笃:《自然的复魅之维与生态审美》,《山东师范大学学报》2015年第6期。
② 刘先平:《"大自然在召唤"系列》(第9卷),安徽少年儿童出版社,2008年,第295—297页。
③ 曾繁仁:《生态存在论美学视野中的自然之美》,《文艺研究》2011年第6期。

《东海有飞蟹》里小兄弟俩对大海之生命力量持有一种本能的感知与应和;《美丽的西沙群岛》里海疆的自然之美与守卫边疆战士的心灵之美交融一体;《大熊猫传奇》里女骑士骑着黑骏马驰骋川西山野的脸庞与心灵深处的喜悦完完全全融入山原之中;在《魔鹿》中,作家在感叹带给人们魔一般美丽享受的鹿树却因物种生存竞争被所谓丑陋的高山榕树的根包裹绞缠以致枯死腐朽的同时,为同样是自然生命物种的高山榕树的生存权利发问,人类不应赋予地球生命物种"美"与"丑"或"贵"与"贱"的定义,生命的权利都是一样的,都应得到尊重。作家把自然与人的生命意志同一呈现,把对生命本身的美感体认作为审美对象,并以人的所有感官介入来实现这一审美过程,实现人与自然自在自由的审美对话。这就超越了传统意义上的"静观之美""形式之美",而是一种"结合之美""通感之美"。从这个意义上,我们应该认识到"自然文学作家的作品实际上是人类心灵与自然之魂的沟通与对话"①。

海德格尔提出了"天、地、神、人"四位一体的观点,我国古代哲人提出"道法自然",将道、天、地、人有机相连,并在此基础上产生了"天人相和""天人合一"思想,《周易》典籍中论述了"中和之美""生生之美""复归之美",这都是一种天地人道各在本位又浑然一体的生态整体主义思想的体现,这种本然状态也是一种万物复归的状态,在这种状态下才会构建出天人万物生命同一的美的"家园"。在此我们提出以"人在自然中存在"来体认生命之"魅"作为新的自然美的审美核心,既不同于人类中心主义思想下的"人化"之美,也有别于生态中心论中完全抛弃人的立场的"自然全美",它是一种从生态整体主义出发的"结合美"与"融入美",是人回归自然本真的、与其他审美形态同格的"栖居家园"之美。

五、终极追求

从"祛魅"到"复魅",以"人在自然中存在"、体认生命之"魅"来重构自然

---

① 程虹:《宁静无价:英美自然文学散论》,上海人民出版社,2009年,第5页。

美的核心,不可回避的还是要回到人类如何生存这一终极命题上来,这也是与完全抛弃人的立场及生存发展的生态中心论的核心区别所在。海德格尔指出"此在总是从它的生存来领会自身,此在的'本质'在于它的生存"①,当代生态美学也认为,"恰恰是人与自然共生中的'美好生存'将生态观、人文观与审美观统一了起来,'生存'成为理解生态美学视野中自然之美的关键"②。"生存"首先意味着栖居,"祛魅"将栖居工具化、人本化,丢弃了"家园意识",更丧失了地球生态系统中自然与生存的本质内涵。从"祛魅"到"复魅",更多地应体现由人类中心主义向生态整体主义而非生态中心主义的转变,并以此明确人与自然、此在与世界的存在关系。不回避人,不排斥人的立场,而是以"自然生命共同体"的方式将人置身于世界本原之中。

对自然的"复魅",重在重建人与自然的和谐关系,把地球自然界视为生生不息孕育生命万物的有机整体,只有在这一有机整体之内,人的创造性才能协调于自然的原生力量,并融入这一力量不断蓬勃向上生生涌动的过程之中。实现了自然之神圣性与人的创造性的双重肯定,才能真正地实现人与自然的和谐共生,人类文明才真正得以可持续发展,人类社会才能够在磅礴浩瀚的宇宙家园中"诗意地"生存并前行。因此,在新的历史时期提出对自然的"复魅"、确定人与自然共生共荣的共同体价值,终极追求应是此在与世界生存关系中实现人类诗意精神的"返乡"与"回家"。自然的魅力是无穷尽的,这正如人类对世界的认知也应是无止境的。对自然的"复魅",不是退回前现代的神化膜拜,更不是抹去人的存在价值与创生力量,而是以"复魅"确认人的价值归属与生存内涵,以"复魅"带领人走向地球"家园",在"回家"的路上"诗意地栖居"。

当前我国正进入以绿色发展理念引领生态文明建设的新时代,绿色发展理念"着眼于人与自然和谐共生、经济与生态协调共赢,为生态文明建设和推

---

① [德]海德格尔:《荷尔德林诗的阐释》,孙周兴译,商务印书馆,2000年,第186页。
② 曾繁仁:《生态存在论美学视野中的自然之美》,《文艺研究》2011年第6期。

动可持续发展指明了正确方向和可行途径"①。我国当代大自然文学创作的兴起及这一文学现象的繁荣，正是新时期生态文明建设道路上从文艺创作领域对地球家园意识与绿色发展意识的呼唤，从红树林、杜鹃花、野百合、奇山云海，到叶猴王国、梅花鹿、金丝燕、大熊猫、相思鸟、藏羚羊、麋鹿、雪豹……世界自然万物，无不彰显着生命的广延与魅力，浸透着自然的通灵，而人在置身大自然之中探寻自然的魅力与价值的同时，也在体认自身存在于自然万物之内的自我价值与身份归属。这是由"此在"展向"外在"进而又回归"此在"的一种升华，是对过去工具理性下机械自然观的一种指正，是正视人在自然世界中存在、直面人对地球自然不可缺失的责任的一种人文关怀。我们认为，这种人文关怀是新时期生态文明建设形势下重构人与自然关系的一种突破，也体现了以实现人的"诗意地栖居"、实现生态平衡为核心指向的"复魅"精神的终极追求。

"我在大自然中跋涉了三十多年，写了几十部作品，其实只是在做一件事：呼唤生态道德——在面临生态危机的世界，展现大自然和生命的壮美。"这是新时代下大自然文学创作群体在人类不断面临地球生态危机时的一种人文自觉，作家通过文学作品的创作为我们呈现大自然广阔的"美"与"魅"，并在这一审美呈现的张力下呼吁对地球生命万物的肯定与尊重，实现人类精神生态的返乡与回归。我们也只有重新审视人与自然的关系，恢复对自然必要的敬畏与尊重，关注自然本身的诗意价值与审美意义，才能真正把握新时期人与自然绿色发展的生态意蕴，实现地球自然万物在整体合一的动态平衡中共生共荣、协调发展。

发表于《安徽师范大学学报》（人文社会科学版）2021年第2期

---

① 王松霈：《以绿色发展理念引领生态文明新时代》，《人民日报》2017年4月27日第7版。

刘先平大自然文学对"自然"的建构

吴其南[①]

写进文学中的自然都是风景。风景,如柄谷行人所说,是被颠倒着发现的。这在原则上也应适用于刘先平的大自然文学。大自然文学,在日本文学中称"自然书写",大体是以自然为主要表现对象的作品。不同的人,采取不同的表现手法,尤其是不同的叙事模式,召唤出来的"自然"即"风景"是不一样的。即使是同一作家,不同的理解和表现也可以创造出不同的自然。正是从这里,我们找到理解刘先平大自然文学的切入点。

一、作为神奇世界的自然

自然书写,以大自然为主要表现对象,这在刘先平似乎是一开始创作就决定了的。但和后来的创作有些不同的是,他最初的创作是定位于儿童读者,主要属于儿童文学的。作者最初的作品如《云海探奇》《呦呦鹿鸣》《千鸟谷追踪》《大熊猫传奇》等是虚构的叙事作品,主要是叙述科学工作者和孩子们一起进入深山探险的故事,出现在故事中的主要是这样几类角色:科学工作者,包括作为叙述者的"我"、孩子、本地向导和老人、偷猎者或其他不法分子、大自然本身。在不同的作品中,这些角色在场的方式、结成的关系互各有不同,但主要情节一般是,科学工作者来到山野,和孩子们一起去寻找某一珍稀动物或植物,中途遇到种种艰难,甚至受到坏人的阻挠,但在科考工作者的

[①] 吴其南,温州大学人文学院教授。

坚持努力下,加之山中老人等的帮助,最后都胜利完成任务。这里的科考工作者、山中老人、偷猎者所起的作用是显而易见的,但为什么要设置孩子呢?这与其说是实际的探险工作的需要,不如说是叙事上的需要。因为有孩子的新奇身体感觉和心理欲望,作为被描写对象的自然也被调到相近的频道上。从这个频道上呈现出来的自然便是刘先平大自然文学最先构建出来的形象。

首先是神奇。《云海探奇》《大熊猫传奇》《野山奇趣》等都着眼于"奇"。《云海探奇》写紫云山,原型称"天下第一奇山"。奇山、奇石、奇松,还有许多珍稀的植物和动物,常年笼罩在神秘莫测的云雾之中。故事借助一支科考小队,将读者带进云海深处。故事的主线是寻找传说中的野人,最后发现那些所谓的野人其实是一种现在已很少见到的短尾猴。从野人到短尾猴,这本身就是一些充满传奇色彩的探索。在故事中,一行人进入深山大谷,不仅满眼神奇,而且步步险峻。险比奇更具刺激性。险不仅和平庸的现实生活不同,而且有某种危险性。比如站在奇峰悬崖,比如在野外与真实的豹子相遇,等等。《云海探奇》《大熊猫传奇》中多次写到这样的情景。但是,无论怎么险,读者都知道,这是在读小说,在听故事,不会对自己造成实际的伤害。这和在剧院里看杂技等是一样的。在儿童文学中,这是一种常见的吸引读者的方式。

其次是丰富。大自然本就是一座宝库,蕴含着无穷无尽的资源。孩子们充满求知的欲望,故事中设置几个孩子,一是用他们的眼睛去观察、探究大自然,二是给故事中的成人以机会,能抓紧一切时间向他们讲述大自然这一神秘的世界。这当然也是作者有意选择的叙事策略,借向故事内的孩子们讲述的方式向故事外的读者讲述无限丰富的世界。于是,熊猫、短尾猴、相思鸟、麋鹿、黑叶猴、大树杜鹃王,一个个见所未见的奇异事物,一个个闻所未闻的传奇故事,出现在作者笔下,作者笔下的自然成了一座活的博物馆,作者的大自然文学具有明显的博物志的特征。

最后就是有趣。真实的探险,是一种工作。成年累月地在野外生活,一次次地寻找,一次次地探索,有成功,也有失望、失败,未必有那么多的趣,但刘先平的大自然文学,特别是早期的虚构性小说,常常将探寻中的艰难与单调过滤了,成为充满趣味的旅游般的经历。"奇""险"本身就是一种趣。在奇、险之外，作者更写了鹿崽如何在溪边嬉戏，小猴如何在树丛间打闹，天鹅用巨大的翅膀扇起水面的涟漪，金钱豹像闪电一样从山崖上跑过，还有大熊猫如何生养幼崽，相思鸟如何迁徙，这些都是在课本上从来都读不到的。作者的大自然文学描写的是知识的世界，也是充满趣味的世界。

奇、险、趣综合在一起，构成了刘先平早期作品中的自然的主要特点，这是一个神秘的带点超越的世界。创造这样一个自然，和当时的社会阅读需求是相适应的。十年"文革"，整个社会都卷入纷乱的政治冲突之中。"文革"结束，人心疲惫，人们需要一个能把心放下来，安静地休息一会儿的地方，这时，充满奇趣的大自然是一个很好的选择。大自然没有直接的功利性。面对大自然，人不需要算计，不需要尔虞我诈，不需要活得那么苦那么累，只要有一点好奇心就行了。对儿童而言，这一世界还有更特别的意义。十年"文革"，儿童也被裹挟其中。"文革"结束后，为了将失去的时间夺回来，为了多出人才、早出人才，当时的学校不仅将十年"文革"中批烂的死记硬背等方法重新找回来，而且变本加厉，为应对高考想出各种各样的奇招险招，使学生苦不堪言。此时充满奇、险、趣的自然就成了孩子们向往的地方。往更远点说，奇、险、趣的自然与现实生活有着天然距离，对处在平庸的日常生活中的人有着永远的吸引力，十年动乱后的那个特殊年代如此，那个年代过去以后依然如此。在刘先平大自然文学中，这是一道具有久远魅力的风景线，吸引着一批又一批的读者。

二、作为环境、生活世界的自然

《云海探奇》《呦呦鹿鸣》等具有儿童文学特点的作品是刘先平大自然文学的起点，但延续的时间并不是很长。至20世纪80年代末，类似的创作就基本上停止了，接下去写得最多的就是《走进帕米尔高原》一类作品。这类书写在作者写作之初便已开始了，如《孤岛猿影》（1983）、《黄山山乐鸟》（1986）等，只是当时侧重《呦呦鹿鸣》等作品，没有太引起人们的注意罢了。

从《呦呦鹿鸣》等到《走进帕米尔高原》等，首先的变化是作品诉诸的对象变了,且并由于这一变化,作品叙述模式也改变了。《走进帕米尔高原》等不再将儿童作为自己主要的叙述接受者,不需要设置儿童喜欢的故事,创造能为儿童感受和喜欢的新奇的自然,所以一般不需要再将儿童引入故事,连带着在故事中向儿童讲述自然知识的山野老人也退出了,那个为吸引儿童而创设的神秘自然也淡化了。代之而起的主要是一种以大自然为表现对象的非虚构性随笔。这是后来的刘先平大自然文学的主要形式。

需要考察的是叙述者在这里的身份。在《云海探奇》等作品中,叙述者是超越的。他身处故事外,但可以随时地进入故事。他一般不在故事中直接现身,我们听到的只是他的声音,看到的只是他所处的位置。但在《走进帕米尔高原》等作品中,叙述者就是叙事中的主要人物,一个十分接近作者自身的人,由他来向读者讲述他看到、听到、感觉到的人物、故事,有些类似人们熟悉的《徐霞客游记》。只是《徐霞客游记》偏重地理,刘先平的大自然随笔偏重动物和植物。这是以一个科学考察者的视角,叙述接受者是对这些问题同样感兴趣的人,包括儿童,但主要是成人。

作者关心的主要问题是什么?

作为游记,作者写到祖国的河流山川,写到美丽的自然。无论是面对儿童还是面对一般的读者,这都是赏心悦目的部分,对培养读者热爱祖国也有非常积极的意义。但作者写的不是一般的游记,而是科考游记,除了一般游记的内容,更主要的是其中与科学相关的内容。在《黑叶猴王国探险记》中,作者深入云贵深山,和科考工作者一起寻找这种神异的动物;在《圆梦大树杜鹃王》中,钻进密林寻找一种只在传说中存在的杜鹃王树;在《追梦珊瑚》中,一直深入祖国最南端的宝岛,寻找珊瑚礁,也寻找那些保卫海岛、保卫珊瑚礁的人。这里的自然虽和《呦呦鹿鸣》中的自然在很多方面相似,但不那么远,不那么神秘,而是凡俗的存在。具体地说,它们是作为人类生活的环境出现的,是我们生活世界的一部分。所以,这里的自然是作为环境的自然,是属于生活世界的自然。

作为环境的自然,其首先特点是凡俗的。不是说这里不神奇,如原产中国却在中国灭绝,最后又从国外引进的麋鹿,如因为外国人的记载才进入国人视野的杜鹃王树……但不像《云海探奇》等作品中的紫云山一样,遥远而神奇,而是属于环绕着我们人类、和我们人类休戚相关的命运共同体。人类离不开环境,环境也离不开人类——离开人类,自然就只是自然,而不是环境了。但作者不是像一般的旅游者那样观照环境的,作者采取的是一个科考工作者的视角,探讨自然的神秘,探讨环境与人类之间的关系,这里的自然,总体是近切的、温暖的。

因为近切,因为和人类存在着利害关系,作为环境的自然又是脆弱的、易被伤害的。作者这部分作品有许多写到人对自然的伤害。关于人对自然的伤害,作者在早期的《云海探奇》等作品中已经注意到了。那时主要是一些人打着革命的旗号,砸烂各级基层组织,使坏人有机可乘,如一些不法分子钻进深山,猎杀珍稀野生动物。后来,改革开放了,发展经济成了社会生活的主要内容,人们的内在欲望也被极大地调动起来,其中一些人在欲望的推动下,对自然进行放肆的掠夺。比如在《金丝燕,你在哪里》(1983)中,一些人为了获得名贵的燕窝,爬上金丝燕做窝的悬崖峭壁,将刚刚出壳的小金丝燕随意地掏出扔到海里,活着的也没有了栖身之地。金丝燕换一个地方,这些人就追到另一个地方。追到最后,这些金丝燕只好流落到东南亚了。还有些地方刀耕火种,为了一点点粮食烧掉大片大片的林木。有些地方为了发展渔业和旅游业,不惜毁坏大片的珊瑚礁,如此等等,作者痛心疾首。

也因为如此,刘先平此类大自然文学的一个重要内容就是对处在保卫环境、保卫大自然第一线的人们的肯定和赞美。这里,首先进入人们视野的仍是早期作品中已经多处出现的科学工作者。在后来的非虚构性随笔中,则是作者科考路上遇到的环保部门的工作人员,当地从事环保的科学工作者,他们是中国环保事业的主力军。还有就是直接战斗在环保第一线的普通劳动者,如守卫海岛的解放军战士等。通过这些人,作者表现了自己关爱自然,与大自然和谐共处、共同发展的美好愿望。

将自然看作人类生存的环境,在观照、评价上自然还是以人类为中心,从人本主义出发的,但和传统的人类中心主义仍是非常不同的。传统的人类中心主义突出人类和自然的对峙,要求人类对自然进行征服,口号就是所谓的人定胜天之类。主张人与环境和平共处的环境主义又称"软生态主义",不是突出人类与自然的对峙,而是突出人类与自然的和谐共生性,应是一种比较现代的自然观念,这和当前中国社会的现实也是相适应的。

三、作为主体、他者的自然

无论是超越的自然还是作为环境的自然,其实都是因为人类而出现和存在的。无论是为了矫正人类生活的偏颇,还是提倡人与环境的和谐共处,都必须联系特定时期的人类社会生活来对其进行理解。但是,自然也并不是仅为人类社会存在的。一定意义上可以说,自然是一个比"人""人类社会"还要大的概念,我们只有从更大的背景上,才能对自然有更深的理解。这点,刘先平的大自然文学谈得不多,但偶然的涉及和表现还是一直就有的。

比如在《犀鸟、鼷鹿和绞杀树》中,作者写自己在热带树林看到一种自然界的奇观:一群并不美观的榕树围着一株本很美观的圆锥木姜子树,榕树蓬蓬勃勃,圆锥木姜子树却快要被缠死了。原来是一只鸟在圆锥木姜子树上拉粪,留下榕树的种子,种子发芽长成小树,小树长出许多气根垂下,接触地面变成实根,实根上又生出榕树,于是,许多榕树将圆锥木姜子树围在当中,榕树蓬蓬勃勃,而圆锥木姜子树却快要被缠死了。从人类的眼光看,榕树寄生于他树却反客为主,显得很残酷,可自然界奉行的是和我们一样的法则吗?

在《和黑叶猴对话》中,作者描写了黑叶猴王国中一种非常可怕的现象:猴王有点老了,一只年轻的公猴向它发起挑战,一番血腥的厮杀以后,年轻的公猴胜了,它不仅驱逐了老猴王,占据了它原来的妻妾,而且将原群落中的小猴一个个扔下山崖,活活摔死。从人类的眼光看,这也是极其残忍的,可在自然界,这样的事情不是每天都发生着吗?

这就联系到人在和大自然相处时的一些行为了。在写于1981年的《胭脂太阳》中,作者写自己和一行人正在看怒江深处一场美丽的日落,突然间,本来呈现美丽的胭脂红的天空飞起无数黑乌鸦一样的碎片,人们告诉作者,那不是乌鸦,是人们烧荒飞起的残片。作者一时感到非常痛心,不只是一个美景被破坏了,而且现在还在实行的这种落后的生产方式,完全是通过对自然的破坏来实现的。作者对此当然是愤怒地谴责。但到 2008 年,作者重新出版这篇作品,加了篇《后记》,其中写道:"2002 年,在怒江大峡谷高黎贡山的东坡海拔两千多米的山坡上,一片焦黑的直立的树桩触目惊心。近两天发生了火灾吗?同行的当地朋友说:烧火种地。这里的耕地金贵,经济落后,为了解决少数民族兄弟的生活,每年还是要划出一部分林子作为火烧地。口粮总是最重要的问题……"拉开距离看,我们的祖辈世世代代不就是这样走过来的吗?刀耕火种,用大片大片的树林换取一点点玉米、稻谷。可问题在于,这一点点玉米、稻谷却是山里人得以活命的依靠啊。这样看,烧荒种地不是也有合理或者说不得不这样做的原因吗?否则,荒山野岭中靠什么来维持他们的生计呢?在一个生产力极其低下、人们习惯了从土地刨食的地方,和他们谈环境保护多少是有点奢侈的。

　　从这样的视角看,作者其实已引导我们进入一种新的较深的思考:怎样在整体的生态系统中思考人与自然的关系?在探险性作品中,虽然自然作为一个对象已明显地凸显出来,但人无疑仍是作为主角出现的;在环保性文学中,自然的地位进一步提高了,一定意义上有了主体的性质;但环境仍是人的环境,人仍是中心和出发点,虽然人们常常将这类人类中心主义称为弱人类中心主义;而在《犀鸟、鼷鹿和绞杀树》《和黑叶猴对话》《胭脂太阳》等作品中,我们看到,自然是一个相对独立的系统,它们有自己的超越了人类意志的规律,我们无法让自然来屈从我们,而是我们要在一定程度上适应它。"人定胜天"在这儿不一定好用了,人类社会的道德伦理在这儿也不一定灵验了。我们不一定完全要改造环境,让环境为自己服务,而是要站在生态大系统的角度来看待人,看待自然,看待人和自然的关系。在这样的视角里,一群榕树围困甚至缠死一株它们原来寄生的树,一只年轻的公猴驱逐原来的猴王甚至摔死它的后代,都有它们自身发生和存在的逻辑。烧荒垦地未必都出于性恶;给猴子们喂食,将它们养得大腹便便,连一棵不高的树都爬不上去,于它们未必是善。我们需要站在生态系统的角度来看待和理解自然,而不是将人类社会的道德伦理强加在自然身上。沿着这一线索,刘先平的大自然文学开

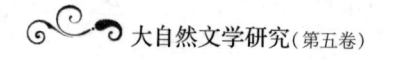

始走向生态文学的深处,其反思深度也显现出来了。

四、叙事艺术与"自然"的建构

　　作为神秘的外部世界的自然、作为人类生活环境的自然、作为生态系统的自然,这是刘先平大自然文学建构的几种主要的自然类型,它们在作者的作品中是互有差别又紧密地联系在一起的。这些"自然"和作家的叙述方式是紧密地联系在一起的,很大程度上我们可以将它们看成是作者不同叙述的结果。进入这些自然就是进入作者的叙事艺术。

　　从纵向上看,作者对不同自然类型的建构是可以分出某些时间性的。作者早期的作品更倾向神秘的、作为外在的超越世界的自然;近年的作品,隐隐约约地闪现出一个有机的、将自然作为一个整体系统来观照的世界的影子,即我们上面所说的作为他者的自然。但贯穿作者全部创作的,主要还是作为现实人类生活环境的那个自然。作者全部作品的着力点也在这里。

　　横向上,我们也可以将这些不同的自然看作空间性的不同层次的叠合。最上层是作为外部世界的自然,中间是作为环境的自然,最下面是作品关于整体自然的思考。这三个层次一开始就存在着,只是开始时偏重第一层次,后来,后两个层次才凸显出来。这当然也是大致的。不仅层次与层次间没有清晰的界限,各层次所占的比重也非常不一样。作者主要是将自然作为人类生活的环境来思考和表现的。这也是中国近年的生态文学着力的地方。这使中国近年的生态文学,包括刘先平大力推动的大自然文学,与中国的社会现实能产生紧密的联系,成为批判现实主义文学的一个组成部分,也为这些年多少有些暗淡的批判现实主义文学保留了光彩。

　　这种叙述方式和对自然的建构使刘先平的大自然文学获得广泛的好评。不仅因为其极好的观光效应、知识启迪,更在于其对生活的满腔热情,对人与自然关系的深入思考。特别是进入世纪之交以后的非虚构性自然书写,猎奇的特征少了,思考的特征却增加了。出现在这时期作品中的外面的世界不再完全清新。不仅不清新,还带上一些被贪欲弄得昏暗的肮脏。但正是通过这些不完美，作者将现实中国的生态困境揭示出来，引起疗治的希望。这样，最先从现实生活中疏离出去，带有浪漫主义文学色彩的大自然文学又回到现实，有了些批判现实主义文学的特征。在文学批评领域，人们也主要从现实批判而非儿童文学的角度对作者的创作进行解读和批评了。

  这种叙事及其建构的自然也留下了一些可以进一步拓展的空间。大自然文学是一个相对模糊的提法，就字面意义而言，主要是就作品的题材说的，题材对作品的主题、叙述方式具有某种限定作用，所以在新时期之初，将儿童文学从枯槁的政治文化的题材中拉出来，起了非常有效的作用。但题材自身毕竟不是作品的意蕴，面对自然这一题材，文学作品完全可以有不同的写法。环境文学就是一个有意义的选择。刘先平大自然文学的成功也从这儿表现出来。特别是进入21世纪以后，中国的环境问题突出，给中国的文学创作提出了不少新问题，同时也就给涉足这一领域的作家提供了广阔的用武之地。也是在这一过程中，中国的以大自然为表现对象的文学和世界范围内的生态文学接轨了，我们也就有机会从世界生态文学的视角来看待自己。从这一角度看，我们似乎还缺少世界生态文学整体主义的视野。这牵涉到生态伦理中极其复杂的问题，也给生态文学的创作和研究留出了广阔的空间。在生态文学的背景下，刘先平及其大自然文学还会有更美好的前景。

"大自然文学"的精神生态价值探析

朱鹏杰[①]

"大自然文学"在当代中国生态文学中占据重要位置,其不仅是生态行走和生态书写的典范,而且以其"恢宏的弱效应"影响了社会各个层面的读者,产生了巨大的社会影响。"大自然文学"的价值体现在两个方面:第一,提供有关生态行走和生态实践的个案和思考,刘先平创作的文学作品从自身的生态实践出发,关注现实,批判不利于生态审美的活动,为生态文学提供了鲜活的个案;第二,从精神生态层面推动生态文化的普及。大自然文学同时关注人类的精神世界,探索精神、社会与环境之间的互动关系,以文学艺术的方式推动读者精神世界的净化。本文从精神生态的角度对大自然文学进行解读,探究大自然文学的精神生态价值,为大自然文学研究提供一条路径。

一、精神生态视域中的大自然文学

"精神生态"是大自然文学研究的关键词,生态文学处理的是人类、环境、精神相关的事物,大自然文学作为表现人类生态行走的典范文体,更多地指涉和关注主体的生态情感、生态精神等方面。精神生态是连接生态主体、生态精神、生态系统、生态文学的理论节点,在研究大自然文学方面发挥着巨大作用。刘先平在《戴胜鸟和旱獭》一书序言中指出,大自然文学的特点之一,就是"努力宣扬生态道德伟大,呼唤生态道德在人们心间生根、发芽"。由此

[①] 朱鹏杰,苏州科技大学文学院中文系主任、副教授。

可见,大自然文学的关注点和落脚点,是自然界蕴含的生态意识和读者的精神世界。

精神生态的生成跟深层生态学的提出密切相关。1973 年,阿恩·纳斯创立"深层生态学",在关注生态系统的同时也关注人类的精神家园,生态学开启了明显的人文转向。在这个转换过程中,"生态学已经确凿地扩展到社会科学以及诸多人文学科,生态学者的目光也逐渐由自然生态学、社会生态学扩展到人类文化生态、精神生态层面,生态哲学、生态伦理学、生态美学都成为新的生长点,生态学已经演化成为一种统揽自然、社会的基本观念,一种革新了的、尚且有待进一步完善的世界观"[1],并作为一种弥漫性的背景渗透进各人文学科领域。精神生态就是在这一时代背景下提出并迅速得以发展的。

法国哲学家加塔利较早提出了精神生态的概念,从起源上看,"加塔利的精神生态学直接传承自贝特森的心智生态学,而且,将生态学做三重划分的思想源头也可以追溯到贝特森这里,因为,在贝特森的著作《走向心智生态学》中,已经论及了三个生态学的理论概要。因此,我们可以断言,贝特森的心智生态学不但启发了加塔利关于三重生态学的理论构想,而且引导了其精神生态学的发端,因此而成为其生态智慧美学思想最直接的理论源泉"[2]。随后,在 1989 年出版的《三重生态学》里面,加塔利详细阐释了他的有关精神生态的思考。他认为,资本主义全球一体化不仅在破坏自然环境、侵蚀社会关系,而且也在以一种更为隐秘乃至无形的方式对人类的态度、情感和心灵进行渗透。他提出,要规避危机,必须关注"不断生成的主体性,持续变异的社会场,处于再造过程中的环境(自然环境)"。这三点横贯精神、社会、自然三个领域,生成了包含"精神生态学""社会生态学""自然生态学"的"三重生态学"体系。他认为,自然环境、社会关系与人类主体性是二律背反的关系,其中任何一个领域取得长足进展,都会同时促进另外两个层面的完善,最终在外在生存环境和内在生命本体的双向互动中通达生态智慧,改善人类生态。

---

[1] 鲁枢元:《生态批评的空间》,华东师范大学出版社,2006 年,第 6 页。
[2] 张惠青:《论加塔利生态智慧美学何以生成》,《山东社会科学》2019 年第 9 期。

与加塔利提出建设精神生态学的时间相近,20世纪90年代,鲁枢元在《文汇报》与《光明日报》上发表文章,提出了建立精神生态学的设想。[①] 他认为,人类既是一种生物性的存在,又是一种社会性的存在,同时,更是一种精神性的存在,因此,他提出生态学可以按照三分法来划分:以相对独立的自然界为研究对象的自然生态学,以人类社会的政治、经济生活为研究对象的社会生态学,以人的内在的情感生活与精神生活为研究对象的精神生态学。三者之间有着密切联系,但是绝不完全等同,不能相互取代。稍后,他在他的《生态文艺学》一书中为"精神生态学"下了这样一个定义:"这是一门研究作为精神性存在主体(主要是人)与其生存的环境(包括自然环境、社会环境、文化环境)之间相互关系的学科。它一方面关涉到精神主体的健康成长,一方面关涉到一个生态系统在精神变量协调下的平衡、稳定和演进。"[②]这个概念从人类是精神性存在这个事实入手,认识到人类和其栖居的世界之间的相互依存关系,认为以精神性为本质属性的人类个体在生态系统中处于一个特殊地位:一方面是对自我的完善与发展;另一方面通过精神上的自我提高来改变自己,进而推动所生存的生态系统和谐稳定运转。

鲁枢元指出,"在如今的地球生物圈内,除了'自然生态'之外,还应该存在着'社会生态''精神生态',我将其称为生态学的'三分法'。显然,'三分法'并不是要把三者拆离开来,恰恰是要在地球生物圈的有机整体中,深入考察其位置、属性、功能、价值,以及三者之间的相互作用"[③]。他认为精神生态学有两个主要任务:一个是关注精神性主体主要是人类的健康成长,关注人类个体内在价值系统的稳定与平衡;另外一个是关注整个地球生态系统如何在精神变量的协调影响下趋于平衡。这个界定把精神生态学的研究对象圈定在精神性存在主体与其所生存的环境之间的关系上,并从学科研究对象、方向,学科任务等方面确立了精神生态学的大体构架,与以自然界生态关系

---

① 鲁枢元:《希望就在于选择——精神生态与人类困境》,《光明日报》1994年12月21日。
② 鲁枢元:《生态文艺学》,陕西人民教育出版社,2000年,第148页。
③ 鲁枢元:《我与"精神生态"三十年》,《当代文坛》2021年第1期。

为主要研究对象的"自然生态学"和以"社会各部落群体、阶层之间生态关系"为主要研究对象的"社会生态学"区别开来。作为文艺学家,鲁枢元的精神生态学与文学艺术是紧密相关的,他认为精神生态学应该关注文学艺术和其他学科的交叉研究,尤其注意文学艺术和自然之间的联系,"文学是人学的命题不能简单否定,但要真正地理解人,同时必须能够理解人与自然的关系,文学是人学,同时也应当是人与自然的关系学,是人类的精神生态学"[1]。他指出,"精神生态学研究的目的在于:(一)弄清精神生态系统的内在结构及其活动方式,促进个人精神生活乃至整个社会精神取向的协调与平衡;(二)把'精神因素'引进地球的整体生态系统中来,从人类自身行为的反思出发,重新审视工业社会的主导范式,重新调整现代人与自然的关系,为日趋绝境的生态危机寻求一条出路"[2]。自此,鲁枢元确立了自己对精神生态和精神生态学的理解,并作为中国学者对精神生态的建设做出独特贡献。

中国著名生态学者曾繁仁对精神生态的提出予以肯定,他认为,"自然生态理论离不开精神生态理论,离不开人的生态素养;缺乏生态理论素养,特别是缺乏亲近自然、热爱自然的审美情怀,自然生态保护与生态文明建设就难以落实"[3]。因此,考察精神生态的生成和内涵,并对大自然文学的精神生态表达和精神生态价值进行思考,是展开大自然文学研究的必要角度。

精神生态批评作为以精神生态为理论基础的批评范式,其特征体现在如下两个方面:

第一,将精神因素引入生态系统中,高度关注人类精神在地球生态系统中的地位。人类不是外在于自然的,人,包括人的精神同样是存在于地球生态系统中的,这样一个浅显的道理,长期以来却被人们忽略了。通过把人的精神重新导入地球生态系统,要求人类从自身做起,对维护生态平衡、改善生

---

[1] 鲁枢元:《说鱼上树——精神生态与人类困境》,《光明日报》1994年12月21日。
[2] 鲁枢元:海南省社会科学界联合会、海南大学精神生态研究所联合主办:《精神生态通讯》2000年第11期(总第23期)。
[3] 曾繁仁:《生态美学引论》序言,出自程相占:《生态美学引论》,山东文艺出版社,2021年,第2页。

态系统状况发挥积极作用。以前对生态系统的认识一般局限在自然学科范围内。近年来,随着人类对生态系统影响越来越大,随着生态灾难愈演愈烈,现代人在生态系统中的位置与作用日益凸显。人们渐渐认可生态危机实际上是由人类自己的错误选择造成的,思想观念上的偏颇,致使人类对生态资源进行过度的乃至毁灭性的开发,破坏了自然自我恢复的能力,导致地球生态系统逐渐走向崩溃。意识决定人类的行为方式,人类要改正错误,首先要改变自己的思想观念。精神作为人的一种内在的、意向的、自由的、能动的生命活动,在一个更高的层面上对地球生态系统发挥着潜隐的巨大的作用。要从根本上解决人类面临的生态危机,必须首先改变我们的精神观念,要生态重建,必须精神重建。把精神因素引入生态系统,在改善内在自我与外在环境之间找到一个结合点,便可以带来双重效应——一是人类内在素质的提高,二是外在的环境压力的缓解——从而实现人与自然的和谐共处。

第二,精神生态与自然生态、社会生态是地球人类必须面对的三个不同而又相互关联的层面,它们共同构成地球生态的完整系统。鲁枢元在批评苏联学者提出的"智能圈"及借鉴法国学者夏尔丹的"精神圈"的基础上,希望在地球生态系统的"岩石圈""大气圈""生物圈"之上补进"精神圈",由此将人类精神与地球的生态状况乃至物理、化学状况密切联系起来。[1] 他认为人从一出生便进入自然、社会、自身这三者的关系之中,在自然生态、社会生态和精神生态三个层面的限定中展开自己的生命过程。按照张祥龙的说法,在由这三个层面组成的地球生态系统中,人应是以"缘在"的身份存在的。张祥龙认为,"'缘在'与世界打交道的原初方式并非主体认知客体式的,而是以一种两者还未截然分开的、一气相通的境域方式'缘起'着的、'牵念'着的"[2]。作为"缘在"的人类是三个层面的联结点,将自然、社会、精神三者有机地联系在一起:作为自然生态层面的人,在地球生态系统中发挥着越来越大的影响力;近来更是由于人的活动超出生态系统的承受限度,整个系统有濒临崩溃的趋

---

[1] 鲁枢元:《生态文艺学》,陕西人民教育出版社,2000年,第438页。
[2] 张祥龙:《从现象学到孔夫子》,商务印书馆,2001年,第65页。

向。作为社会生态层面的人,每个人都秉持自己的社会职责,为社会生态系统的运转提供驱动力。而作为精神生态系统层面的人,亟须调整自我的内在价值系统,进而影响到另外两个生态层面。人在自然生态、社会生态、精神生态三者互动方面起到一个枢纽的作用,通过人这个"缘在",精神生态层面和另两个层面相互之间产生双向反馈作用,维持了整个地球生态系统的动态平衡。

因此,从精神生态批评来看大自然文学,其关注集中在两个层面:首先,大自然文学描写自然美景和生命共生景象,关注自然生态对精神生态的作用和价值;其次,大自然文学关注精神性存在主体(心性)如何在生态系统中发挥自己的作用,从而起到改善自然生态系统的作用。通过大自然文学的写作和传播,作者和受众形成合力,推动人类精神生态系统的健康运转,为自然生态系统的好转提供助力。

二、大自然文学的精神生态价值

大自然文学的精神生态价值体现在三个方面:首先,大自然文学的写作和传播有助于读者应对现代社会的精神危机,清除精神领域的污染,维护人类精神生态的健康、洁净。这里所说的"精神污染",并非早先国内流行的那个政治宣传用语,而是西方学者提出的现代生态学概念,指现代工业社会的科技文明、市场经济、数字化生活给人类的精神世界带来的污染与损伤。[①] 人类活动造成的环境污染和生态失衡向人类的精神世界弥漫,造成精神世界失衡。科学技术的发展提高了人类的物质生活水平,却没有提高人类的精神生活水平,并且随着物质财富的累积、市场化的全面推进,人类的精神生活水平反而出现急剧下滑的趋势。究其原因,是自然生态危机向精神层面的蔓延,主要表现为"人的物化、类化、单一化、表浅化",人的"道德感、历史感的丧失,审美能力、爱的能力的丧失"。正如海德格尔所言,在原子弹、氢弹毁灭人类

---

① [比]迪威诺:《生态学概论》,科学出版社,1987年,第333页。

之前，人类很可能在精神领域已经先毁灭掉自己。精神领域的问题只有从精神层面上才能解决，通过"精神生态"的运转，人类可以调节自己的内在价值系统，从生命目标和生存意义层面去理解人类的存在。只有厘清了生命存在的目标和意义，人类才能剥离物质主义对生命的缠绕不休，平静在商业社会里躁动不安的灵魂，从而从容面对社会诸般诱惑，让心灵走向平和与宁静，在精神层面达到一种稳定与和谐，由此维护地球生态系统的稳定。

刘先平写作大自然文学作品完全是出自对生态破坏的直接感触，他写道："三十多年来在大自然的考察，七十多年的人生经历，使我逐渐深刻地认识到树立生态道德的重要、紧迫。三十多年前我所描写的青山绿水，现在已有不少是面目全非。大片原始森林被砍伐了，很多小溪小河都已退化或干涸，有些物种消亡了……"①正是严峻的生态现实激发了他写作大自然文学，而在文学创作中，他也逐渐认识到生态破坏的直接根源是精神生态污染——人类生态道德的丧失。因此，他试图在文学作品中通过故事传达生态意识，促使读者生态责任的形成。

大自然文学具有净化作用，能够净化读者的心灵。自然的美本来就具有洗涤人类心灵的作用，对于长期生活在城市和现代化环境中的人类，大自然是一个巨大的场，时时刻刻散发出生命的蓬勃气息，各种各样的生命共同繁荣，映照出被城市、经济、工业、现代化异化的人类心灵。在自然环境中，通过自然的美、声音、气息，人们得以恢复被遮蔽的心灵，获得对生命的丰富认识。久居城市的人听到自然界中的各种声音时，有一种被洗涤的感觉。这种感觉是心灵丰富的苏醒，是万千生命共鸣的触动，也是生态系统给予人们的恩赐。刘先平写道："我在黎明鸟的叫声中醒来，走到山岭，山野的清香扑面。我深深地吸了几口，似乎已将一夜的污浊涤荡。晨曦正将天宇展现，欢快的鸟鸣声中，山谷里逸出了淡淡的、丝丝缕缕的云丝，山岚飘忽着，在绿的森林上空

---

① 刘先平：《呼唤生态道德》，选自《刘先平大自然文学作品评论选集》，2020年，第225页。

汇聚,宛如怒放的望春花。"①从这一段我们可以看出,刘先平的文学作品是"有机"的,"文字本身仿佛是活的,富有质感和血温",这是大自然文学的魅力,跟科学、思想完全不同,科学是数据,思想是说理,而大自然文学是对主体沉浸自然的直接表述。读这样的文字,我们会在无形中受到影响。审美熏陶是文学艺术的重要功用,也是大自然文学对精神生态起到效果的最重要的途径。

大自然的丰富生命净化了人类的心灵,而丰富多彩的自然风景也能够净化心灵,提升人类的境界。对于长途跋涉的旅人来说,看到一大片绿色的山林,充满着温暖、安宁,让人产生一种从内到外的放松,仿佛是见到母亲一样,放下了全身的重担。"山谷里升起一朵白云,冉冉飘浮,云花灿烂,在绿海中,在山的怀抱中,变幻无穷;山在动,树在动,鸟在唱……充满生命的欢乐,大自然展示出无比壮丽、宏伟、惊人的和谐之美。"②来自山林、鸟声、白云还有红日的抚慰,把读者拉到了一种"具身化情境"。在这个情境中,读者已经沉浸在自然给予的充满生命和美丽的"异域",心灵和精神与自然共同跳动,得到净化和洗涤,获得了对生命、自然的终极感悟。这种来自自然的提升是生态系统给予人们的财富,是对被城市、现代化、焦灼的生活异化的心灵的抚慰。

其次,大自然文学有助于开发精神生态资源,降低人类生活的物质成本,构建"低能消耗的高品位生活"。工业革命以来,人类社会取得巨大的物质进步,同时也对自己生存其中的生态系统造成了不可挽回的损害。随着生态灾难的频频来袭,人们开始认识到以巨大物质能量消耗为代价维持的现代社会是难以为继的,日益加剧的温室效应更是危及整个地球人类的生命安全。2009年哥本哈根世界气候大会之后,发展"低碳经济"成为一个迅速传布世界各国的话语。其实,早在十多年前,鲁枢元就已经在文章中反复呼吁一种"低

---

① 刘先平:《我和中国当代大自然文学》,选自《刘先平大自然文学作品评论选集》,2020年,第233页。

② 刘先平:《我和中国当代大自然文学》,选自《刘先平大自然文学作品评论选集》,2020年,第233页。

物质能量的高品位生活",这种生活以充裕的而非过度的消费为目标,在满足基本生存条件的基础上更加注重精神与情感上的幸福和满足。这是一种"诗意化的生存",一种审美化的生活方式。① 文学艺术的创造与鉴赏正可以为这种生活方式提供一种精神生态资源。人类的精神领域主要包括哲学、宗教、文艺三大部分:哲学偏向于抽象的分析和烦琐的论证;宗教则偏向于神秘与不可知论;而文学艺术同时具有哲学的深度和宗教的感染力与影响力,并能有效地避免这二者的缺点。况且,文学艺术的根最终又是深扎在自然的土壤之中的,它是人类的一种近乎本能的精神需求,一种根本意义上的存在方式,它是人类生命的出发点,又是人类生命的制高点。它是人类精神流淌的通道,是人类文化延续的河流,它作为人类精神的主要表征之一,天然具有改善"精神生态"的巨大作用。当下的生态危机大部分是由人类自己引发的,确切地说是由人们的观念偏颇与错谬引发的。解铃还须系铃人,人类引起的危机最终还要靠人类自己去解决,首要的就是改变自身的思维观念与思维模式,把人类征服自然的历史改变为人类与自然和谐共处的历史,文学艺术应以其独特优势在此过程中发挥其积极作用。

  面对由资本推动的消费社会的强大阻力,来自精神的一切资源都是有用的,而且应该被利用起来。比如佛教,张嘉如提出:"佛教的生态思想最独特之处在于它强调心/意识在生态环境里扮演的角色。……心识活动与外在环境有直接关系,甚至应该说心/意识为生态的一部分。从禅的观点看,我们对物质世界的体验直接反映着我们的思维方式。……所以,在谈环境问题时,我们不能纯粹只把它当成一个外部的环境问题,它更是一个心灵层面的污染问题。"② 这里提到了精神污染和精神生态系统平衡的问题,比起对自然生态和社会生态的关注来说,精神生态更关注人类自性的部分,是对造成生态系统紊乱的精神根源的探究。生态系统的破坏和污染,其最终根源在于人类,

---

 ① 鲁枢元:《生态批评的空间》,华东师范大学出版社,2006年,第98页。
 ② 张嘉如:《全球环境想象:中西生态批评实践》,江苏大学出版社,2013年,第215页。

而人类的破坏生态的行动,离不开思想层面的指向。所以,精神生态的研究的意义,就在于寻找人类做出破坏生态系统举动的精神根源,从源头上去净化精神生态系统,进而促使社会生态和自然生态好转。

又比如曾经的"文化寻根""精神寻根",大自然文学的兴起,既有自然生态遭到破坏的原因,也有人类精神生态遭遇危机的根由。故而,在大自然文学里,对生态的表现绝不局限于自然生态,更多的是对跟自然生态有关的精神的探究。大自然文学的精神生态价值,更重要的在于"寻找人类心灵健康的家园",以此作为目标,来疗救、当下的精神污染。刘先平认为,人类对大自然的肆意攫取,导致了生态破坏。因此,要重新审视人与大自然的关系,这是一种生态意义上的"寻根"。他最终发现,"人类只不过是大自然千万臣民中的一员,人类属于大自然!大自然组成了一个共荣共存的命运共同体"[1]。正是这样的认识,贯穿了他大自然文学创作的始终。他始终把回归大自然、保护大自然当作自己的文学使命,期望以文学为工具,来对儿童和成人进行生态教育,让他们认清楚人类精神之根是大自然。

再者,大自然文学致力于呼唤生态伦理,建构生态伦理学。生态文学和生态美学的最终目标,是通过文学艺术作品唤起读者的生态伦理意识,从而确立"生态"在他们心目中的原初地位,能够以一种"有机-关怀"的视角去看待世界万物,尤其是看待有生命的物体,建构各种生命之间的主体交往互动,恢复原处自然的万物互联。当然,这种生态伦理和万物互联并非原始社会的懵懂联系,而是在经历了工业化、现代化、后现代等进程之后的新的阶段的联系。这种联系,建构在"人类纪"的基础上,"我们人类业已步入一个人类世时代,人类已经成为改变地质和生态的主导力量。人类首先是生态危机的始作俑者,全球范围内的环境污染、地球变暖、能源危机、土地荒漠化和生物多样性沦丧等等,无一不是人为因素造成的;人类同时也是生态危机的反噬对象,经济效益驱动下的全球性消费加剧、史无前例的城镇化进程和大众媒体的盛

---

[1] 刘先平:《我和中国当代大自然文学》,选自《刘先平大自然文学作品评论选集》,2020年,第234页。

行,都已然造成了人类社会关系的疏离以及人类主体性的沦丧"①。人类在成为影响甚至决定地球生态系统生死存亡的力量之后,通过文学艺术,建立人和生态系统的重新关联。以主体-责任意识来讲,主体在生态系统中占据的部分越大,产生的影响越大,其所担负的责任就越大。所以,大自然文学中对生态伦理的呼唤,基于人与自然朴素关系的进一步思考和升华,是在充分认识人类力量之后对自然的再度认同和谦卑。这种认同和谦卑是建立在三个阶段之上的:第一,认识到人与自然的神秘联系不可中断;第二,认识到人的力量越大,人的责任就越大;第三,发挥主体性,构建跨肉身性交往,恢复人与其他生命及自然的交往互动。大自然文学对主体的生态伦理建构主要体现在对人类生态道德建构的关注上。

刘先平认为,生态道德是人们应该遵循的行为规范,而正是生态道德的缺位才造成了各种各样的生态污染。"生态道德是人与自然关系的行为规范……生态道德的缺失,造成了我们生存环境的危机……当下生态道德是缺失的,是被忽略的。造成的后果是对大自然进行无情的掠夺,并无视其他生命的权利,任意倾倒垃圾,滥用没有预后评估、监测的科技,造成了环境污染、资源枯竭、生态失衡,导致大自然的严厉惩罚,直到危及人类自身的生存。"②所以,他在大自然文学写作以及相关论文中一再提出要建立生态道德,以此来确立人应该担负的生态伦理责任,促使大自然朝绿色生态的方向发展。他提出,"确立生态道德,就是建立对于自然应有的行为规范,以调节人与自然的关系,消除环境危机,建立人与自然和谐共处的社会。……热爱生命,尊重生命,热爱自然,保护自然,保护环境,应该是生态道德最基本的范畴"③。在他的作品中,处处可见对生态道德缺失的批评和对树立生态道德的呼吁。他写

---

① 张惠青:《论生态美学的三个维度——兼论加塔利的"三重生态学"思想》,《文艺理论研究》2019年第1期。
② 刘先平:《呼唤生态道德》,出自《刘先平大自然文学作品评论选集》,2020年,第224页。
③ 刘先平:《呼唤生态道德》,出自《刘先平大自然文学作品评论选集》,2020年,第224页。

自己生态行走时碰到被砍伐的山林,"翻越白马雪山时,目睹了被滥伐后满目的树桩,连马师傅都说太残忍了。别说金丝猴生存不了,在这高寒地带,几十年都恢复不了林子"[1]。而林子被砍伐,因为缘于山民对经济的需求。经济的需求冲击了生态道德,让贪婪而无知的人类破坏了大自然,最终导致了自然的报复。

刘先平的大自然文学歌颂自然之美、呼唤生态道德,不但表达了其对生态中国的认识,传达了自然的精神生态价值,而且还批判了人类精神世界中的精神污染,呼唤一种健康洁净的精神生态系统,为人类精神生态建构提供了一种实践方式。

---

[1] 刘先平:《我和中国当代大自然文学》,出自《刘先平大自然文学作品评论选集》,2020年,第245页。

刘先平大自然文学创作的精神特质

高春民[①]

回顾新时期以来中国大自然文学40余年的发展历程,刘先平的名字是研究与阐释"大自然文学"绕不开的一座高山。从一定意义上讲,中国大自然文学就是"刘先平大自然文学",刘先平的名字几乎是中国大自然文学的代称。新世纪以来,刘先平大自然文学无论是创作、传播与推介,还是批评研究及学科建设,都得到了极大发展,尤其是2010年"刘先平大自然文学工作室"成立以来,高举大自然文学旗帜,组织举办了一系列学术活动,不断扩大和提升了大自然文学在学界的影响力与精神品质,取得了丰硕的成果与业绩。近期,笔者系统阅读了刘先平先生的文学作品及诸多相关研究的学术成果,在此仅以刘先平大自然文学创作与文本为对象,就"刘先平大自然文学"的概念、含义与特征表达一些不成熟的看法,以求教于各位方家。

一、"大自然文学"之"大"

"大自然文学"之所以冠之以"大",具有特定的含义与意义。一方面是为了凸显其与自然文学,尤其是与传统自然书写的异质性;另一方面是刘先平大自然文学创作特征的一种集中呈现。2000年刘先平明确举起"大自然文学"的旗帜,成为大自然文学的开拓者,被誉为"中国当代大自然文学之父"。

[①] 高春民,洛阳师范学院文学院副教授。本文为国家级项目培育基金"中国新时期文学生态共同体研究"(2019-PYJJ-016)阶段性成果。

刘先平虽明确提出了"大自然文学"的口号,但这一口号提出之时,或许并没有从学理上作太多语言上的区分和思考,很可能受"走进大自然""热爱大自然"之类言语表达的潜意识思维影响,"流露出中华民族天人关系或者说自然观的集体无意识"。以此来看,刘先平提出的"大自然文学"之"大"有对自然"尊崇敬畏"之意。[1] 正如刘先平在回答为什么要在当代自然文学之前冠以"大"字时所说:"在自然文学之前冠以'大'字,和我多年跋涉在自然中探险有着密切的关系,当我再次投身于大自然,就如回到了故乡,回到了童年,孩童的视野中,天地是何等地大!而自己却是如此地渺小。不觉之间,尊崇自然、敬畏自然之心油然而生。"[2] 同时,刘先平提出的"大自然文学"之所以称为"大",更为本质的是有意地区分与传统自然文学书写之间的差异。请看2003年刘先平在面对访谈时,对"大自然文学"解释的一段话:

"中国大自然文学有着久远的源流:陶渊明、李白都有大自然文学的作品。不过,他们的大自然文学,还是借自然景物抒发自己的感情。而现代意义上的大自然文学,其特征是以大自然为题材,向往人与自然的和谐,追求天人合一、物我相忘的境界。现代观念上的大自然文学发轫于20世纪70年代末80年代初。在世界文学史上,也有类似的作品,像《寂静的春天》《走向非洲》《瓦尔登湖》等。"[3]

刘先平承认中国大自然文学有着久远的历史,像陶渊明、李白他们的书写自然的诗歌,但他们的自然文学是传统意义上的自然书写,而"大"自然文学是具有"现代观念"和"现代意义"上的文学书写,发轫于20世纪70年代末80年代初。此处的"现代观念"与"现代意义"是指在生态危机背景下产生的,以自觉生态意识为理念引领的人与自然关系书写为核心的文学创作。这

---

[1] 王骏骥:《大自然文学的概念界定及其中国特质》,见赵凯主编:《大自然文学研究》(第四卷),安徽文艺出版社,2020年,第142页。

[2] 刘先平:《我和中国当代大自然文学》,见何向阳主编:《呼唤生态道德:刘先平大自然文学作品评论选集》,天天出版社,2020年,第262页。

[3] 翁昌寿:《打造中国的"探索书系"——访"大自然文学"奠基者、安徽省作协副主席刘先平》,见韩进:《刘先平大自然文学创作研究》,安徽大学出版社,2020年,第89页。

或许更是刘先平以"大"自然文学来命名自己的文学创作的本质含义。

从刘先平文学创作实践及文本呈现出来的文体特征而言,大自然文学之"大"意味着文体的驳杂、内容的丰富与风格的多样、灵活。刘先平40多年的文学书写,创作出几十部文学作品,既有儿童文学、动物小说、自然探险书写,又有纪实性的报告文学,随笔性、游记性的散文,科学小品与考察笔记,文体之庞杂、内容之磅礴、形式之灵活,很难从文体上对其进行精确的界定,是一种特殊的文学类型,具有跨文化对话、跨代际沟通与跨文体写作的特点。[①] 从审美品性而言,刘先平的大自然文学创作虽文体庞杂,但在艺术风格上彰显出宏大瑰丽的风范气象,他的大自然文学融游记散文的优美,动物书写的灵性,纪实文学的实录,探险书写的奇崛、历险,考察笔记、博物方志的新奇、趣味为一体,营造出崭新的审美空间,为"当代文学的创作提供了一种新的话语立场,一种发现经验的新视角,一种书写经验的新方式,从文学秩序上来说,为当代文学提供了新的生机、力量和资源,成为一种新的文学可能性"[②]。

二、大自然文学创作的实践性与建设性

以笔者有限的阅读来看,当下大自然文学与生态文学、自然文学、环境书写之间的概念归属上的"纠缠"是大自然文学研究中的一个突出问题。急于给大自然文学贴上一个这样那样的学理标签或在概念上、学科归属上过多的"纠缠"对大自然文学创作并无太大的学术意义。从不同的视角或立场出发,都可以见出大自然文学与生态文学、自然书写或环境书写之间存在诸多的联系与相同之处,并且都可以予以学理的论证。无论是大自然文学从属生态文学,是生态文学发展的高级形态,还是大自然文学涵盖生态文学,根底上都是强调它们之间的相同之处,而消弭甚至取消它们之间的本质差异及其存在的

---

① 王全根:《我们最缺失的是这样的书——读〈追梦珊瑚〉》,见何向阳主编:《呼唤生态道德:刘先平大自然文学作品评论选集》,天天出版社,2020年,第186页。

② 雷鸣:《论刘先平的大自然文学对于当代文学的意义》,何向阳主编:《呼唤生态道德:刘先平大自然文学作品评论选集》,天天出版社,2020年,第151页。

合法性,不利于它们各自的自由发展。从刘先平大自然文学创作的文本出发,它与自然文学、生态文学之间表面看来,在内涵、特征等方面十分相似,但也有诸多不同,虽可以相互参照、互为补充,但不能简单地混为一谈,更不能强行归属。本质上而言,它与自然文学、生态文学相比最大的特点不在于自然题材、生态视角与人与自然之关系以及作家创作立场的转变等方面,而在于其文学创作中彰显的实践性与文本凸显出的现实建设性。

从刘先平近40年的大自然文学创作实践来看,他的文学创作,无论是被称为儿童文学的《呦呦鹿鸣》《千鸟谷追踪》、大自然探险文学的《云海探奇》《大熊猫传奇》,还是后来被称为"原旨大自然文学"与"生态大自然文学"[1]时期的作品,如《美丽的西沙群岛》《走进帕米尔高原》等都是在自然行走之中完成的,具有强烈的在场感与实践性。这与贾平凹的《怀念狼》、姜戎的《狼图腾》、陈应松的《豹子最后的舞蹈》、郭雪波的《大漠狼孩》等通过想象与虚构创作出来的被称为典型的生态文学文本相比,具有强烈的"在场"意识、"介入感"与实践性,被誉为"行走的生态诗学"。[2] 同时,刘先平以灵动、感性的文学语言,生动形象地描绘了人与自然、人与动物之间的原生态式的和谐图景,虽具强烈的纪实性与真实感,但其文学文本所呈示出的文学性、趣味性又与以新闻纪实方式暴露生态问题为主的报告文学,如徐刚的《伐木者,醒来!》《沉沦的国土》、陈桂隶的《淮河的警告》等作品不同。

刘先平大自然文学创作在处理人与自然关系时擅于将原生态的自然作为审美对象,通过书写人与自然"天人合一"的审美境界来表达人与自然和谐发展的思想主题。与诸多生态文学文本从自然对人的影响,或人对自然的征服、奴役、掠夺,以暴露生态问题的严峻与生态危机的深重相比,刘先平的大自然文学创作无论是理念上,还是书写内容方面,都呈现出一种轻揭示与暴露,而重建设的精神品格。如此讲,不是说刘先平大自然文学创作中没有对

---

[1] 韩进:《刘先平大自然文学创作研究》,安徽大学出版社,2020年,第210页。
[2] 王欣:《行走的生态诗学——评刘先平的大自然文学》,见何向阳主编:《呼唤生态道德:刘先平大自然文学作品评论选集》,天天出版社,2020年,第186页。

生态问题与生态危机现状的揭示与暴露,而是说除了这些特征外,在面对人与自然关系的错位与紧张时,它不以暴露问题与揭示困难为主,而是尝试性地提出了缓解人与自然紧张关系的、有建设性的方法与方式,更加关注文学的爱的主题、道德主题、和谐主题、发展主题、未来主题①的凸显与弘扬,更加强化文学艺术的引导与启蒙,比如明确提出并热切呼唤生态道德,将传统伦理学认为的只有人与人具有伦理道德的观念推延至人与自然关系之上,将人类既定的真善美之精神向度赋予自然界有生命的动物,呼唤对自然万物给予必要的道德关爱与伦理关怀,倡导以审美的态度对待人与自然万物的关系,寻求人类"诗意栖居"的可能性与方法路径,对生态问题的解决具有建设意义。在刘先平看来,大自然文学是在人类理想之光的照耀下,不重在暴露,而在于歌颂、展示大自然之美、生命之美,倡导一种简约适度、绿色低碳的"低消耗高质量"的生活方式,呼吁人们走进自然、感悟自然、体验自然,从而热爱和保护人类生命延续的物质和精神家园。

三、具有生态道德的人格塑造

刘先平在 2008 年推出的"大自然在召唤"系列丛书总序中第一次提出"呼唤生态道德",呼吁"亟须建立对于自然、环境应具有的行为规范,以调节人与自然之间的关系,消解环境危机,建设人与自然的和谐"②。刘先平坚定地认为,"只有生态道德才是维系人与自然血脉相连的纽带","只要人们以生态道德修身济国,和谐之花就会遍地开放"③。刘先平在不同场合反复表示,他 40 多年来坚持创作大自然文学,只在做一件事情——呼唤生态道德,呼唤人们"热爱生命,尊重生命,热爱自然,保护自然,保护环境,倡导和践行绿色生活方式"④。在他的思想与文学书写中,生态道德是大自然文学的立身之

---

① 赵凯等著:《大自然文学论纲》,安徽文艺出版社,2020 年,第 150 页。
② 刘先平:《大自然文学:呼唤生态道德》,《创作评谭》2015 年第 4 期。
③ 刘先平:《大自然文学:呼唤生态道德》,《创作评谭》2015 年第 4 期。
④ 刘先平:《大自然文学:呼唤生态道德》,《创作评谭》2015 年第 4 期。

本。只有生态道德才能化解人与自然之间的种种矛盾,培育、树立生态道德的过程就是建设生态文明的过程,大自然文学以培育具有生态道德的生态公民为目标,以推动生态文明建设为创作旨归,具有强烈的实践诉求。那么,如何以文学艺术的方式培育具有生态道德的生态公民?笔者认为,首要的是培育人们的生态人格。刘先平在其大自然文学创作中虽没有明确提出要培育生态人格,但生态人格的培育已经鲜明地体现在他的文学书写之中。

人格是一个跨学科、含义丰富的概念综合体,它内省为精神素质,外显为行为实践,是人在道德上区别于动物的规定性。从伦理道德上讲,人格是人区别于有生命的自然万物的最大特征。生态人格作为一般人格的特殊形式,主要包括生态知识、生态理念和生态实践等。具体而言,生态人格的特征如下:第一,生态人格要求生态主体必须拥有丰富的关于自然生态系统的知识,具有自觉维护生态系统平衡与稳定的生态智慧,并以此来正确地认识和处理人与自然的关系。第二,生态人格将道德关怀的视野从人类拓展到了整个自然界,消除了自然的他者性,不再将自然当成人之外的甚至是与人相竞争的存在,而是将其内在地化为与人同生息、共繁荣的存在。第三,生态人格要求生态主体具有感受自然生态之美的特殊审美意识和能力,并不断培育生态审美情感。第四,生态人格不能只是内在性的,而是必须外化为生态实践,即以生态环境的原理和规律作为依据,以人与自然协调发展作为价值目标,以人的适度需求作为根本动力的物质性实践。①

刘先平大自然文学文本中塑造了一系列的人物形象,这些人物形象身上透射着以上几个特征,是具有生态道德与生态人格的人物形象。这是其区别于其他以人与自然关系为书写核心的文学创作的又一精神特质。我们知道,塑造人物形象是小说的核心要义,而人格又是人物形象在小说作品中着力刻画的重要内容。某种意义上说,一部小说作品是否成功的标准之一就是要看人物形象塑造的成败,要看人物形象的人格塑造的成败。因此,生态人格是

---

① 高春民:《生态人格:生态文明建设的隐形堡垒》,《中国社会科学报》2019年8月27日第2版。

以人与自然关系为核心的叙事小说着力塑造的重要旨归。生态人格塑造是刘先平大自然文学作品着力勾勒的重要内容,也是生态道德建设的重要抓手之一。刘先平大自然文学创作的系列作品中塑造了众多具有生态道德的生态人格形象,如《呦呦鹿鸣》中的陈炳歧、雷大爷,《云海探奇》中的王陵阳、罗大爷,《追梦珊瑚》中的皇甫晖,《大熊猫传奇》中的草瓦老爹,《一个人的绿龟岛》中的渔民阿山,等等,这些人物形象生态人格的形成,有的具有内倾性,有的具有外源性,有的具有反转性,承载着刘先平大自然文学书写中弘扬与传播生态道德的叙事功能,极大地丰富了大自然文学创作的人物形象谱系,也使刘先平大自然文学创作熠熠生辉。然而,如实讲,切身的阅读体验告诉我们,刘先平大自然文学创作上也呈现出一些问题,比如过于追求现实的"真实感",而将情节或文字处理得过实,故事性、可读性相对减弱,艺术性与审美性也随之淡化,文学艺术方面的"实"与"虚"之间缺乏必要的张力,等等。

文学与自然

论朱光潜美学中的自然审美欣赏问题

王 意[①]

自然美曾一度是西方美学史的重要议题,如康德在内的众多理论家都将自然美问题纳入研究对象。自黑格尔、谢林以后,美学的艺术哲学化研究倾向逐渐明显。黑格尔在《美学》的开篇就明确将自然美排除于美学范围之外,而谢林更直接以"艺术哲学"命名自己的美学著作。此后,随着分析美学的兴起,美学界逐渐抛弃传统形而上学的美学思考,转向倚靠艺术领域建构理论。美学与艺术的暧昧关系使得自然美研究受到冷落,艺术美较之自然美呈现出压倒性的趋势。随着当代环境美学的兴起,美学的视线重新折回忽视已久的自然上。面对机械理性对现代文明的异化,"美的回归"之下的"自然美复归"显得尤为重要。

20世纪50年代,中国现代美学界集中出现了对自然美的论争,并以自然美的哲学基础切入美的本质问题。朱光潜作为一代美学宗师,其学术成就是中国美学现代进程中无法忽视的存在。学界已有研究主要集中在对其美学思想的中西文化溯源和前后期美学态度的转向问题,主要采用影响—接受与共时比较的研究方法。因受克罗齐"直觉说"等形式主义美学影响深远,朱光潜主要围绕文学艺术欣赏活动为中心建构理论,学界多从美感经验、审美距离、诗学理论、人生态度等角度切入他的美学思想体系。加之朱光潜在写作中对艺术欣赏与心理的大篇幅讨论,也无形遮蔽了自己对自然审美的态度。因而学界普遍认为朱光潜的理论应用在艺术领域更得心应手,而关于其美学

[①] 王意,华东师范大学中国语言文学系博士生。

体系中的自然美问题则长期处于被忽视的地位。他只写过两篇文章专门探讨自然美问题，即《谈美》中的"情人眼底出西施——美与自然"与《文艺心理学》中的"自然美与自然丑——自然主义与理想主义的错误"。目前仅有的少量研究多以此为基础，将自然美纳入现实美范畴，从自然/现实与艺术对立立场出发，将讨论重心迁移至朱光潜思想体系中的艺术审美态度之上。[①] 从艺术审美立场出发，对朱光潜自然审美态度的解释会陷入对自然美否定的窠臼之中，而从自然审美欣赏出发，并将该问题置于中国现代美学史及西方环境美学中进行互释和会通，则能发现朱光潜自然美的独特意义。除上述两篇文章外，仍有部分观点零星散落于朱光潜的其他理论文本中，这也为全面了解朱光潜的自然审美欣赏态度增加了难度。因此，重拾朱光潜美学话语中的自然审美欣赏这一问题，既能进一步完善对朱光潜美学思想的研究，也为中国美学现代进程与自然美学回归提供新的材料与思路。

一、自然欣赏与自然美的否定

朱光潜对自然美领域的研究略显单薄，不仅在于其论述主要面向艺术欣赏过程或以具体的文艺实践为例证，更因为朱光潜明确表示自己对自然美的抵触，"'自然美'三个字，从美学观点看，是自相矛盾的，是'美'就不'自然'，只是'自然'就还没有成为'美'"[②]。但不能仅凭此就认为朱光潜否认了自然美的存在和自然欣赏的必要性，而需要明白朱光潜在对"自然"一词概念界定的前提下，才能深入探究其矛盾性的根源。

朱光潜在《文艺心理学》中交代了三种"自然"的定义。第一种是与"人"

[①] 彭锋认为艺术与自然是朱光潜美学体系的矛盾之一，原因在于朱光潜研究方法与前后思想的变化，但这种矛盾也体现出朱光潜尊重文艺实践的选择。杜学敏将自然美作为现实美的代表与朱光潜的艺术美理论形成对比研究。朱仁金认为朱光潜既通过质疑自然美为形式主义美学理论立论，又通过确认自然美中的合理部分来推进"美学大讨论"的唯物性和辩证性。

[②] 朱光潜：《朱光潜全集》第2卷，安徽教育出版社，1987年，第46页。

相对的人以外的事物,如山川草木、鸟兽虫鱼之类;第二种是与"人为"相对,非人工所造的东西。① 第一种自然含义即狭义的自然界概念,是近代以后经由日本人翻译,传入中国的"大自然"之意,也是现下普遍使用的意义。第二种含义则面向特定的中国先秦哲学思想语境,专指万物的存在状态,遵从自身的原初性质,如其本然的自然而然,对"自(自身、自己)"形态的认同也就带来对"非自(非自身、非自己)"样态的排斥,从而逐渐引申出浑然天成的非人工所为之义。朱光潜也意识到这两种内涵都不够完美,且存在一定的缺陷,因为天然的自然风景里也会包括人造的城郭楼台,于是他提出了范围更宽的第三种"自然"意义。"自然就是现实世界,凡是感官所接触的实在的人和物都属于自然。"②这就不再从实体世界内部进行划分,而直接扩大至整个实体物质世界,即相对精神、文化领域而言的广义的自然范畴。③

朱光潜将"自然等同于现实",于是存在一种声音认为朱光潜理论中的"自然美"也应等同于"现实美",即包含了狭义的"自然美"与"社会美"④。然而,这是否就意味着可以全部用"现实"一词来替换朱光潜文本中的"自然"话语位置? 用艾伯拉姆斯文学四要素中的"世界"含义进行阅读代替。

不妨从朱光潜文本使用的实践中去求证,翻阅《西方美学史》可以发现,上卷至下卷的第三章(黑格尔)⑤,朱光潜基本使用"自然美"与艺术美进行对比,而从第十六、十七章关于别林斯基和车尔尼雪夫斯基的论述开始,则普遍使用"现实美",而不见"自然美"的踪迹,但实际行文中也偶尔存在冲突,自然

---

① 朱光潜:《朱光潜全集》第1卷,安徽教育出版社,1987年,第326页。
② 朱光潜:《朱光潜全集》第1卷,安徽教育出版社,1987年,第326页。
③ 现下"自然"概念的使用语境,可参见《辞海》(2009)中对自然(界)的解释:"指统一的客观物质世界。是在意识以外、不依赖于意识而存在的客观实在。处于永恒运动、变化和发展之中,不断地为人的意识所认识并被人所改造。广义的自然包括人类社会。人和人的意识是自然界发展的最高产物。狭义的自然指自然科学所研究的无机界和有机界。"朱光潜所提的第一种含义即狭义的自然,第三种含义即广义的自然。
④ 杜学敏:《现实与艺术的对立融合:朱光潜美学中的自然美观及其现代性》,《陕西师范大学学报》(哲学社会科学版),2020年3月。
⑤ 朱光潜:《西方美学史》,商务印书馆,2011年,第557页。

美与现实美有时并列出现,有时则呈现为可替代关系。如在绪论中提道:"正如马克思指出的……这个观点并不排除对自然美和现实美的研究……"①这里的"自然美"与"现实美"是并列关系,下卷中"费肖尔曾指出自然美或现实美的一系列的缺点……"②却成了可替换关系。朱光潜并未有意对二者作出区别,其目的是在漫长的美学理论史中为艺术美提供参照。如黑格尔主张艺术美高于自然,"艺术美是由心灵产生和再生的,心灵和它的产品比自然和它的现象高多少,艺术美也就比自然美高多少"。而"车尔尼雪夫斯基抛弃了黑格尔的典型说……他把艺术典型看成只是对现实中原已存在的典型的再现,从而得出艺术美永远低于现实美的结论"③。这里即用车尔尼雪夫斯基的"现实美"替换了黑格尔的"自然美"。

若将"现实美"与"自然美"全然相等,"自然"也应与世俗的、功利的现实生活世界无所区别,但在《西方美学史》中论述车尔尼雪夫斯基三个美的定义之一:"自然美也不能离开人类生活而有独立的意义。"可见,此语境中的"自然美"明显不等同于"现实美"。"现实美"本身就是人类生活中的美,无所谓依附或独存的地位。此外,在朱光潜的其他文本使用中,为解释理论或论及"自然美"时,所援引的案例往往都以风景环境为对象,这是"现实美"的内涵及外延无法完全替换的,如讨论审美移情时,"寂静的月夜,雄伟的海洋那一类自然美是'感发心情和契合心情'的"④。在《美感经验的分析:形象的直觉》一文开篇,他将"美感经验"定义为"欣赏自然美和艺术美时的心理活动",随后分别列举了观赏自然风景和欣赏文艺作品时的情景。又或在论述"宇宙的人情化"时,涉及了云飞泉跃、山鸣谷应、清苦的晚峰、劲拔的古松等大量的自然意象以及众多中国古典诗词中的自然生态情景,如"云破月来花弄影""采菊东篱下,悠然见南山",这些都是对自然风光的欣赏,如果依据前文朱光潜对自然的定义,自然应当还包括其他的现实物质,但关于"自然美"的文本

---

① 朱光潜:《西方美学史》,商务印书馆,2011年,第5页。
② 朱光潜:《西方美学史》,商务印书馆,2011年,第620页。
③ 朱光潜:《西方美学史》,商务印书馆,2011年,第767页。
④ 朱光潜:《西方美学史》,商务印书馆,2011年,第653页。

中几乎没有出现过对艺术品以外的现实人造物进行欣赏。

如果依照朱光潜对"自然"字面上的定义，确实可认为"自然美"是一种包含了社会美的现实美，但在具体文本描述与举例使用时，他又往往缩小了范围，尤其在自然生态审美的情况下，用狭义的"自然美"概念去理解显得更加合适，虽然此时的自然美被朱光潜认为是一种初级的艺术美形态。① 正是朱光潜在理论论证"自然"意义范围时，与实践举例时的侧重存在偏差，便造成定义与使用上的不匹配，出现意义理解上的交叉与含混。朱光潜在宏观理论架构时，将"自然"的范围扩展至一切除艺术以外现实世界的原因，是对"艺术美"是美最高形态的一以贯之。当他的论述重心位于艺术时，自然同现实生活世界一样，只是作为异质的"非艺术"范畴而存在。虽然科学、政治学、社会学等其他精神领域也属于"非艺术"，但在朱光潜看来这些和审美都没有关系，它们面向的是功利实用领域。这一开放的界定也是为了弥补自然界天然物中难免包含人工因素这一事实的逻辑漏洞，是朱光潜学理上的严谨体现。

厘清自然美与社会美或现实美的概念区别，是以全面、客观的视角切入朱光潜美学话语中的自然环境审美态度的前提。"自然"的使用自古希腊哲学开始，直至"自然主义"文学，都与"现实"存在一定的意义重叠，但后者将目光聚焦在"人类社会"，二者的差异在于"人"的完全抽离与社会机制的成熟。朱光潜在《论美是客观与主观的统一》一文中明确反对蔡仪将美分为"自然美"、"社会美"和"艺术美"，他给出的原因是美为一种整体的属性，并不因审美对象的所属领域不同而发生变化，且其也不受限于具体的对象，实乃它们都具有共同的特质。这样的分类容易让人误解存在三种形态的美。笔者还认为，蔡仪分类的三种美是并列、互不干扰的，蔡仪将自然美与社会美包含在非典型的现实美之内，而典型的艺术美是高于前者的，这是明确的价值上的

---

① 朱光潜以写实主义与理想主义的流派理念为依托，分别对比了艺术美丑与自然美丑，明确界定出两种意义的自然美。通常的自然美视为事物的常态，即个体普遍的性质总和，他对这种现实生活的平均美与典型美持否定的态度。第二种自然美则是对自然加以人情化与艺术化的欣赏，在朱光潜看来，这其实已经算作艺术美。参见《朱光潜全集》第2卷，安徽教育出版社，1987年，第42—54页。

评比,而在朱光潜那里无法分离衡量,即自然美是艺术美的初步形态,艺术美才是进阶的真正的美的代表。当然,这也与朱光潜对"社会"抱有功利的否定态度有关。世俗物欲的社会与理想的审美状态截然相反,当然很难存在"社会美",这与当时的环境有着密切关系。他批判了社会上追求高官厚禄的风气,认为人于社会中谋生存,整日与生活发生切实的利害联系,无法产生合适的心理距离,与无功利的审美态度也背道而驰,因此,朱光潜不仅不会主动赞美欣赏"社会美",相反要用审美心胸对功利的社会加以改造,认为人在饱食衣暖、高官厚禄之外还应当有精神层面上的追求,将审美化艺术态度融入人生,用"出世"的精神去做"入世"的事业。可见,朱光潜对"社会美"与"自然美"持有完全不同的态度,虽然二者在面对强大的"艺术美"时,因宏观概念上的交叉重叠可以合并而谈,但若简单地将其一起囊括进"现实美",可能会忽视朱光潜理论文本实际。

朱光潜的理论话语看似对自然美抱有抗拒态度,但他并不排斥实际的自然审美欣赏。他将自然美冠以艺术美的雏形之名,纳入自己的直觉——表现体系中,这种艺术化的自然美与"社会美"及"现实美"存在审美范围的重叠,但仍有差别,不可简单等同。

二、自然欣赏与人的审美在场

以上我们纠偏了朱光潜理论表述中对自然美理论的否认与审美欣赏实践的错位,而关于朱光潜否定自然美的原因,学界主要依据《文艺心理学》中对自然主义与理想主义的批判,认为朱光潜通过质疑自然美来展示形式主义美学的立论依据和角度[1],其总体阐释落脚点仍是依附艺术审美立场反观与之对立的自然美。笔者试图从自然本身出发,在朱光潜整体美学观念谱系中赋予该问题独立的审美视野。

---

[1] 朱仁金:《朱光潜论自然美:从自然"不美"到作为"美的条件"》,《郑州大学学报》(哲学社会科学版),2019年2月。

朱光潜为何如此明确直接地将"美"从"自然"中剔除，难道现实生活与社会自然中真的不存在美吗？正如后面他在《克罗齐哲学述评》中进一步交代的原因："'自然'是物质的、被动的、混沌复杂的，而'美'为艺术的特色，必须是直觉或表现的结果。"①朱光潜将自然视为审美状态之前的物质世界为前提，正是未经审美目光审视的那一个"物甲"，是本身不具备审美属性的纯粹客体，这实际上是一种西方工具主义的自然观。

"Nature"一词在西方哲学与文化中经历过长久的概念流变，并非仅是当下约定俗成的"自然界"之意。随着近代自然科学的发展，古希腊时期的自然意义逐渐崩塌，自然不再意味着生命的生长过程以及宇宙的组织秩序，直至笛卡尔的"心—物"二元论，将自然作为与思想、心灵对立的"物"的存在。当然，这里的"自然"不仅作为形而上学的使用，还包括广延、运动、形状等意义。只有"我思故我在"的思维主体，才可以证明自身存在的必然性与价值，而"自然"却不具备这一合法性。笛卡尔的"主客二分"模式使得作为主体的人与作为客体的自然相对立，由于主体性的抽离，自然逐渐失去创造力、目的和规范意义，成为没有意义的机械的物质世界。②

当将朱光潜理论语境中的"自然"放置于西方形而上学自然观中时，也就不难理解他为何会站在美学艺术哲学化倾向的立场质疑自然美。"如果你觉得自然美，自然就已经过艺术化，成为你的作品，不复是生糙的自然了。"也就是说，当"自然"成为"美的自然"的时候，意味着"物甲"已经成为"物乙"，这一过程强调的是审美主体——人的在场。当"自然"被定义为机械的物质时，将"人"的要素不由分说地剔除，只有"人"的重新加入，且投射以审美化的目光，"美"才会得以显现。因而朱光潜对自然美的否定正是基于工具主义的自然观，可他也从不排斥"有人"的自然审美可能。

这也正是朱光潜在审美欣赏过程中一直强调主客融合的著名观点，值得注意的是，"人"的在场必须是鲜活灵动、即时即地的当下片刻。因此，在朱光

---

① 朱光潜:《朱光潜全集》第4卷，安徽教育出版社，1988年，第337页。
② 张汝伦:《什么是"自然"?》，《哲学研究》，2011年4月。

潜看来，即使自然界中包含人的活动结果与人的生产产品，只要它不包含人的主体性欣赏，依然不是美的，甚至可以说，不仅仅是自然不美，没有审美目光的一切都不能称为"美"，哪怕是作为"艺术美"载体的艺术品本身，"我认为任何自然状态的东西，包括未经认识与体会的艺术品在内，都还没有美学意义上的美"①。在艺术创作中，艺术品的形成是创作者与外界主客统一后形成的意象，而在艺术接受中，它又成为作为客体的"物甲"，需要经历与欣赏主体的融合才能再次成为"物乙"。

朱光潜对自然美的态度更像为突显主客融合中欣赏主体的地位所采取的话语策略，他并不否认自然提供了"美的条件"，只是拒绝将其纳入以艺术为代表的"美学意义"上的美。他虽声称自然不美，却又时时刻刻在欣赏美的自然。"朱光潜文本中的'自然'与'艺术'的对立，不是自然物与艺术品之间的对立，而是美的材料与美（'意象'），'物甲'与'物乙'的对立。"②意象的形成在"物甲"成为"物乙"中的关键一环即是主体的审美过程与欣赏活动。虽然朱光潜一再强调"美不仅在物，亦不仅在心，它在心与物的关系上面"③，但他试图在美的本质问题上达成对主体与客体的调和平衡，认为美感形象的差异也正是由主体审美经验的不同所造成。"形象并非固定的。同一事物对于千万人即现出千万种形象，物的意蕴深浅以观赏者的性分深浅为准。"④不论研究方法上运用的心理学视角，还是"移情"活动内容中对主体情感投射的强调，朱光潜的美学研究体系都暗暗倾斜于突显主体性在审美中的作用。⑤

综上，我们基本完成了从自然观念内部审视审美态度冷漠的深层原因，而在 20 世纪 50 年代，国内出现了较多关于自然美讨论的话题，这一现象事实使得其他理论声音不容忽视。将朱光潜话语形态置于中国现代美学史共时

---

① 朱光潜:《朱光潜全集》第 5 卷，安徽教育出版社，1989 年，第 82 页。
② 彭锋:《朱光潜美学体系的矛盾及其克服》，《衡阳师范学院学报》，2000 年 5 月。
③ 朱光潜:《朱光潜全集》第 1 卷，安徽教育出版社，1987 年，第 346 页。
④ 朱光潜:《朱光潜全集》第 1 卷，安徽教育出版社，1987 年，第 270 页。
⑤ 这就不难理解朱光潜为何会受到当时学界"唯心主义"论调的抨击批评，以及他在《我的文艺思想的反动性》一文作出的反思与理论转变。但于其中掺杂历史语境下的意识形态局限性，这里且不作讨论。

性的比较中,可于差异中深化对其的理解。

如果说朱光潜对自然美的否定揭示了其主客统一美学观点背后对人的关注,那么同时期李泽厚则从马克思主义实践论的理论向度,将美的本质视为客观性与社会性的统一,将"人"的力量直接放在了明显地位。李泽厚在自然美中更加强调社会性的一面,"自然本身并不是美,美的自然是社会化的结果,也就是人的本质对象化(异化)的结果。自然的社会性是美的根源"[1]。这意味着离开了"人"存在的自然,不存在纯粹客观的自然美,这是对当时蔡仪典型说观点的反驳。他将自然美视为"人化自然"的结果,并进行广义与狭义区分。狭义的"自然人化"是社会历史进程中人类实践活动的物质体现,即人通过生产力工具对自然万物的物质改造过程和结果,如被培育的植物等。但随着人的力量的扩大,也能欣赏原始的未经人力改造过的自然,如狂风暴雨、荒漠丛林,或是昆明石林等杂乱无章的风景,这是因为"这些东西对人有害或为敌的内容已消失,而愈以其感性形式吸引着人们。人在欣赏这些表面上似乎与人抗争的感性自然形式中,得到一种高昂的美感愉快"[2]。

虽然朱光潜与李泽厚都通过对人的突显去克服绝对客观的自然美,但其所选择的批评向度是不同的。不论是人对自然界征服的压倒性胜利,还是在社会环境、历史进程影响中,民族文化观念、人的实践力量的审美心理积淀,李泽厚的自然美立场是以人类群体的外在力量与社会历史累积为前提,其审美的根本不是对自然的肯定,而是人的本质力量的确证。自然的欣赏本质是对被人改造过的自然物的欣赏,这与艺术审美中对人造艺术品的欣赏无异,其消解了自然本然的审美价值。

就欣赏活动中人的地位而言,蔡仪将自然美视为典型的固有存在,使得人从审美中隐退,而李泽厚的自然审美中人一出场便牢牢占据了绝对主导的审美地位。朱光潜则以中国古代哲学智慧平衡了二者关系,他在审美中对主

---

[1] 李泽厚:《论美感、美和艺术(研究提纲):兼论朱光潜的唯心主义美学思想》,《哲学研究》,1956年5月。
[2] 李泽厚:《美学四讲》,安徽文艺出版社,1999年,第494—495页。

体当下即时在场性的强调明显不同于李泽厚所关注的主体力量的历时性积淀。朱光潜在自然生态审美中融贯了个体内在的生命精神,打破了社会性因素对个体的统摄,涤除了知识、概念与利害之后,对审美经验中欣赏体验状态的注重,与中国古典哲学追求的"天人合一"的境界相契合①。"审美意识是人与世界的交融,用中国哲学的术语来说,就是'天人合一',这里的'天'指的是世界。人与世界的交融或天人合一不同于主体与客体的统一之处在于,它不是两个独立实体之间的认识论上的关系,而是从存在论上来说,双方一向就是合而为一的关系。"②力量的积淀必然凝聚于静态的物,而主体当下的在场却是动态的变化。朱光潜将审美境界置于生生不息的生命运动过程,"我觉得这'化'非常之妙。中国人称造物为'造化',万物为'万化'。生命原就是'化',就是流动与变易。整个宇宙在化,物在化,我也在化"③。鱼跃鸢飞,风起水涌,自然与人相互渗透介入,在流动的生命中融贯为无隔阂的一体,这一动态的视角为处理人与自然审美关系提供了生态智慧。在人与自然的重心倾向问题上,其既规避了狭隘的"人类中心主义"对自然造成的奴役压迫,又调和了乌托邦式的"生态中心主义"。可见,人与自然相合拍,在审美变化中保持节奏一致、不偏不倚、中和协调成自在完满之境。

三、自然欣赏与生态审美意识

考虑到朱光潜表达自然欣赏态度时的模糊性与分散性,具体分析其自然审美理论模式时将之带入新的理论语境,即在西方环境美学中自然审美关系的总体谱系下,中西互鉴,方能显得更加明晰。

---

① 宛小平认为朱光潜的自然观经历了两次飞跃,第一次飞跃是他由西方心物对立转向中土心物合一的自然观,但仍存在受西方二元思维格局影响的自然观和中土与自然融合的自然观并存的局面。晚年他通过研究维柯、马克思的实践观、中国传统知行合一观并将其整合成一个系统,才初步完成了他的自然观的第二次飞跃。

② 张世英:《天人之际:中西哲学的困惑与选择》,北京大学出版社,2016年,第199页。

③ 朱光潜:《朱光潜全集》第9卷,安徽教育出版社,1993年,第277页。

加拿大环境美学家卡尔松(Allen Carlson)在西方传统自然审美历史的反思基础上总结出对象模式(object model)和景观模式(landscape or scenery model)①。前者是一种形式主义自然审美范式,后者是一种如画性自然欣赏范式(picturesque mode),这两种审美方式都统一于艺术审美视野。在对象模式中,自然被视为孤立独存的欣赏对象,美存在于自然物纯粹的形式之中,如线条、色彩、结构等中,将古典美学和谐、对称等标准的追求平移至自然欣赏之中,如画性欣赏模式则是传统自然审美的主流范式之一,这与西方艺术史上风景画兴起有关。早期的西欧绘画以宗教为题材,风景画于15世纪起源于德国,17世纪盛行于尼德兰,至18世纪形成了崇尚自然的风气。意大利景观绘画的兴起和景观设计中对形式主义的反对,对牧歌式的田园生活的美化向往以及亲近自然寻求精神的复活等其他社会因素是如画性审美思潮兴起的背景。如画模式以艺术创作中再现自然风光为目的,追求"风景如画"般的优美感,欣赏精心挑选后的部分景观,但关注视野有限,其非完整的自然全貌。虽是对纯粹形式欣赏的超越,但其与前一范式相同,都脱胎于艺术美学视域,存在一定重叠。自然审美虽依附于艺术创作标准,但并不直接针对欣赏对象自然本身。从某种程度上说,在如画景观范式的视域下,欣赏一处风景与欣赏该处风景的写实绘画作品是毫无差别的,甚至一处风景就能成为入画的题材,才有可能是美的。

朱光潜美学少有自然美论述,但他通过提炼分散在美感经验、艺术创造等各个专题论述的只言片语,且依照环境美学的分类,朱光潜的自然环境审美态度具备如画性欣赏模式的典型特征。他在心理距离的美感经验分析中指出,当人们站在实用的、功利的角度考虑实际生活时,会忘记世界可以被当作一幅画来欣赏,而若是转换成审美的眼光,走走停停、慢慢欣赏,则会将阿尔卑斯山景"推远一点当作一幅画来看"②。深受西学影响的朱光潜倡导保持

---

① Hepburn R. Contemporary Aesthetics and the Neglect of Natural Beauty [M] // Carlson A, Berleant A. The Aesthetics of Natural Environments. New York: Broadview Press, 1966.
② 朱光潜:《朱光潜全集:第1卷》[M].合肥:安徽教育出版社,1987年,第216。

审美心理距离,"聚精会神地观赏孤立绝缘的对象"①。这些观点正是西方审美现代性的核心代表,即自康德以来美学在艺术哲学化发展中形成的审美无利害观念。以面对古松的态度为例,朱光潜最为推崇的审美态度正是以画家对古松的欣赏为范本,即以形式美为最佳的审美落脚点。"聚精会神地观赏它的苍翠的颜色,它的盘曲如龙蛇的线纹……"②可以说现代性谱系下的自然欣赏必然会导向以艺术欣赏的方式进行如画性的审美。朱光潜将凝神静观的艺术审美目光延伸至自然的审美形式,以欣赏风景绘画的方式进行观赏。

然而当代环境美学普遍认为传统欣赏模式并非最佳方式,原因在于作为人造物的艺术品存在固定的边界,欣赏时可以清晰地与周围环境相区分,但自然物是具有连续性的,一处山水风光的界限范围无法像一座雕塑、一幅绘画一样被明确孤立出来。而就审美经验而言,艺术审美时大多只是对视觉或听觉某单一感官的刺激,而在自然审美时却是多种感官的综合介入,如嗅觉、味觉、听觉、触觉、视觉等同时作用。多种刺激的共同存在形成对自然的整体感观。③ 正基于此,卡尔松提出环境模式(environmental model)的欣赏状态,即应当依据自然本然的样子欣赏自然,而非用艺术的标准衡量自然美与不美。

朱光潜的自然欣赏态度在现代西方美学的影响下具备如画性景观欣赏特征,同时也呈现出具有中国古典文化特色的、朴素的生态审美意识,在一定程度上克服了艺术静观下自然审美欣赏模式的弊端,这或许与其早年接受的私塾教育、积累了深厚的古典文献有关。可以说,朱光潜的生态审美心态是在现代西方美学与中国古典美学的共同影响下作用的产物,具体体现在其对待自然物的态度、人与自然的关系、自然的审美方式与生态的伦理价值四个方面。

其一,在对待自然外物的态度上,朱光潜将欣赏对象统一视为生命本体。

---

① 朱光潜:《朱光潜全集》(第1卷),安徽教育出版社,1987年,第269页。
② 朱光潜:《朱光潜全集》(第2卷),安徽教育出版社,1987年,第9页。
③ Carlson A. *Aesthetics and the Environment*: *The appreciation of nature*, Art and Architecture, London: Routledge, 2000.

此时审美目标追寻的不仅仅是作为材料或条件的自然美,而是以生命性为根本的生态美,"生命是美的重要性质,美只能是对生命的肯定形态,从这个意义上讲,美在生命"①。在《谈人生与我》一文中,他在启迪青年的审美人生话语中,较为形象地将万物视为活力性的有机体。"草木虫鱼在和风甘露中是那样活着,在炎暑寒冬中也还是那样活着……它们时而戾天跃渊,欣欣向荣,时而含葩敛翅,晏然蛰处,都顺着自然所赋予的那一副本性。它们决不计较生活应该是如何,决不追究生活是为着什么,也决不埋怨上天待它们特薄。"②不同于罗尔斯顿(Holmes Rolston Ⅲ)"荒野(wild)哲学"将自然按价值分层,基于生命意识的生态审美视域下自然生命的存在价值不是"价值论"层面的被动意义,也不是实践美学范畴中人本质力量的确证,而是类似于"物无贵贱""物我等同"的无差别道德等级范畴。无关乎大小、强弱的生物进化等级,个体拥有自在自由生存的平等权利,由此表征为生命伦理本位。

其二,在处理人与自然的关系时,自然万物的独立存在和生命平等的生态意识理念的确立,使得自然审美对象不再以异质的"他者"形象示众,转而被赋予审美的人格化流动于宇宙之中,从而在存在价值上与主体自身无差别。朱光潜并非像实践美学那样以敌对姿态面临被征服的对象,而是将人情化的万物视为相互依存的统一整体。这也消解了传统人类中心主义对立二分,达到了史怀泽(Albert Schweitzer)所提倡的人应像敬畏自己生命一样敬畏其他一切生命无差别平等观。③ 然而这种平等又并非彼得·辛格(Peter Singer)"动物解放运动"所提倡的道德关怀。20世纪70年代,辛格针对当时规模性的养殖、屠宰动物现实发起了动物解放运动,认为动物恰当的生存权益被剥夺且遭受残酷屠宰时的状态极其痛苦,要求人类以物种平等为原则,将道德关怀扩大至动物的情绪,以减轻对动物造成的身心伤害与环境的破坏④。

---

① 陈望衡:《生态美学及其哲学基础》,《陕西师范大学学报》(哲学社会科学版),2001年2月。
② 朱光潜:《朱光潜全集》第2卷,安徽教育出版社,1987年,第58页。
③ 史怀泽:《敬畏生命》,陈泽环译,上海社会科学院出版社,1992年,第9—10页。
④ 辛格:《动物解放》,祖述宪译,青岛出版社,2004年,第2—6页。

这实际上是以功利主义为核心的绝对均等的泛滥,而朱光潜于生态审美中却呈现类似"天下万物,与我并生类也"的生命同源性敬重感,人与自然外物在相互依赖的共生关系中实现生物多样性与"自我实现",将发展前景与其他生物的未来联系,"一个人达到的自我实现的层次越高,就越是增加了对其他生命自我实现的依赖"①。

其三,在自然生态的审美方式上,朱光潜运用审美移情达成主客统一的效果。主体与客体依赖于审美移情发生联系,构成互渗交融、情感交流的审美共鸣体验。在《文艺心理学》中,朱光潜详细描绘了物我合一的"大化之境"。"有时我的情趣也随物的姿态而定,例如睹鱼跃鸢飞的欣然自得,对高峰大海而肃然起敬,心情浊劣时对修竹清泉即洗刷净尽……物我交感,人的生命和宇宙的生命互相回还震荡,全赖移情作用。"②在审美移情中,无意识的客体对象被移入主体情感后,就不再是外在的孤立存在,而是在凝神观照的瞬间被赋予了活力与生机。因灌注了生命意志而融为主体的一部分,成就了主体欣赏的"自我观照"。在审美中,对生活世界目的、得失、利害的悬置,主体只剩下"情感",对象只剩下"景象",此时主客之间的欣赏呈现出"情景交融"的形式,也即超越主客二分之后的"物我两忘"之境。"物我两忘的结果是物我同一。观赏者在兴高采烈之际,无暇区别物我,于是我的生命和物的生命往复交流,在无意之中我以我的性格灌输到物,同时也把物的姿态吸收于我。"③"我见青山多妩媚,料青山见我应如是"便是典型的体现。审美移情引发的身体感受的自觉投入满足了自然欣赏中多重刺激下感官联动的要求。环境是不确定的,欣赏行为的过程亦随之变化。这一重视多感官的体验过程就与伫立于绘画作品前的静观截然区分。与此同时,自然欣赏不再是孤立的物件式地存在的,其超越了传统上作为客体的自然的审美,呈现出人与环境整体性的关系,由此实现了环境审美的"连续性"。

---

① 雷毅:《阿伦·奈斯的深层生态学思想》,《世界哲学》,2010年4月。
② 朱光潜:《朱光潜全集》第1卷,安徽教育出版社,1987年,第214页。
③ 朱光潜:《朱光潜全集》第1卷,安徽教育出版社,1987年,第237页。

其四,在生态审美的伦理价值上,自然整体作为统一的命运共同体并由此呈现出人与自然万物的和谐共生、平衡动态的生态审美关系。主客体融合成为内在生命精神流动的整体也就克服了主客二分的审美割裂。于是在自然整体主义的观照下,大地作为"美丽、完整和稳定的生物共同体(biotic community)"的存在导向了"整生"化的审美生态维度,即人类进入自然实现人类审美整生与世界审美整生的耦合环升后的系统审美整生范式。① 朱光潜在《生命》一文中明确写道:"全体宇宙才是一个整一融贯的有机体。"② 其理论归属为奈斯(Arne Naess)的生态智慧(Ecosophy),不仅为某一生物个体寻求生存机遇和发展前景,其更着眼于整体的良性发展,表现为以生态系统平衡、和谐、共生发展为内在需求的深层生态哲学理念,同时也与利奥波德(Aldo Leopold)大地伦理(land ethic)的终极关怀相一致,以生物共同体之有机性、稳定性与美为至善的环境伦理作为价值评估标准。③

如果将传统如画性形式欣赏视为一种"分离模式",不同于环境美学家卡尔松提出以科学认知的"介入模式"解决上述欣赏缺陷,朱光潜在吸收西方自律性美学资源的基础上,兼容本土古典美学的审美经验模式,提供思维之外的直觉顿悟、玄游体验,强调主体感受的参与,并在主客体的交互联动中达成审美的圆融和谐之境,由此呈现出人与自然合一的样态与生态美学超越人类中心的生态整体主义原则相契合。国内以曾繁仁为代表的生态美学主张将审美观念在本质上归纳为"人与自然、社会达到动态平衡、和谐一致的处于生态审美状态的存在观。"④ 朱光潜自然审美的生态意蕴代表着人于自然中重新寻回家园的归属感,当审美成为一种存在方式时体现了生态人文主义的价值取向。此时的生态审美就不只是对外在自然美的发现,也不仅仅是对自身生

---

① 袁鼎生:《美生场论》,《广西民族大学学报》(哲学社会科学版),2013年4月。
② 袁鼎生:《美生场论》,《广西民族大学学报》(哲学社会科学版),2013年4月。
③ Callicott J B. *In Defense of Land Ethic*, New York: State University of New York Press, 1989: 88.
④ 曾繁仁:《试论生态美学》,《文艺研究》,2002年5月。

命价值的体认,而是生命的共感和欢歌①。因而以生态审美目光审视朱光潜美学中的自然审美问题,不仅彰显了其自身思想的丰富性,也为构建具有中国话语形态的生态美学提供新的智慧与历史启示。

发表于《温州大学学报》(社会科学版) 2021 年第 34 卷第 5 期

---

① 徐恒醇:《生态美学》,陕西人民教育出版社,2000 年,第 9 页。

中国古代文论中"远"范畴的自然美学意蕴[①]

梁明月[②]

"范畴"这个词语,最早见于《尚书·洪范》,其曰:"箕子乃言曰:'我闻在昔……鲧则殛死,禹乃嗣兴,天乃锡禹洪范九畴,彝伦攸叙。初一曰五行……'"[③]这里所说的"范畴"是对各种存在的事物进行分类的意思。这一意义直到今天还被大量使用。而文学批评范畴在汪涌豪的《范畴论》中有这样的解释:"文学批评范畴自然是人们在揭示文学特征及与之相关各方面联系过程中得到的理论成果,是文学本质规律的具体展开形态及表现形式。"[④]中国古代文论包含了众多的范畴。"远"范畴在古代虽说不像"道""气"这一类核心范畴应用得那么广泛,但是它在中国文化和文论中仍有着非常独特的地位。王先霈先生在《文学理论批评术语汇释》中从文学理论批评角度对"远"进行解释,他认为"远"是"中国古代文艺批评的重要术语,主要是指在距离中安顿、展开和观照生命过程中所获得的一种精神境界或艺术境界"[⑤]。它不仅蕴含着中华民族鲜明的民族文化特色,也负载着古代文人创作和文学批评的情结,同时蕴含着深刻的自然美学意蕴。大自然是一个生命世界,天地万物都含有活泼的生命、生意,这种生命与生意是最美的、最值得观赏的,人在这

[①] 基金项目:本文为安徽大学大自然文学协同创新中心2021年度研究生课题"中国古代文论中'远'范畴的自然美学意蕴"(ADZWY21-07)成果。
[②] 梁明月,安徽大学文学院研究生。
[③] 钱仲联:《十三经精华》,长沙:湖南教育出版社,1992年,第109页。
[④] 汪涌豪:《范畴论》,复旦大学出版社,1999年,第1页。
[⑤] 王先霈,王又平:《文学理论批评术语汇释》,高等教育出版社,2006年,第150页。

观赏中体验到人与万物一体的美妙境界,从而得到极大的精神愉悦和审美享受。这种人与万物一体的境界所体现出来的美,就是我们今天探究的古典文学与理论研究中蕴含的自然美学意蕴。

一、"远"范畴的文字释义与思想渊源

关于"远"的词义,《说文解字》中有这样的解释:"远,辽也","辽,远也"①,也就是说,"远"最初是表示空间距离的词,这里的"远""辽"都是指空间距离之远。此外,《广韵》中也有同样的解释:"远,遥远也。"这些是关于"远"的原初意义的较早界定。后来随着表示空间距离之远的本义的不断发展,又引申出了表示时间之远的意义,但是这些关于"远"的意义,都没有进入文学审美的领域,而"远"进入文学评论中,较早在刘勰的《文心雕龙·诸子篇》中:"吕氏鉴远而体周,淮南泛采而文丽。"②至魏晋时期,"远"才开始发展为一种美学范畴,成为一种趋向于无限的审美境界,逐渐出现在文学及其他的审美领域。到唐代时期,"远"在诗文中便开始具有了超越语言之外的审美意味,也即是唐代美学所倡导的"意"之境。因此,"远"与"意"常常结合在一起,成为当时文人论诗的常用词,如唐代遍照金刚的《文镜秘府论》:"诗有意阔心远,以大纳小为题。"③这是用"远"来表达诗中之"意"的广阔。宋代严羽《沧浪诗话·诗卷》云:"诗之品有九:曰高,曰古,曰深,曰远,曰长,曰雄浑,曰飘逸,曰悲壮,曰凄婉。"④此时的"远"已经成为中国古代文学批评中论诗的一个重要标准。在古代文论视域之下,"远"从开始孕育到确立,到发展兴盛,再到完善,经历了一个漫长的阶段,它是在继承与变革中不断发展变化的。

"远"作为中国古代文论中的一种审美范畴,其产生的思想渊源即是道家思想,在其发展过程中也受到了中国传统道家思想的影响。《道德经》中"不

---

① 许慎:《说文解字》,上海古籍出版社,2007年,第83页。
② 刘勰:《文心雕龙译注》,王运熙译,上海古籍出版社,2010年,第35页。
③ 王大鹏编选:《中国历代诗话选》(二),岳麓书社,1985年,第57页。
④ 严羽:《沧浪诗话》,郭绍虞校释,人民文学出版社,1961年,第108页。

出户,知天下;不窥牖,见天道。其出弥远,其知弥少"和"使民重死而不远徙"中的"远"都是指"远"的本义,也就是表示距离之长的意思。此外,老子用事物相反相成的辩证法来论述"道"的存在方式和运行方式,其中"大音希声""大象无形"代表着一种较高的美学境界,也是后人所推崇的一种艺术境界,"远"在艺术形式上所体现的审美境界就源于此,如诗文创作中的"言有尽意无穷"之境。老子美学崇尚恬淡之美,这种"恬淡"的思想不仅成为后世文人所推崇的淡泊、清远的人生观,而且也是艺术作品冲淡、恬淡、淡远艺术风格的体现,这是"远"所蕴含的平淡的自然品质以及淡泊明志的人生态度的思想源头。

二、俯仰远观:"远"范畴的审美观照方式

俯仰远观的审美观照方式主要来自《周易》中"观物取象"的美学命题,它侧重一俯一仰、俯仰之间的主体观物视角,体现了"天地与我并生"的宇宙观和"万物与我为一"的自然观。俯仰是人的行为动作,涉及人的多重感官,由此体现审美观照活动中人的主体性。审美主体以山水为其观照的对象,而非拘泥于某一具体物象,这使得所选取的意象宏伟寥廓、深阔高远;主体面对山水这一宏大的对象,采取俯仰的视角和方式,仰观俯察,感悟道的存在,与此同时,审美主体也和所面对、观照的山水融为一体,共同成为意境的中心。通过俯仰远观,人与自然、宇宙合而为一。

俯仰远观不仅是我们古人对宇宙和自身的认知立场,也是中国古代早期文学理论最基本的思想。在《礼记·中庸》中已经有"《诗》云:'鸢飞戾天,鱼跃于渊。'言其上下察也。君子之道,造端乎夫妇,及其至也,察乎天地。"这样的读解。《中庸》以仰目飞鹰、俯视渊鱼的意象,来寄寓恺悌君子俯仰于天地间的博大人格,实际上表达了中国古诗视野阔大、验证天地的艺术追求。《易·系辞上》有"仰以观於天,俯以察于地理,是故知幽明之故"。《易·系辞下》还把俯仰天地和我们民族的文化创造联系起来:"古者包羲氏之王天下也,仰则观象于天,俯则观法于地,观鸟兽之文,与地之宜,近取诸身,远取诸物,于

是始作八卦,以通神明之德,以类万物之情。"意谓卦象是古圣人俯仰天地、取诸客我的创造,所以能够"通神明""类万物"。故此,中国古人的俯仰天地并不仅仅是局限于耳目感官的信息接收,而是游目天地、超以象外的一种精神发明。这也就是为什么《礼记》的作者在评这两句诗的时候,要把仰观俯察和君子之道相并的原因。

刘勰把俯仰天地的认知观作为一种哲学思想引进文学理论,他把文章写作上升到道的高度来理解。《文心雕龙·原道》曰:"文之为德也大矣,与天地并生者何哉?夫玄黄色杂,方圆体分,日月叠璧,以垂丽天之象;山川焕绮,以铺理地之形;此盖道之文也。仰观吐曜,俯察含章,高卑定位,故两仪既生矣。惟人参之,性灵所钟,是谓三才。"在刘勰看来,文学和宇宙是并存的,自有天地就有文学了。他认为圣人在"仰观吐曜,俯察含章"中为宇宙确立了秩序,并立言加以表达,才使他们的文章具备了山川日月的典丽瑰伟。这一观点实际上继承了《中庸》所表述的诗学理想,体现了中国古代文学一个高远的追求,即以俯仰远观的精神视角观照,去实现文学作品刚健、大气、清通、自然的思想文采。

从前面对"远"的论述中可知,"远"的本义即是表示有形的自然距离,在古代山水的审美活动中,距离不仅是营造山水交融、山水远隔意境之美的纽带,而且适当距离地保持也成为确认审美主体和审美客体之间关系的重要条件。人们在对大自然的接触中,通过对距离的把握去感受山水景物之间的组合之美,去获得自己的审美认知,并形成一定的审美观照方式。王羲之的名句"仰观宇宙之大,俯察品类之盛"便是这一观物方式在文学作品中的典型体现。宋人范文举在《对床夜语》中曾举出魏晋诗诸例来论证"俯仰远观"的审美观照视角在魏晋时期被文人广泛运用,诸如曹子建的"俯降千仞,仰登天阻"、何敬祖的"俯临清泉渊,仰观嘉木敷"、谢灵运的"俯视乔木杪,仰聆大壑淙"等。在魏晋时期,"俯仰"二字在文人诸诗中频频出现,可见仰观俯察已成为文人的一种固定的思维模式并自觉应用于诗歌创作中。"俯仰",既是对外部自然宇宙的探求,又是心灵世界的颖悟。远离社会的喧嚣,沉醉于自然山水,人类整个身心与大自然融为一体的纯净胸襟和真切感悟,灵动鲜活和自由无羁的精神漫游,都在这悠然无碍、荡然无挂的"俯""仰"之间完成。而其中的深层意蕴,则是自然美被作为独立的美学范畴受到普遍重视,并成为整个时代的一种审美观念和系统的审美体系。

三、远游于心:"远"范畴的自然审美态度

俯仰远观所描绘的"远"是眼睛所观察到的眼中之远,而"远游于心"是从心理距离角度出发所体现的心灵上的意中之远。心理距离之所以有助于审美活动的展开,主要是审美主体与客观事物保持了适当的审美距离,使得自身的审美心态得以形成,摆脱外界干扰,超脱现实功利,美感油然而生。这种心理追溯到古代哲学思想,与道家的"虚静说"息息相关,老子通过"涤除玄鉴"来获得"致虚极,守静笃"的审美心态,庄子则以"心斋""坐忘"达到"虚静"的精神状态,也即是在这种"心远"的审美距离下,美感才得以产生。在审美活动中,"远"代表着审美主体和审美对象之间保持恰当的审美距离,也就是审美时的心理距离,这样的距离有助于审美主体在面对客观对象时摆脱外界的束缚,超脱世俗的功利性,形成超功利的审美心态,保持一种宁静淡泊、超然世外的审美心境,这样审美主体得以欣赏到审美对象展现出的美,也即达到"致远"之境。魏晋诗人陶渊明"结庐在人境,而无车马喧。问君何能尔?心远地自偏",这里的"心远"即是诗人与外界保持的心理距离,虽身处闹市,却能摆脱喧闹的车马,使身心像处于僻静的环境中一样,获得人生的真意。通过心理上有意识地疏远,审美主体的身心与现实世界拉开距离,摆脱现实世界的纷扰,达到内心的净化与心灵的超脱,这也是一种超功利的审美态度的体现。

"远"是"游"的一个自由活动空间,生命在"远"中自由运行,从而也获得心灵的自适与内心的自由。古代的中国人从未因身观而受到限制,虽然耳目所闻所见不过数里之外,但是心早已超出脏腑之外,早已飘到旷远渺茫之处,流观宇宙,探索生命,畅游万里,实现性灵的远游。儒家有"游于艺"精神,道家有"物游""神游"思想,可见游是一种自在、轻松、愉快、自由的审美体验。

远游又是一种旷达自适、洒脱自在的审美态度,由此衍生出来的游观成了一种对生命的审美观照方式。神游远观与视点游动成为游观的两种形态:前者又称为心游,属于精神层面,体现在艺术、心境上的天人合一,强调以心灵的眼去观照,有点类似于布洛"心理距离说"中以主体的主观感受去观照客观事物之美的说法,而心游更强调的是在距离中对生命的观照;后者是视点移动式,用真实的眼去观看客观事物,郭熙的"三远说"即是体现,通过视点游动,概括出"高远""深远""平远"三种不同的观照方式。

"远游"以自然为载体展开,刘勰在《文心雕龙》中建构起了一个虚拟的自然空间,其中的"山水"意象大多是比拟性的,但这些虚拟的"山水"已经具备了表征审美心理和比喻个性人格的功能。《宗经》言"太山遍雨""河润千里",以山水的普泽特点喻经书对后世的影响,虽是虚写,但取意未离山水的本性;"即山铸铜,煮海为盐"也取用山与海的丰富性和广袤性。山和水的描写反映出创作主体在现实中的审美心态,"山水"不仅以形貌之美感召着主体的心灵,更在被抒写的过程中逐渐转变为蕴含特殊意义的审美符号,象征着主体"远游于心"的态度。"山水有清音"正说明文学作品的走向山水即是主体精神的走向山水,代表着主体精神已进入适意的空间,主体的心灵也处于"游"的状态中。自然空间中清秀明朗的景色不仅成为创作主体"远游"的客观对象,其自身也具备了"游"的功能,在主体进行审美观照之时净化着主体的心境,即为"远游于心"。对客观自然形象的描述,使形与灵达到统一,实现了"远"与"游"在精神存在上的具体化。

"远游于心"表征着古代中国人实现了从"目视"到"神遇"的转换,它意味着自然审美心理时空的完全打开。在"心"的活动中,"胸中有丘壑"这一命题的出现,还使得古代中国人能极高妙地处理广远与精微之间的关系,并形成了在渐虚、渐远、渐微、渐静的艺术意境生成和创构活动中崇"远"、倡"空"、尚"微"的艺术追求。

四、悠然远想:"远"范畴的自然生命之美

"远"是一种生命之美,它展现给我们的是一种从容自适的人生态度和超脱世俗的审美情怀,也是一种在艺术中安顿生命、认识生命运行规律、展开生命活动、彰显生命之韵的生命精神的体现。屈原《离骚》中"忽反顾以游目兮,将往观乎四荒……览相观于四极兮,周流乎天余乃下"就是在目光的流动中览尽远近之物,自然万象尽收眼底,是流动中的观照,也是从大千世界中实现对心灵的慰藉,对宇宙生命的认识。

中国古典美学展现给我们的更多的是一种生命文化,"远"的存在,不是让距离在生命中虚无缥缈、可有可无,而是通过理智地处理距离,让生命获得一种自由的存在。中国人内倾型的性格特点所表现的审美理想即"天人合一",体现在精神境界上也即是道家之妙、儒家之雅、佛家之悟,但是作为中国哲学思想代表的儒、释、道三家,在美学上对生命的态度都尚"真"。"人法地,地法天,天法道,道法自然。"老子之道常与自然联系在一起,这个"自然"指的不是自然界,乃事物和人的本性,本真的存在,也是道家思想体现出的"真心性";以"仁"为核心的儒家美学也注重对人内在心性的尊重,从"知之者"到"好之者"再到"乐之者"的逐层进化,不难发现,"乐之者"其实就是对人的内在真实情感的流露;佛家重悟,提倡远离尘世,悟性自然,遁入真空,也是在了悟人的心性中认知生命。"远"的重要的审美品格即是人的审美心境,是对生命本真之境的一种向往,儒释道三家以其不同的表现方式展现了生命的本真之美,以及如何在本真的境界中使生命得以安顿。

需要指出的是,魏晋士人成了体现生命真美、"真性情"审美品格的重要代表,《世说新语·言语》篇中记载:"王右军与谢太傅共登冶城,悠然远想,有高世之志。"表达的是在登高望远中,在对人类平凡命运的思索中,感受生命的真实存在,体会生命在悠然远想中的超越之感。中国哲学、文学、艺术和美学所描绘的境界常常避开尘世的烦扰,远离世俗,回归自然,追求精神自由。因此,艺术生命中所体现的对大自然返璞归真的向往即是"远"的境界,艺术

精神也因"远"而真,而率性,更自然。

雅尚玄远与重远,不仅成就了中国古人诗化、艺术化的人生态度,还丰富了中国人的心灵哲学,通过对性灵的提升,人们的艺术品格和审美情韵也得以提高。远离世俗,是中国哲人和艺术家们所描绘的审美世界。庄子所言的游心万物,其目的是通往茫然远极之地;清代的戴醇士将画中的萧条、荒寒之景中获得的真知作为其画境追求的目标。这些皆是在远离世俗,在荒寒、高古中让心灵与现实形成一定的审美距离,欣赏主体也在悠然远想中摆脱尘网的束缚,品味生命的真知,独享生命的清静,在"远"中获得对生命本真之美的认识。

"远"作为中国古典文论中的审美范畴,它根源于道家思想,成长于以和为美的社会、生命文化的氛围中,并受含蓄内敛、重情向内的民族心理的影响,它既是一种审美方式,一种审美目的、审美理想,也是一种具有民族特质的审美思维。作为具有中华民族精神的美学内涵,对"远"范畴的自然美学意蕴的研究,丰富了中国古典美学理论的内容,也进一步完善了中国古典美学理论体系。

从《文心雕龙·原道》看刘勰的文道自然观[①]

朱文娟[②]

在中国古代传统文化中,"自然"一直是被反复论及的一个基本哲学范畴。"自然"一词的出现与使用,最早可追溯至《老子》,如其第二十五章中即记:"人法地,地法天,天法道,道法自然。"人遵循土地的规律特性来劳作与生活,土地依照天的寒暑运转来更替改变,天的运转规律就是道,道即是自然。可见在老子的哲学理论当中,他将自然尊为天地之间最高法则。到了魏晋时期,当玄学渗入文人生活的每个角落时,关于"自然"范畴的解释与应用,就理所当然地也被放在文学当中探讨。《文心雕龙》作为魏晋时期产生的一部典范性的文学理论著作,谈到了有关文学产生、创作、体裁等各个方面的理论观点,其中也包含着作者刘勰对文学与自然关系的诸多讨论,体现着他对文艺创作与自然道法之间和谐统一的审美批评观。

纵观《文心雕龙》全书,直接被刘勰写入篇目之中的"自然"一词,共有九处,未用"自然"而亦表自然一意的据初步统计也有二十五处以上。直接使用的九处有两处在《原道》,两处在《定势》,其余分别在《明诗》《诔碑》《体性》《丽辞》《隐秀》,可见刘勰认为文学与自然的关系,体现在文学产生、创作、体裁等各个方面,因此在多篇中皆有提及。其中《原道》作为《文心雕龙》中专门讨论文学关键问题的"文之枢纽"五篇之一,同时也作为体系严密的《文心雕

[①] 基金项目:本文为安徽大学大自然文学协同创新中心2021年度研究生课题"从《文心雕龙·原道》看刘勰的文道自然观"(ADZWY21-10)成果。

[②] 朱文娟,安徽大学文学院研究生。

龙》开篇之作,其重要性不言而喻。"文之枢纽"统领全书,而《原道》篇中的内容也充分体现了刘勰对于文学本源、文道关系的见解。《原道》篇名,即为"文原于道","道"是"自然之道","原道",就是说文学遵循"自然之道"。要论一物,先问来处,再问归途,文学之文,即来自自然,这是刘勰对文学所持的一个基本观点。文学守自然之道,自然之道又通过圣人之笔反映在文学当中,这是文学与自然相互辩证的关系,而要进行文学创作,又要使自身达到与自然相适的境界,方可创作出圣人之文。因此,《原道》篇的内容,可以说是从以上三个角度谈及了文与自然的关系,从《原道》篇出发,能够更加直观地领会到刘勰的文道自然观。

一、文学本源论

且看《原道》开篇首段:"文之为德也大矣,与天地并生者何哉?夫玄黄色杂,方圆体分,日月叠璧,以垂丽天之象;山川焕绮,以铺理地之形:此盖道之文也。仰观吐曜,俯察含章,高卑定位,故两仪既生矣。惟人参之,性灵所钟,是谓三才。为五行之秀,实天地之心,心生而言立,言立而文明,自然之道也。傍及万品,动植皆文:龙凤以藻绘呈瑞,虎豹以炳蔚凝姿;云霞雕色,有逾画工之妙;草木贲华,无待锦匠之奇。夫岂外饰,盖自然耳。至于林籁结响,调如竽瑟;泉石激韵,和若球锽:故形立则章成矣,声发则文生矣。夫以无识之物,郁然有采,有心之器,其无文欤?"

依据老子对于道的解释,道即是宇宙万物产生的根源,是宇宙的本体,而如《老子》第二十一章中"孔德之容,惟道是从"所说,形而上的道落实在具体事物中,则需要通过德来显现。从此种层面上,《原道》开篇称文为德,也就是称文亦与德相同,与道相同,皆可作为万物的属性与形式表现,意义与渊源是广大的。对于这句话的解释,后面用的例证是:宇宙开蒙,天地初分之际,玄黄色彩交杂,方圆形体有异,出现了日月这两块叠合的璧玉,组合成壮美天体的现象;山川与河流光彩华美,纵横呈现出大地的纹理,这些就是与天地并生的"文"。"文"字在《说文解字》中的解释为错画、交文,初意即纹路之纹,这里刘勰所做的例证,即是取"纹"之意。将文与德、道联系起来,给予文与德、道相等的属性,并且说明文是与天地并生并存的一种自然而然产生的现象,这极大程度地提高了文的地位,为文的存在树立了一个终极的根源。提出文存于天地、生于自然,意在强调文的独立与崇高地位,这就与先秦以来将文作为教育手段、政治工具乃至成就志向之途等这些观念划分了明确的界限。刘勰认为,文学不依存于任何具体事物而存在,因为它是直接源于宇宙之道的,文具有崇高性与独立性,因为它与德相同,都是道的一种具体表现形式。开篇对文做出这样的界定,既交代了文的本原,也对全书继而展开对文的论述给出了一个充分的理由,正是因为文学具有如此重大的意义,而此时的文坛又充斥着浮华怪诞的文风,偏离了正统方向,所以需要写出《文心雕龙》来重新为文正名,并划定文应该遵循的唯一准则:道。同时,从纵向文学史来看,刘勰此举,也正显示出了魏晋时期士人对文的基本问题所做的诸多主动性思考,是文学自觉的重要体现。

  提出文来源于道,是道作用于具体事物的表现之后,首段又接着称:天地初生后,只有人可以与天地相配,因为人的身上凝聚着天地的灵气,天、地、人就是所谓的三才。人是金、木、水、火、土这五行的凝聚,实际上也是由天地之心产生。作为天地精粹的人产生了,那么语言就随之确立,语言得到确立,文采就得以借之表现,这是自然的道理。推及世间万物,动物植物也都有属于它们自己的"文"。龙凤凭借鳞羽的华彩来预示祥瑞;虎豹以其毛皮的斑斓来显示风姿;云霞光彩的凝聚,比画工着染的更加美丽;草木花朵的生长绽放,不求好园丁的奇巧工艺。这些都是不凭借另加的修饰,而自然产生形成的。至于风经过林木所发出的声音,节奏就同吹竽弹瑟一样;泉水冲击石块所形成的韵调,就像敲击玉磬与钟一样和谐。因此事物有了形体就自然会形成文采,声音产生也就自然形成了韵律。这些没有意识的动植物,都有着丰富的文采,那么作为天地之心的人,怎么可以没有自己的"文"呢?这是后半段的内容,刘勰以自然万物为例,来说明他接下来的两个观点:一是人之文的产生是必然的,人之文就像自然界的斑斓色彩、和谐声律一样,只要存在形体,就一定会产生属于本类的文。承接其上文与道的关系,这段话将文与人联系了起来。文虽然是属于道之源,但文并不像道那么玄之又玄,难以把握。因为人是与天地同等的三才之一,是天地的精粹,相比于其他物,是更加具有灵气与智慧的,这就为人能掌握文提供了前提条件。另外正如动植物会依靠自己的毛皮和枝叶来展现自己的"文"一样,随着人文产生的还有语言,语言正是人之文来借以表现的媒介。因为宇宙之道可产生万物之文,人作为天地精粹,人之文就必然产生,且人是可以通过语言来展现并掌握它的,这是第一个观点。二是人之文也应该像自然界的其他动植物之文一样,作为展现自己的外在形式,保持不加修饰的面貌。这并不是说文学要去除所有的修饰,言辞必须简朴,而应该认为,文学不应有过于繁缛艳丽的词汇,要把重心放在表现自然之经义或自己最真实初始的情感志向上,言辞的文采就像动植物的斑斓一面,会在顺从本心的基础上自然而然地产生。这一点在《序志》里亦有提及:"而去圣久远,文体解散,辞人爱奇,言贵浮诡,饰羽尚画,文绣鞶帨,离本弥甚,将遂讹滥。"在华丽的羽毛上继以着染,在衣带与佩巾上还要绣出花纹纹样,就像写文章的人所犯的文字修辞上浮华怪诞的毛病。这正是刘勰所批评的时人写作乱象,也是促使他进行《文心雕龙》写作的一个重要原因。

通过《原道》首段的解读,不难看出刘勰对于文学所持的一个最基本的观点,即文源于道。将文的崇高与独立性宣之于前,人们就应该秉持着庄重谨慎的态度来对待写作。同时,也初步阐明了文、道、自然三者之间的关系:道为一切的本体,文是道具体作用于物的表现形式,而自然则是描述道在客观世界的一种状态,在上文的语境当中,道即是自然,遵循了自然之则,就是遵守了道。第一段的后半部分把落脚点放在了人之文上,提出了人之文表现内容的第一个原则:文应当用来展现自然之道、人之道,而要去除繁缛艳丽的外饰。具体如何展现,什么样的文才是符合自然之道的,则在后一段中进行了论述。

二、文学表现论

《原道》第二、三段写道:"人文之元,肇自太极,幽赞神明,《易》象惟先。

庖牺画其始,仲尼翼其终。而《乾》《坤》两位,独制《文言》。言之文也,天地之心哉!若乃《河图》孕乎八卦,《洛书》韫乎九畴,玉版金镂之实,丹文绿牒之华,谁其尸之?亦神理而已。自鸟迹代绳,文字始炳,炎皞遗事,纪在《三坟》,而年世渺邈,声采靡追。唐虞文章,则焕乎始盛。元首载歌,既发吟咏之志;益稷陈谟,亦垂敷奏之风。夏后氏兴,业峻鸿绩,九序惟歌,勋德弥缛。逮及商周,文胜其质,《雅》《颂》所被,英华日新。文王患忧,《繇辞》炳曜,符采复隐,精义坚深。重以公旦多材,振其徽烈,剬诗缉颂,斧藻群言。至若夫子继圣,独秀前哲,熔钧六经,必金声而玉振;雕琢情性,组织辞令,木铎启而千里应,席珍流而万世响,写天地之辉光,晓生民之耳目矣。"这两段的内容并没有具体对文的内容作出界定,而是通过对具有典范性的人之文进行列举,来说明人文的发展历程。大约是因为《原道》篇在全书中起到的是文之枢纽的作用,也就是对纲领性的问题进行简略的说明,所以当涉及具体写作问题时,《原道》篇并没有详述,而是被放在了其后的二十篇创作论中进行——说明。第二、三段中所举的早期经典既然是人文发展的代表,那么也应当是体现自然之道的代表,依然具有参考性。

《原道》第二段首先称,人类之文的源起,是《周易》及其中的易象。这里原文中用到的词是"太极",在中国古代哲学概念中,太极也是宇宙本体的象征,但首段中既已说明文源于道,人文属于文的一部分,那么不需要在第二段再加以赘述,且道与太极的概念也并不完全相同,这里若再加入太极来代表宇宙本体,易生歧义。所以这里的太极,不适合按照传统哲学的范畴去理解,而应该理解成《周易》及其中的易象,也即八卦,第一句的意思就是,人之文的开端和对神秘微妙道理的阐明,是从《周易》与易象开始的。开端之后,接着是第三段所列举的伏羲所画的八卦、孔子为八卦专作的解说《十翼》,以及《河图》、《洛书》、玉版所刻的金色图形与绿简上所写的红色华丽文字,这些都是由自然的法则所支配完成的杰作。其后文字发明,有了语言之后,人文就在圣人的推动下得到了进一步的发展。文中所依次列举的圣人及记录的作品有:神农与伏羲的《三坟》、唐尧与虞舜之歌、伯益与后稷的献言、歌颂夏禹之文、周文王《繇辞》、周公旦《周颂》和孔子所编修的"六经",其中对孔子所做的功业给出了最高评价,认为孔子描绘出了世间天地的光辉,带给士人无尽的启发与教育。结合《原道》篇的结尾"道心惟微,神理设教。光采元圣,炳耀仁孝。龙图献体,龟书呈貌。天文斯观,民胥以效"不难看出,以孔子为代表的儒教,在刘勰这里的地位是无以复加的,甚至远远超出了更古老时期的圣人,否则也不会在结尾时认为道的另一个重要作用是宣扬了仁义忠孝。结合书中数次提到孔夫子及对他的高度评价,可以认为刘勰在梳理文学发展的历程当中,是把孔子当成最为关键的人物的。虽然以上列举的诸多圣人,不完全是儒教的代表人物,但都是儒家所推崇的人物,从这个角度看,刘勰所认为的文表现道,应该是以儒家主体精神为主。虽然在第一段中,刘勰说,符合自然原本面貌即是道的显现,推及人文当中,表现世间真理和表达人的赤子之心的,都应该是属于遵循道之法则的文学,但在实际的人之文发展当中,刘勰所列举的又都是以儒家为代表的圣人之文,一般百姓的文并没有在其中提到,也就是说一般民众之文可能并非属于自然之文的,那么普通人若想学习写作符合自然之道的文章,就应该向儒家圣人学习。

这样一来,《原道》篇的第二、三段就将人之文的内涵进一步落实到圣人之道上,圣人之道,就是文学应当去继续表现的内容。在《文心雕龙》一书中,很多地方都可以看见刘勰对儒家经义的推崇,但他并没有直接标举《论语》为学习的范例,究其原因,应该还是出于刘勰写作《文心雕龙》的初始目的。《论语》中虽然也有圣人之道,但为语录体,很难在其中提取到像"五经"当中一样的为文法则,刘勰所重视的是文学文章本身,是他在"五经"当中整理总结的那些写作之学,而并不是完全把落脚点放在推举某家某派上。《文心雕龙》是一本切实的文论指导,儒家的经义篇章与思想精神符合刘勰所提出的为文之道,文之源虽然高悬宇宙难以摸透,但人之文所要表现的内容,可以通过圣人之文来体现。自然之道通过《原道》以及其后的《征圣》《宗经》数篇的步步阐发,最终落实到了文学文章应该奉为圭臬的具体法则之中。

三、文学创作论

《原道》正文的最后一段为:"爰自风姓,暨于孔氏,玄圣创典,素王述训,莫不原道心以敷章,研神理而设教,取象乎《河》《洛》,问数乎蓍龟,观天文以极变,察人文以成化;然后能经纬区宇,弥纶彝宪,发挥事业,彪炳辞义。故知道沿圣以垂文,圣因文而明道,旁通而无滞,日用而不匮。《易》曰:'鼓天下之动者存乎辞。'辞之所以能鼓天下者,乃道之文也。"

这一段首先说,从伏羲氏开始到孔子,从伏羲氏画的八卦到孔子所作的《易传》,没有不是追随着道的基本经义来敷陈文章,钻研神奇的哲理来从事教育的。他们学习《河图》和《洛书》制作图像,借蓍草与龟甲来占卜事情的吉凶预兆;观察天体来探索事物的变化,观察世间的道德伦理来完成教化。这段话既是对上面两段的人之文发展历程进行的总结,也交代了群圣发展人之文的方法与路径。虽然上文中刘勰说普通民众应该以圣人为学习榜样,似乎把人文的道义完全托付于群圣之教化了,但在正文的最后一段,还是再次强调了圣人发展人文所依据的基础依然是道,即首段当中说到的自然,这就与首段当中说文学创作应该遵循自然去除外饰形成了呼应。人与天地间其他的生命相同,世间的山川河流、草木鸟兽借助自身原貌形体所呈现的自然之道,也是圣人们在研究和传承人文时所应当学习的对象。这便是圣人进行人文创作所使用的方法,本于天地自然之道,遍览世间万物之理,实践人伦之教。

论述完圣人为人文发展所作出的努力后,紧接着得出了另一个结论:自然之道靠着圣人变成了人之文学,圣人则借助文学来进一步阐明道之精义,它通往世间所有的道理而无边际,日日取用也绝无匮乏。这句话阐明了圣人与自然之道的关系,并不是单方向的取用,而是双向的成全。圣人发展传承人文的基础是道的存在,而道又因为圣人之文对其的阐述在人文当中体现得更加透彻。具体到创作论而言,可以理解为两个观点:一是客观世界中的事物能够触发创作者的灵感,是作者进行文学创作取之不尽的灵感之源,但同时,这里也包含着另一重限制,即客观世界也对作家起着一定的制约作用。

客观世界当中的自然更替,四季轮转,作家受到外物刺激而进行创作,感兴于物所产生的感情也随着物的变化而变化,文辞亦随之自然变化与流露。所以,创作者想要创作出符合自然之道的作品,就要善于从客观世界,即自然当中取得创作的灵感,同时也要自觉地将自己的创作视野延伸至最广阔的世界当中,用自己的审美去观照万物,这样才能使自己的作品体现最真实的自然之道,这也就是圣人进行创作的方法过程。第二个观点则涉及人文对自然之道的反作用,道不仅体现在自然界当中,也体现在社会生活当中。一方面,人与天地相等,是三才之一,人本身也是宇宙的一部分,所以包含着人生活的社会形式,也是道存在的重要表现领域。另一方面,人在长期的劳动实践中所面对的自然已经逐渐被人化了,变成了蕴含着人情、人伦和人文的自然界,万事万物都与人有了千丝万缕的联系,人类感知自然的过程,亦是征服自然的过程。因此在《原道》最后,刘勰并没有一味地强调圣人对自然万物的取用,而是将圣人传承人文的另一个重要路径也加以凸显,就是"察人文以成化",并且也将发展传承人文最终的结果落实在了对社会生活的成效之上,群圣穷究自然之道,而后明晓社会人文之道来治理国家,使得文学言辞的作用进一步发挥。

刘勰提出文源于道、文亦能明道,也是希望能纠正当时文坛中出现的一系列问题。齐梁之际,文坛盛行形式主义弊端,文人创作忽视内容,极尽声律、对偶、藻饰之能事,偏离了文学应有的面目。刘勰在《原道》首段已提出,文是道的表现形式,道通过文来显现,文就是用来阐明道的。人文就是利用语言文字来表现世界和反映生活,体现人性灵之美的文学。道与文之间需要保持着和谐统一的相互关系,如此优秀的文学作品才能够产生。这对齐梁文风的拨乱反正起到了重要作用。

《原道》最后所提出的观点,还与现代文论当中论及文学四要素的理论有异曲同工之妙。艾布拉姆斯在他的《镜与灯》当中,提出文学活动的四个基本要素:世界、作者、作品与读者。世界、作家与作品三者之间的关系相通,客观世界是作家创作作品的素材来源,作家写出的作品又使人们对客观世界真理的认识更加分明,读者的鉴赏与批评则是使文学活动完成的最后一步。刘勰关于文学创作的理论与艾布拉姆斯可以说是不谋而合,中心观点保持了一致性,只有道、文与作家三者维持着和谐平衡的交互关系,才能使反映真理的作品出现在读者面前,使文学活动处在生生不息的循环当中,实现人文存在的价值与意义。

四、刘勰文道自然观所体现的生命情怀

钱穆先生称,"'天人合一'观是中国文化对人类的最大贡献,是整个中国传统文化思想归宿处"。《文心雕龙》作为我国古代传统文论的一本巨著,天人合一的传统自然哲学观亦在其理论体系当中充当了非常重要的角色,可以说,这种天人合一的生命情怀是贯穿全书始终的。《原道》作为《文心雕龙》的开篇与枢纽之作,论及了文学的源起、表现与创作等基础理论问题,正是以天人合一的自然观为基调,从人与自然的相互关系中探讨文学的产生与发展的,其中包含着丰富的自然美学智慧,体现着刘勰强烈的生命情怀。

刘勰文道自然观中所体现的生命情怀,首先表现在他对客观世界的论述当中。《原道》首段论及文源于道时,就借山川河流在大地上所呈现出的纹路,来说明"道之文",接着又把龙凤的鳞羽、虎豹的皮毛与云霞的色彩比作人文的语言,来说明人文应该遵循的自然法则。在刘勰的论述中,世间的万物都和人一样,有着自己的文采,甚至还先于人之文的语言,产生了属于自己的表现形式,这里的自然万物都充满了灵气,即使是天边的云霞,似乎也都有着生命意识。并且自然万物还是人应当学习的对象,云霞鲜花的华美色彩、风吹草木与水激石块的声韵节奏,都是自然之文不加外饰的典范。其次,刘勰的生命情怀还体现在他对创作主体的关注之中。依刘勰所言,人是万物精粹,是与天地同等的三才之一,人的生命形式带来了人文发展的必然性。出于对人生命力的尊重,万事万物都成为人文所观照的审美对象。一方面,人文之所以能通过语言来进一步阐明道,是因为圣人所做的事业;另一方面,道的精义除了从自然界获取,还需要从人伦世界来考察,可见创作主体在文与道中承担着相当重要的地位。最后,刘勰的生命情怀亦存在于他对主客体关

系的解释上。刘勰笔下的自然万物都有着生机与活力,也重视着创作主体的地位,这正是因为文学创作是主客体共同参与的过程,双方的和谐交汇,才能使创作活动圆满完成。人之文的创作活动,并不是通过创作主体的单向行动完成的,而是经过自然万物自觉地出现,与人交流,再由创作主体"神与物游",将自身置于万物之中,从而进行构思与创作。物召唤着人,同时人也积极投身于物,主动去发掘、体会物的存在,人文的创作正是人与物灵魂的一场对话,这正体现着刘勰文道自然观中浓重的生命情怀。

刘勰的文道自然观所体现的这种生命情怀,有其时代性的因素,涉及名教与自然之争。前文中已经提到,刘勰认为人文之道需要儒教圣人来延续,普通人想要理解道就应该去学习圣人的经义,且人文之道体现在人世间的一个重要表现方式是仁义,这些都体现着刘勰思想中符合儒教的一面。但是论及自然与人的关系时,刘勰对自然的态度又呈现出与老庄思想的共通处,可见刘勰思想当中的包容性与复杂性。魏晋时期,士人们难以达成儒家"修身齐家治国平天下"的理想抱负,转而投入山水之间,通过与自然的融会来追问自身,渴望个性的解放与真正的自由,刘勰的文道自然观,也理所当然受到了影响,体现出一定的时代性。在儒家理论体系当中,山水自然的审美存在主要起的作用为"比德",正如子曰:"知者乐水,仁者乐山;知者动,仁者静;知者乐,仁者寿。"朱熹对此有这样的解释:"知者达于事理而周流无滞,有似于水,故乐水;仁者安于义理而厚重不迁,有似于山,故乐山。"按照朱熹的解释,叶朗认为:"孔子的话就包含有这样的意思,即审美主体在欣赏自然美时带有选择性,自然美能否成为现实的审美对象,取决于它是否符合审美主体的道德观念。"因此,儒家对于自然审美的理解主要体现在自然万物中所体现的某种特性能与创作主体的道德品质关联起来,山水的存在不再是自然之道的体现,而是成为人道德的附庸。这与道家思想中对自然的理解大相径庭,在老庄思想中,自然万物有着独特的审美纯粹性,强调事物本身的自然属性,反对依存创作主体而存在的道德特质。正如庄子所说:"天地固有常矣,日月固有明矣,星辰固有列矣,禽兽固有群矣,树木固有立矣。夫子亦放德而行,遁道而趋,已至矣。又何偈偈乎揭仁义……"自然万物的本真状态才能体现其最高价值,这也正与《原道》首段观点不谋而合,刘勰的自然观念恰恰体现了道家这一说法,体现了对自然万物审美观念的时代性。

把眼光放到当代自然美学的建设当中,不难发现,刘勰文道自然观的生命情怀对今时今日的我们也依然有着值得参考的价值。刘勰的文道自然观中最重要的观念可以说是他对自然万物的理解。人类自初生之日,就与自然相伴,自然不仅在物质上为人类提供着生存物资,也在精神上给人们构建了心灵的家园。但随着人类社会生产力的不断发展、意识形态的更迭,不知何时起自然成为完全被取用的对象,不断地遭到侵袭与破坏,它的自然审美属性逐渐被遮蔽了起来。这不仅使得自然美学可研究的对象范畴大大减少,更使人类生存的家园受到严重威胁。刘勰的文道自然观为我们展示了人与自然和谐互生的相处之道,当代自然美学的建设也应该把重心放在体现人与自然共生的课题当中,对长期以来人们征服自然改造自然的观念进行正确的引导,在学术研究当中呼吁解放自然、还原自然。

《原道》作为《文心雕龙》的首篇,秉持着"天人合一"的生命情怀,阐述了关于文学的几个基本问题:文源于自然,人文表现自然之道,圣人依循道进行创作的同时,道也在圣人的阐发中更显精义。从文本细读可知,刘勰的文道自然观不仅体现着魏晋时期士人中存在的追寻自然、寻求个性解放的普遍心态,同时也蕴含着遵循经义崇尚仁孝的儒教思想,这对中国古代文论的后续发展有着长远的影响,也对我们当代自然美学建设有着重要的参考价值,值得进一步研究。

秋浦河，太白情[①]
——李白秋浦与秋浦河书写及其意义探析

李进凤[②]

李白一生曾多次游历秋浦，在池州登览九华、望极秋浦，舟行清溪上，宴别玉镜潭，甚至还为秋浦的山改了名字——秋浦的山川风物给了他极深的印象，以致他在流窜夜郎途中还写诗《忆秋浦桃花旧游，时窜夜郎》忆及秋浦的桃陂，这表明秋浦之人、事、物给诗人留下深刻的印象。李白诗集中关于秋浦的诗歌有将近五十首，占了全部诗歌的十八分之一左右。据统计，李白一生的行迹有百余处，秋浦只是其中的百分之一，而在秋浦所作的诗歌却占比达十八分之一，两相对比，便可以看出秋浦对于李白的特殊意义。陆游《入蜀记》中也关注到太白对此地之偏爱，"李太白往来江东，此州所赋犹多。如《秋浦歌》十七首"。

学术界对李白与秋浦的研究已有相关成果，如汪晗的硕士论文《李白与池州》，从李白诗歌对秋浦景色的描绘以及诗歌感情方面进行细致考察，而成珠《李白与清溪》、汤华泉《李白安徽诗文写作时地新编》则详细地考证了李白秋浦诗涉及的时地。本文拟在前人研究的基础上，进一步探析李白游览秋浦的次数及其屡游秋浦的原因，同时明确诗人的秋浦书写，尤其是秋浦河对于诗人的意义。

[①] 基金项目：本文为安徽大学大自然文学协同创新中心2021年度研究生课题"秋浦河，太白情——秋浦河于李白之意义探析"（ADZWY21-09）成果。

[②] 李进凤，安徽大学文学院研究生。

一、李白秋浦之游

李白一生多次游历秋浦,并留下五十首左右的诗歌,如此庞大的诗歌数量与频繁地游览,一定有其原因。从地理位置上看,秋浦位于长江中游,是古代沿江水行通道的必经之地,李白漫游吴楚荆越,来往之间难免经过秋浦,为其游览提供了极大的便利。此外,与诗人的道教信仰也有极大的关系。李白的诗歌中经常出现与炼丹、采药、长生有关的字眼,《古风》其四中有"采铅清溪滨,时登大楼山",《宿虾湖》中也有"提携采铅客,结荷水边沐",这些都显示诗人在秋浦的炼丹活动,表明其道教信仰。

秋浦河是长江中游支流,它发源于长江以南山区,从池口汇入长江。据《安徽省志自然环境志》:"流域面积2235平方公里,山区占80%。"因为位于山区,再加上南方多雨,上游水土流失严重,一些山上的矿物质被泥沙裹挟着进入下游。同时,秋浦河河道经过铜陵市,铜陵盛产铜矿,雨季则不可避免携带铜等一些矿物质而下。牟应杭在《古地明览胜》中也写道,"秋浦则是中国古代著名的银铜产地",《秋浦歌》其十四则描写了当时的冶炼场景,可以说是矿冶业最早在诗歌中出现。诗后王琦注"琦考《唐书·地理志》,秋浦固产银、产铜之区,所谓'炉火照天地,红星乱紫烟'者,正是开矿处冶铸之火,乃足当之",也证明了秋浦矿冶原料之丰富。而且诗人在《金陵与诸贤送权十一序》中更是回忆了当时与权昭夷在池州采丹砂炼丹之事:"而尝采姹女于江华,收河车于清溪,与天水权昭夷,服勤炉火之业久矣。"诗人醉心于炼丹,而秋浦则有其需要的冶炼原材料。对于李白来说,这个吸引力是巨大的。

关于李白游览秋浦的次数,学界并没有一个确切的答案。经笔者统计,在各位学者为太白编写的年谱中,对李白游历秋浦意见较为一致的即诗人在天宝十三载(754年)、十四载(755年)曾在秋浦游历过一段时间。现录笕久美子一说供参考:天宝十三载,白"游南陵、秋浦、清溪、青阳、泾县(以上均在今安徽省境内)等地";天宝十四载,"李白五十五岁,夏游当涂,秋游秋浦(今安徽省池州市),冬返宣城"。诗人这两年在秋浦的游历为学界公认,就此来看,李白游览秋浦至少有两次。此外,笔者根据年谱中太白的行迹,找出了其他一些可能游览秋浦的时间点。

首先,笕久美子所编年谱(以下简称"笕谱")记载:开元二十七年(739年)白夏漫游吴地(今江苏省苏州市)一带。秋,逆长江西上,经当涂(今安徽省当涂县),至巴陵(今湖南省岳阳县)。此一路线,由安徽马鞍山的当涂县出发,溯长江而上,到达湖南的岳阳,水行必定会途经池州之秋浦。詹锳《李白诗文系年》(以下简称"詹谱")中对本年李白行迹也有类似的描述,其在《长干行》后注道:盖太白由金陵去巴陵,途经长沙,目睹其情,因而有作。所以我们根据诗人的行程路线推测这一年他有可能到过秋浦。

其次,笕谱记载,天宝九载(750年)"春,在金陵。五月,往庐山",安旗先生所编年谱(以下简称"安谱")也有"天宝九载……春在金陵,五月往庐山",詹谱中"天宝九载……居金陵,五月又之寻阳",上述年谱中李白此年都有从南京去往江西的一段轨迹,据路线来看则会经过长江边上的池州,因此就有游秋浦的可能性。但是在黄锡珪所编年谱(以下简称"黄谱")中,天宝九载李白的轨迹则与上述完全不同。黄谱说,"天宝九年……春初由梁苑又往颍阳寻元丹丘,并游嵩山,盘桓多时。暮春即再游襄阳,留襄阳者几半载。暮秋始还,途经南阳寻崔宗之,因在南阳度岁",这里涉及的地点梁苑、颍阳、嵩山、南阳均属今河南省,而襄阳则属湖北省,均与池州之秋浦无甚关系。虽则如此,但我们还是根据笕谱、安谱、詹谱猜测,这一年诗人有可能游览秋浦。

最后,笕谱中记载李白在肃宗至德元载(756年),"春在当涂……夏至越中……又返金陵。秋,闻玄宗奔蜀,遂沿长江西上,入庐山屏风叠隐居",从金陵沿长江至庐山的这一段路程,必定会经过池州,所以此时诗人也可能去过秋浦。王琦年谱(以下简称"王谱"),"肃宗至德元载,太白自宣城之溧阳,又之剡中,遂入庐山",溧阳乃属今江苏常州,剡中则属浙江绍兴,庐山乃属江西九江,就这一轨迹来看,太白可能从浙江陆路前往九江,也有可能沿长江走水路,所以是否经过秋浦则并不确定。但黄谱中则说,"至德元年,太白年五十六,早春在当涂。仲春闻乱后,乃往宣城。暮春即由宣城之溧阳、之剡中。五月由剡中复迁道经金陵,遂入庐山",相比于王谱,这里交代了李白的"迁道"而行至金陵,所以我们可以确定其又回到了水路,因此必定会经过池州,也就有可能再次游赏秋浦。而且在此条之下,黄锡珪还列了《秋浦寄内》《自代内赠》《秋浦感主人归燕寄内》三首诗,证明此时太白曾到过秋浦。安谱对这段行迹的叙述则更为细致:肃宗至德元载,李白五十六岁。春在当涂……旋闻洛阳失陷,中原横溃,乃自当涂返宣城,将避地剡中。旋到溧阳……夏,至越中。闻郭子仪、李光弼河北大捷,又返金陵。秋,闻贼破潼关,玄宗奔蜀,遂沿江而西,入庐山,隐于屏风叠。明确言及太白由金陵沿江西上,至江西九江之庐山,所以此年有极大的可能游历池州之秋浦。

经过以上分析,我们对于李白游秋浦的次数有了一个较为明晰的概念:诗人游历秋浦最少有两次,根据行程轨迹推测则可能会有五次,下面按照时间顺序依次排列:

1. 739 年(开元二十七年),李白三十九岁。推测为首次游历秋浦。太白有诗"两鬓入秋浦"(《秋浦歌》其四),表明自己来秋浦之时两鬓已有白发,此年三十九岁,就古人的平均寿命而言,四十岁已经算是过了人生的三分之二,即将步入老年,此时有白发是极有可能的。

2. 750 年(天宝九载),李白五十岁。据路线推测可能为第二次游历秋浦。

3. 754 年(天宝十三载),李白五十四岁。年谱明确记载白游秋浦、清溪,此为太白确切的秋浦之游。

4. 755 年(天宝十四载),李白五十五岁。年谱亦记其"秋游秋浦",此为第二次确切的秋浦之游。

5. 756 年(天宝十五载),李白五十六岁。詹谱认为此年太白游秋浦,并写作《秋浦寄内》等三首诗,"我自入秋浦,三年北信疏",但古人之"三"多为虚指,所以以此并不能确定此年曾来秋浦。但根据路线则有可能游历秋浦,此为推测之第五次秋浦之游。

二、李白的秋浦书写

李白描写秋浦的诗歌有四十六首之多,其中有我们熟知的《秋浦歌》十七

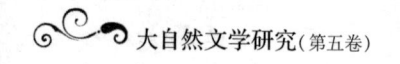

首。"白发三千丈,缘愁似个长。不知明镜里,何处得秋霜""炉火照天地,红星乱紫烟。赧郎明月夜,歌曲动寒川"均为传世名篇,同时,还有寄给妻子宗氏的《秋浦赠内》《自代内赠》,以及数量庞大的描写秋浦山川风物的诗篇,这些诗歌为我们描绘了一幅引人入胜的秋浦图景,将我们引入那如画般的江南。笔者将诗歌按照秋浦胜景做了简单的分类汇总,参考下表:

秋浦胜景	诗题	诗句
秋浦河	《秋浦歌》其一	秋浦长似秋,萧条使人愁
清溪	《古风》其四	药物秘海岳,采铅清溪滨
	《清溪行》	清溪清我心,水色异诸水
	《与周刚清溪玉镜潭宴别》	溪水正南奔
	《入清溪行山中》	岩中响自合,溪里言弥静
	《青溪半夜闻笛》	羌笛梅花引,吴溪陇水情
玉镜潭	《与周刚清溪玉镜潭宴别》	回作玉镜潭,澄明洗心魄
虾湖	《宿虾湖》	鸡鸣发黄山,暮投虾湖宿
黄山	《秋浦歌》其二	黄山堪白头
大楼山	《古风》其四	时登大楼山,举首望仙真
	《秋浦歌》其一	客愁不可度,行上东大楼
	《与周刚清溪玉镜潭宴别》	溪当大楼南
	《宿虾湖》	明晨大楼去,岗陇多屈伏
	《自代内赠》	估客发大楼,知君在秋浦
九华山	《望九华山赠青阳韦仲堪》	昔在九江上,遥望九华峰 天河挂渌水,秀出九芙蓉
	《改九华山为九子山联句》	妙有分二气,灵山开九华
水车岭	《秋浦歌》其八	秋浦千重岭,水车岭最奇
苦竹岭	《山鹧鸪词》	苦竹岭头秋月辉,苦竹南枝鹧鸪飞

续表

秋浦胜景	诗题	诗句
桃陂	《秋浦歌》其十七	桃陂一步地，了了语声闻
	《与周刚清溪玉镜潭宴别》	我来游秋浦，三入桃陂源
	《忆秋浦桃花旧游，时窜夜郎》	桃花春水生，白石今出没
白笴陂	《游秋浦白笴陂二首》其一	何处夜行好？月明白笴陂 但恐佳景晚，小令归棹移
	《游秋浦白笴陂二首》其二	白笴夜长啸，爽然溪谷寒 鱼龙动陂水，处处生波澜
江祖石	《秋浦歌》其九	江祖一片石，青天扫画屏
	《秋浦歌》其十一	逻人横鸟道，江祖出鱼梁
	《独酌清溪江石上寄权昭夷》	我携一樽酒，独上江祖石
严陵钓台	《独酌清溪江石上寄权昭夷》	永愿坐此石，长垂严陵钓
白鹭	《秋浦歌》其十三	渌水净素月，月明白鹭飞
	《秋浦歌》其十	山山白鹭满
（白）猿或猩猩	《秋浦歌》其二	秋浦猿夜愁
	《秋浦歌》其四	猿声催白发，长短尽成丝
	《秋浦歌》其五	秋浦多白猿，超腾若飞雪
	《秋浦歌》其十	涧涧白猿吟
	《清溪行》	向晚猩猩啼，空悲远游子
	《与周刚清溪玉镜潭宴别》	千峰照积雪，万壑正啼猿
	《游秋浦白笴陂二首》其一	山光摇积雪，猿影挂寒枝
	《宣城清溪》	白猿初相识
锦鸵鸟	《秋浦歌》其三	秋浦锦鸵鸟，人间天上稀
白鹇	《秋浦歌》其十六	妻子张白鹇，结罝映深竹
石楠	《秋浦歌》其十	千千石楠树
女贞		万万女贞林

续表

秋浦胜景	诗题	诗句
矿冶	《秋浦歌》其十四	炉火照天地,红星乱紫烟 赧郎明月夜,歌曲动寒川
逻人、鸟道、鱼梁	《秋浦歌》其十一	逻人横鸟道,江祖出鱼梁
平天湖	《秋浦歌》其十二	水如一匹练,此地即平天

在诗人的笔下,既有平明如镜的河水——秋浦河、清溪、玉镜潭、平天湖,也有雄壮瑰丽的山峰、山岭——九华山、大楼山、水车岭等,还有风景优美的陂塘——桃陂、白笴陂,更有秋浦之特产风物——锦鸵鸟、石楠……诗歌中描写的这些都是诗人在秋浦之所见所闻,这些景色与风物已刻进了诗人的记忆,使得他在外之时每每忆及,《望九华山赠青阳韦仲堪》《忆秋浦桃花旧游,时窜夜郎》等便是诗人回忆秋浦胜景之作。

（一）秋浦之山

这里的山峰高耸入云,高到甚至让人觉得与仙境相通。

客愁不可度,行上东大楼。(《秋浦歌》其一)
时登大楼山,举首望仙真。(《古风》其四)

登上大楼山之后,诗人仿佛抬头就能够看到仙界,而且山顶还萦绕着云雾之气,给人仙境一般的感受。《秋浦歌》其一中诗人因思乡之愁而登上大楼山"正西望长安"。我们知道,古人有登高望远的习惯,因为只有站得够高,才能望得够远,诗人登大楼山遥望,正说明大楼山之高。

相比于高耸的山峰,秋浦这里更多的是一些较为低矮的山岗和山岭。《宿虾湖》中"明晨大楼去,岗陇多屈伏",这里的岗陇高低起伏,虽然低矮但绵延不绝,也形成一种独特的景观。《秋浦歌》其八中"秋浦千重岭,水车岭最奇",山岭奇形怪状,奇特无比,带给诗人独特的观感体验。

山岭之上并不都是山峰、树木,而是散发着自己独特的美。在秋夜皎洁月光的照耀下,苦竹岭仿佛披上了一层银纱,《山鹧鸪词》中"苦竹岭头秋月辉,苦竹南枝鹧鸪飞",不仅写了秋月映照下的山岭美景,还点缀了绿竹、鹧鸪等鲜活的生命体,使得这一景色更加迷人。而九华山的秀美更是无可匹敌,《望九华山赠青阳韦仲堪》有"天河挂渌水,秀出九芙蓉"之句,在碧绿江水的倒映之下,九华山就像九瓣的芙蓉一般盛开在这平静而广阔的水面上,在这里山的壮美与芙蓉之秀美合为一体。

(二)秋浦风物

秋浦不仅有着令人陶醉的美景,还有天上人间少有的锦驼鸟、纤尘不染的白鹭,更有身手矫健、叫声悲戚的白猿以及游荡于山林间自由自在的白鹇。

秋浦锦驼鸟,人间天上稀。(《秋浦歌》其三)
秋浦多白猿,超腾若飞雪。(《秋浦歌》其五)
千峰照积雪,万壑正啼猿。(《与周刚清溪玉镜潭宴别》)
山光摇积雪,猿影挂寒枝。(《游秋浦白笴陂二首》其一)
山山白鹭满,涧涧白猿吟。(《秋浦歌》其十)
渌水净素月,月明白鹭飞。(《秋浦歌》其十三)
妻子张白鹇,结罝映深竹。(《秋浦歌》其十六)

诗人说秋浦的白鹭"山山满"、猿"涧涧吟",突出了白鹭与猿之多。白猿生性活泼好动,有时在山光月色之下,突现一个倒挂的猿影;有时又在山涧藤条之上,像飞雪一般超腾翻越。这里不仅有可爱活泼的动物,还有一些特色植物——石楠、女贞,《秋浦歌》其十中"千千石楠树,万万女贞林"便突出了其数量之多。

除了这些,秋浦最有特色的当数矿冶活动。秋浦自古以来就是银铜产区,矿产资源丰富,所以当地人民很早就开始冶矿。《秋浦歌》其十四:

炉火照天地,红星乱紫烟。

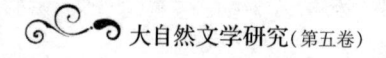

赧郎明月夜,歌曲动寒川。

这就是诗人游历秋浦时所见到的冶炼场景:炉下的火光将天地照亮,红红的火苗旁那胡乱飞舞的火星在升腾的烟雾中飞转,在明月的光辉之下,冶炼的工人们唱着歌、喊着劳动号子,那声音大到仿佛将山川震动,气势磅礴。

(三)秋浦之人

秋浦不仅有着景色优美的山川江河、具有特色的珍禽异兽,而且还有热情好客的官员百姓,可谓钟灵毓秀。在《赠崔秋浦三首》中诗人便说明了秋浦的人杰地灵与自己对秋浦之人的留恋。

其一:

吾爱崔秋浦,宛然陶令风。
……
怀君未忍去,惆怅意无穷。
……

其二:

崔令学陶令,北窗常昼眠。
……
见客但倾酒,为官不爱钱。
……

其三:

河阳花作县,秋浦玉为人。
地逐明贤好,风随惠化春。
……

其一中诗人将崔秋浦与彭泽令陶渊明对举,说明崔秋浦品德之高洁,最后表明自己因为怀念而不忍离去,心中充满惆怅之情;其二写崔秋浦为人之直爽豪迈,来客人即拿酒招待,毫不怠慢,为官廉正,是性情中人,难怪诗人对其有"未忍去"的惆怅之情;其三诗人则说明秋浦之人杰地灵,先交代此地环境优美,因此钟灵毓秀,"地逐明贤""风随惠化",孕育出崔秋浦这样品德高洁之人。在《赠柳圆》中更有"夫子即琼树,倾柯拂羽仪。怀君恋明德,归去日相思"之句,明确地表示离开后会一直想着友人,表达对其不舍之情。吴永生在《李白外传》中对太白屡游秋浦的原因做了推测,他说,"诗人一生五游秋浦,与此地结下不解之缘。除山水之缘,更重要的恐怕还是人缘",虽是推测之语,但也不无道理。秋浦的山川风物与交游之人都让诗人无法忘怀。

其实,从上面的表格可以看出,秋浦诗中很大一部分都在描写水,描写秋浦河以及支流清溪乃至玉镜潭、陂塘等与水有关的景色,并且在其中寄托了自己的情感,这说明了秋浦之水(本文所讲之秋浦河)对其有着非同寻常的意义。

三、秋浦河对李白的独特意义

秋浦最令李白流连忘返的还是秋浦的水——秋浦河。在诗人的笔下,秋浦的水是温柔平静的,清澈的江水,使人一望而心生平和之感。

水如一匹练,此地即平天。(《秋浦歌》其十二)
清溪清我心,水色异诸水。……人行明镜中,鸟度屏风里。(《清溪行》)

两首诗都描写了明镜一般平静而清澈的水。《秋浦歌》其十二中作者将水面比作一匹布,即说明了此时平天湖水面之平静;《清溪行》中开篇即点明清溪水色与别处之不同,清澈到纤尘不染,可以涤荡心灵,后面更是直接将溪水比作"明镜",不仅说明了水面之平静,而且还点明了水之清澈、景色之美好,给人一种安适、宁静之感。

在这样平静美好的水面上前行,自然心生愉悦,所以太白高呼"耐可乘明月,看花上酒船"(《秋浦歌》其十二),虽远游之愁仍在,但在这一刻,诗人的内心是愉悦的、享受的、美好的,浑然不觉忧愁,平静的水给了诗人安定感。秋浦的水不仅清澈见底,而且有着温柔娴静的气质,可以让人心神安定。《入清溪行山中》"岩中响自合,溪里言弥静",说在清溪之上行船时,不忍心破坏那寂静的天籁,所以讲话就会自然而然地压低声音,从侧面衬托出秋浦河水之平静。

李白喜欢秋浦,尤其喜欢秋浦河,这与他对水的爱好有关。众所周知,李白少年生活于蜀地,蜀地多山水,他对山水的情感偏爱是刻在骨子里的,这是蜀地带给他的文化烙印,所以说,水对诗人有着特殊的吸引力。而且道教文化对水推崇极高,老子说"上善若水。水善利万物而不争,处众人之所恶,故几于道",认为水是最接近"道"的存在。又说"天下莫柔弱于水,而攻坚强者莫之能胜",认为水"以天下之至柔,驰骋天下之至坚",虽极为柔弱,但攻无不克,坚强至极。我们知道,秋浦因秋浦河而得名,而秋浦河又是池州境内一条较大的河流,尊崇道教文化的诗人若路经池州,则不能不一睹秋浦河之风采,便也免不了游览秋浦。来到江南,所见最多的即为水。江南之水不同于北方"黄河之水天上来""黄河西来决昆仑"的气势磅礴,也不同于蜀地"飞湍瀑流争喧豗,砯崖转石万壑雷"的雄奇险丽,更多给人平静之感。秋浦河带给诗人的即是这样的感受,《清溪行》有"清溪洗我心,水色异诸水"之句,这里的水不同于《秋浦歌》其十三中"净素月"之水,而是可以涤荡心灵的水,使诗人的内心变得平静、纯洁。同样在《与周刚清溪玉镜潭宴别》中,太白也强调了水的荡涤人心的作用。

  回作玉镜潭,澄明洗心魄。
  此中得佳境,可以绝嚣喧。

这里诗人特别强调的是水对隔绝喧嚣世界的作用,在此基础上,荡涤心灵,使其不受外界的干扰。这样平静而清澈的水让这长似秋的秋浦河成为涤荡人心的媒介,安定诗人的心灵,使之处其中而不觉外界之纷扰喧嚣。

虽则如此,但因为水绵绵不尽的特点与那千丝万缕、"一川烟草、满城风絮、梅子黄时雨"般的愁绪极为相似,所以诗人们早早就关注到二者之间的联系。李白《秋浦歌》其二中便有:

秋浦猿夜愁,黄山堪白头。
清溪非陇水,翻作断肠流。
欲去不得去,薄游成久游。
何年是归日,雨泪下孤舟。

诗人本来只是想来秋浦参观游览,没想到"薄游成久游",在此徘徊无法归去,所以看到这无尽的溪水,绵绵不尽流向远方,自己的心绪也被牵动着,虽然清溪不是陇水,但是依旧可以表达他断肠般的情感。王琦注引《陇头歌》"陇头流水,鸣声幽咽。遥望秦川,肝肠断绝",以此悠悠不尽的流水来表达自己无尽的愁绪。除此之外,诗人在《清溪半夜闻笛》中也由吴溪而引发了自己归家不得、羁旅在外的愁绪:

羌笛梅花引,吴溪陇水情。
寒山秋浦月,肠断玉关声。

王琦注"古歌:陇头流水,分离四下。念我行役,飘然旷野",诗中诗人用的意象"羌笛""陇水""寒山""玉关"等都是令漂泊在外之人无比敏感的存在。这些意象的使用,使得整首诗笼罩在一种悲伤、无奈的气氛之中,陇水本来就带有边远秦地的悲伤之感,用在这里更是传神地将诗人的愁绪传达了出来。在《秋浦歌》其一中也写道:

> 秋浦长似秋,萧条使人愁。
> 客愁不可度,行上东大楼。
> 正西望长安,下见江水流。
> 寄言向江水,汝意忆侬不?
> 遥传一掬泪,为我达扬州。

这里诗人首先点明秋浦河水之长,长似无尽之秋,绵绵不尽,好似流向天际一般。由于内心充满无限的愁绪,所以登临东大楼西望长安,但令人悲伤的是,长安只能遥望,可望而不可即,那么自己的思念又将如何?诗人思索着,低头看见了这绵绵不尽的江水,这东流的江水不正可以寄托自己的思念吗?因此便发出了"寄言向江水""遥传一掬泪"的心声,诗人希望将水作为自己情感传递的载体,就像《西洲曲》中所说的"吹梦到西洲"一样,以这长似秋的江水,将自己的思念达于扬州。

《秋浦歌》大部分都是望水而生发愁绪,不管是其二"故乡不可见,肠断正西看"以及其六"愁作秋浦客,强看秋浦花"的思乡之愁,还是其七"空吟白石烂,泪满黑貂裘"的不得志之憾,抑或是其十五中"白发三千丈,缘愁似个长。不知明镜里,何处得秋霜"的年华渐老之无奈,都让诗人心生烦忧,使得诗人内心充满了忧愁。

有了愁绪,便要倾诉,面对着绵绵的河水,诗人提着酒壶来岸边独酌,《独酌清溪江石上寄权昭夷》中即写了诗人如何面向河水,抒发己怀:

> 我携一樽酒,独上江祖石。
> 自从天地开,更长几千尺。
> 举杯向天笑,天回日西照。
> 永愿坐此石,长垂严陵钓。
> 寄谢山中人,可与尔同调。

诗人带着酒来到了江祖石,坐在石上,看着落日,向天举杯,以抒己怀,并发出永愿坐此石的感叹,很明显诗人来此独酌是为纾解内心的郁结。秋浦河此时对于诗人来说是倾诉对象一般的存在,在这里诗人可以畅所欲言,表达自己的内心。在《宣城清溪》中,也有如此的描写,"不见同怀人,对之空叹息",诗人本想来此找寻与自己志同道合之人,只可惜并未找到,所以只能对着流水叹息,抒发自己的悲伤之情。

秋浦河给太白留下了极深的印象,以至于其屡次游览,难以忘怀,甚至在太白因乱军之事流窜夜郎途中,还写诗忆及在秋浦的时光,"桃花春水生,白石今出没……三载夜郎还,于兹炼金骨"。诗人怀念当时在桃陂游览的日子,灿然的桃花,美好的春日,这一切的一切都是现在所没有的。在流窜途中,这样美好的回忆带给自己的是希望、是慰藉。诗人借着回忆当时的美好,缓解现实给自己带来的痛苦。

秋浦河对诗人来说并不仅仅是一条河流,它还是引发愁绪的催化剂、传递思念的通道,更是自己倾诉心曲的对象、荡涤心灵的媒介,同时还是美好与希望的象征,秋浦河对于诗人,已经不仅是一处景观,而且更像是一位无言的朋友。

秋浦对于李白的意义是非同寻常的,不论是秋浦的河流、秋浦的风物、秋浦的人还是秋浦独特的资源,都牵动着诗人的心,因此,才有了这数次的游览以及这传世的近五十首诗歌。秋浦之美,至今未泯,今天我们也可以随着太白的足迹去感受一下那"鸟度屏风里"的秋浦美景。

发表于《淮南师范学院学报》2022年第24卷第2期

"太白秋声静坐中"[1]
——论李白山水诗的静谧之美

任志宏[2]

李白诗歌有言:"东风动百物,草木尽欲言。"[3](《长歌行》)李白笔下的山川自然,大多是动态有声的,它们经圣手点亮,起舞奔腾,飞动壮美,成为一笔重要而独特的精神财富。当前学界以"飞动"为切口,探讨古典山水诗的动态美,已有相关成果,如王兆鹏的《状飞动之趣 传山水之神——我国古典山水诗词中的"动态美"初探》一文就对中国古典诗词中山水风月的动态美进行了探索,具体就李白诗歌"飞动"之美研究而言,贺秀明的《论李白山水诗的飞动特征及其它》、刘晓光的《"惊鸿一瞥过,岂余泥上爪"——说李白诗中的"飞动"》等文章亦有讨论。然而,有"动"则有"静"。自然万物,自由生长,各有不同,李白笔下的大自然不全是飞动之象,历尽千帆的李白也不可能永远意气风发、豪情万丈。元代诗人方回有诗曰:"渊明山气忘言外,太白秋声静坐中。"[4](《题观妙轩》)其中就关注到了李白诗歌"静"的特征。"秋"是自然时令,"静"是瞬时状态。李白笔下的大自然既有"飞动"的一面,也有"静谧"的一面。谈及古典诗歌的自然之静,我们很容易想到大诗人陶渊明、王维等,当前学界对李白笔下自然景色之"静"鲜有关注。本文将从诗学批评渊源、静谧

---

[1] 基金项目:本文为安徽大学大自然文学协同创新中心2021年度研究生课题"'太白秋声静坐中'——论李白自然山水诗歌的静谧之美"(ADZWY21-08)成果。

[2] 任志宏,安徽大学文学院研究生。

[3] 本文所引李白诗歌,俱出自郁贤皓《李太白全集校注》,凤凰出版社,2015年,不另出注。

[4] 方回:《桐江续集》,文渊阁四库全书本,卷四。

之美的具体呈现以及思想本质与经验借鉴等角度探讨。

一、古典诗歌批评中的动、静之美

"动""静"在中国古典诗歌作品中常见,比如《诗经》中有各种鸟虫"于飞"之动,有"静言思之""莫不静好""笾豆静嘉""静女其姝"之静,比如《楚辞》中有"骖白霓之习习兮""鹓鸰兮轩轩"之动,有"漠虚静以恬愉兮""闲以静只"之静。"动""静"之景在诗歌创作中很早就已出现,而古典诗歌批评也对"动""静"之美极为关注。

与"动"密切相关的美学术语有"飞动"一词,在我国一些诗学理论作品或经典文学注本中早有出现,如《文心雕龙·诠赋第八》中有言"含飞动之势",《六臣注文选》中有"皆竞飞动镜照也""飞动之声如雷羽"等等。后世随着理论的发展与成熟,"飞动"以评判标准、写作样式、诗歌风格的身份经常出现在诗学评论中,如《诗式》中有"虽欲飞动,而离轻浮";《诗人玉屑》中有"飞动而易浮";《文镜秘府论》中说"(诗)固须绎虑于险中,采奇于象外,状飞动之趣,写冥奥之思";《吟窗杂录》提到诗有十体,第八条即是飞动,另外也提到"飞动"与"静"之间的辩证统一关系,"凡所赋诗者,皆意与境会,疏导情性,含写飞动,得之于静,欲所趣皆远",论诗歌动、静之趣。另外,"飞动"也是盛唐诗歌的显性特色,杜甫就有"意惬关飞动"之语。自唐以降,"飞动"一词在一些诗话作品中屡现,如《怀麓堂诗话》《带经堂诗话》等都有相关论述。

"动""静"是一组对立统一的词,《敝帚稿略·朝闻夕死说》中说:"为动静,则动必有静,而静复为动。"由"动"自然容易联想到"静"。"静"是中国古代哲学中经常出现的概念和思想。《文心雕龙·神思第二十六》第一次将"静"一字引向文学理论范畴:"是以陶钧文思,贵在虚静。"这里主要是指创作者在创作时最好要保持一个心静的状态,是从创作主体的角度谈"静"。而后随着创作的激增、理论的成熟,"静"逐渐被用来评论诗歌风格、诗歌意境和创作手法等。王兆鹏说:"自唐人提出动态理论后,此后的诗论家对此有了进一步的阐发和认识,他们一般能将动态美和静态美联系起来考查,论述动与静在艺术表现中的相互作用。"①如谈论"风定花犹落,鸟鸣山更幽"等具体诗句时,《梦溪笔谈》有"上句乃静中有动,下句动中有静"之言,《冷斋夜话》中有"静中见动意""动中见静意""置静意于喧动中"之语。后世诗话关于此类动、静之辨亦多有阐释。《人间词话》说:"无我之境,人惟于静中得之。有我之境,于由动之静时得之。故一优美,一宏壮也。"②王国维从美学层面谈"静",认为诗歌中静态的无我之境是一种优美的境界。相比较"动"的天马行空、肆意纵横、豪情激荡的力量美,"静"则给人一种温柔、安宁、优雅、平淡的美感。"静"字在古典诗歌批评中有很强的参与性。

林庚在《唐诗综论》中说:"那形象的飞动,想象的丰富,情绪的饱满,使得思想性与艺术性在这里统一为丰富无尽的言说。这也就是传统上誉为'浑厚'的盛唐气象的风格。"③其中亦提到"飞动"一词。李白诗歌是盛唐诗歌的重要部分,关于李白诗歌的"飞动"早有人关注,如《诗话总龟》中说:"欧阳永叔不甚爱杜诗,而谓韩吏部绝伦。吏部于唐世文章,未尝屈下,独于李杜,称道不已。欧阳贵韩,而不悦子美,所不可晓。然于李白则又甚赏爱,将由太白腾捍飞动易为感动也?"《诗薮》中说:"太白轩爽雄丽,如明堂黼黻,冠盖辉煌;武库甲兵,旌旗飞动。"李白诗歌中倾泻的豪情、奔腾的想象都给人飞动之感,这与他个人张扬飘逸的性格和盛唐浑厚雄壮的气象息息相关。盛唐诗(包括李白诗)之"壮美"已广为人知,而盛唐诗(包括李白诗)之"优美"仍值得深究。

自古关于李白诗风之"静"鲜有讨论,更多的是后人在诗作中对李白的自然之静有所追忆,如有元代方回的"太白秋声静坐中"、清代陶樑的"山空无俗籁,谷静有鸣禽。李白诗仍在,仙人迹未沉"等。李白笔下的自然之静,虽在诗评诗话中鲜有提及,却仍给后人留下深刻印象,成为人们认识李白其人其诗的关键之一。中国古典诗歌的"静"有其独特的审美内涵和美学价值,意味

---

① 王兆鹏:《状飞动之趣 传飞动之神——我国古典山水诗词中的"动态美"初探》,《湖北大学学报》,(哲学社会科学版)1985年第4期,第79—87页。
② 王国维:《人间词话》,中华书局,2009年,第3页。
③ 林庚:《唐诗综论》,人民文学出版社,1987年,第49页。

无穷。王维说"晚年惟好静",苏轼说"静故了群动"。美学家朱光潜论陶渊明,说"陶潜浑身是静穆""他终于达到了调和静穆"①,也关注到诗人诗歌"静"的特质。"静"字在《中华大字典》中有24种解释,其中几种常见的形容词意思有"安也""宁也""默也""清也""洁也"等,本文所论的对象,主要是指李白描写的安宁、静谧、清净、和谐的自然景色。

二、李白诗歌自然景色描写的静谧之美

崇高美突出了主体与客体、人与自然、感性与理性的矛盾、对立,自然审美中的崇高,关联到自然对象的巨大体积、力量及粗犷不羁的形式。② 李白的自然山水,大多是"飞流直下三千尺""黄河之水天上来"等飞动之象,这种飞动之美即是一种崇高美。而优美则以感性形式的和谐为主,其审美意蕴、情感力度柔和平稳,呈现为秀丽、妍雅、清新、明媚、轻盈、宁静等风格。李白笔下自然景色的静谧之美即是一种优美。粗略统计,李白笔下含"静""寂""幽""谧""空"的诗句或诗题,且描写自然景物之静的诗歌分别有11首、18首、31首、1首、31首。除却与"静"相关的关键词之外,李白诗歌中还有很多明显的静谧自然景物描写,如"川光昼昏凝,林气夕凄紧""花暖青牛卧,松高白鹤眠""地闲喧亦泯""众鸟高飞尽,孤云独去闲""闲云入窗牖"等等。李白笔下的自然之静,部分是通过明显的与"静"字有关的字眼来显现的,部分是通过各种手法营造的整体意境来呈现的。

(一)静景色彩以白色为主、绿色为辅

李白笔下的山水静景,大多是白色调的。如:

山明月露白,夜静松风歇。(《游泰山六首》)
天清江月白,心静海鸥知。(《赠汉阳辅录事二首》)

---

① 朱光潜:《朱光潜全集》第3卷,安徽教育出版社,1987年,第256页。
② 尤西林主编:《美学原理》,高等教育出版社,2015年,第185—187页。

白云映水摇空城,白露垂珠滴秋月。(《金陵城西楼月下吟》)
白云有时来。(《赠孙义兴宰铭》)
风入松下清,露出草间白。(《淮南卧病书怀,寄蜀中赵征君蕤》)
霜清东林钟,水白虎溪月。(《庐山东林寺夜怀》)
竹里无人声,池中虚月白。(《姑孰十咏·谢公宅》)

少数夹以青绿色,如:

绿水接柴门。(《之广陵宿常二南郭幽居》)
绿竹入幽径,青萝拂行衣。(《下终南山过斛斯山人宿置酒》)
绿水寂以闲。(《赠孙义兴宰铭》)
六帝没幽草,深宫冥绿苔。(《金陵凤凰台置酒》)

白色朴素简单,不着一墨、不染一尘,给人干净清新、静谧和谐的画面感;绿色不浓不淡、中和敦厚,给人温柔恬静的审美享受。李白描写静景时,能够敏锐抓住这一微妙的感官认知,采用类似通感的艺术手法,在调色盘中精准地选取了白色作为主色调,以绿色点缀一二,既能在雅致中凸显宁静,又能在宁静中不失灵动,可见李白天才的洞察力、感知力以及独特的审美。[①]

（二）"静中之闹"反衬"静"

李白写自然山水常用水流声来反衬"静"。如:

幽涧愀兮流泉深。(《幽涧泉》)
弄水穷清幽。(《与从侄杭州刺史良游天竺寺》)
回溪碧流寂无喧。(《同族弟金城尉叔卿烛照山水壁画歌》)

[①] 高军青:《从色彩看王维诗的空静之美及其文化蕴含》,《辽宁大学学报》(哲学社会科学版)2002年第5期。其中说到王维静态山水诗青睐"青""白"二色,可见李白、王维在审美上有一定的共通,但也有明显的差异。

行尽绿潭潭转幽。(《和卢侍御通塘曲》)

深潭幽泉,流水潺潺,水声越脆响,则环境越清静。另外,李白写风景的诗歌中多次出现"猿"意象,如:

寂寂闻猿愁。(《寻高凤石门山中元丹丘》)
停棹依林峦,惊猿相叫聒。(《江上寄元六林宗》)
猿啸风中断,渔歌月里闻。(《过崔八丈水亭》)

李白笔下的"猿"大多是在空寂的环境中出现,猿啼之突兀,反衬自然之静谧。"蝉噪林逾静,鸟鸣山更幽",以动衬静、以动写静,是中国古典诗歌中常见的手法。李白也善用此法,通过水声、猿啼声来写静,而且水是幽泉之水,猿是空山之猿,"静中之闹"越闹,则环境越空、越幽,以此突出更深层次的"静"。作者以闹写静,重点并不是言说环境的吵闹与不和谐,相反,幽泉水声和空山猿声正是点缀了自然之静谧、灵秀。

(三)静谧景色多"冷"景

首先,气温方面,李白笔下的静景大多是在低温状态下呈现的,相关诗句中也多次出现"寒""萧条""凉"等词,如:

夜栖寒月静。(《赠黄山胡公求白鹇》)
寒灰寂寞凭谁暖,落叶飘扬何处归。(《鞠歌行,上新平长史兄粲》)
萧条清万里,瀚海寂无波。(《塞上曲》)
金陵夜寂凉风发。(《金陵城西楼月下吟》)

这些诗句所呈现的整体意境是冷寂的,出现的景色如"寒月""寒灰""落叶""瀚海"等多透着冷意,具体时段多在一日气温最低的夜晚时分。

其次,时令方面,李白笔下的静景常出现在秋冬季节,如:

雁度秋色远,日静无云时。(《寻鲁城北范居士失道落苍耳中见范置酒摘苍耳作》)

秋气方寂历。(《淮南卧病书怀,寄蜀中赵征君蕤》)

木落秋山空。(《秋夜宿龙门香山寺奉寄王方城十七丈奉国莹上人从弟幼成令问》)

桂树山之幽。(《禅房怀友人岑伦》)

积雪照空谷,悲风鸣森柯。(《自巴东舟行经瞿唐峡,登巫山最高峰,晚还题壁》)

秋风萧萧、冬雪皑皑,在一年中偏冷的两个时节里,大自然多被一片静谧笼罩。白居易说:"万物秋霜能坏色,四时冬日最凋年。"文学史上的秋冬文学多有一种悲怨之气、肃杀之感,而在此感情基调之上,李白提炼出了一种更纯净、温和的静谧之美。总之,无论是气温还是时节,李白笔下的自然静景多是"冷景",寒凉的自然气氛,更能给人冷僻、静谧之感,李白也深谙此理,"冷美"是李白笔下自然静景的一个特色。

总之,无论视野开阔,还是幽僻闭塞,李白笔下的自然静景大多有一层平和、舒缓的诗意美感。李白审美倾向中有崇尚静美的一面。

三、李白自然书写尚"静"的思想本质与经验借鉴

李白自然书写尚"静",受到儒、释、道哲学的共同影响,尤其是道家、道教文化对李白的人生观和创作观产生重大影响,为李白静态山水书写提供了思想和审美基础。

首先,对李白影响最大的是道家和道教文化。"李白正是'原天地之美而达万物之理'的人,也是一位虔诚的道教徒,这一经历对他的诗歌创作产生深远影响。道家自然观使李白对自然情有独钟,他'一生好入名山游'。"[①]李白

---

① 赵丽梅:《李白的诗与道家思想》,《学术探索》2011年第6期,第106—109页。

崇尚道教,道家思想、与道家有关的活动和人物在李白诗歌中比比皆是,道家的自然观对李白的自然书写有很大启示。"静"是道家哲学中的一个重要特质。老子说,"致虚寂,守静笃""大象无形,大音希声",《庄子·天道》中也有很多对"静"的阐释,道家主张清静自然①。道家清静无为的自然观对李白影响深远。《李太白年谱补正》中说李白二十六岁时,曾做生意失败②,笕久美子《李白年谱》中说李白三十岁时遭人诽谤、仕途不顺;三十一岁,穷困潦倒于长安,恋故友元丹丘的山居所在,遂有退隐之意;三十三岁,耕读于安陆桃花岩。③ 正当盛年的李白不会被经济和官场上的一些挫折击垮,但失意和落差也使得李白更智慧、婉转,他选择采用一种迂回的方式消化、平复挫折——隐居。陈连山说:"道家认为隐居才能保护人类的自然天性""道家思想是最能体现隐士精神"④。虽然历史上有很多"终南捷径"的例子,李白的隐居也不可避免带有一些功利性,但是,在人生的落寞期,自然之"静"曾带给李白美好的体验和回忆,李白也顺从了本心,在自然之"静"中寻求慰藉。这种"隐",不在于形式上的藏身,而在于精神上的安定,李白身处自然静景之中,自然之静也帮助李白荡涤俗尘。约727年,李白客旅思乡写下"风入松下清,露出草间白";约734年,李白秋游龙门写下"望极九霄迥,赏幽万壑通。目皓沙上月,心清松下风"。这些大多是幽静之景,但萧瑟落寞之感淡化、疏阔清朗之气滋生。

其次,李白在部分诗篇中也表现了对佛教的兴趣,常引用佛典、游赏寺院、拜访僧侣禅师等。"静"是佛家哲学的重要精神之一,学者统计,关于"静"的论述在佛经、灯录中随处可见,如《圆觉经·辩音菩萨》一章中"静"字就出

---

① 周妍:《先秦静范畴的修养论意蕴及逻辑演化——从老、庄、管、荀的认识论谈起》,黑龙江大学2011年硕士学位论文。
② 吕华明,程安庸,刘金平:《李太白年谱补正》,中华书局,2012年,第157页。
③ [日]笕久美子:《李白年谱》,王辉斌译,《宝鸡文理学院学报》(人文社会科学版)1998年第2期,第19—28页。
④ 陈连山:《隐居在中国文化经典中的理论依据》,《中原文化研究》2017年第5期,第105—112页。

现了 25 处。① 李白对佛家文化有一定了解,对佛家文化中的"静"也会有自己的感悟。李芳民说:"李白的学佛习禅,以个人体验体悟为主,他希望借助佛理的解悟,化解内心的苦闷。"②宗教中关于"静"的哲学,能够帮助李白与苦难人生和解。

最后,主流的儒家思想对李白也有一定启示。《论语·雍也》说:"子曰:仁者静。"仁静是儒家所推崇的君子人格,李白有入世致仕的理想,虽性格潇洒飘逸,但也受到一些主流文化的影响。李白生长于蜀地,诗歌多次出现蜀相诸葛亮,从《读诸葛武侯传,书怀赠长安崔少府叔封昆季》一诗可见,李白对武侯推崇备至,诸葛亮著名的《诫子书》中有"静以修身""非宁静无以致远""学须静"等语,将"静"作为修身典范。这对李白的价值观有一定影响。

另外,前代文人对李白的静谧山水书写有一定影响。

李白诗歌经常用典,表达对前人的景仰之情。李白最为推崇的前代诗人当数南齐谢朓。王士禛说李白"一生低首谢宣城",当前学界对李白与谢朓的联系、李白对谢朓的接受等问题已有比较深入的研究。宋绪连《李白低首谢宣城》一文说到谢朓怀才不遇、受人馋毁的个人经历和清新明丽诗风对李白的影响。③ 余恕诚在《李白与长江》中说:"由孟浩然的山水诗上溯,李白于二谢的山水情怀颇有古今相接之感""李白山水诗受小谢的影响更为直接。他往返于金陵、宣城一带,追寻谢朓的遗踪"④。李白吟咏谢朓的诗从时间和地域上相对集中。⑤ 李白对谢朓的人生遭际有共情,对谢朓的所居之地有凭吊,情是落寞失意之情,景是宣城一隅的静谧之景。在这样的前提下,李白作诗的心态和笔下的景色,当然是"静"多过"动",比如《谢公宅》中说:"青山日将

---

① 卢忠仁:《论"静"及静之美》,《美与时代》(下)2015 年第 2 期,第 13—18 页。
② 李芳民:《论李白对佛教的接受及其文学表现》,《清华大学学报》(哲学社会科学版)2021 年第 3 期,第 113—125 页。
③ 宋绪连:《李白低首谢宣城》,《辽宁大学学报》1983 年第 1 期,第 78—83 页。
④ 余恕诚:《李白与长江》,《文学评论》2002 年第 1 期,第 18—28 页。
⑤ 张春丽:《李白"一生低首谢宣城"解》,《河南教育学院学报》(哲学社会科学版)2002 年第 1 期,第 121—122 页。

暝,寂寞谢公宅。竹里无人声,池中虚月白。荒庭衰草遍,废井苍苔积。惟有清风闲,时时起泉石。"声音寂寥、万物萧条、色彩单调,这首诗是李白静谧山水诗歌的典型代表作。谢朓的山水诗创作和清新自然的诗风对李白影响很大,但前代诗人如云,李白能对名气、诗史地位都不算最突出的谢朓最为心折,本质上还是生平游历各种巧合和相似造就的心性、气质上的契合。怀念谢朓,李白心有所安,所见亦皆"静"。除谢朓外,陶渊明对李白静谧山水书写也有一定启示。检索李白诗歌,"陶令"出现 10 次,"渊明"出现 4 次,"陶潜"出现 2 次,可见李白对陶渊明的关注和重视。比起仰慕陶渊明清高自持的气节,李白更欣赏陶渊明潇洒闲适的性格。从"笑杀陶渊明,不饮杯中酒"(《嘲王历阳不肯饮酒》)、"陶令日日醉,不知五柳春"(《戏赠郑溧阳》)、"何日到彭泽,长歌陶令前"(《寄韦南陵冰,余江上乘兴访之遇寻颜尚书笑有此赠》)、"陶令八十日,长歌归去来"(《对酒醉题屈突明府厅》)、"虽游道林室,亦举陶潜杯"(《陪族叔当涂宰游化城寺升公清风亭》)等诗句和诗题中可以看出,李白提及陶渊明大多是在宴饮、玩笑等场合,可见李白更喜欢陶渊明的洒脱个性。陶渊明独特的性格中有很重要的一点:爱好闲静。"静"是陶渊明的诗歌中常见的字眼,如"静寄东轩"[①]"我爱其静""偶爱闲静""抱朴守静""闲静少言"等等。前人统计陶渊明诗歌中出现"静"的有十余首,占其存世诗歌十分之一[②],比例不小,可见陶渊明对"静"的珍视与追求。斯人已逝,但是陶渊明所留下的"静"的自然美学思想潜移默化地影响着李白,李白的静谧山水诗歌创作未尝不是一种对陶渊明文学接受的体现。

"飞动"之壮美是盛唐文化尤其是盛唐诗歌的标志之一,也是李白其人其诗的重要特征。诗评诗话等诗学理论作品热衷于议论古典诗歌的"飞动"一面,李白诗歌的"飞动"特色亦常被提及。然而,李白的性格内核中也有"静"的一面,他对自然景色之"静"有独特的感知和呈现,他的山水诗歌富有静谧

---

① 本文所引陶渊明诗文,俱出自袁行霈《陶渊明集笺注》,中华书局,2018 年,不另出注。
② 钟书林:《陶渊明的"静""恨"人生与美学范式的生成》,《天中学刊》2014 年第 1 期,第 62—66 页。

之美。邬国平说:"一个作者的思想、精神、个性往往是多方面的,他创作的题材、主题、风格往往也是多方面的,作者们之间这些东西难免会有一定重复性,而对以互补为构成需要的文学史来说,没有贡献、没有超越的那种重复性正是属于它所漠视、剔除的对象。文学史不仅淘汰特色不突出的作者,就是对特色显著、具有个体创作丰富性的作者,也往往只是主要接受他们与别人不同的异质。"[1]因此,如果全面了解一位作家,我们要从文学史的固化和刻板印象中走出来,整体把握作家的创作特点和性格特点,还原作家的多样性和丰富性。

发表于《淮南师范学院学报》2022年第1期

---

[1] 邬国平:《诗人的丰富性与文学史的丰富性——论文学接受史如何简约孟浩然》,《学术研究》2019年第10期,第147—154页。

从渔钓诗看杜甫的自然关怀

孙道潮[①]

杜甫诗中出现的自然生命极多,如《江头五咏》[②]依次咏了丁香、丽春、栀子、鸂鶒、花鸭五种生物,王嗣奭称"公之咏物,俱有为而发,非就物赋物者"[③]。对于这些平凡之物背后的寄托,学者们的研究甚多,如李炎、蒋寅等人对《病柏》《病橘》等枯树的探讨[④],管遗瑞、孙民等对《缚鸡行》及"驱鸡上树木"的解释[⑤],而鱼这种物象得到的关注却很少。鱼在杜甫数十首诗歌中都出现过,杜甫也多次自称渔翁,这背后的原因值得探寻。

一、在垂钓中步入自然

在唐以前的文本中,渔父的形象有《吕氏春秋》中"闻文王贤,故钓于渭以观之"渴望被汲引的姜子牙、《后汉书》中"披羊裘钓泽中"的隐士严光、《楚辞》中歌唱"沧浪之水清兮,可以濯吾缨"的渔父多种。诚如李德裕在《观钓

[①] 孙道潮,安徽大学文学院研究生。
[②] 萧涤非、张忠纲等编:《杜甫全集校注》,人民文学出版社,2014年,第2516页。本文所涉及杜甫诗篇皆引自该书,后续只标出页码。
[③] [明]王嗣奭:《杜臆》,上海古籍出版社,1983年,第139页。
[④] 李炎:《托物寄兴 忧国忧民——杜甫〈病柏〉、〈病橘〉、〈枯棕〉、〈枯楠〉浅说》,《渭南师专学报》(综合版)1990年第1期。蒋寅:《绝望与觉悟的隐喻——杜甫一组咏枯病树诗论析》,《文史哲》2020年第4期。
[⑤] 管遗瑞:《也说"驱鸡上树木"》,《杜甫研究学刊》2001年第2期。孙民:《杜甫〈缚鸡行〉新识》,《文史知识》2010年第8期。

赋》序中所说,"古之贤人,皆乐于此,彼之垂钓者,未可量焉"①。"诗以用事为博,始于颜光禄而极于杜子美"②,杜甫在多首诗中自称渔翁,是在借渔父的生涯演绎诗人的情致,这些"渔翁"具有不同的感情色彩。有些具有政治意义,看到刘备之庙,想到复汉大业未竟,而自己不能有所作为,只能"迟暮堪帷幄,飘零且钓缗,向来忧国泪,寂寞洒衣巾"(《谒先主庙》)。"麾下赖君才并入,独能无意向渔樵"(《赠田九判官》)、"几时陪羽猎,应指钓璜溪"(《奉赠太常张卿二十韵》)寄予着被汲引的渴望,当没有机会施展抱负时,他对朝廷的选贤用能机制产生了怀疑,如"贤多隐屠钓,王肯载同归?"(《伤春五首》其三)。有些代表着隐居,如在夔州时,杜甫自述自己的闲隐生活是"钓濑疏坟籍,耕岩进弈棋"(《夔府书怀四十韵》),"渔夫是避世绝尘的形象,积极入世的杜甫变成渔翁,是命运的不公,并非他的本愿"③。如《进三大礼赋表》所言:"臣之愚顽,静无所取,以此知分,沈埋盛时,不敢依违,不敢激讦,默以渔樵之乐自遣而已。"

既有"渔樵之乐",就说明远离朝政带来的并非全是失意和痛苦,在很多诗里,都能看到归返自然带给杜甫的乐趣。首先是垂钓的乐趣,严武在《寄题杜二锦江夜亭》中表达了杜甫垂钓时的惬意,"漫向江头把钓竿,懒眠沙草爱风湍",杜甫在回复他的《奉酬严公寄题野亭之作》中也说"奉引滥骑沙苑马,幽栖真钓锦江鱼",乘官马当供奉并非他本意,幽栖钓鱼才是他的真性情,他只是个"白水鱼竿客"(《遣闷奉呈严公二十韵》)。他还喜欢跟朋友一起垂钓,"虽有会心侣,数能同钓船"(《寄题江外草堂》),当朋友去外地做官,他憧憬一起游玩的场景,不提山水风景,偏偏强调"扁舟吾已就,把钓待秋风"(《送裴二虬作尉永嘉》)。

杜甫不仅喜欢自己钓鱼,还喜欢看人钓鱼,或者说他喜欢看的是以渔夫

---

① 傅璇琮,周建国:《李德裕文集校笺》,河北教育出版社,2000年,第426页。
② [宋]张戒:《岁寒堂诗话》,见丁福保:《历代诗话续编》(上),中华书局,1983年,第452页。
③ 葛晓音:《杜甫诗选评》,上海古籍出版社,2002年,第178页。

为代表的劳苦人民安逸生活中的自然美。在"渔人萦小楫,容易拔船头"(《江涨》)、"渔艇息悠悠,夷歌负樵客"(《雨二首》其二)、"村鼓时时急,渔舟个个轻"(《屏迹三首》其一)等诗中,渔夫们简单的快乐让时刻操心着战火中国家的诗人暂时忘却心中的包袱,在自然中感受祥和。严武来看望他,贫苦的诗人没什么能招待友人的,便只能邀请他一起欣赏渔夫垂钓,"看弄渔舟移白日,老农何有罄交欢"(《严公仲夏枉驾草堂,兼携酒馔》)。

钓具不过是些普通的物品,杜甫也能将这些庸俗的词语写进他的诗。如"稚子敲针作钓钩"(《江村》)是小家庭平淡生活中的温馨,"蜻蜓立钓丝"(《重过何氏五首》其三)是小生命与他的互动,"钓艇收缗尽,昏鸦接翅归"(《复愁十二首》)是时间的推移,还有"钓纶""鱼笱""钓艇""钓缗"等词语,他都能以高超的艺术技巧纳入他诗国的版图。

柳宗元认为"夫美不自美,因人而彰。兰亭也,不遭右军,则清湍修竹,芜没于空山矣"①。《屏迹三首》其二有"用拙存吾道,幽居近物情。桑麻深雨露,燕雀半生成"两联,顾宸评道:"桑麻有桑麻之情,其滋雨露既深,则欣欣以向荣;燕雀有燕雀之情,虽荷生成未全,亦飞鸣以自适,然非幽居而与之近,断非易知其所以深所以半也。"②若非杜甫幽居步入自然,他也不可能体察物情,感受到自然之美。垂钓对于渔翁来说,只是一项极为普通的满足生存需要的行为,但杜甫在与自然静静对坐时,水天风光皆入眼帘,在这悠静中思接千载,视通万里,创作的灵感喷涌而发。当渔钩掠过杜甫的眼睛,钩住他的诗心时,他就从中发现了美,并赋予了美。

二、以自然入诗

掠过杜甫眼睛的除了渔钩,还有咬住渔钩的鱼。早在《诗经》中,鱼就多

---

① [唐]柳宗元:《柳河东集》,上海古籍出版社,1993年,第252页。
② [清]顾宸:《辟疆园杜诗注解》,五律之卷五,康熙六十二年辟疆园刊本。

次出现,胡朴安在《诗经学》中将鱼分为了二十种①,鱼出现的次数超过50次。到了唐代,鱼在诗歌创作中更加活跃了起来。据王世官的统计,"全唐诗中,带有'鱼'字的诗有2185首"②,这跟唐代发达的鱼文化有关。在政治上,鱼符是身份的证明,鱼袋代表着官员品级的高低。《新唐书》记载,"随身鱼符者,以明贵贱","高宗给五品以上随身鱼银袋,以防召命之诈,出内必合之。三品以上金饰袋"③,鱼是给文人官员们的随身物品。在生活上,鱼作为食物的一种也大量入诗,如李颀《赠张旭》有"荷叶裹江鱼,白瓯贮香粳"一联,李白亦写过"呼儿拂几霜刀挥,红肥花落白雪霏"(《酬中都小吏携斗酒双鱼于逆旅见赠》)。杜甫也爱吃鱼,他在《阌乡姜七少府设脍戏赠长歌》中详细介绍了取鱼之难、烹饪时的高超技艺以及鱼的美味,"放箸未觉金盘空",在与汉中王共饮时夸奖道"蜀酒浓无敌,江鱼美可求"(《戏题寄上汉中王三首》其二),当受严武之邀重返成都时,他率先想到的就是美味的嘉鱼,"鱼知丙穴由来美,酒忆郫筒不用酤"(《将赴成都草堂途中有作,先寄严郑公五首》其一)。

除了喜欢吃鱼外,杜甫对鱼的生命也是欣赏。在草堂遭遇大雨时,"细雨鱼儿出,微风燕子斜"(《水槛遣心二首》其一)的鱼鸟之乐让诗人心怡;自阆州归草堂时,在微雨中看到鱼的盎然生机,"隔巢黄鸟并,翻藻白鱼跳"(《绝句六首》其四);当夜中乘舟置身于"沙头宿鹭联拳静"(《漫成一绝》)的安静中,"船尾跳鱼拨剌鸣"的声响传递出的是自然的生机和活力;安居夔州时,置身山野中,"凭几看鱼乐"(《白露》),从"水深鱼极乐,林茂鸟知归"(《秋野五首》其二)的悠然物境中,透露出的是杜甫对自然的陶醉。

此外,杜甫还常以鱼比人。与朋友相别时,回想起曾经召试文章时的胸中豪情,说自己"昔如纵壑鱼"(《将适吴楚,留别章使君留后,兼幕府诸公,得柳字》);看到朝廷官员争相巴结受宠的鱼朝恩时,虽然境况困顿,仍自称"困鱼鱼有神"(《三韵三篇》其一);朋友不得志时,赠诗勉励他,称他是"鲸鱼跋

---

① 胡朴安:《诗经学》,商务印书馆,1930年,第155页。
② 王世官:《唐诗中的鱼文化研究》,福建师范大学2009年硕士论文。
③ [宋]欧阳修,宋祁:《新唐书·卷二十四》,中华书局,1975年,第525—526页。

浪沧溟开"(《短歌行赠王郎司直》)。

正是因为杜甫对鱼的喜爱,他才会去观打鱼,并有感写出《观打鱼歌》:

绵州江水之东津,鲂鱼鱍鱍色胜银。渔人漾舟沈大网,截江一拥数百鳞。众鱼常才尽却弃,赤鲤腾出如有神。潜龙无声老蛟怒,回风飒飒吹沙尘。饔子左右挥双刀,脍飞金盘白雪高。徐州秃尾不足忆,汉阴槎头远遁逃。鲂鱼肥美知第一,既饱欢娱亦萧瑟。君不见朝来割素鬐,咫尺波涛永相失。

这首诗先写鲂鱼之美,"色胜银""如有神",也点出了鲂鱼的味美和带给自己的"欢娱"。但一想到将普通的鱼尽弃的浪费,杜甫心中又苍凉、萧瑟。在两次观打鱼的间隔中,这种因对自然生态的伤害而产生的萧瑟之情,结合百姓水深火热的生存处境,逐渐发酵,促使杜甫写下第二篇《又观打鱼》:

苍江鱼子清晨集,设网提纲万鱼急。能者操舟疾若风,撑突波涛挺叉入。小鱼脱漏不可记,半死半生犹戢戢。大鱼伤损皆垂头,屈强泥沙有时立。东津观鱼已再来,主人罢鲙还倾杯。日暮蛟龙改窟穴,山根鳣鲔随云雷。干戈兵革斗未止,凤凰麒麟安在哉。吾徒胡为纵此乐,暴殄天物圣所哀。

三、以自然照人

《又观打鱼》展现了唐代渔业的发达。江上渔人数量众多,各显其能,竞相捕鱼,鱼因此受到的伤害更严重。不论小鱼还是大鱼,即使幸存,也很凄惨。目睹鱼的惨状,杜甫由鱼及人,想到了战乱中的百姓,他们的遭遇比鱼有过之而无不及。刘辰翁认为"两篇皆主爱物,此篇赋得又自在,末意不如萧瑟沉着"①。不萧瑟沉着的原因就在于对鱼的怜惜、对人民的担忧太过沉重,产生的情感无法压抑。

审美活动并非单一的认识活动,是人与物双向的互动。由鱼的惨状联想到人民,这首先说明杜甫对鱼的生命是在乎的。"人禀七情,应物斯感"②,若他不在乎动物的生命,又怎会产生怜惜之情？仅鱼这一种生物,他就在多首诗中流露出关怀。夔州人以体形较大的黄鱼喂狗,小银鱼由于细微难识亦遭"尽取",他相继写下《黄鱼》和《白小》二诗,对人的愤怒凝缩在"脂膏兼饲犬,长大不容身"和"生成犹拾卵,尽取义何如"两联中。两种鱼大小不同,但杜甫对它们的怜惜是相同的。由潭州赴衡州时,目睹"白鱼困密网"而"黄鸟喧嘉音"(《过津口》),他说"物微限通塞,恻隐仁者心"。物种的遭遇有不同,就像人有幸运和不幸,仁者所怀的恻隐之心却不会改变。

《汉书·景帝纪》说:"吏以货赂为市,渔夺百姓,侵牟万民。"③人对鱼的伤害让杜甫怜惜,而当统治者用对待鱼的方式来与百姓相处,这既让他愤怒,又让他哀伤、无奈。杜甫的诗中也有两处直用"渔夺"一词,一是"难拒供给费,慎哀渔夺私"(《送殿中杨监赴蜀见相公》),寄语将入剑南西川节度使杜鸿渐幕的杨公,希望他能劝诫杜鸿渐,不要再让百姓陷入被渔夺的惨境。二是"奈何黠吏徒,渔夺成逋逃"(《遭遇》),因路途中见到贫民不耐重税,只能四处奔逃而作。正因为心系人与自然的仁者之心,他在目睹鱼饿时,才会做出"盘飧老夫食,分减及溪鱼"(《秋野五首》其一)的类似佛教徒的举动,在五盘看到"地僻无网罟,水清反多鱼"(《五盘》)时,他才会感到由衷的喜悦。王嗣奭在《白小》诗后说杜甫是"仁心蔼然,真有万物一体之思"④,这并不是拔高。宋代的张载提出"民吾同胞,物吾与也"⑤,杜甫虽然没有提出这种说法,但他

---

① [宋]刘辰翁:《集千家注杜诗》,卷八,文渊阁四库全书本。
② [南朝梁]刘勰著,王运熙,周锋译注:《文心雕龙译注》,上海古籍出版社,1998年,第42页。
③ [汉]班固:《汉书》,中华书局,1962年,第151页。
④ [明]王嗣奭:《杜臆》,上海古籍出版社,1983年,第286页。
⑤ [宋]张载:《张载集》,中华书局,1978年,第62页。

在思想和行动上已经贯彻了这种说法。

  杜甫被誉为"诗圣",他对百姓疾苦的体恤毋庸赘言。他高度重视物我和谐,对自然中鱼等生物也抱有怜惜。他还以自然照人,对自然的感情深化了对人的关心。这种情感超越了物我关系,是"致君尧舜上,再使风俗淳"(《奉赠韦左丞丈二十二韵》)的宏大理想的生动表达。关注自然就是关注人类,这样的精神财富对当代也具有重要的生态价值。

飞卿乐府诗中的"春"意及其审美意趣[①]

胡文梅[②]

放浪形骸的温庭筠,是晚唐诸体兼备的作家。他在词作上有着显著成就,以"花间鼻祖"的称号闻名于世。而在诗歌方面,他是晚唐诗人的重要代表之一,与李商隐并称"温李"。对温庭筠诗歌的研究,在二十世纪七八十年代后,才开始呈现出多角度、有深度的研究特点,大致是题材和内容的分析、艺术风格和特色的概括以及一些对比研究等。如刘学锴先生的《温庭筠传论》、张自华的博士论文《温庭筠诗歌研究》。有学者直接选取某一体裁和题材进行分析和研究。这体现出温诗本身的丰富和多样性,同时也显示出温诗研究在不断地深入。温庭筠诗歌是唐代晚期绮艳诗风的重要代表,对其艺术风格的分析也是研究的重要部分之一。如《温庭筠"清"与"艳"诗歌特点浅析》、赵燕《论温庭筠诗歌作品中的艳俗与清丽》等。行丽丽《温庭筠的诗歌意象》一文还提到了温诗艺术手法中的意象,并进一步分析出意象所体现出温诗绮丽浓艳、清丽俊逸、清冷幽寂的主体风格。此外,有学者将温庭筠的诗与词进行比较,将温庭筠与李商隐或者和其他同时期的文人进行对比研究。

近十年,对温庭筠诗歌的研究呈现多角度、有深度的局面,但研究点比较分散,较之前的整体性研究少有突破。温庭筠诗歌中存在大量与"春"相关的作品,对于这类题材的诗歌分析,仅有一篇蔡环的《幽态竟谁赏　岁华空与

[①] 基金项目:本文为安徽大学大自然文学协同创新中心2021年度研究生课题"浅论温庭筠的咏春诗"(ADZWY21-06)成果。

[②] 胡文梅,安徽大学文学院研究生。

期——浅析温庭筠的咏春诗》提出吟咏春天的诗表现诗人悲春之情和黯然之绪,这给本文留下了较大的写作空间。

温庭筠现存诗歌三百多首,许多诗作都出现了描写春天的语句,还有一些是以春天为环境背景进行抒情达意。这类直接描绘春天或者涉及春天景象的诗歌,本文将其宽泛地定义为"咏春诗"。而乐府诗是温庭筠大力创作的诗歌体式之一,故本文选取乐府诗中与"春"有关的作品,立足于文本细读的基础上,从描写特征的方面来概括、分析和研究。同时,尝试讨论诗人的审美情趣,以期能对这类题材的诗歌有一个较为全面的认识。

一、乐府诗中"春"意题材诗歌的整理与概述

温庭筠乐府诗共七十一首,以春天为背景或者以春天景物为描写对象的约有四十首,占总数的五分之三。在兼顾《全唐诗》中收录的温庭筠乐府诗歌,以及刘学锴先生《温庭筠全集校注》的基础上,通过题目和内容的检索和增删,得到三十九篇与"春"相关的诗作,由于篇幅受限,故在表中只举一句涉"春"诗句为例。具体情况,如表一。

表一 温庭筠乐府诗中含有"春"意的篇目整理

题材	篇目	诗句
怀古咏史(十首)	《鸡鸣埭曲》	红妆万户镜中春,碧树一声天下晓。
	《太液池歌》	平碧浅春生绿塘,云容雨态连青苍。
	《雉场歌》	城头却望几含情,青亩春芜连石苑。
	《湖阴词》	五陵愁碧春萋萋,霸川玉马空中嘶。
	《汉皇迎春词》	春草芊芊晴扫烟,宫城夹锦红殿鲜。
	《谢公墅歌》	朱雀航南绕香陌,谢郎东墅连春碧。
	《走马楼三更曲》	春姿暖气昏神沼,李树拳枝紫芽小。
	《苏小小歌》	一自檀郎逐便风,门前春水年年绿。
	《春江花月夜词》	秦淮有水水无情,还向金陵漾春色。
	《邯郸郭公词》	唯有漳河柳,还向旧营春。

续表

题材	篇目	诗句
宴饮咏乐（三首）	《醉歌》	檐柳初黄燕新乳，晓碧芊绵过微雨。
	《夜宴谣》	高楼客散杏花多，脉脉新蟾如瞪目。
	《郭处士击瓯歌》	莫沾香梦绿杨丝，千里春风正无力。
游仙（一首）	《晓仙谣》	玉妃唤月归海宫，月色澹白涵春空。
记游写景（十二首）	《锦城曲》	巴水漾情情不尽，文君织得春机红。
	《吴苑行》	锦雉双飞梅结子，平春远绿窗中起。
	《常林欢歌》	秾桑绕舍麦如尾，幽轧鸣机双燕巢。
	《阳春曲》	帘外春威著罗幕，曲阑伏槛金麒麟。
	《春洲曲》	韶光染色如娥翠，绿湿红鲜水容媚。
	《东峰歌》	锦砾潺湲玉溪水，晓来微雨藤花紫。
	《会昌丙寅丰岁歌（杂言）》	薲茸单衣麦田路，村南娶妇桃花红。
	《堂堂曲》	钱唐岸上春如织，森森寒潮带晴色。
	《猎骑辞》	晚柳未如丝，春花已如霰。
	《烧歌》	新年春雨晴，处处赛神声。
	《春日野行》	柳艳欺芳带，山愁萦翠蛾。
	《西陵道士茶歌》	乳窦溅溅通石脉，绿尘愁草春江色。
咏物节令（三首）	《嘲春风》	春风何处好，别殿饶芳草。
	《春日（一作齐梁体）》	柳岸杏花稀，梅梁乳燕飞。
	《咏春幡》	碧烟随刃落，蝉鬓觉春来。
爱情风怀（十首）	《舞衣曲》	不逐秦王卷象床，满楼明月梨花白。
	《张静婉采莲歌》	兰膏坠发红玉春，燕钗拖颈抛盘云。
	《湘宫人歌》	生绿画罗屏，金壶贮春水。
	《照影曲》	桃花百媚如欲语，曾为无双今两身。
	《晚归曲》	水极晴摇泛滟红，草平春染烟绵绿。
	《碌碌古词》	春风破红意，女颊如桃花。
	《春野行（杂言）》	草浅浅，春如剪。
	《惜春词》	蜂争粉蕊蝶分香，不似垂杨惜金缕。
	《春愁曲》	觉后梨花委平绿，春风和雨吹池塘。
	《春晓曲（一作齐梁体）》	油壁车轻金犊肥，流苏帐晓春鸡早。

从表一中可以发现,除去以咏物节令为主题的诗歌直接歌咏春天外,温庭筠在创作其他题材的过程中都有意无意地涉及春天的各种景象。由此可见,"春"意是其乐府诗歌中的显著特征之一,而这类诗歌也正是温庭筠审美爱好的体现。

二、乐府咏春诗中"春"意的具体分析

通过表一中涉及春天诗句的列举,不难看出,有的是在诗句中直接点明春季,如"春风破红意,女颊如桃花""红妆万户镜中春,碧树一声天下晓"等,这一类诗作带有的"春"意十分明显;也有一部分诗句是描绘极具春天特色的景物,如"秾桑绕舍麦如尾,幽轧鸣机双燕巢",虽没有直接告知季节,但从字里行间可以感受到春天特有的勃勃生机。温庭筠借用春花、春树、春草、春风等景物,采用"碧""红""翠""绿"等鲜明的色彩,描绘了一幅幅浓炽艳丽的春景图,同时将"黄燕""乳燕"等加入其中,为唯美的风景图画增添了一抹别样的活力。本章通过具体篇章和诗句的分析,概括温庭筠笔下春天的特点。

1. 繁花绿叶的秾艳

春阳暖暖,绿叶芊芊,鲜花簇簇,好一派花红柳绿的多彩春景。温庭筠选取最能代表春天的植物,抓住它们在特定季节中的特点,勾勒出一幅幅浓艳多彩的春景图。诗中涉及的花草树木种类丰富,如春花,就有杏花("霏霏雾雨杏花天""碧草含情杏花喜")、桃花("桃花百媚如欲语")、紫藤花("晓来微雨藤花紫")、梨花("觉后梨花委平绿")等。还有春草、春树,如"碧草连金虎""碧树一声天下晓""万户沈沈碧树园"等。在温庭筠的大部分乐府诗作中,春天景色的描写并不是他创作的主要目的,在具体的诗歌内容中,简略的几句写景更多的是用来宕开一笔,完成对比讽刺的功用。如在怀古咏史诗《汉皇迎春词》中,温庭筠借助春景的描绘,抒发感慨和寄寓嘲讽。但这并不妨碍我们从中欣赏飞卿笔下的"春景",全诗如下:

春草芊芊晴扫烟,宫城夹锦红殿鲜。

> 海日初融照仙掌,淮王小队缨铃响。
> 猎猎东风焰赤旗,画神金甲葱龙网。
> 钜公步辇迎句芒,复道扫尘燕彗长。
> 豹尾竿前赵飞燕,柳风吹尽眉间黄。
> 碧草含情杏花喜,上林莺啭游丝起。
> 宝马摇环万骑归,恩光暗入帘栊里。

从诗题中可以看出这首诗是写汉皇郊外祭祀迎春的场面。鲜红旌旗随风飘扬,金甲军队浩浩荡荡,宫中大臣车马喧闹。诗人有意将此场面描绘得极其壮阔华美,同时加入了春天的景色。春日暖阳,芊芊春草,柳绿花媚,莺歌燕飞,在一派明媚的自然风光中,君王外出祭祀。整首诗的前半部分极力展示场面的浩大声势,后半部分"豹尾"一句画面转到柔美女子的身上,"柳风吹尽眉间黄"细致地描绘了女子的容貌。"碧草含情杏花喜,上林莺啭游丝起"更是将旖旎春光表现得淋漓尽致。最后以"宝马摇环万骑归,恩光暗入帘栊里"暗示成帝与飞燕偷欢为尾。通读全诗,诗人在草长莺飞的春景中,描绘了帝王东郊祭祀的浩大场面。这里与"春"有关的景色描写作为一种旖旎氛围的渲染,表达的是诗人对君王奢靡出行,纵情声色的生活的讽刺和嘲弄。

《鸡鸣埭曲》是吟咏南朝覆亡的:

> 南朝天子射雉时,银河耿耿星参差。铜壶漏断梦初觉,宝马尘高人未知。
> 鱼跃莲东荡宫沼,濛濛御柳悬栖鸟。红妆万户镜中春,碧树一声天下晓。
> 盘踞势穷三百年,朱方杀气成愁烟。彗星拂地浪连海,战鼓渡江尘涨天。
> 绣龙画雉填宫井,野火风驱烧九鼎。殿巢江燕砌生蒿,十二金人霜炯炯。
> 芊绵平绿台城基,暖色春容荒古陂。宁知玉树后庭曲,留待野棠如

雪枝。

《南史》记载,齐武帝车驾数幸琅邪城,宫人常从早发,至湖北埭,鸡始鸣,故呼为鸡鸣埭。"南朝天子"在天空余星闪耀,睡梦之人未醒,御柳尚未栖鸟之时,带领着浩浩荡荡的车马前去狩猎。可见天子"夙兴"不为勤政却为荒戏,何等可笑。"红妆"二句,笔锋一转,场景来到宫中。美人对镜梳妆,景阳宫中千户万户的镜中映着春容,随即天开始破晓。此处将女子的面貌形容成春容,能够感受到女子妆容浓艳亮丽的特点。之后,诗人略过数代,描写陈后主及其整个南朝统治,在隋军的讨伐中倾然倒塌走向覆亡的历史事实。诗人短短几句,将宏阔的历史展于笔墨之间,气势恢宏。全诗主旨是借古讽今,在这个过程中加入了有关春天的景物和特点,"红妆"二句正如前文所述是借用"春"的特点来显示出宫中的奢靡浓艳之风。然而,结尾处"芊绵平绿台城基,暖色春容荒古陂",以春日的生机进行铺垫,反衬出今日此地的荒凉。春日之景,在《鸡鸣埭曲》中,仅仅是作为一个偶尔闪现的环境描写。在桃李争艳,一片欣欣向荣的春天的背景下,描述朝代的覆亡,更显其悲惨的状况。

温庭筠笔下的碧树、锦花与暖色的春天,总是带着一股抹不掉的浓丽色彩。温飞卿也正是因为这样的作品风格而饱受争议。但是在描绘春景的过程中,诗人自觉或不自觉地显现出景色的艳丽多姿,这在笔者看来,正是切实地抓住春天姹紫嫣红的特点。

2. 碧山秀水的清丽

幼时曾在江南居住过的温庭筠,山清水秀的地域风貌对其审美追求和诗歌创作风格产生了一定程度上的影响。他在描绘春天风景时,总是会带上江南水乡的清丽与柔美。对于山水乐府诗提及春天山水的篇章大概有十五首,并在描写的过程中多次用"绿""翠""青""碧"等形容词。据统计,涉及春天景色的诗句中,绿色的词出现了30多次,可见"绿意"是飞卿笔下春意的另一种形式。绿色给人一种清新自然的感受,而春天的绿色,更是万物复苏后的勃勃生机。温庭筠在描山绘水中,加入大量清新元素的色彩,让五彩浓艳的春景平添了一份清丽。

如《吴苑行》写的是诗人故乡风物。

> 锦雉双飞梅结子,平春远绿窗中起。
> 吴江澹画水连空,三尺屏风隔千里。
> 小苑有门红扇开,天丝舞蝶共徘徊。
> 绮户雕楹长若此,韶光岁岁如归来。

有学者认为,此诗乃作者行于吴苑之所见,表现了吴苑的荒凉残败之景,表达了对国势和自身的哀叹之情。而刘学锴先生认为,"吴苑"是苏州的代称,《吴苑行》乃纪行写景的新乐府辞。通读全诗发现这首诗可以单纯地看成是对吴苑春光的描写,故本文在这里采纳刘学锴先生的观点。写吴苑春色,视角由内而外,诗人从一扇窗中望见平原上的淡淡春意,江水连天。锦雉双飞,早梅结子,舞蝶徘徊。"平春远绿窗中起",诗人借助一扇窗户,将吴苑春光缩小到窗内,而随着视线的扩大,窗中一景逐渐成为相去千里的平原风光,这与"窗含西岭千秋雪,门泊东吴万里船"(杜甫《绝句》)有着异曲同工之妙。《吴苑行》的最后一句"绮户雕楹长若此,韶光岁岁如归来",表达了诗人希望春光明媚能长长久久,岁岁归来。这淡淡春意中蕴含着诗人来到吴苑后的美好祝愿。诗人在这类绘春的乐府诗中,春景是作者的审美对象,作者单纯写景,在此过程中流露出对其景的热爱与陶醉。"锦雉""梅子""远绿之山"等景物的出场,使得春天的景色流露出淡淡的清新气息。

3. 虫鸟水禽的生机

春天正是草长莺飞的时节,蜂飞蝶舞、鸟飞虫鸣,大自然中的动物大部分一派欣欣然的模样。诗人飞卿也感受到自然的活力,将春天里的动物写到诗句里,让它们为春意诗句增添勃勃生机。

如《常林欢歌》是乐府旧题,诗中描绘的却是途经荆中的风景。

> 宜城酒熟花覆桥,沙晴绿鸭鸣咬咬。
> 秾桑绕舍麦如尾,幽轧鸣机双燕巢。

马声特特荆门道,蛮水扬光色如草。

锦荐金炉梦正长,东家咿喔鸡鸣早。

春日清晨,诗人走过落英缤纷的桥头,细细嗅去,清新芬芳的落花中竟带有一丝酒味。四下寻找,原来是集市上有人酿酒的缘故。在这花香与酒香的混合之下,飞卿恐怕早已心醉于此。"晴沙""碧水""绿头鸭",交织成一幅晴日鸭戏白沙绿水图。农舍旁围绕的是浓郁的桑树,田间抽芽的麦穗碧绿一片,远处传来声声的机杼声。双燕和巢而居,水光荡漾宛如碧海。在此一片安宁祥和中,人们不管东家报晓的鸡鸣沉浸在美梦之中,春梦正长,春宵苦短。诗人在这里选取了春花、秋桑、绿水等静态景物,以及绿鸭、双燕、鸡鸣等动态事物,两者结合使得春景图增添无限生机。温庭筠还调动了视觉、嗅觉和听觉的感官系统,竭力捕捉有关春天的色、味、声,将荆门道上的富饶繁茂、春意盎然的景物描绘得美不胜收,令人陶醉。诗人在春日美景中,抒发途经此地时的欣喜与愉悦,在美景之中,诗人的身心似乎都得到了一定程度上的放松,浓浓春意的景色下是诗人途经此地感受的美好与安宁。

温庭筠在女性与爱情题材中描述女子和爱情的时候,有较多的笔墨停留在春景的描绘中,单看春景之句也是有满满的生机,但放到整首诗来看,活力十足的蝶与蜂似是在反衬女子的孤寂,而一些落败的春景更是烘托闺怨女子的愁苦。但这并不影响我们对其写景之句的欣赏。

如《春愁曲》:

红丝穿露珠帘冷,百尺哑哑下纤绠。远翠愁山入卧屏,两重云母空烘影。

凉簪坠发春眠重,玉兔煴香柳如梦。锦叠空床委堕红,飔飔扫尾双金凤。

蜂喧蝶驻俱悠扬,柳拂赤栏纤草长。觉后梨花委平绿,春风和雨吹池塘。

这是一首闺怨诗。"红丝冷帘"的入场,让整首诗奠定了清冷的基调。睡床周围的屏风上绘着"远翠愁山",双层的云母隔火板上朦胧地映出炭火的红光。这一方面显示出女子住处的富丽与温暖;另一方面与下文女子一人的独处现实情况进行对比,更能凸显环境的凄清和内心的孤寂。第九、第十两句,诗人抓住春天声、色的特点,以旖旎的春光反衬美人的孤独寂寞。末尾两句,写女子睡后醒来看到的景色。白梨绿草,春雨入池塘,本是春日里常见的美景,但梨花落地,风吹雨绵绵里独身一人的美人哪有赏景的乐趣,有的只是春光虚度、韶华易逝的无奈和悲凉。温庭筠在诗中并未对女子的形象、动作、心理作正面的描述,完全借助环境和氛围的烘托以及自然景物的描写暗衬出闺中女子的愁苦,写法细腻婉曲,俨然花间词境。

有一些与春相关的诗句是借助春天的景物描绘女子姣好的容貌。"春风破红意,女颊如桃花。"(《碌碌古词》)将女子的脸颊比作春日桃花,更显女子的姣美。此外,诗人还借助春天景物的流逝来感慨女子容颜老去的无奈。如《春晓曲》中"衰桃一树近前池,似惜红颜镜中老"。此处的桃花桃树已不再是鲜艳美好的代表了,而是以物之衰喻人生流逝之迅速。同一景物,随着诗歌创作的需要显示出不同的特点,从中可以看出温庭筠对春天景物的运用得心应手,随手拈来。

值得一提的是,虽然笔者在这里将飞卿笔下的春天的花草山水、鸟兽鱼虫分开论述,但在具体篇章中,这些动植物是一个整体,大部分时候都是以组合的形式出现的。它们在诗人的笔下,通过艺术创造展现出大自然中春天景色的不同风格。这体现出作者绘春的精湛技艺,以及他对春天的热爱与欣赏。此外,温对春季的时令也有全面的概括。这一点,有学者在他的词作中已经有所发现。虽然诗词有别,但诗词中孟春萌芽的生机、仲春花开的活力以及季春花败的落寞的特点是一致的,故笔者在此处不再赘述。

三、"春"意诗作的艺术特色和审美意蕴

温庭筠诗歌的总体艺术以"绮艳"闻名,与李商隐并称为"温李"。而正是

由于温庭筠诗歌的"艳丽"的风格和诗歌表现的"艳情"内容,历来对其成就否定的多,肯定的少。众所周知,一位成熟的诗人在诗歌创作中风格总是丰富多变、不拘一格的。温庭筠乐府诗中与"春"有关的作品就很好地证明了这一点。本文采取张自华在《温庭筠诗歌研究》中提出的温诗具有自然美和艺术美的说法,也将"春"意诗作分成这两个部分进行讨论。

(一)清丽流畅的自然美

飞卿有时在描绘眼中春景的过程中,有意对春景不做过多的描写和刻画,化繁为简,借助简单晓畅的语言,在字里行间流露出点点滴滴的盎然春意。"钱唐岸上春如织,淼淼寒潮带晴色"(《堂堂曲》)、"绿渚幽香生白蘋,差差小浪吹鱼鳞"(《东郊行》)、"霏霏雾雨杏花天,帘外春威著罗幕"(《阳春曲》)、"草浅浅,春如剪"(《春野行(杂言)》)等诗句,对春天的多彩不做过多的描述,简单罗列能够代表春天的景物,读来流畅自然。温庭筠为了表现春天,还选取了极具春天气质的动物,让春景增添不少活力。"蜂争粉蕊蝶分香"(《惜春词》)、"蜂喧蝶驻俱悠扬"(《春愁曲》)、"乳燕双双拂烟草""流苏帐晓春鸡早"(《春晓曲》)等,将飞蝶、蜜蜂、乳燕、春鸡、啼莺等富有生命力的动物入景,将春天从单调的美景中转变成有生命的美好风光。这些景与物的熟练运用,侧面反映出温庭筠较高的诗歌艺术表现能力。

(二)浓艳多彩的艺术美

乐府诗的显著特点是秾丽。因此,除了上述清新自然的艺术风貌外,更多的是极具艺术技巧的华美辞藻和斑斓色彩。

如《春洲曲》:

韶光染色如娥翠,绿湿红鲜水容媚。
苏小慵多兰渚闲,融融浦日鸂鶒寐。
紫骝踯躅金衔嘶,堤上扬鞭烟草迷。
门外平桥连柳堤,归来晚树黄莺啼。

这是一首江南春景的轻描,与前文分析的诗作不同,这篇诗歌描绘了一幅绚丽浓艳的春景。"蛾翠""绿湿""红鲜""紫骝",诗人选取了多个高饱和度的颜色来修饰景物,春景都带上了一层浓郁的色彩。绿色与红色,这两者放在一起是极具对比性的,给人的视觉产生一定的冲击力。读完全诗像是在欣赏一幅浓墨重彩的绘春油画。温庭筠对色彩的使用是诗歌浓艳风格形成的重要因素之一。

这类色彩丰富的诗歌在与"春"相关的作品中占有较多的比重。如"平碧浅春生绿塘,云容雨态连青苍。"(《太液池歌》),"碧"和"绿"本是同一颜色,相同色彩的叠加强化了浓艳的效果。"红妆万户镜中春,碧树一声天下晓。"(《鸡鸣埭曲》),"红妆"与"碧树"的对比,诗句工整艳丽。色彩的选取、安排和搭配,是温庭筠主观的审美感受。诗人在描述春景之美时精细刻画,以浓艳的辞藻来修饰景物,体现了自身的审美创造意趣。

不论是自然美还是艺术美,都是温庭筠对诗歌唯美的追求。许总认为在险恶的政治环境下追究纯艺术天地的外因以及回归缘情文学传统的内在动力二者合力作用,使得在以许浑、杜牧、李商隐、温庭筠为代表的晚唐诗坛中表现出明显的唯美倾向。

温庭筠是晚唐重要的诗人代表,他在诗歌创作中总是加入大量的春景描写,而在乐府诗中更是有超过半数的诗作与"春"有关。乐府诗集中的这类作品由于吟咏内容和主旨思想的不同,春景在其中担任的角色也产生了相应的区别。但这并不妨碍我们对其景色描写的欣赏与分析。在涉及春天的诗句和篇章中,诗人有选择地让不同景物与动物入画,描绘出一幅幅秾艳的、清丽的、生机的自然春景图,体现出温庭筠敏锐的感知能力和高超的绘景技术。除去诗歌整体的主题不谈,单看"春"意绵绵的景色描写,不难发现这里的春景是诗人直接的审美对象,盎然生机的春意里蕴含着的是诗人欣喜愉快的情感体验。温庭筠乐府诗中与"春"相关的作品体现了清新的自然美和浓艳的艺术美,这两种艺术风貌和审美体验是诗人唯美主义的诗歌追求。

这类"春"意浓浓的作品,是温庭筠诗歌创作中不可忽视的一个方面,这是了解温庭筠诗作特点的一个切入点,相较于喜爱以"秋"入诗的李商隐,温庭筠的与"春"相关的诗歌作品体现了他独特的审美感受。从这个层面来看,本文的研究也将有助于将温庭筠与其他的诗人创作区分开来。

　　由于自身水平有限,对温庭筠乐府诗中的与"春"相关的诗歌作品的研究还有很多不足之处,对诗歌的收集和整理还有待进一步完善,如有不足之处,敬请批评指正。

发表于《滁州职业技术学院学报》2022 年第 1 期

论南渡时期的渔父词[①]

戴云逸[②]

早在先秦,我国史书著作中就有渔父题材,到了战国时期,文学作品中出现了渔父形象,后来经过文人们的不断创作和努力,这一形象逐渐发展定性并具备了独特的文化内涵和表征意义,以渔父为题材的文学创作也越来越多。中唐,在张志和《渔歌子》的影响下,词坛上迎来了渔父词唱和的小高峰;宋初,统治者煽动的崇尚道教的浪潮激发了文人寄情山水的热情。特别是到了南渡时期[③],特殊的政治文化环境,使得一度沉寂的渔父词重新进入文人的视野,并迎来了渔父词创作的繁盛时期。词人们有的以旁观者的视角来观照渔父,有的直接化身为江面上的渔父,他们或通过对渔夫生活的描写来展现对自由的追求和向往,标榜自己高尚的品德,或借助渔父的视角表达对朝政污浊之气的不满,展示内心深处出世与入世的矛盾挣扎。

一、渔父形象的演变及渔父词的发展

(一)渔父形象的演变

史料记载,《吕氏春秋》中最早出现渔父这一题材,"太公钓于兹泉,遭纣

---

① 基金项目:本文为安徽大学大自然文学协同创新中心2021年度研究生课题"南渡词人山水书写研究"(ADZWY21-01)成果。
② 戴云逸,安徽大学文学院研究生。
③ 本文的南渡时期从1127年靖康之难开始算起,一直到宋廷落脚临安(今浙江杭州)为止。

之世也,故文王得之"。这段文字记载的是姜太公吕尚"磻溪渔父"的故事,相传姜子牙八十岁时垂钓于磻溪之上,得到文王的赏识,最终辅佐周王伐纣,成就一番伟业,姜子牙"磻溪垂钓"这一典故在《史记·齐太公世家》中也有记载。除姜子牙外,《国语·越语》和《吴越春秋·勾践伐吴外传》中也记载了范蠡之渔隐,范蠡在献策辅助勾践兴越灭吴之后,便"乘轻舟以浮于五湖,莫知其所终极","乘扁舟,出三江入五湖,人莫知其所适"。吕尚渔隐逐志,范蠡渔隐归世,"渔父"这一形象从产生之初,就天然地具备了"仕"与"隐"的矛盾,这也赋予了后期"渔父"文学形象的基本内涵。

渔父作为一个完整的文学形象,最早在《庄子·渔父》中出现。《庄子·渔父》记载,孔子与弟子在杏坛传道解惑时,偶遇一位"鬓眉交白,被发揄袂"的渔父,渔父批评孔子"苦心劳形以危其真""远哉其分于道也""擅饰礼乐,选人伦,以化齐民,不亦泰多事乎",并以"八疵四患""谨慎修身,保持本真,使人与物各还归自然"来开导孔子。最后孔子提出疑问:"何谓真?"渔父解惑后惋惜道:"子之蚤湛于人伪而晚闻大道也!"从《庄子》的这篇寓言体文章中,能够很明显地感受到儒家和道家思想理念的碰撞和冲突,渔父在这里是具有道家色彩的得道讲道的仙人形象,他反对儒家积极入世的观点,提倡道家"真者,所以受于天也,自然不可易也"。坚持本真,无为而治的理念,从本质上来说,这位渔父就是庄子笔下道家思想的外化表现。

洪兴祖在《楚辞章句》中说道:"《卜居》《渔父》,皆假设问答以寄意耳。"《楚辞》中《渔父》一篇采用和《庄子》一样的主客问答形式来寄寓作者所要传达的思想感情。作者屈原坚持爱国的政治主张却被小人谗言所害,遭到楚王的放逐,行走在江边,"颜色憔悴,形容枯槁",渔父见之询问原因,屈原道出"举世皆浊我独清,众人皆醉我独醒",而后渔父极力开导他:"世人皆浊,何不淈其泥而扬其波?众人皆醉,何不哺其糟而歠其醨?"渔父所指明的是一条和屈原截然不同的,与世俗共浮沉,最终完成自我保全的道路。然而道不同不相为谋,屈原宁肯以身全志,葬身鱼腹,也不愿跌入污浊的尘世中去,最后,渔父"莞尔而笑,鼓枻而去","不复与言"。《楚辞》中的渔父具有明哲保身的处世想和强烈的出世之心,无论社会是污浊还是清明,他都能以一种超然物外、心平气和的态度去观照这个世界,这种不愠不怒的人格魅力对后世渔父形象的形成产生了深远的影响,"渔父"也逐渐成为隐士形象的象征。

东晋时期,具有小说特点的《桃花源记》中也出现了渔父形象,这里的渔父是沟通现实和理想的桥梁,陶渊明借助武陵捕鱼人把读者从黑暗的现实世界中拉出来,带到"土地平旷,屋舍俨然""阡陌交通,鸡犬相闻",没有剥削和压迫,自由安宁、祥和自得的"桃花源"中去。不难看出,这里的渔父已经初步具备了寄托文人对理想世界向往的雏形,对后代文人把握渔父形象的内涵有很大的影响。

(二)渔父词的发展

自先秦到战国再到东晋,渔父题材在史书、散文、诗歌等文体中都有出现。唐代城市经济繁荣,人们的精神文化生活需求旺盛,燕乐伴随着管弦笙歌不断涌现,词这一文学体裁得到了发展,渔父形象也开始走进词中,渔父词汲取各类体裁之长得到了较快的发展。

中唐时期,张志和作《渔歌子》,语言清丽,词中描绘了具有动态美的自然景观和理想化的渔隐生活,充满自由祥和的气氛,黄昇称其"极能道渔家之事",《西吴记》记载:"志和有《渔父词》,刺史颜真卿、陆鸿渐、徐士衡、李成矩递相唱和。"张志和《渔歌子》一出,当时的名士纷纷唱和,渔父词也开始进入文人的视野。张志和笔下这位自由自在、潇洒自适的渔父基本上确定了渔父形象的内涵,后代渔父词创作基本上都沿着这条路子,通过对渔父生活的描写展现出对自由渔隐的渴望和向往。

南渡词人惠洪有《渔父词·渔父》八首,述录禅宗公案,其中《渔父词·船子》一词以简明扼要的语言叙述了船子和尚的生平。船子和尚名德诚,施蛰存的《船子和尚拨棹歌》载为"唐元和会昌间人",受法于澧州药山弘道俨禅师,尽道三十年后,离开药山,以小舟渡人,所以被称作船子和尚,现存其渔父词三十九首。词人僧人的身份,使词多了许多佛理意蕴,出现很多诸如"静不须禅动即禅""莫道无修便不修"等具有佛教词语的句子。《拨棹歌》与张志和的《渔歌子》在语言方面有很大不同,是文学和佛法禅理相结合的产物,其独特的诗禅交融的风格,营造出清冷淡雅且富有诗意的高远意境,渔父的隐逸高蹈的心境和独特的生命体验都给后来文人渔父词的创作提供了范式和灵感。

五代时期,欧阳炯、和凝、李珣等人都进行了渔父词创作。他们的渔父词有鲜明的时代特征,词人在唐末这个动乱的年代,想要"摆脱尘机上钓船"(欧阳炯),或是"避世垂纶不纪年"(李珣),通过渔隐这一方式,摆脱尘世的纷扰,在山水间寻求心灵的寄托。除了文士、僧人,这一时期,皇帝也参与渔父词的创作中来,南唐后主李煜作两首《渔父》,对渔父词在宋代的勃兴起到了关键的作用。

北宋前期的承平气象使文人们享受入世的生活,极少流露出世之心,所以这时的渔父词创作一度沉寂,但到了北宋后期,社会朝政翻天覆地的变化和党政的影响,沉寂的渔隐之心再度兴起,"在北宋后期,尤其是元祐至北宋灭亡这一段时间内,渔父词的发展是非常迅猛的,作品数量恰好是唐、五代和宋前期的总和"。宋室南渡前词坛上就已有很多词人参与渔父词创作,苏轼、黄庭坚采用《鹧鸪天》《浣溪沙》等词牌为渔父词创作拓展了新的空间,人人推动了渔父词的文人化进程。

二、南渡时期渔父词的多元化表现

研究南渡时期的渔父词首先要明确"南渡词人"的界定范围,根据目前可查阅的资料发现,不同的学者对"南渡词人"有着不同的定义,本文主要参考王兆鹏《宋南渡词人群体研究》和黄文吉《宋南渡词人研究》的相关定义,不考虑地域因素,将经历过北宋末南宋初,并有一定词学创作的这批词人称为"南渡词人",以此为依据选取他们创作的渔父词进行研究。

元祐后,无论是创作渔父词的词人还是词作的数量都呈现迅速增长的态势,到了宋南渡时期,经历过靖康之变,国家的政治、经济、文化等多方面都遭受了毁灭式的打击,巨大的社会变动给士人们的心灵造成了不可磨灭的创伤,对现实的失望让词人们寄情山水的退隐之心更加强烈。南渡后,朝廷偏安一隅,主和派的苟安政策,让主战派的大臣们接二连三地遭遇迫害,政治局面紧张,词人们的渔隐之心越发强烈,渔舟山野成为南渡词人心灵的向往和寄托。依据唐圭璋主编的《全宋词》和孔凡礼的《宋词琐考》,整理得到南渡时期共十三位词人创作五十九首渔父词,以此为基础分析宋南渡时期渔父词的多元化表现。

表一 南渡时期渔父词汇总表①

词人	词牌	首句	备注
苏庠	[点绛唇]	冰勒轻飔	
惠洪	[渔父词]渔父	万叠空青春杳杳	
徐俯	[浣溪沙]	西塞山前白鹭飞	
	[浣溪沙]	新妇矶边秋月明	
	[鹧鸪天]	西塞山前白鹭飞	
	[鹧鸪天]	七泽三湘碧草天	
朱敦儒	[好事近]	摇首出红尘	组词六首
	[浣溪沙]	西塞山前白鹭飞	
李纲	[望江南]	云棹远	组词四首
向子𬤇	[浣溪沙]	乐在烟波钓是闲	
张元幹	[渔家傲]	钓笠披云青嶂绕	
赵构	[渔父词]渔父	一湖春水夜来生	组词十五首
周紫芝	[渔父词]渔父	好个神仙张志和	组词六首
胡铨	[鹧鸪天]	梦绕松江属玉飞	
李弥逊	[渔歌子]	一叶扁舟漾广泽	组词六首
洪适	渔家傲引·渔家傲	正月东风初解冻	组词十二首

（一）"西塞山前白鹭飞"的范式模仿

张志和的《渔歌子》语言清新明快,意境高远,用简单的笔触描绘出令人向往的渔隐生活。组词的第一首传诵最广:"西塞山前白鹭飞,桃花流水鳜鱼肥。青箬笠,绿蓑衣,斜风细雨不须归。"开头两句以清新明快的语言简单地

---

① 表格中李弥逊《渔歌子》六首摘自孔凡礼《宋词琐考》,孔文见东南大学出版社1995年版《中华词学》第二辑第115页。其余皆摘自《全宋词》。

描绘出渔父的打鱼环境,西塞山前一阵白鹭飞过,山脚下桃花盛开,一阵微风吹过,桃花落英缤纷,流动的水面上点缀着粉嫩的桃花,水中是正当季节肥美的鳜鱼,白鹭和桃花在颜色上互相映衬,鸟儿和溪水又交相辉映形成动态美,短短两句就描绘出一幅宁静柔和而又欢快跳脱的山水景色。后面三句写渔父的打鱼生活,张志和以"青箬笠""绿蓑衣"这两种渔父身上常见的衣帽打扮来代之渔父,无一字提到渔父,但一个独立于江中、披着蓑衣斗篷的渔父形象已经跃然纸上,南渡时期也有很多词人沿用张志和这一表达方式,以"青箬笠""绿蓑衣"来代指渔父,最后一句"斜风细雨不须归"点明了渔父的心境,正是春天鳜鱼肥的捕捞旺季,这点"斜风细雨"也用不着回家了,渔父悠然自在的心情在这片美景的衬托下更加令人向往。

张志和的《渔歌子》被称为渔父词之祖,自产生以来,对文人渔父词创作产生了很大的影响,不仅在当时掀起了一股唱和的浪潮,从中唐开始,后世一直翻作不断。南渡时期也有不少渔父词是直接化用张志和《渔歌子》中的句子,或在此基础上进行添字和改写。徐俯和朱敦儒的渔父词中都有直接对张志和的模仿之作。"西塞山前白鹭飞。桃花流水鳜鱼肥。一波才动万波随。黄帽岂如青箬笠,羊裘何似绿蓑衣。斜风细雨不须归。"(徐俯《浣溪沙》)"西塞山前白鹭飞。桃花流水鳜鱼肥。朝廷若觅元真子,晴在长江理钓丝。青箬笠,绿蓑衣。斜风细雨不须归。浮云万里烟波客,惟有沧浪孺子知。"(徐俯《鹧鸪天》)"西塞山前白鹭飞。吴兴江上绿杨低。桃花流水鳜鱼肥。青箬笠将风里戴,短蓑衣向雨中披。斜风细雨不须归。"(朱敦儒《浣溪沙》)这三首模拟之作的首句都是"西塞山前白鹭飞",词中直接化用张志和原文中"桃花流水鳜鱼肥"和"斜风细雨不须归"两句,都不约而同地采用"青箬笠"和"蓑衣"来代指"渔父",并且朱敦儒直接在小序中表明"玄真子有渔父词,为添作"。

除了对张志和词句的直接化用,翻阅此时期的渔父词创作,发现徐俯的《浣溪沙》"新妇矶边秋月明。女儿浦口晚潮平。沙头鹭宿戏鱼惊。青箬笠前明此事,绿蓑衣底度平生。斜风细雨小舟轻"前三句直接借用唐代顾况的《渔父引》"新妇矶边月明。女儿浦口潮平。沙头鹭宿鱼惊",每句各添一字组成上片。此外,还有向子諲的《浣溪沙》"乐在烟波钓是闲。草堂松桂已胜攀。

梢梢新月几回弯。一碧太湖三万顷,屹然相对洞庭山。况风浪起且须还",前两句直接借用张志和之兄张松龄的《渔父》,并在小序中直接点明是模仿之作。

这些词表现出了词人对张志和等人的赞赏,流露出对山水渔隐生活的向往,模仿无可厚非,但不可否认的是,这些对前人渔父词范式的模仿之作,展现出更多的是一种玩味的性质,其深层次的情感表达不如其他词人创作的渔父词强烈。

(二)"乐在烟波钓是闲"的情感表达

南渡前后,宋代朝廷内部政治矛盾主要体现在"和战之争"上,长期以来围绕着"战"还是"和"展开,在皇帝的默认和奸权小人的运作下,文人的政治处境可谓达到了相当寒冷的程度,外部有金军不断来犯,国家处于风雨飘摇之中,内政又腐朽不堪,虽然有满腔的热血和坚定的社会责任感,但在这种情况下只能被迫流连山水,蛰伏在自然之间成为他们最无奈的选择。"诗人不幸诗家幸",在这种情境下,南渡文人创作的渔父词更多地展现了对内心探索和精神世界的考量,这一时期的"渔父"也具备了更加丰富深刻的人格内蕴。

隐逸词人苏庠终身不仕,其《点绛唇·冰勒轻飔》一词以清雅自然的语言展现出词人心仪山水,乐在隐居的闲适之情。"冰勒轻飔,绿痕初涨回塘水。柳洲烟际。白鹭翘沙嘴。箬笠青蓑,未减貂蝉贵。云涛里。醉眠篷底。不属人间世。"词的前四句描绘了初春冰雪融化、河流破冰、流水潺潺、鸟鸣柳绿的清新自然景色,过片处寄托词人的情感"箬笠青蓑,未减貂蝉贵",受到张志和的影响。苏庠的这首词也用"箬笠青蓑"代指渔父,渔父的这种自由无拘的生活状态正是词人现实生活的写照,这里的"渔父"是词人的化身,不慕名利,不卷入污浊的官场,甘心做一个无拘无束、"醉眠篷底"的闲散渔父。

相较于苏庠这首渔父词的恬淡闲适,朱敦儒词中的"渔父"形象更显豪放洒脱。朱敦儒创作《好事近》六首,是继张志和之后文学史上又一渔父词佳作,将词人阅尽风帆后的沉淀都展现在组词之中。试看《好事近·短棹钓船轻》一首,前四句描绘的是江边秋景:"短棹钓船轻,江上晚烟笼碧。塞雁海鸥分路,占江天秋色。"傍晚的霞雾笼罩着江面,渔父在江面上划着渔船归来,抬头向天空望去,塞雁和海鸥化作两路,将天空和秋水划分开来。"锦鳞拨刺满蓝鱼,取酒价相敌。风顺片帆归去,有何人留得。"渔父满载而归,欲将这一船的收获卖作酒钱,风助帆行,无人能够阻挡渔人享受这自由自在的生活。朱敦儒笔下的渔父是可以把所有的收获都换成美酒,放浪不羁、潇洒不羁的形象,这豪情满怀的作风也正是朱敦儒在历尽人世浮沉,晚年抛弃名与利,了无牵挂、心无所牵的真实写照。

其他几位词人的渔父词创作也各具特点,张元幹《渔家傲·题玄真子图》中刻画了一位冷眼看待人世繁华、沉醉在烟波之中的渔父。"明月太虚同一照。浮家泛宅忘昏晓。醉眼冷看城市闹。烟波老。谁能惹得闲烦恼。"这首词是张元幹给玄真子图题词所作,既不落窠臼地描绘出玄真子的形象,在这片斜风细雨、烟雨微蒙的江南湖面上醉了酒,漠然地看待岸边的繁华世界,又借此流露出自己的真情,不慕功名利禄,不被身外之物烦恼,具有摆脱世俗、追求自由的超然旷达情怀。"好个神仙张志和。"周紫芝《渔父词·渔父》组词流露出对张志和及其无拘无束生活的浓浓羡慕之情,但其中也表现出了文人出世与入世的两难问题,一方面是自由的渔隐生活,一方面是建功立业的渴望,这不仅是周紫芝内心的矛盾,也是无数士大夫仕隐两难挣扎的情绪流露。胡铨笔下"崖州险似风波海,海里风波有定时"(《鹧鸪天·梦绕松江属玉飞》)的不畏风浪险阻的英雄化渔父,惠洪笔下"津渡有僧求法要"的佛禅渔父都各具特色,极大地丰富了南渡时期渔父形象内涵,为后来渔父词的创作发展提供了多元化的范式。

这一时期也有皇帝加入渔父词写作的行列中来。绍兴年间,宋朝正处于忧患之中,而这时,宋高宗赵构却作《渔父词》十五首。小序提及"绍兴元年七月十日,余至会稽,因览黄庭坚所书张志和渔父词十五首,戏其同韵,赐辛永宗"。宋高宗《渔父词》中的景物描写清丽自然,试分析其组词中的第一首:"一湖春水夜来生。几叠春山远更横。烟艇小,钓丝轻。赢得闲中万古名。"开头两句描写春天的景色,一整夜雨过后,湖面上涨平了春水,湖的前面是浓淡相宜的山峦,万物复苏,山上的植物也露出深深浅浅的绿,向更远处望去,山峰连绵起伏,不知何处是尽头。在这样一片柔和清新的山水之间,渔父乘着一叶扁舟,在湖面上悠然自得地等着鱼儿上钩,这种悠闲自得的生活令人神往,最后一句"赢得闲中万古名"更是全然透露出高宗的羡慕之情。单从词作来看,这些小词写得清新可读,然而作为一国君王,在国家急切需要对外抗敌,收复失地之时,却在词作中传递这种淡然出世的心情,当时就有抗金大臣批评道:"尝作诗题柱,有指斥乘舆之意,曰:'不向关中兴事业,却来江上泛渔舟'。"从另一个角度来说,这也是皇帝懦弱无能,只知一味逃避的体现。

词人有的描写自己真切享受的渔隐生活,有的通过这片江面舒缓自己忙碌的生活,也有通过对渔父生活的刻画展现仕隐两难的矛盾挣扎,抑或是展现自己奔波一生晚年了无牵挂的旷达,特殊的生活体验打破了单一化表达的藩篱,带来了渔父词情感表现的多样性。

(三)"小艇短篷真活计"的生活化形象

南渡词人多是通过描写渔父自在旷达的胸襟来消解自己仕隐两难的矛盾,平衡出世与入世的挣扎,表达各种难以直言的消极情感,但实际上,他们并没有对生活完全丧失信心,很少有人像苏庠一样,真正地"身隐"渔波之间,在社会责任感和建功立业的渴望下,多数文人只是想通过这片江上渔舟承载自己的向往,完成自己"心隐"的理想。他们笔下的"渔父"是一种文人化的形象,是一种理想寄托,承载着词人不愿与世俗同流合污,向往隐逸生活的美好愿望,具有不食人间烟火的仙道色彩,与现实生活中江面捕鱼的渔父有一定的距离感。

李纲作《望江南》四首,通过四时之景的变化展开渔父一年的生活。春天日暖风和,正值鱼肥;夏季荷花开遍,划船游览;秋天月明风静,携酒乘兴垂钓;冬季独立寒江,捕鲫入笼。李纲的词具有渔父词普遍的特征:通过清丽的景物和悠然自在的渔父描写,表达作者想要远离尘世的出世之心。但不同的是,李纲词中出现了渔父打鱼的具体鱼类,而且对渔父生活的描写细致入微,多了一份真实感,这里的渔父形象已经开始表现出向生活化过渡的倾向。

如果说前面这些"渔父"都是作为文人情感寄托而衍生出的理想形象,那洪适的《渔家傲》则打破了这种枷锁,这组词中的渔父不再是"渔隐"符号的象征和文人化的情感寄托,而是一个会为生活烦恼的有血有肉的生活化形象。

组词共十二首,按照月份顺序描写渔父一年的生活,真实感人。每首词都是先描写当月的环境景色,接着再对渔父的生活展开叙述。词中渔父形象刻画得生动自然,他"长把鱼钱寻酒瓮",把捕到的鱼拿去换酒,潇洒自由;遇到风浪时"细雨斜风浑不避","何不畏,从来惯作风波计",具有顽强的意志和不畏风浪困难的勇气;"蓑衣不把金章换",他也有着不慕名利、不追求仕途经济、不在乎身外之物的高尚品德。与其他渔父词一样,这位渔父也"无名利,谁人分的逍遥意","得钱沽酒长长醉。小艇短篷真活计。家云水。更无王役并田税",享受自由自在的生活,不被尘世束缚,同时也有旷达的心境,子月捕捞落空,生活无计,全家经济困难,"巨鱼漏网成虚设",无可奈何,但即使这样,也能调整好心态,"空归不管旁人说",捕鱼归来和家人团聚,"长欢悦。不知人世多离别",享受天伦之乐。

  词中的渔父虽然还并没有完全摆脱文学作品一直以来固化的隐士形象,但作者更多的是把他作为一位真实的劳动者来刻画,不同于之前文人化形象的象征功用性表现手法。在这里,这位渔父是靠捕鱼为生,喝多了会"睡常只疑桥不见",空网而归也会遗憾的与现实生活零距离的形象,是一位具有充满生活气息的真实世界中的渔父。自中唐以来,词人大多是由内心的苦闷催生了去往山林江波消极避世的念头,或是在看尽人世无常后前往山间渔野遁世,但在洪适这里,渔父虽然被赋税和空手而归困扰,但他这种生活是词人发自内心向往的,这里的生活不是在"桃花源"中构建的,而是充满悲欢的劳动者最朴实的日常琐事,透过渔父这一自由形象我们看到了词人内心中流露出的最真实的对理想生活的渴望,或许这不仅是洪适,更是代表了这一时期文人心态的转变。

  南渡特殊的政治环境,造成了文人渔父词创作的内化倾向,词人更加注重内心情感的表达。文人渔父词打破了自唐以来表现逍遥自乐的单一化模式,不仅继承了中唐以来表现超越世俗,不慕名利,对渔隐生活和自由的守望,南渡词人还通过"渔父"这一形象表达自己内心的种种思绪,用烟波来慰藉内心的痛苦,词人或是用渔父词来调剂生活的压力,或是通过渔父词排遣内心的苦闷,在内忧外患的社会环境影响下,南渡渔父词中更多地传递出了一种苦涩和无奈。

  更为重要的是,在洪适等人的努力下,"渔父"朴实、真实、踏实地活着,渔父词更加注重通过"渔父"的真实生活,而非真空环境,来展现劳动人民以苦为乐的旷达形象,打破了渔父作为隐士形象的樊笼。词中的渔父与现实生活的距离缩短,体现了对艰苦环境中努力生活的最朴实的劳动人民的人性关怀,这一时期的渔父词创作展现了南渡时期文人审美的多样性,使南渡后期渔父的形象更加丰满,富有个性。

  同时,南渡时期文人对渔父词表现范围的扩大也给后世创作提供了更多的思路和范式。宋末遗民在经历了国破家亡的巨大痛苦后,也常常在山间水野用渔父词来消解内心的痛苦,张炎《声声慢》中有"谁识山中朝暮,向白云一笑,今古无愁"。词中所展现出的山水生活多了份难以消解的愁绪,具有南渡词的余韵,情感思绪更加绵长,悲叹之音更令人动容。渔父词慢慢地成为文人表达情感的重要方式,即使是渔父词创作衰退的明清,也仍然回荡着渔父词的余音。除此之外,元代马致远《双调·清江引·野兴》、白朴《双调·沉醉东风·渔夫》等渔父散曲中表达出来的激烈放纵的情感也是对南渡渔父词的继承。

  自南渡以来开启的渔父词多元化表现范式,折射出中国古代文人丰富的内心情感思绪和独特的艺术表达,承载着士大夫们人格追求,醉心山水,在观照自然的真实世界中寄托宁静心灵,达到物我合一的生命境界。

          发表于《濮阳职业技术学院学报》2022 年第 4 期

清代诗僧律然《息影斋诗钞》中"月"意象的书写[①]

王雨晴[②]

律然,更名前为律度,字素风,号西菴,族姓大河秦氏,江苏常熟人。据《息影斋诗钞》序言中孙淇和尚的《西菴和尚传》可知,律然生于康熙壬子(1672)八月十七日;四岁失怙,与母亲相依为命,天资聪颖,闻诵心经,即能默写;九岁,拜长寿庵恒公为师,同年,母亲去世;十七岁削发出家;二十六岁在三峰清凉寺受具戒;之后的五年,在吴郡永定寺听讲于弘方法师;三十二岁,参学三峰山清凉寺雪亭睿公;又三年后,被授以衣拂。晚年住持白雀寺。寂年八十余岁。

律然从小好声律,别人投赠给恒公和尚的诗文,他爱不释手。后来师承圆沙钱陆灿,钱陆灿对其诗歌赞赏有加又指示蹊径,使得律然三十不到就诗名大震。有《息影斋诗钞》三卷行世。《清诗别裁集》中有律然的小传以及三首诗歌的选录。他平生不慕贵游,不事绿化,尝与冯简缘等人结七闲吟社,与文人名士往来酬唱,晚年专修净土,不受荣名利养,清真磊落。众人对律然的评价着重于其人其诗,切中肯綮。沈德潜在序中评价律然诗"疾痛烦恼,搬柴运水,皆成韵语,不必刻意求工……中亦有以禅语证禅处,要皆不背不触,不定不乱"。王应奎认为禅诗不出于偈颂二体,但是律然"以诗为诗,不以偈颂为诗,此所以工也。不为偈颂之言,而无非偈颂之理,此所以尤工也。以是追

[①] 基金项目:本文为安徽大学大自然文学协同创新中心 2021 年度研究生课题"清代诗僧律然《息影斋诗钞》中'月'的意象书写"(ADZWY21-05)成果。

[②] 王雨晴,安徽大学文学院研究生。

贯休之步,而蹑齐己之踪",将律然与唐代著名诗僧贯休、齐己齐名。陈祖范评价律然:"西菴老人……为人平和淡泊,淄素罕有,诗品亦然,复兼清远高秀之致。"清太史栢谦晚年拜谒律然,"见其穆若清风,静如止水,不言诗而恍得诗之意"。

月是中国古代诗歌中最常用的意象,特别是在李白笔下,它仿佛化作诗人身体以及人格的一部分。而在禅诗中,诗僧对"月"的审美和精神追求与诗人是志同道合的。首先,月作为一种自然物象,它的神秘、高上、可远观不可亵玩,特别是它有序规律的变化以及奇怪罕见的异象让人充满了想象,使得古人在有限的认知层面下仍积极对其观察、猜测和探索。例如神话故事《嫦娥奔月》就将月作为长生不老、远离灾难的乌托邦。佛教借助人们对未知而美好事物的向往,将月作为自己意识形态输出的载体,赋予月以自然本真、超脱世俗之意义。月因此成为僧人寻求的空明之所。其次,月的皎洁、无瑕,能够让人获得心灵的涤荡。佛教借月象征禅心的纯净无杂,万念一心。只有内心达到绝对的清净,心中才能够洒满温润澄明的月光。同时,月亮也代表着僧人顿悟后的禅意,即对佛性的体悟,是高僧达到的一种超凡脱俗的境界。司空图在他的《二十四诗品》中多次借助月亮意象表达他对难以言传的艺术风格的体味,此种顿悟了人生禅机的感悟,用司空图自己的话说就是"乘月返真"。满月的"圆满""柔和"对于人们来说也是一种心理上的安慰,寄予了诗人对事情有始有终、对亲人相会团聚的美好愿望,也包含着佛教万物轮回、生生不息的禅机。最后,月的性和永恒性。人们借助月光为同处同一明月下的人寄去一份情感,月亮成为与远方亲人产生联系的唯一枢纽。同时,月在黑夜中的持续发亮,照亮无边的黑暗,也给人以坚持下去的力量。

诗僧律然对"月"意象的频繁运用也包含以上几个原因,在《息影斋诗钞》中对"月"的描写共出现了 61 次。作者描绘了"月"在具体情境中的形变,包括月的大小、位置的变化,月光下多样的氛围感,时空下不同季节的月,月与其他意象的组合。"月"不仅是他喜爱的自然事物,更是他表达情感的载体,在意象书写中赋予了"月"意象以形象的人格寄托。

一、月异日新，禅意缠绵

古人很早就发现了月亮的规律变化，并以月的圆缺来记录时间的流转。从新月到满月再到新月，定为一个"朔望月"。佛教奉行"诸行无常"的教义，认为世界上没有什么是永恒不变、万古长存的，有始必有终，有盛必有衰。月在大小、位置、形态上的千变万化，完美地诠释了佛教"三法印"中"诸行无常"的含义。因此，月也就成了僧人的观照对象。在其特有的生活方式下，僧人对外在事物的观照是细致入微的，他们在重复、禁欲的生活中能敏锐地察觉到身边事物的变化。特别是作为诗僧的律然，他以僧人的观察力和诗人的独到眼光，将月最真实的状态描绘出来。

在律然笔下，月也是变幻多姿的，如崭露头角的一弯新月，《秋窗听单曾傅弹琴》"萧然步屟临中庭，鹤立乔柯唳新月"；静坐入定时窗外的半轮月，《送韫和尚主三峰》"得句梅连屋，安禅月半轮"；碧空中透过云层的片月，《次韵题丁维翰进士牧牛图》"万里碧云悬片月，一溪流水净纤尘"；悬挂在广阔银河之上的明月，《夜坐》"明月澹银汉，高树来薰风"；照亮佛龛的明月，《白雀寺自火废后，僧徒寥落，几为樵牧场矣，岁已巳通孙自倾钵资建殿，次筑小楼三楹为余休息地，即于是夏复来挂锡，荒烟蔓草，触目悲凉，不胜今昔之感率意口号，漫成四律，一时兴会所至，工拙不计也》"半卷残经消净业，一龛明月伴枯禅"；窗前随笛声入梦的明月，《次韵冯窦伯先生寄怀》"窗笛明月山中梦，诗乞余霞纸上心见次休寄白香山诗"；陪伴漫漫长夜的当头月，《得蒋迁理山左寄书赋谢六绝兼呈令雨亭大中丞公》"剧怜长夜当头月，一片清光两处看"；落至山峰之下的斜月，《腊月既望，同人举消寒之集有怀邓尉梅花分韵赋诗，忆癸未春与服之冯先生曾过山中，忽忽十年矣，数去日之寝驰追旧游之如梦，漫成十绝以识吾慨》"挑尽残灯还独坐，冷看斜月下前峰"；以及在寒风无情蹂躏下的孤月，《答顾筼峤同学寄怀》"襟怀孤月冷，气味寒风遒"。不管是静坐思考、入定修禅、挑灯夜读，还是悦听琴笛、萧然步庭中，月像是与作者心有灵犀的老朋友一样，默默陪伴。在作者与月的相互交往中，月变化多端的外表下是其如一的品性与内心。而深入内心还需要僧人透过现象看到世界的本质,具有批判性和超越性的认识,才能够参透佛教禅法的道谛。《道行经》中宣扬"本无"的思想:"般若波罗蜜亦无所不至,亦无所不入;亦无所至,亦无所入。何以故?般若空无所有故。譬如虚空,无所不至,无所不入,亦无所至,亦无所入。何以故?空无本色。"般若波罗蜜和虚空都是无所不至、无所不入的,可以容纳一切有形与无形,这是为什么呢?其原因就在于"空无所有","空无本色",也就是"本无"。贯彻"本无"思想,便可以透过现象接近本质。

二、浮光月影,闲情映现

在月光的照射下,任何事物都变得柔美,特别是一些能够反射月光的事物,它们展现出吸引人的闪光,明亮而不耀眼,光亮而不刺目。这正符合中国人的审美和行为规范,即"君子之道"。牟子说:"尧舜周孔修世事也,佛与老子无为志也。仲尼栖栖七十余国,许由闻禅,洗耳于渊。君子之道,或出或处,或默或语,不溢其情,不淫其性。故其道为贵,在乎所用,何弃之有乎!"(《牟子》十一章)他认为佛教和儒、道两家是密切相关的,儒家精研治国之道,佛教与道教追求无为而治;孔子周游七十列国,许由隐于箕山;君子之道就是无论处世或是出世,静默或是讲话,都不使性情过于泛滥。因此,"道"的道义就在于如何去利用它。律然为人"平和淡泊,淄素罕有,诗品亦然,复兼清远高秀之致",奉行君子之道,并将其作为自身为人处世的基本准则。他笔下的月光也是如此,有为人指路的月色。

如《村居夜坐》:

月色微明上草庐,清辉引我步庭除。
树头风落心俱爽,水面烟开意亦舒。
小砌蛩声如唱和,斜窗灯影共与居。
荒寮惯是耽岑寂,况有行囊一卷书。

夜色朦胧,月亮高挂,指引着作者前往庭院。夜晚的村落非常宁静,风吹过树头,带着微微凉意沁入心脾;水面烟雾环绕,随风飘摆,心中糅杂的烦恼也随着烟缕舒展开来;砖瓦里蟋蟀声此起彼伏,斜窗下灯影闪烁。斯是陋室,但行囊中的一卷书就能够让人充实。律然将夏夜的美好全都聚集在这一刻,"月光""凉风""枝头""烟缕""蟋蟀""灯火"等意象从视觉、感觉、听觉各个方面给人以悠然之感,其"清远高秀"之气扑面而来,而他从不沉浸于身心的享受,更注重的是精神层面的升华。

此外,还有在树枝摇曳下陪伴人们坐眠的月光。

如《西斋小葺初成西涧金宪见过赠诗次韵》:

> 托迹山阿与水隈,柴门虽设亦慵开。
> 破闲散步循花径,随意安禅就石苔。
> 树密喜无炎气入,庭空坐得月光来。
> 无多兰菊饶生致,不向邻翁借地栽。

依山傍水的西斋远离世俗,恰如桃源。虽然设有柴门,但是由于人迹罕至,客人鲜有涉足,所以无须每天敞开大门。西斋修葺完成后,那种压力释放的轻松感涌上心头。平日里,律然散步于长满野花的小路,打坐在铺满青苔的石阶。庭院里,白天有树叶遮挡炎气,夜晚有月光陪伴坐眠。尽管没有很多兰花、菊花陶冶性情,但是这样的生活足够让人静心修心。

这两首诗都是在写作者在庭院静坐时的场景,其闲适之感毕现。作为禅家,正是从"一江清风""一帘明月"的闲适生活中,才能顿悟到真正的禅。

三、日更月替,与我同悟

律然笔下"月"的意象,并不是客观事实的机械反映,而是饱含着作者的深刻情感。诗人的这一身份,让其无法摒弃诗歌的"比兴寄托",所以他"以诗为诗,不以偈颂为诗",追求自然而然的情感表达,舍弃枯燥的佛理阐释。例如,首先是如秋月般明亮的夏月,《五月望夜同柳南先生松林步月,即次原韵》:"夏月如秋月,欣逢此夕明。云开半岭白,影散万松清。"律然经常与文人墨客交游往来,酬唱赠答,尤其与诗人王应奎交好。1747年农历五月十五日这一天,王应奎留宿三峰山清凉寺,与律然月下漫步,作《五月望夜留宿三峰同西庵长老步月松林即事》,律然次韵和诗,写下了《五月望夜同柳南先生松林步月,即次原韵》。其中尾句有"相随罄幽赏,步屧到三更",可见两位老友久别重逢,欣喜万分,似乎有诉说不完的情感,有探讨无尽的话题。明亮的月亮见证了彼此真挚的情义,两人一时忘了时间,不知不觉走到了三更。

其次是如金镜般澄澈的秋月,《秋月》:"碧宇悬金镜,澄辉彻五更。净能添露白,凉觉助风清。欸讶水铺地,转疑霜满城。几人当此夕,踢得影分明。"秋月明如水,但不知道有几人在这个晚上与自己同赏一轮明月,表现出作者对美好事物转瞬即逝的感叹。

再次是清溪之上高挂的夜月,《追和唐人病马》(其三):"齿残白草秋风冷,饮尽清溪夜月高。"这首诗是追和杜甫《病马》的一首诗,杜甫借病马以自况,诉说自己叹老嗟卑,风尘仆仆,辗转征途的境遇,律然以此寄托自己怀才不遇之苦。

最后是和自己一样孤寂的寒月,《七十自述十首》(其七):"闲将往事覆思量,十载腰包枉自忙。几逐孤云秋别寺,惯邀寒月夜联床。深惭如旧居疑地,蘸说翻新到觉场。老我禅关安钝拙,向人不敢话参方。"1741年,律然已七十岁,回想往事,思绪万千。过去的十年,一无所获,孑然一人。孤云绕寺,寒月独悬,连自己也是身居异乡。最难过的是,禅意尚未自明,而人已老态龙钟。

四、众星捧月,相映成趣

月还经常与其他意象进行组合,呈现具体的场景,例如"松间月"。佛教倡导"五阴",即"色、受、想、行、识"。《阴持入经》中有一段话:"当知:是从何知?非常、苦、空、非身。从是知亦有二知:一为慧知:为非常、苦、空、非身;二为断知:爱欲已断。"这里所讲的"非常、苦、空、非身",后被小乘佛教列为"苦谛四行相":人生无常,所以人生是苦的;人身是空的,所以人为非真实的存在。佛教对人生的态度是消极的、被动的,认为人们现世经受的苦难是为前世赎的罪,以求来世的幸福,同时这也造就了他们面对苦难时坚韧的品格和坚定的信仰。而"松树"这一意象在僧诗中也是被青睐的对象,其同样坚韧的品格体现出其高洁的品性。例如《六十杂感》(其十二):"往来惟有松间月,依旧清光照白头"。《同白村过三峰禅寺次韵》:"多情独有松间月,不改清光照岭头。"这里将松和月联名,"惟有""独有"体现出松和月的唯一性,"依旧""不改"体现出万事万物都处在变化之中,唯有月是永恒的,松是几近于静止的。而对于人来说,人生一世,草生一秋,月光下是银白的发丝,是一去不复返的年龄。

此外,还有"雪月""萝月""井月""梁月"等。《枕上吟》(其十一)"扶筇步绕篱头偏,为报梅花雪月知",雪的洁白与月的皎洁相辉映,共同衬托出冬夜下梅花色彩的鲜艳与品性的孤傲;《次留别韵》"纵使秋期重聚首,不知山月几回更",老友相聚相别,最痛心的是分别时的场景,此经离去,纵使约定秋天一定会再次相聚,也不知道是多少年岁后,不知道山月都轮转了几百几千次;《出山口占》(其一)"松风萝月旧相招,爱向林间挂一瓢",藤萝间高挂的明月,松林间吹拂的微风,都在出山后涌现;《莲房》"子涵分井月,香散落须风",被风吹落的子涵打破了僧房旁井中月的平静,泛起层层涟漪,仿佛在提醒人们不要沉溺于虚幻的世界;《哭露湑先生》"悠悠往事等雪鸿,梁月依然照庭树",露湑先生即王誉昌,号话山,是明末清初常熟人,诸生,弱冠从钱陆灿学诗,后又从陈瑚授经世之学。作为律然的师兄,他们两人交往密切。蒋星来、吴静川、孙丽明、许朔方、王誉昌五人接连去世,让律然不禁发出"吁嗟相见无几时,却教一别成千古"的感慨!人生如雪泥鸿爪,如今只剩下梁月下漫步的悠悠往事可以用来怀念。

律然年幼时便经历了生死离别,是僧人哺育了他的成长,是文人成就了他的才华,是佛教拯救了他的灵魂。在漫长的修禅生活中,不管身处何处,月一直陪伴在其左右,或明或暗,或远或近,因此对"月"意象的多维度书写,就像是在描绘一位相识已久的友人,他向友人分享禅悟的喜悦、倾诉迟暮的哀伤、共赏宁静的夜晚,这使得诗作中饱含着作者最真实的感情,实际上也是其自身的人格写照。《息影斋诗钞》作为诗僧律然的遗世之作,也是我们了解律然的唯一渠道,从中我们还可以去探寻他的行迹和交游状况,这些都等待着研究者们亲自去涉足。

生态女性主义理论视域下的毛姆小说《雨》[①]

陈 钰[②]

威廉·萨默塞特·毛姆是英国20世纪上半叶成就斐然的作家,丰富的人生阅历和客观犀利的眼光令其洞悉社会与人性,毕生都维持着惊人的文学创作力。他曾多次前往南太平洋及远东地区旅行,对土著文化、中国文化、印度文化都有过深入考察,并将异域文化与风土人情融入了小说书写中。1927年的短篇小说《雨》创作于毛姆南洋旅行后,传教士戴维德森夫妇与医生麦克菲尔夫妇因准备搭乘的航船上有水手得了麻疹病,不得不滞留于帕果岛,同样等待离开的还有风尘女人汤普森。传教士夫妇虽宣扬仁慈的教义,却频频表达对岛上的土著的厌恶与歧视之情,汤普森的日夜笙歌也引起他们的极度不满。戴维德森利用权势达到了驱逐汤普森的目的,最终却被发现自杀于海滩边。作者毛姆在小说中以医生麦克菲尔的视角叙述故事的发生,表现出对原始生态环境的珍视,对传教士虚伪面目的批判,以及对殖民地土著和底层女性生存境遇的关怀。文章试图从生态女性主义的维度,剖析小说中普遍存在的资本主义父权制社会下的二元对立现象,深入探寻其暴力本质,解读毛姆对传统的主客二元对立的思维模式的质疑与反思。

[①] 基金项目:本文为安徽大学大自然文学协同创新中心2021年度研究生课题"毛姆《雨》的生态主义解读"(ADZWY21-03)成果。

[②] 陈钰,安徽大学文学院研究生。

一、生态女性主义

生态女性主义这一理论术语最早由法国学者弗朗索瓦·德·埃奥伯尼（Fran-coise d'Eaubonne）于 1974 年首次提出,在其著作《女权主义或死亡》（Le Feminism ou la mort）中,埃奥伯尼呼吁女性关注生态问题,并揭示了自然受破坏与女性受压迫之间存在着重要联系。作为 20 世纪七八十年代环境保护、女权主义等社会运动下出现的社会思潮,生态女性主义将社会性别视角引入发展议题,使生态批评与女性主义两种理论结合了起来,多种统治形式以及社会不公正问题也相继进入生态女性主义的研究范围之内,如生态批评、殖民主义、民族中心主义、种族歧视主义、性别歧视主义、阶级歧视主义等。与女性主义批评的立场相同,生态女性主义以父权制社会对妇女的压迫为前提,关注对女性的统治和对自然的统治之间的联系,强化了女性与自然在根源上受压迫的一致性。第三世界生态女性主义代表人物范达娜·席瓦指出,"资本主义父权制或者'现代的'文明建立在结构上二分的宇宙论和人类学基础上,它们之间互相分层次地反对两个部分:一个经常以另一个为代价,认为是优秀的、繁荣的、进步的。因此,自然被服从于男人,妇女被屈从于男性,消费臣服于生产,地方被从属于全球,如此等等"[1]。可见生态女性主义批判西方文化传统中的二元对立思想,反对各类中心主义和一切形式的统治与压迫。在质疑、解构和颠覆父权制中心文化和人类中心主义的同时,生态女性主义者倡导以多元思维代替二元对立,呼吁建立一种不是基于统治原则而是基于互惠和负责原则的生态道德伦理观,即自然与女性应当从边缘化与受压迫的境遇中脱身,构建和谐的两性关系,回归和谐平等的自然天性,共同建立男女平等、文化多元、人与自然和谐共处的社会。通过揭示二元论、统治逻辑、父权制等压迫自然与女性的共同根源,生态女性主义能够避免将问题的根源简单归结于抽象的人类中心主义,为人类重新认识人与自然的关系、

---

[1] Vandana Shiva Maria Mies: *Ecofeminism*, London: Zed Books, 1993.

探讨生态问题提供了新颖的学科视角,具有重要的理论价值和现实意义。

二、资本主义父权制社会的二元对立

在生态女性主义者看来,宽泛的人类中心主义并非造成当代生态危机的确切根源,而是以价值二元论和价值等级制为统治逻辑的父权制,即"男性中心主义"。这种以压迫、对抗、不平等为基本特征的二元对立文化思维模式,为强势集团统治弱势集团提供了牢固的观念基础。"对劳动人民、黑人、妇女和动物的社会压迫与作为西方文明核心的基本的二元论密不可分。但是,等级制的思想起源于人类社会。它的物质根源存在于人对人特别是男人对女人的统治之中。"[①]在深层次上,西方宗主国文化支配着第三世界文化,在对第三世界的统治中彰显其文化优越性的同时,呈现出排斥非西方文化并将其边缘化的倾向,并不断通过文化和话语霸权支配世界文化。小说《雨》中的传教士夫妇作为西方国家宗教组织向海外派出的传播天主教与基督教的人员,其权利范畴已经偏离了最初单纯的宗教属性,成为资本主义早期殖民文化输出与思想控制的重要渠道,呈现出处于中心状态的西方发达资本主义国家对处于边缘状态的殖民地及自然生态的统治。

(一)种族对立

传教士戴维德森夫妇对萨摩亚地区的道德评估和思想灌输强行剥夺了土著文化存在的意义,他们站在道德制高点上对土著文化大肆批判,言行举止均体现出强烈的优越感、控制欲以及偏执狂热的使命感。戴维德森夫人谈及土著时总是情绪激昂、声音高亢、措辞尖刻,她非常肯定地指出萨摩亚人的村落里不存在好女孩,不仅禁止土著跳舞以规范他们的行为,又因土著穿着较少便批评萨摩亚人的服饰是最猥亵的穿着,认定他们全都生性堕落、道德沦丧。"西方的代表可以随心所欲地把他们的幻想和仁慈强加到心灵已经死亡了的第三世界的头上。在这种观点看来,世界的这些边远地区没有生活、

[①] 何怀宏:《生态伦理:精神资源与哲学基础》,河北大学出版社,2002年,第224页。

历史或文化可言；若没有西方，它们也没有独立和完整可展现。"[1]小说真实再现了宗主国的文化殖民行为，第三世界由于不够强大，暂时无法掌控话语权为自己发声，往往处于被阐释的地位。传教士对土著文化的恶意偏见以及对其存在价值的贬低，正如西方在建构自己的话语权时，总是塑造想象中的东方以满足自我认知，而不愿了解事实真相。

白人传教士夫妇不仅歧视萨摩亚人的文化，同时忽视土著的生存环境。位于南太平洋地区的热带岛屿帕果岛拥有原生态的自然风光，银色沙滩后是草木茂盛的山岗，萨摩亚人居住的草屋掩映在枝叶茂盛的椰树林中，一直向大海深处延伸而去。主人公麦克菲尔医生注意到这里具有令人愉悦的伊甸园般的自然之美，独自欣赏着岛上的美景，然而当传教士戴维德森夫人经过医生身旁，却完全漠视了眼前同一片旖旎的景色，"她用手扶了扶眼镜，盯着眼前这座绿意盎然的小岛，目光非常冷酷，'来这里传教，任务根本不可能完成'"[2]。可见传教士对岛上的生态环境与自然风光丝毫不感兴趣，在他们眼中，未被踏足的地区理应变成教区，充斥着野蛮与未经开化的原始气息，与"文明"二字无关，山林地域、土著文化以及当地原住民思想之封闭，则增加了他们传教的难度。实际上，原始自然与土著文化共同构筑了帕果岛的存在价值，二者缺一不可。人对自然的漠视与支配作为小说中的隐性线索，暗示着殖民者并不在乎殖民过程中对生态环境的所作所为，自然在众人眼中的缺席也突显出麦克菲尔医生欣赏帕果岛生态环境这一意识的难能可贵。

传教士对帕果岛自然与人文的拒斥营造了白人与土著两个紧张对立的世界，对土著的歧视以及对自然生态的漠视表明帕果岛上的一切作为被观察的对象，始终处于失语状态。自然与土著二者已经被西方国家他者化和边缘化，置身于被开发与被统治的境况中，鲜明体现出西方资本主义父权制下的统治逻辑以及二元对立的价值观。作为与作者毛姆态度最接近的叙述者，麦克菲尔医生时刻关注着帕果岛的风景与人文，并不时针对传教士夫妇的言论

---

[1] [巴勒斯坦]萨义德：《文化与帝国主义》，李琨译，三联书店，2003年，第13页。
[2] [英]毛姆：《雨》，薄振杰等译，人民文学出版社，2020年，第4页。

发出质疑,提出与之相左的观点。如麦克菲尔医生坦言自己年轻的时候也喜欢跳舞,萨摩亚人的穿着很适合这里炎热的天气等。在医生眼中,土著们并非如传教士所说的那样天性怠惰、不知廉耻,迫切需要改造天性,接受原罪思想。相反,他们看起来热情淳朴且健康文明,"两三个当地土著身穿印花布短围裙,手撑大大的雨伞,在雨中不紧不慢地走着。他们个个腰板笔直,悠然自得,从麦克菲尔医生身旁经过时,还笑着用一种陌生的语言和他打招呼"①。萨摩亚人有的闲逛,有的用贝壳或鲨鱼牙齿制作的项链、卡瓦碗与悉尼的游客做生意,拥有自己独特的文化,懂得享受生活,洋溢着生机与活力。

(二)性别对立

女性主义者凯特·米利特将"父权制"概念引入了女性主义理论,认为父权制这个系统的、结构化的制度体现了男性对女性不平等的统治,并且这种统治从家庭领域延伸到了社会生活中的各个领域,都不同程度地出现了女性屈从于男性的现象,由阶段性的历史现象转变成了一种男性支配女性的制度和意识形态。② 父权制文化正是通过男性的凝视对女性不断灌输性别意识,使其满足男性的形象期待,进而达到控制女性灵魂、损害女性自我意识的目的。

小说《雨》塑造了男性视角下两类截然不同的女性形象,一类是属于社会上层阶级的麦克菲尔夫人和戴维德森夫人,她们在男性凝视下生活,缺乏主见,对男性始终顺从被动,其女性自我意识始终处于缺失状态。戴维德森夫人表面强势干练,沉着果决,实则深受其丈夫戴维德森的影响,不仅丧失了话语权,且彻底沦为了男性的附庸。在看到土著身穿短围裙时,戴维德森夫人会下意识重复丈夫的观点:"我家先生认为,应该制定法律明文禁止。只在胯间系块红布遮住下体,其他什么也不穿,怎能指望他们讲道德?"③而当戴维德森慷慨激昂地陈述他如何制定各种惩罚措施使土著服从他们的管制时,戴维

---

① [英]毛姆:《雨》,薄振杰等译,人民文学出版社,2020年,第10页。
② 郭一帆,阎景娟:《论凝视视角下女性性别的建构与对抗》,《大庆师范学院学报》2021年第1期。
③ [英]毛姆:《雨》,薄振杰等译,人民文学出版社,2020年,第6页。

德森夫人即刻以帮凶的姿态发声,并且建议丈夫讲述让商人破产的故事:"你没看到他来求戴维德森先生的那副可怜相,真的是太遗憾了!"她总是将最终解释权全部归于其丈夫,肯定他的一切言行,无条件支持他的全部决定,甚至丧失了自己的道德判断。在受到丈夫夸赞时,戴维德森夫人更是立刻从冷酷严肃的形象转变成小女人般的娇羞,甚至双手颤抖,感动到无言相对,对自己的丈夫持极端崇拜的态度。麦克菲尔夫人同样缺少主见,其立场与传教士夫妇基本保持一致,在与男性相处的过程中,她们始终受到男性的支配并一直扮演附属品的角色。当戴维德森夫人和麦克菲尔夫人听到汤普森在楼下与男人喝酒跳舞时,二人会为汤普森的放荡和泼辣而感到尴尬,并立刻断定汤普森是个不知羞耻的坏女人,嫌恶之情溢于言表。因为在她们的价值观中,女性理应洁身自好,而不是整天与多位男性厮混。透过毛姆的描写可以看到在当时社会中,女性会无意识地按照男性的标准要求自己,这种评判体系又会被女性用来审视女性,甚至压迫女性本身,在自我监视、自我规训的同时,无形中成为父权制的共谋。

　　父权社会下男女两性的不平等关系不仅存在于婚姻的从属关系中,同时也表现为男性通过暴力和强权迫使女性就范,如果女性不符合男性性别期待中的表现,就会导致对女性的差别建构与差别评价,对女性的歧视也被视作理所当然。妓女汤普森代表了毛姆笔下另一类放荡的女性形象,最底层的社会身份以及骨子里的叛逆和野性使她敢于挑衅权威,不惧他人眼光,难以被男性"驯服"和"教化"。传教士戴维德森一群人抢占道德高地后,汤普森自然成为被批判的对象。然而面对戴维德森的几次行动,汤普森并没有被震慑到,她继续与其他男性喝酒、聊天、跳舞,甚至刻意高声问候戴维德森,同时对戴维德森夫人和麦克菲尔夫人溢于言表的嫌恶之情予以挑衅式反击。这种纵欲自我的戏谑性抵抗,拆解了父权制建构出来的贞洁女性形象。戴维德森对外宣扬决定竭尽全力拯救汤普森堕落的灵魂,却在初次劝告碰壁之后,就要以上帝的名义对汤普森实施报复:"这种女人在世界上就是罪恶。"[1]他开始

---

[1] [英]毛姆:《雨》,薄振杰等译,人民文学出版社,2020年,第29页。

每天都频繁往返于总督住所,劝说总督下令赶走汤普森。在戴维德森的强权压迫下,汤普森饱受折磨,从先前容光焕发、趾高气扬的样子变得蓬头垢面、失魂落魄、胆战心惊。一番挣扎后,她向戴维德森表明:"我不是个好女人,我想忏悔。"①移开的视线暗示这句话可能并非其内心所愿,戴维德森却感到欣喜若狂,因为他已经成功控制并征服了"野性难驯"的汤普森,并宣布她的灵魂已从邪恶阴暗变得洁白如雪。剩下的三天里,戴维德森以救赎的名义日夜陪伴汤普森,就在汤普森理应离开的早晨,戴维德森被发现于海滩边自杀。小说并未直接揭示传教士自杀的原因,戴维德森曾告诉妻子自己梦到了内布拉斯加州的很多山脉,"这些山脉拔地而起,浑圆光滑,长得像女人的乳房"②,向读者暗示了戴维德森的身体已经背叛了宗教信仰。由于从妓女的忏悔和屈从中获得了巨大的满足感,戴维德森在精神上获得了满足,并放松了理性约束,狂热忠诚的基督徒所建立的价值观看似坚固崇高,却最终被欲望推翻。做出了违背信仰与教义的事情之后,传教士只能选择自杀。当众人确认戴维德森已经死亡后,汤普森再度回归原本的形象,播放响亮刺耳的音乐以泄愤。小说在汤普森的痛骂中戛然而止:"你们这帮臭男人,都是一路货色,卑鄙、无耻、下流,猪狗不如!猪狗不如!"③在看到戴维德森满口的仁义道德全是自我包装,与其他的男人全无二致时,她深感虚伪与恶心,直白的言语摧毁了传教士此前建构起来的崇高与神性,并否定了所有男性,无情地嘲弄了父权制的虚伪,猛烈地冲击了男性崇拜。

三、资本主义父权制社会的暴力本质

资本主义父权制的暴力本质始于对自然、妇女以及土著价值的贬低,作为资本主义父权制的表现形式之一,殖民主义以暴力为手段,以资源攫取为

---

① [英]毛姆:《雨》,薄振杰等译,人民文学出版社,2020年,第38页。
② [英]毛姆:《雨》,薄振杰等译,人民文学出版社,2020年,第41页。
③ [英]毛姆:《雨》,薄振杰等译,人民文学出版社,2020年,第47页。

目的,在无止境开发原有自然生态环境的同时对女性与第三世界的人民加以迫害,这种强权文化在隐喻的层面上是塑造了世界观,在物质的层面上则是塑造了妇女等弱势群体的日常生活。在发达资本主义国家看来,第三世界本身代表了与人类文明进步相对立的自然原始,因不够进步和发达,与自然、妇女一样需要改造和开发。这导致了殖民者将自然的生产看作免费的,将土著或妇女的劳动视作自然化的,理所当然且不加限制地剥削,贪婪无情地对第三世界国家发动殖民侵略,冷酷对待女性的身体与劳动。席瓦认为资本主义父权制的世界体系建立和维持在"三个殖民化"的基础上,即对妇女的殖民、对外国人及其土地的殖民和对大自然的殖民,自然、妇女和第三世界受剥削国家都成了"白种男人的殖民地"①,揭示出男性对女性、发达资本主义国家对第三世界国家、人类对自然的暴力三者之间存在着相似的逻辑。

《雨》中的传教士身为西方资产阶级早期殖民者,在具备狂热信仰的同时还拥有支配他人与自然的顽强意志,配合其他政府官员理所当然地实行"从属""低劣"等理念,对弱势方施以暴力统治。"关于资产阶级早期的带有浓重宗教色彩的禁欲与节俭,马克思就曾经指出,这种禁欲与节俭的背后,总是隐藏着最肮脏的贪欲和最小心的盘算。"②毛姆通过描写戴维德森夫妇救赎他人的方式,揭露其作为"神的使者"的冷酷,他们刻板固化的思维认为土著急需拯救,狂热奉献的自苦模样配上浮于表面的和蔼可亲,可知其对世人的救赎绝非仁慈的教化。弗雷德·奥尔森是岛上的丹麦富商,戴维德森因不满奥尔森的行为,就操纵权势对其实施迫害,"仅仅过了两年,我就把他搞得倾家荡产。他辛辛苦苦二十年积累的财产荡然无存。最后,他跑来乞求我施舍给他一张回悉尼的船票,像个乞丐"③。戴维德森夫妇俨然炫耀战绩一般讲述着这些疯狂的事迹,在麦克菲尔医生看来,这些所作所为只是传教士利用特权统治他人,以满足自己行使权利的快感。每当执行传教任务时,传教士从不顾

---

① 康敏:《资本主义父权制的暴力本质——生态女性主义的视角》,《科学技术哲学研究》2019 年第 3 期。
② 鲁枢元:《生态文艺学》,陕西人民教育出版社,2000 年,第 108 页。
③ [英]毛姆:《雨》,薄振杰等译,人民文学出版社,2020 年,第 15 页。

及他人的意愿,而是沉溺在自以为高尚的使命感与责任感中,完全漠视"他者"的存在,房东霍恩对麦克菲尔说"传教士都是一伙的",他犹豫了一下,"要是他们想刁难某个生意人,这个生意人只好关门歇业"①。教籍相当于一张通行证,传教士既可以授予原住民教籍,同样可以剥夺它,并通过制定各种惩罚条例向岛上的原住民强制灌输原罪观念,将土著们习以为常的生活习俗定义为罪恶,如果有土著违反其中任意一条规则,就要做苦工或交钱。对于不服从管教的人,戴维德森会以教会的力量施压,并让当地政府配合,使他们倾家荡产或逼迫他们服从。可见传教士表明以传教的名义站在道德高地上,实则与政要联合,滥用权力审判与压迫当地的居民。

萨义德在《文化与帝国主义》中一针见血地指出,西方把那些文明带给原始或野蛮的民族的设想,那些令人不安的、熟悉的、有关鞭挞和死刑或其他必要的惩罚的设想,当"他们"行为不轨或造反时,就可以加以惩罚,因为"他们"只懂得强权和暴力。"他们"和"我们"不一样,因此就只能被统治。② 传教士与其他殖民者通过制定规则来惩罚拒绝服从的土著,或者剥夺教籍让他们挨饿受穷,足以说明殖民地的人民被迫屈服于暴力之下并惨遭剥削。当毛姆描述戴维德森利用权力迫害他人时,多次形容其怒不可遏、无法忍耐、眼神充满杀机的凶狠状态,毫无仁慈怜悯之心,暴露出资本主义父权制下的殖民主义的暴力本质。所谓正义不过是父权制下的道德标准,如此强烈的报复心理已经暗示了戴维德森手段的决绝。丹麦商人奥尔森由于没有迎合戴维德森的要求,戴维德森便用了两年的时间令其倾家荡产;汤普森在自己的房间举行派对,戴维德森因察觉她是风尘女而激动异常,立刻冲进一楼摔坏了正在播放音乐的留声机。他强行逼迫汤普森离开,站在道德制高点彰显着凌驾于他人之上的权力,却依旧假借上帝之名掩盖其罪恶的行径。为实现一己私欲,传教士利用、愚弄了上帝,显现出一种近乎扭曲的、癫狂般的变态心理,"就算

---

① [英]毛姆:《雨》,薄振杰等译,人民文学出版社,2020年,第25页。
② [巴勒斯坦]萨义德:《文化与帝国主义》,李琨译,三联书店,2003年,第2页。

她跑到天涯海角,我也不会放过她"①。戴维德森多次采用强权与暴力相加迫害他人,沉溺于成功使他人臣服于自己的快感,以实现其自我满足的心态和救赎他人的道德标榜。

在资本主义父权制中心文化占主导地位的社会里,自然、原住民尤其女性均被驱逐到"他者"和"边缘"的地位,共同沦为了父权制社会的牺牲品。生态女性主义视域下的《雨》中存在诸多二元对立现象,殖民者对处于边缘状态的殖民地土著及自然的歧视,男性对女性的压迫,欲望与理性的冲突,最终引发了无法调和的矛盾与悲剧。传教士不仅代表着殖民者对第三世界的驯化与迫害,其行动更体现出资本主义父权制根深蒂固的统治思维与暴力本质。毛姆关注底层人民的命运,尊重真实的人性,热爱鲜活的生命,他理解并欣赏女性与自然,在关键立场上提出的质疑则是对传统的主客二元对立的思维模式的反思。毛姆借麦克菲尔医生表明了自己对传教士殖民主义行径的讽刺与批判立场,以及对原始生态环境的赞美及保护心态,在一定程度上都符合生态女性主义的倡导,即人与人之间、人与自然之间、男性与女性之间应当和谐平等,对西方中心主义的破解,鼓励社会包容多样化文化的存在与发展,也正是生态女性主义努力的方向。

---

① [英]毛姆:《雨》,薄振杰等译,北京:人民文学出版社,2020年,第24页。

论海子诗歌对当代诗学的影响
——兼评海子的大自然文学创作理念

刘渠志 刘墨涵①

"我只愿面朝大海,春暖花开。"②这是海子留给世人的最脍炙人口的诗句。海子是融"现代性""乡土性""抒情性"于一体的当代诗人,对当代诗歌的价值定义,海子有自己的判断:"伟大的诗歌,不是感性的诗歌,也不是抒情的诗歌,不是原始材料的片段流动,而是主体人类在某一瞬间突入自身的宏伟,是主体人类在原始力量中的一次诗歌行动。"③"在伟大的诗歌方面,只有但丁和歌德是成功的,还有莎士比亚。这就是作为当代中国诗歌目标的成功的伟大诗歌。"④海子和一群志同道合的诗人打开了"文革"后当代中国诗歌的一个崭新局面,他对大自然文学在诗歌文体中的运用和转换,比其他诗人来得更加得心应手,理解得也更为深刻。只是由于海子诗风的创立和改变过于匆忙,他走向了一个与其性情和抒情方式,甚至知识结构完全不同的方向,这意味着他要从生命整体上彻底改造自己。他要创造一种超凡脱俗的语言来烘托诗歌的意境,创造一种"伟大的诗歌",故而,他从生命哲学的高度演绎出来的对生命与死亡的诗意描绘,几乎达到了当代诗人鲜能企及的地步。而其

---

① 刘渠志,苏州工业园区职业技术学院研究员,博士。刘墨涵,南京林业大学本科生。
② 海子:《诗学:一份提纲》,西川编:《海子诗全集》,作家出版社,2009年,第1048页。
③ 海子:《诗学:一份提纲》,西川编:《海子诗全集》,作家出版社,2009年,第1046页。
④ 海子:《诗学:一份提纲》,西川编:《海子诗全集》,作家出版社,2009年,第1052页。

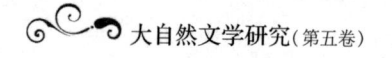

离世后,其留存的诗歌文本和产生的艺术价值更是对当代诗学产生了难以估量的深远影响。

一、海子诗歌与当代诗学的悲剧精神

海子是20世纪60年代成长起来又遭受厄运折磨的诗人,他像七月和九叶诗人一样,想重新开启关于诗歌艺术的创新之窗,其对诗体探索几经波折,并为此付出了艰辛的劳动。其诗体风格既悲壮厚重又大开大合,既严谨凝重又张弛有度,显示出了非凡的艺术造诣。而20世纪80年代,诗学界由于对历史的反思在情绪上过于沉重,在情感上过分压抑,总体上呈现的是崇高性和悲剧性的杂糅。只是后来随着国家经济的快速发展和繁荣,诗歌的创作在此类严肃风格中才渗入了喜剧性因素,这样做就形成了一种更加精微而感人的风格,使当代诗歌同传统悲剧一样崇高而伟大。

(一)当代诗学的历史承载

受20世纪初一些文学大家的影响,比如胡适、梁实秋、徐志摩等人,海子认为文学自身的审美性是至高无上的。以"朦胧诗"的崛起为标志,海子与舒婷、顾城、北岛、梁小斌等当代诗人一改新诗明白如话、几近分行散文的特点,通过一系列琐碎的意象来含蓄地表达对社会阴暗面的不满,赋予新诗以深厚的意蕴。他们变新诗的单一形象为多层次的意象叠加,给读者留下广阔的想象和阐释空间。他们仿佛一群对光明世界有着强烈渴求的使者,用朦胧的诗行表达自己对国家命运的反思,对社会生活全方位的审慎思索和批判。海子的诗突破了传统新诗专注民族和国家等宏大叙事内容的樊篱,对人的价值进行重新确认,呼唤人道主义和人性的复归,倾向于对人内在心灵奥秘的探索。实践证明,极端的反传统在特定的历史时期内是有意义的,但以什么为标准和参照物,却也一度使当代诗歌的艺术创作陷入困局。"理想主义""秩序原则"与那个激情四射的年代是同步的,但随着社会现状特别是经济结构的变化,这些支撑当代诗人创作的基石也发生了松动,放荡不羁的"宣言"、不讲究规范的创作,可能一时博得人们的眼球,但风平浪静之后,真正能够转化成新的创作动力的总是那些离艺术作品本身更近的、能够震撼人心的素材。海子之后,随着当代诗人创作心理的成熟,为"先锋"而"先锋"的情绪也在现实生活的感染下逐步淡化了,越来越多的诗人在创作上不再因为对道德和制度的质疑而停留在精神的苦闷和情绪的渲染上,而是更多关注思想境界、理想追求和诗歌技能的重构。

(二)当代诗学的精神坐标

20世纪中叶以来相当长的一段时间内,由于过度强调和夸大文学的认识功能,夸大文学认识世界、认识事物的功能,最终把诗歌等文学艺术推向了政治的附属地位,那种无节制地规范和要求文学(包括诗歌)必须牺牲自身的特性以适应政治和社会需要的观点和做法,最终降低了文学(包括诗歌)的审美功能,使其特有的价值被忽略、独有的规律被忽视、创作技巧被抛弃,以致不再为社会和人们所珍视和尊重。为此,当代诗学在反思中极力拓展诗歌深蕴的内涵,全面提升其文化承载力。在强调文学人学价值的同时,更强调文学起源和发展途径的多样性,更多地关注诗歌的主流意旨,以此推动诗歌艺术新规律的发现和原有规律的回归。郑敏指出:"如果将80年代朦胧诗的创作与20世纪已经产生的新诗各派大师的力作对比,就可以看出朦胧诗实在是40年代中国新诗为存的种子在新的历史阶段的重播与收获。"[1]就现代主义技巧来说,朦胧诗体是对20世纪40年代九叶诗体的回归,构建的是独特的精英独白体。其语体特征是突出抒情主体,以众人皆醉我独醒的姿态给大众启蒙,在文化经验中把自己视为理性的化身和民众的导师。其表现手法精致,突破了"文革"时期绝对化的"诗歌大众化"和"诗歌公众化",而是以优雅的更为准确却有些朦胧、更为理性却又有些铺张的言语去表现、创造仅属于诗歌的精致的艺术品。比如朦胧诗派在节制的自由诗体中贯穿着简洁、跳跃、含蓄的格调,很少直接抒情、吟唱、表白。诗人们很注重诗歌构思的奇巧、诗情的凝重,或选取沉静、徐缓的节奏,或选取深刻、冰冷的色调,间或一些形式洒脱而内涵丰富的诗篇布局,使朦胧诗一度成为年轻人推崇的艺术形式,以

---

[1] 郑敏:《新诗百年探索与后新诗潮》,《文学评论》1998年第4期。

致相当长的一段时间内,校园诗、街头诗等风靡一时,大学生们聚会时言必谈诗。而先锋诗人在20世纪80年代中期以后,更是立足个人写作立场,解构传统诗体规范,自觉地以独立品格和现代性追求诗性实验。但这种体验也使诗歌由共名走向无名,由昔日的"文化旋涡中心"而游走于当今"文化边缘地带"。"第三代诗人"从解构传统诗体出发,提出反体裁,主张消解深度的反意象,从非和谐出发反结构,从现象还原出发冷抒情,反对语言精致的自动写作,也对当代诗歌的发展产生了不良影响。

（三）当代诗学的艺术边界

海子的悲剧不是时代的悲剧,也不是当代诗学的悲剧,而是存储于当代诗人心中的一种悲剧情结始终无法去除的无奈的最终结局。但无论如何,在海子之后,当代诗学已经走过了动荡多变、捉摸不定的时期,开始向成熟、稳健、唯美、理性的时期过渡。在这样的文化语境中,当代诗人在选择和提升创作题材时,一方面要考虑其作品应有助于向社会生活更加幽邃的本质开掘,将笔触伸到社会机体的最深处;另一方面也要极力表现人的心态和社会生态,有意识地摆脱浮躁的蜻蜓点水的笔风,表现生活的广度和思考问题的深度,突出诗歌和文学创作的主旨。时代的发展,要求诗人和文学家必须首先学会做一个哲学家和思想家,考虑问题要有穿透力,而不是观察事物和对待生活时浮光掠影停在表面。艺术表现的深度和广度在于对艺术认知的深度和广度,艺术的较大的思想深度是从意识到的社会历史潮流和历史内容中概括出来的。为了履行社会职责和历史使命,诗人要通过艺术途径和审美手段促进社会进步和历史发展,不管是歌颂真善美,还是鞭挞假恶丑,都应当揭示它们赖以产生的历史根源、社会机制和现实生活的土壤和条件。只有触摸到历史和社会的律动,展示出能够激荡亿万群众心潮的海洋,才能使作品具备相应的思想深度和厚度,产生巨大的精神震撼力和学术影响力,而这样也会使自己真正走出诗歌悲剧精神的困扰,实现当代诗学的大发展与大繁荣。

二、海子诗歌与当代诗学的法理困境

文化失去根基,就会导致人们找不到判断行为对错的依据,并最终导致一系列不该发生的悲剧。中国传统文化理论本身固有的弊端不足以形成引领当代中国文艺思潮的能力,如何拓展、消化、融解中国传统文艺理论,使传统文艺理论与当代中国具体实际相结合,在最大限度地吸收世界先进文艺理论的同时,也构建了适应时代发展的新的诗学和文学理论,是当代中国文艺理论必须研究的课题。新时期诗歌艺术的走向正处于大调整阶段,以什么样的范式开启当代诗学的艺术创新之旅,以什么样的结构规范当代诗学那种无拘无束、天马行空的艺术格局,成为自 21 世纪初以来诗学界的艺术盲点,需要当下诗人进行艰苦的诗学理论探索与追究。

（一）当代诗学的自由与局促

以海子为代表的 20 世纪 80 年代的诗人站在反对政治写作、集体写作和纯诗写作的个人写作立场,继续着"第三代诗人"对传统诗体的解构,要求人们"必须重新来发现一种崭新的精神趣味"。当下一些诗歌创作,虽然从一定意义上体现了诗歌的平民化色彩,但诗人大都是生活在社会生活中受压抑的不同层面,其生活的艰辛、理想追求的艰难与挫折,使他们在追求理想中享受诗歌创作的乐趣,但背井离乡的乡愁、爱情缺失的孤独、自由空间的局限、城乡差别的隔膜、人情冷暖的无奈、生存问题的考验和生命尊严的失落等一系列生存的大是大非问题困扰着年轻的诗人们。生活的快节奏使这些诗人一方面用自己的才华和诗情竭力反映着自己所在的群体的艰辛与不易,为自己的生命创造鼓与呼;一方面也由于自身的原因,一时无法摆脱那种类似的生存状况,久而久之,不自觉地沉溺于诗的浪漫想象中无法自拔,无法利用自身的生存技能获得更好的生存环境。他们的诗歌大多采用现实主义的创作手法,真实地再现全球化和信息化时代人们的生活现状,把一个个生活中鲜活的形象放大呈现给读者,也把自己的热烈的情绪通过诗歌向社会传递。正如 20 世纪 80 年代初期的诗人海子、戈麦、食指一般,他们在讴歌和彰显一个群体或社会精神面貌的同时,也在为自由内心的梦想寻找放飞的支点,但严酷的现实和纷乱的时事也迷惑着他们的双眼,让他们看不到心中的那片绿洲,始终在绿洲的外围打转。这不是时代的悲剧,但命运给这些诗人开了不大不小的玩笑,既让他们能够站在时代的高起点上,大开大合独领时代风骚,也让他们无法享有时代发展带来的物质利益的繁荣,甚至一度被经济边缘化。他们不是没有与时代接轨,只是找不到命运的落脚处,看不到生命价值与诗歌价值的融合点,既无法在繁华的大时代真正体现自身价值,也无法让诗歌通过生命力的极度张扬来完全展现其艺术魅力。与其说这是时代变革造成的文明尴尬,毋宁说是诗人个体的悲剧情结使然。古典诗歌创造出了李白、杜甫等诗仙、诗圣,也创造了郭沫若、徐志摩、戴望舒等伟大的现代诗人,他们的诗作浩然千古,传诵海内外,这成为一种标杆、一种尺度,也成了当代诗人的一种心结、一种精神魔咒,让他们为此梦牵魂绕,难以释怀。波澜壮阔的大时代给了诗人创作伟大诗篇的千载难逢的机缘,同时也让当代诗人走入了其无法把持的极度无序的万花筒般的生命状态。为此,对艺术绝对追求的使命感和责任感,也让他们不得不以灵魂作序,以命运作曲,以全部的生命作词,以期完成其无法托举的伟大的诗歌梦想。

(二)当代诗学的自娱与使命

中国现代以来的民族自救、抗日战争、解放战争、社会主义建设和改革开放等宏大社会现实,一方面成为现当代诗学的创作主旨,优化了现当代诗学的审美结构,提升了其艺术创造力;另一方面受"政治"的影响和约束过深,诗歌被强制性地提升到意识形态层面,以致在中华人民共和国成立初期和"文革"中演变成了句式简单、结构松散的战歌、民歌和类民歌,变成了图解概念、宣传政治的传声筒,从而留下了大片艺术荒漠和思想枯井。20世纪80年代以来,一批号称"第三代诗人"的知识分子,以西方解构主义为宗旨,打着反对话语霸权,诉求心灵自由的口号,解构历史、解构崇高、消解理想、消解信仰,否定诗歌中的暗示、象征、意象以及音乐等语言效果,否定诗歌语言与日常语言的界限,主张诗歌语言平面化,几乎将当代诗歌引入歧途。他们试图消解社会历史与人文、客体和主体、思想与感情、实践与幻想之间的界限的"纯艺术"

观念,带有明显的"非理性化""反本质化""去思想化"的特点。其后,"女性主义"诗歌、"知识分子写作"诗歌、"民间写作"诗歌、网络诗歌等群体,均以不同标签和旗帜掀起了中国当代诗歌一轮又一轮的文体实验,但这些体验和实践与中国主流诗歌理论所强调的"人民性倾向"相去甚远。

(三)当代诗歌的简洁与多元

20世纪80年代后期,文学创作从启蒙转向多元实验,随着社会转型与消费文化的兴起,面临着西方现代主义与后现代主义文化思潮与美学理念的冲击,既定的文学理念、文学思维模式乃至文本表达,都面临着分裂、颠覆与再生的境遇,文学的不确定性成为常态。中国诗歌虽然创作了大量脍炙人口的优秀作品,但也存在快餐式消费的问题。有的是非不分、善恶不辨、以丑为美,过度渲染社会阴暗面;有的胡编乱写、粗制滥造、牵强附会;有的形式大于内容,热衷于所谓"为艺术而艺术",只写一己悲欢、杯水风波,脱离大众、脱离现实。从启蒙叙事到民间叙事的转变,虽然声称以另一种形式贴近生活,但其真正的价值取向是弱化与解构义学的政治功能。从"寻根文学"开始,文学似乎在现实社会中找寻不到给人以慰藉的素材,便将叙述视角从社会、政治转向了文化本身,把探索人性的文化内涵作为努力的方向。在激进和反叛思维的影响下,诗歌的理论研究也突然迷失了方向,多维的转变与尝试使诗歌的艺术标准朝令夕改,失去了内在的规定性,从一个极端走向另一个极端。陈晓明认为,"今天文学界的'非政治化'看似'摆脱'了附庸的地位,但同时也逃避了对公众对政治的关注和批判反思,它是被迫背弃公共政治而'离家出走'的孩子,而不是能够在公共领域自由发言的'成人'……中国文艺学始终缺乏的正是一种对公共政治的批评反思的能力"[①]。一般而言,社会文化主要存在着主导文化、精英文化和大众文化三类,三者之间不是并行的,而是有主次、有统领、有交叉的。要正确处理好三者之间的关系,不能只看到彼此的对立和冲突,还要看到三种文化间的相互渗透和相互影响。主导文化和精英文

[①] 陈晓明:《文学理论的公共性——重建政治批评》,福建教育出版社,2008年,第22页。

化中包含着一定程度的大众性,而大众文化的内容也蕴含着主导文化和精英文化的特质。作家必须坚持"为人民服务,为社会主义服务"的创作原则和方针,既不要求"文学从属于临时的、具体的、直接的政治任务",也要把文艺同政治的关系提升到人民利益和国家利益的高度,因为"人民需要文艺,艺术更需要人民"①。通过到民间和民族生活中去采风,艺术风格更加贴近人民,增添艺术创作的大众色彩和民族色彩,汲取蕴含着人民性的民族风格,承接和吸纳民间的和百姓中的大众文学表现手段。

三、海子诗歌与当代诗学的伦理迷失

海子的诗歌精神与当代大自然文学的架构和意旨是相通的,都是在召唤文学的人文情怀与文化伦理,是作为对过往形式主义文艺观念的反拨、对曾经的历史的反思,以及对现实社会和新的时代的热情关注。当代中国诗歌正在开辟和验证属于时代的创作途径,开始对社会与生命、人性和人生的全面解读。大自然文学作为一种诗学的审美选择或生命体验,现实场景与生活内容的真实,重新成为当代诗人自觉的审美观照与艺术表现对象。地域文化、历史题材、生命存在等内容大量出现在当下诗歌文体创作中,综合来看,新世纪诗人对诗歌创作的把控,以及对历史、人文精神的弘扬,对政治和家国情怀的抒发,既不是与传统现实主义理念的简单对接,也不是简单地以个体被动从属于政治的观念来看待诗歌复杂多变的内在,而是以更广阔的空间投放、细微的内在设计,彰显诗歌艺术与现实生活的内在关联,从人的现实关系出发去表现人们现实人生的冲突,使诗歌艺术更加逼近现实生活,从而拓展了诗歌艺术创作的深度与广度,在真实与虚拟的空间里较好地定位了艺术坐标。但物质发展所带来的文化生产力的提高与人民文化需求之间的错位,也使当代诗歌在强调和突出个体生命与人性的同时,很大程度上把大自然主体文化地位的性质忽略了,进而没能在相应的位置上彰显人类与大自然和谐相

---

① 《邓小平论文艺》,人民出版社,1989年,第108页。

处的文化特征与精神属性。大自然文学不是再生文学,而是存在于人类展过程中、存在于人类的血脉中的文化积淀,它不只是一种口号,更是与当下生态文明同理同质的文化存在。要真正实现当代诗歌的艺术升华,就必须弘扬传统诗歌中的大自然文学思想,找准当代诗歌的艺术定位和创作标向。

(一)当代诗歌的自娱化

当下的诗歌创作,传统文化意义上的大自然文学思想早已淡化了。正如冯宪光所言:"当前中国文学艺术和美学现状所存在的突出问题是在某些方面偏离毛泽东的人民美学,而使得文学艺术在一定程度上消解了从事基本物质生产劳动的人民享有文学艺术的权利。"[1]这里说文学艺术"偏离"其实有三层含义:一是文学艺术从内容到形式整体脱离人民,取材无关百姓生活,作品格调不高,关切百姓生存状态、对人民精神有较大提升的文艺作品越来越少。这些文化形式对老百姓生活模式的建构和塑造是没有任何根基的,有些甚至有很大的副作用。二是过度地转变甚至抛弃真实的艺术再现,把诗歌变成一种单纯的只为发泄个体情绪的文本,甚至哗众取宠把个体的情绪凌驾于社会和整体人的身上,并进一步堕落为时尚的和媚俗的代名词,这只会降低诗歌的艺术品位,降低诗歌在人们心目中神圣的艺术地位。三是在文化商品化、经济利益成为文化产业的保障和追求的今天,一些诗人甚至丧失了基本的艺术人格,成为低俗化的代言人。实际上,文艺如果只是作为时代新潮的消费品,那么其受众也只能是追逐潮流的时尚"小众",而非人民大众。而一些诗人和诗歌因为媚俗,即使达到广义的"文艺的普及",也难以从根本上提升当代诗歌的艺术品质,更难以全方位地提升人民大众的艺术鉴赏水平和精神境界。

(二)当代诗歌的平面化

马克思指出:艺术生产与商品生产的合谋,会使它越来越失去艺术性质。如若混同于商品化的雇佣劳动,艺术生产失去了艺术独立存在的合法性,就

---

[1] 冯宪光:《马克思主义文艺学的当代问题》,中国社会科学出版社,2005年,第92页。

不再是特殊的精神生产。当下文化产业和艺术生产的商品化倾向已经影响到艺术的价值取向问题,如果把艺术作为商品来生产和消费,一切以商业利润和娱乐快感为导向的运行模式,把艺术中的人文价值边缘化,最终只会降低人们的艺术审美标准,同时也会降低艺术本身的审美标准。而在低俗化和快餐化成为文化产业主色调的同时,人们也无法享受高雅、精湛的艺术作品。那些被"一笑而过"的文艺作品只能是人们茶余饭后的谈资笑料,经不起时间的打磨,只能在短暂的时光里稍作停留。在新中国成立后的很长一段时间内,人们往往强调文学的政治工具色彩,其内含的"大自然文学精神"长期被抵制或抹杀。文学研究中"自然"的缺席显然是对文学本身的戕害。当代中国,特别是"文革"以来,文艺理论的探索因各种难以言说的原因被中断,旧的文化形态却被打碎抛弃,新的文化形态远没有形成或完善。当代诗歌的创作标准和理论架构应该建立在什么基础之上,以什么为标准、为目标,向何处发展和延续,成为困扰当代中国诗学界的一大难题。目标和方向的迷失,使诗歌等文艺理论的创新发展迷失在茫茫林海中。一些文艺理论家和诗人一方面殚精竭虑地谋划当代中国文艺理论和诗学理论能够回归正常轨道,一方面又试图重建和重构中国当代文艺和诗学理论的新体系和新范式。

(三)当代诗歌的商品化

当前,全球化和信息化的极大发展,引导着人类以前所未有的速度发展经济、文化、教育、科技等,当代诗歌作为一种文化样式,不可避免地参与了这一全球化和信息化过程。诗人作为个体创作者,无论是文化品位、作品质量,还是精神需要、意识心理等,其作品的艺术特质越来越受时代发展的大环境影响。个体的命运与时代的命运休戚相关,在经济和科技日新月异的今天已经是不争的事实。如何在复杂多变的时代里辨伪存真,找准和定位自身,已经成为当下诗人的时代课题。为此,陆贵山认为,"文艺的外围是和艺术生产、消费、流通相联系的,如果能打破内部规律,又重视市场流通与大众消费,打通文学外围和内部通道,文艺的发展便大有可为"①。这就是说,当代诗人要创作出为世人认可的高质量作品,就必须立足于社会需求,立足于社会大众的文化心理和精神诉求,以时代的需要为需要,不断调整创作思路,保持与时代发展同频共振。如果说20世纪早期的中国诗人因为时代不得不被分理处地以牺牲诗艺来迁就民众文化程度的低下,甚至以极端大众化的格调来唤醒民众的精神觉醒,那么,当代诗歌,特别是新时期诗歌则是选择主动出击,甚至不惜采取各种可能的手段。中国当代诗人以一种完全不同于现代中国的创作方式,在较短的时间内创作出了大量脍炙人口的诗作,但也出现了以一种厌烦、焦虑、愤世嫉俗的创作方式来表现自我的倾向。只是中国当代诗人并非主观上要使自己孤立起来,而是在探索一种能将自我、生命、社会与艺术完全统一起来的创作模式。经过新中国成立后艺术创作过程中血与火的体验与挣扎,蛰伏在人们心底的传统创作模式不但在形式上,而且在内容上再一次回归理性,并深刻地影响着当代诗歌的再发展、再创作。当代诗歌创作经历太多的磨难,新时期的诗歌经历过残酷斗争后的洗礼和升华,最终回归以艺术为本位的诗体,这已是不可逆转的航向。特别是互联网技术和新媒体改变了文艺形态,既催生了一大批新的文艺类型,也带来文艺观念和文艺实践的深刻变化。由于文字数码化、书籍图像化、阅读网络化等发展,文艺乃至整个社会文化面临着重大变革。近些年来,民营文化工作室、民营文化经纪机构、网络文艺社群等新的文艺组织大量涌现,网络诗人、网络作家、签约作家、自由撰稿人、独立制片人、独立歌手、自由美术工作者等新的文艺群体十分活跃,已经成为繁荣当代文艺的有生力量。市场经济的快速发展,既给当代诗歌提供了前所未有的发展机遇,也给其带来了严峻的挑战。其能否适应社会发展的快节奏,既保持诗歌艺术的独立性,又在创作方式和艺术手段上推陈出新,考验着当代诗歌的艺术价值、艺术地位和艺术生命。

---

① 陆贵山,周忠厚:《马克思主义文艺学概论》,中国人民大学出版社,2001年,第2页。

四、海子诗歌与当代诗学的时代课题

当代诗学标准的泛化和缺失,使"日常生活审美化"和"诗意地栖居"等关于诗歌艺术的评判,在具体的使用过程中被狭隘化、庸俗化,它们经常被局限于指大众消费文化带来的物质生活景观,其更为广阔和深刻的内涵则被忽略了。而"读图时代"的盛行则加深了"文学终结"的危机。彭亚非在《图像社会与文学的未来》一文中将"图"分为视像和图像部分,前者包括"摄影、摄像、电影、电视以及由真实影像所拍摄而成的各种广告等",后者则主要包括"漫画、动漫、卡通制品、电子游戏等"①,如何看待电视文学、电影文学、图像文学、网络文学与网络文化进入文学,关系到对当代文学的认知。其实,真正的文学的危机是"文学性"的危机,是"阅读"的危机。读者变成了观众,阅读变成了观看,审美变成了消费,真正的文学危机也就开始了。对此,吴圣刚认为:"文学创作工具的变化不仅仅是对文字生产方式和程序的改变,最重要的是改变着文字文学的思维程式、结构形态、内在品格、存在方式等。"②如何借鉴20世纪80年代以海子为代表的一大批诗人在诗歌创作艺术和思想体系的突破上所取得的成就,考验着新时代诗人的文学智慧和理论修养。

(一)当代诗学的伦理修复

马克思指出:"在实践上,人的普遍性正表现在把整个自然界——首先作为人的直接的生活资料,其次作为人的生命活动的材料、对象和工具——变成人的无机的身体。"③人类对大自然具有积极的能动关系,在历史发展的每一过程中,都在不断发挥着这种独特的能动作用。历史的发展表明,没有需求就没有创新,满足人类自身的全面需求是人类存在的最终目的,也是人类历史发展的根本动力。虽然诗人的艺术个性是丰富多彩、千差万别的,有多

---

① 彭亚非:《图像社会与文学的未来》,《文学评论》2003年第5期。
② 吴圣刚:《读图时代文学理论的变革》,《宁夏社会科学》2008年第6期。
③ 《马克思恩格斯全集》,第1卷,人民出版社,1956年,第7页。

少诗人便有多少相应的艺术个性,但其艺术个性和艺术风格的多样性则是在其所处时代和生活的多样性影响下形成的,因而,诗人只有立足于时代、立足于社会、立足于世界、立足于人民的需求,才能实现自身价值,展现作品的艺术魅力。事实上,文学艺术的审美属性与社会属性是辩证统一的,是和人民性相一致的,因为人民的思想感情、利益愿望和社会的发展方向是一致的,这也就决定了当代诗人无论如何思辨和消解,诗歌的人民性原则始终是一条不可撼动的红线。

习近平指出:"一部好的作品,应该是经得起人民评价、专家评价、市场检验的作品。"[①]当下,市场经济带来的商品化与大众化,已经冲破了精英文化与大众文化之间的传统壁垒,所谓高级文化或精英文化和所谓大众文化或商业文化之间的界限被打破,形成了一些新型的文本,当代文明和文化以特有的形式、范畴和内容被注入这些文本,从整体上形成了一种全新的、有别于过去的新文体。以海子、食指、舒婷、北岛、席幕蓉、汪国真等为代表的当代诗人,其诗歌作品之所以受到不同社会地位与不同文化层次的受众的欢迎,除了作品本身形式上的平易近人等因素外,可能最为重要的原因就是这些作品自觉地将主流意识形态与政治话语,置换为活生生的历史场面与生活细节,以大自然文学形态所富有的亲和力与感染力,采用或夸张或平叙等艺术手法,来演绎人性的光泽与道德的温暖,从而抚慰与照亮了大众的心灵世界,并由此产生强烈的情感共鸣与价值认同。正是人文精神的坚守,方能协调好、平衡好审美与功利、娱乐与引导等文艺诸多功能之间的关系,才使新时期众多以"大众文化"面目出现的文艺作品,在实现文化市场价值的同时,也在大众文化的伦理层面潜移默化地陶冶着大众的情志,获得了一定程度的人文价值。

(二)当代诗学的价值重塑

中国诗学界对当代诗歌创作艺术标准的反思,是从20世纪80年代初期开始的,与此同时,诗歌的文体变革试验也在如火如荼地进行。比如抒情诗

---

① 中共中央宣传部:《习近平总书记在文艺工作座谈会上的重要讲话学习读本》,学习出版社,2015年,第19、20页。

因为时代的变化,一度失去了其历史表演的舞台,但由于其内涵的不断丰富和外延的不断拓展,借助意境的渲染和意象的选择,诗歌的抒情既沧桑厚重而又不失鲜美活泼,既含蓄深沉而又不失灵动飞扬,在保持史诗应有的历史意味和生活真实的基础上,依然突显了诗歌艺术的文本个性与审美特质,在新的时期又焕发出新的生命活力。所以,当代诗人理应关注时代主旋律,在表现社会重大事件方面,自觉强化诗歌与时代、读者之间更为密切的情感联系,表现出诗人们应有的政治自觉和社会担当。总体而言,诗必须是有形式的内容,但不能唯形式而形式;是必须有内容的形式,但不能简单地唯诗而诗,甚至不能唯好看而诗,唯好听而诗。好看是绘画的功能,好听是音乐的功能,但诗必须是有思想和灵魂的,而这种思想和灵魂又不是低劣的、庸俗的,否则就成了庸俗的、不能拿上台面的"顺口溜"和"打油诗",甚至是农妇骂街式的、怨妇家长里短式的、酒鬼醉话式的、精神病患者梦呓式的文体。真正的诗歌不是文字分行就行的。诗歌不是大白话的堆积,不是文盲的口语,更不是日记,记录白天黑夜的衣食住行、吃喝拉撒。诗是文学上的皇冠,虽然时代的发展使诗歌不再有以前的辉煌,但诗歌毕竟曾伴随人类走过童年,并在人类的成长过程中一直扮演着精神和心理调节器的作用,无论人类是苦是乐,无论遇到天灾人祸,还是生命的是是非非、人生的恩恩怨怨,诗歌总是在第一时间调节人类的生理钟点,让人们摆脱对大自然和自身的惊惧、怀疑和迷茫。

诗是文字的精练和抽象,是意境和情景,是韵律和节奏,是生命和哲学,是心理和灵魂的诉说和内在表现,是不可随意获得的心灵感悟。在全球化、市场化的时代,诗人要耐得住寂寞,受得了孤独,放得下名利,否则就会被事务缠身,无法用心用脑用情作诗。诗是山间清泉,是大漠胡杨,是高原雪莲,是大洋孤舟,是落日余晖,是生命的物语,感动人的灵魂,震颤人的心弦。诗歌是文学的浓缩,诗句不但要凝练、简洁,而且需要诗人深刻的思想和广博的知识做铺垫,也许某首诗歌是诗人抑郁中的心理失控,但因为记下了对生命和生活的深层感悟,所以,那一句句或简洁或繁杂的诗词也同样充满生命的启迪。

诗是艺术的语言表现和文字呈现,一词一句不可复制,都具有唯一性,无论是抒情,还是叙事,都要自然得体,不能为了形式的好看而故弄玄虚,也不能因为无话可说便罗列辞藻。诗歌是哲学的孪生兄弟,是哲学在文学中的艺术再现,是抽象的哲学,不可能离开哲学而独善其身。这就要求诗人相应地必须具备哲人的思辨力。这是诗歌本身所具有的特性,即由诗歌形式的高度凝练性和高度概括性决定的。诗歌不像散文或者小说那样可以具体展开,为某一事件、某一人物、某一场景进行大篇幅的叙述、描写和刻画,诗句既要简明扼要、言简意赅、突出重点,又要深刻凝重、入木三分、字字珠玑。诗人进行诗歌创作的时候,无论对内容喜欢与否,一旦提起笔来,就要将一切个人恩怨和是非放在一边,把个体放在客体的角度,放在要表达事物的大背景中,用心去体察每一个具体细节,努力梳理诗情和思绪,让诗意和情景相互衔接,融会贯通,每一句、每一段、每一节都有必然的逻辑联系,而不是在神思飞扬之后忽上忽下,南辕北辙。虽有画面却无意境,虽有风景却无美感,或恍若天书,佶屈聱牙,艰难晦涩,让人读之不知东南西北,或故弄玄虚,虽辞藻叠加,诗句华丽,却让人眼花缭乱,不知所云。诗的最高境界是无文体约束后的天然诗情展现,不需要刻意地束缚于某一流派、某一文体,甚至把自己归于某一流派、某一文体。无论抒情、叙事、象征,无论浪漫、朦胧、淡雅,无论深刻、凝重、隐晦,只要符合诗歌的固有内涵,体现诗歌应有的意境,展现人性的真善美,就是好诗,最终会被社会和读者接受。

(三)当代诗歌的精神旨归

党的十八大报告指出,建设社会主义文化强国,关键是增强全民族文化创造活力。要深化文化体制改革,解放和发展文化生产力,开创全民族文化创造活力持续迸发、社会文化生活更加丰富多彩、人民基本文化权益得到更好保障、人民思想道德素质和科学文化素质全面提高、中华文化国际影响力不断增强的新局面。当代诗歌已经从"文革"时期单纯的"政治传声筒",快速转向和贴近了服务大众的价值取向和审美趣味。诗人不再被动地参与时代的应和,而是站在时代的高起点上,把握时代脉搏,舞动时代节奏,跟踪时代潮流,尽情演绎属于当代中国的风情画。虽然在文艺商品化的蜕变中,当代诗歌的表现还不尽成熟,在民间还时常出现褒贬不一的评价,特别是商品化准则对某些诗人和诗人作品审美属性的侵蚀与消解也令人担忧,比如"神经质诗人""打油诗人"等,极力矮化当代诗人的形象,但这些质疑乃至贬低也不是空穴来风,而是当代诗歌特别是"文革"时期诗歌作品良莠不齐,全民作诗带来的不良影响依然在人们心目中的印象深刻。虽然当代诗歌已经转变了创作思维,强化了艺术感染力和审美特质,但在民间,人们对诗歌的认同还大多停留在传统古诗词和现代初创时期的诗歌文体上,而对当代诗歌艺术文体的再创造、再升华,社会上还存在一定程度的怀疑甚至否定态度。当下,当代诗人们正重新修正创作方向和审美标准,从社会、历史、人物和自然的整体关系上,全面把握诗歌艺术的固有本质和规律,以期找到当代诗歌再发展、再繁荣的内在机缘。

当代诗歌作为一种崭新、时尚的大众文化形式再次展现在人们面前的时候,便是传递了一个新的时代人民大众喜怒哀乐的情感诉求与喜闻乐见的旨趣爱好。诗歌创作是一种特殊的自由的个体精神劳动,但创作个体作为现实中的人,必然与社会群体发生着十分密切的关系。完全孤立于群体之外、凌驾于群体之上的个体是不存在的。"沙龙化""贵族化""精英化""纯审美化"的文艺观念只会造成严重脱离社会、脱离人民的弊端。张柠教授认为诗人有一个非常重要的任务,就是替世俗的人去感受、发现和重新唤醒丧失了的对生命的感受。生命本身是一个恩赐,所有的诗歌行为、诗歌感触是对这个恩赐的回应。在中国诗歌里面有赋比兴,这个"兴"就是唤醒。不同的是,西方直接对生命本身进行唤醒,中国古典诗歌要通过燕子、草、水、柳枝等大自然形态来唤醒。因而,只有深入生活才能使诗人认识到创作的主体和客体之间既唯物又辩证的深刻联系,而脱离主体的客体和脱离客体的主体都是片面的,不适度地强调所谓"文学向内转""回复到自身",一味"开发内宇宙",甚至主张"背离现实、面向自我",只"表现自我心灵中的隐秘"的论点都是片面的和偏执的文艺观念。只有"学习社会",深入生活,才能使诗人摆正个体和群体、局部与整体的关系。

习近平指出:"优秀文艺作品反映着一个国家、一个民族的文化创造能力和水平。吸引、引导、启迪人们必须有好的作品,推动中华文化走出去也必须有好的作品。"①当下,无论是弘扬社会主义核心价值观的需要,还是张扬新的时代人文精神的需要,当代诗歌都应该主动构建面向人民群众鲜活的生活和生产的、符合历史和时代发展规律的新诗体裁和艺术形式,从内涵上丰富其精神思想,从外延上拓展其艺术形态,主动与社会流行的"大众文化"接轨,在保持艺术独立性的同时,主动吸收其他文艺体裁的艺术形式和内涵,以实现审美价值、历史价值和人文价值的统一。由于商品利益的竞争与市场法则的制约,当代诗歌的创作与传播,无疑面临着经济效益与社会效益的双重困扰。特别是在文化产业化的发展格局已经尘埃落定的今天,当代诗歌作为一种特殊的商品,虽然不能作为经济发展过程中的一个增长点,为社会经济创造多么丰厚的物质财富,但在一定程度上也能为民族的文化事业创造和积累相当的精神财富。历史的发展表明,诗歌和诗人的艺术价值并不能简单地以商品价值来衡量,其文化积淀不似商业的资本积累可以用金钱的多少来判断,其在社会文化传承和启蒙民众思想中的作用是其他艺术形式难以比拟的。在历史发展的每一阶段,都会有大批的诗人站在历史的风口浪尖之上,主动为人们解疑释惑,提供思想上的引领。作为大众生活中必不可少的精神食粮,当代诗歌具有弘扬与彰显社会先进文化、引领人民大众思想航向的社会责任,诗人的创作虽然具有相对的独立性,其所思所想虽然受其生活的环境和时代影响和左右,但也正是在这个意义上,当代诗人才要负起历史和社会责任,在具体的创作实践中,努力保持两者的适度均衡,全面提升艺术修养和理论境界。

---

① 中共中央宣传部:《习近平总书记在文艺工作座谈会上的重要讲话学习读本》,学习出版社,2015年,第313页。

中国古代齐云山诗歌研究[①]

金秀枝[②]

齐云山,古称白岳,又名中和山,坐落于安徽省黄山市休宁县城西三十余里的齐云山镇,因其"一石插天,直入云端,与碧云齐,谓之齐云"。齐云山不仅自然景观雄观江南,有"天下无双胜境,江南第一名山"之美誉,而且人杰地灵、人文荟萃,有着极其深厚的道教文化底蕴。虽然齐云山在唐宋时期已经开始得到时人的关注,但是其真正声名鹊起并得到巨大发展则是在明代。明代皇家崇信道教,这给予了齐云山发展一个大契机。明嘉靖皇帝祈子得愿,使得齐云山声名更加远扬,于是讲学之士、游山之客以及虔信之众纷至沓来,围绕着齐云山壮丽的自然风光和道教文化,留下了大量诗歌,因此齐云山不仅仅是道教文化名山,更是南国诗歌名山。

一、齐云山诗歌作者籍贯地理分布情况

鲁点所编《齐云山志》记载,历代描写齐云山诗歌的作者,共计491位。这些作者来自全国各地,所历朝代有唐、宋、元、明、清等。他们中有亲历齐云的朝圣者,有向往齐云的神游者,有借齐云抒怀的吟咏寄托者,更有孜孜于齐云道场的筑造者和禅修者。文章拟对齐云山诗歌作者从籍贯、朝代、身份三

[①] 基金项目:本文为安徽大学大自然文学协同创新中心2019年度研究生课题"中国古代齐云山诗歌研究"(ADZWY19-07)成果。

[②] 金秀枝,安徽大学文学院研究生。

方面略作分析,以观察齐云山诗歌作者的基本情况。

(一)齐云山诗作者籍贯地理分布情况

历代齐云山诗歌作者的籍贯地理分布极为广泛,目前有籍贯可考的诗人有491位,籍贯地理分布情况见表一。

表一 齐云山诗作者籍贯、人数分布统计表

籍贯	徽州	浙江	江西	江苏	福建	两湖	广东	山东	四川	陕西	河南	广西
人数	135	74	23	22	11	17	8	7	5	3	5	1

纵览诗人的籍贯地理分布情况可知,徽州诗人尤多,达到135位,究其原因,与当时地域环境有关。生活在此地的诗人们,自然游历齐云山也较为方便,同时当时江浙一带经济繁荣,交通条件便利,人员交往频繁,加之道教文化的崇仰,这也是与徽州相近的浙江、江苏等江南地区诗人多齐云山诗作的重要原因。

(二)齐云山诗作者朝代分布及各朝诗作数量情况

齐云山诗作者的历代分布状况是不均匀的,而诗作的数量也与各代作者的数量相关。为此我们做出初步统计,相关情况见表二。

表二 齐云山诗人朝代分布及各朝诗人、诗歌数量

朝代	唐	宋	元	明	清
数量	1	14	7	474	3
诗歌数量	1	17	7	633	3

纵观整个封建社会各个朝代,诗人与诗歌的数量总体上都呈上升趋势。唐代关于齐云山的诗歌数量还较少,《齐云山志》记载的仅邑令邹补所写之诗:"吾家石室烂柯山,云洞虚中半亩宽。此处石桥浑略似,只消一局片时闲。"而到了宋代,全国经济重心开始南移,当时即有"国家根本,仰给东南"之说。此时齐云山也得到了快速开发,南宋宝庆二年(1226),方士余道元正式在齐云山建祠,此事标志着道教文化在齐云山正式兴起。此时拜谒祈福的人数增多,诗作的数量也相应上升。到了明代,由于明皇室普遍崇奉道教,因此

这一时期是齐云山繁荣鼎盛的时期,齐云山诗人的数量从元代的 7 首骤增到明代的 633 首。但是随着明朝的消亡,道教文化的信仰也随之没落,《齐云山志》所载清代的诗歌数量迅速降低下来。

(三)齐云山的身份类型

齐云山诗作者的身份主要有两类:一类是文人(含官员),一类是道士。齐云山历代道士文化素养普遍较高,他们长期生活在南国白岳的环境之中,参禅悟道,同时与游历的文人士大夫们有着广泛的接触与交流,留下了诸多齐云山诗作。此外,齐云山诗作者中,占据大部分的当数文人士大夫,其中较为有名的当数朱熹、程敏政、唐寅、袁宏道等。

二、齐云山诗歌内容分类

齐云山诗歌起自唐代,迄于清代,共约 500 位作者留下了 700 余首诗歌赞偈,这是一个可观的数量。根据诗歌的主要内容,笔者把齐云山诗词分为题咏南国名山、歌咏道士隐逸生活图景、借白岳抒怀言志三大类。

(一)题咏南国名山

齐云山虽僻在南国,但宫观林立,祷祀活动绵延不绝,被誉为中国四大道教圣地之一。大部分的齐云山诗歌,为歌咏白岳圣地之作,其中既有整体吟咏,更有分景描绘,为我们充分展现了一个雄奇壮美而又富有道教深厚文化底蕴的齐云山。其中从整体轮廓来描写齐云山的,诸如理学大家朱熹《咏云岳》云:"山行何逍遥,林深气箫爽。天门夜不关,池水时常满。日照香炉峰,霭霭烟飞暖。"宋代名贤程珌《云岩》诗言:"曲径峰前转,林行见处踪。涧边松偃蹇,岩下洞空窿。瑶草垂甘露,飞泉挂白虹。道人面北坐,应悟性圆通。"又如元代鲍之寿吟咏之作:"芒鞋踏破洞中云,石径缘山入窈深。竹覆仙房凉似水,苔侵佛面半无金。日斜孤鹤松梢立,露下寒虫草际吟。童子焚香延客坐,一簾山色晚沉沉。""师山学派"创始人郑玉亦赞咏其"名冠江南第一山,乾坤故设石门关。重重烟树微茫裹,簇簇峰峦缥缈间。五夜松声惊鹤梦,半龛灯影伴人间。忽闻环佩珊珊度,知是神仙月下还"。明清时期是齐云山逐步声名鹊起的重要时期,大批文人墨客慕名而来,"四方士女顶戴焚香,道路不绝。游人骚客镌题歌咏,金石为遍。乃兹山之灵遂以大显",留下诸多吟咏齐云山的佳作。

对于齐云山的分景描写,诗作繁多。齐云风景秀美,名胜古迹遍及全山。"巍峨殿宇,诸凡五步一亭,十步一榭,雕甍出巅,画栋列麓"。其中奇峰44,诸如程敏政所作之《五老峰》、洪远所作之《碧霄峰》等;神岩26,有诗作如金鸰《栖真岩》、詹轸光《廊岩》;仙洞16,有诗作如李敏《水帘洞》、汪元英《老君洞》;浮岭18,有诗作如苏景《车𨎮岭》、陆履祥《紫玉屏》;天梯3,有诗作如汪善《天梯》、詹天凤《丹梯》、王佐《朝真桥》;崖6,有诗作如王士性《紫霄崖》、戴章甫《题飞雨崖》;怪石17,有诗作如汪元英《鹦鹉石》、王寅《剑石》;坞6,有诗作如高维岳《桃花坞》;台7,有诗作如吴道达《望仙台》、朱正民《宿金紫台》;潭3,有诗作如李敏《云龙潭》;泉17,有诗作如许宁《珠帘泉》、汪应娄《珠帘泉》、汪木湖《度凡桥》;涧5,诸如周天球所作《桃花涧》;池13,有诗作如沈茂荣《天池》、赵善池《龙池》;塘4;溪10;灵山10,有诗作如邹德溥《岐山》。齐云山的雄丽壮美,旖旎的自然风光在历代诗人笔下形态各异,它们更是白岳历史中不灭的精神之花。

在赞叹齐云山的自然美景之外,这座道教名山被歌咏最多的当数道观。如描写道观的有梅鼎祚《太微院》、汪元英《夜宿黄庭道院》、冯烶《白岳宿金斗阳道院》、邵一儒《斗阳道院》等;描写宫阁的有金茂《文昌阁》、焦煜《太素宫》、童汉臣《太素宫》、张云路《太素宫》、刘廉亨《太素宫同游》、全天叙《谒太素宫》、邵一经《谒太素宫》、丁熙化《谒紫霄宫》、龙膺《阅无量寿宫成》等。其中代表性诗作如明代梅鼎祚《太微院》:"鸣磬收残照,焚香坐太微。岩空声互答,天阙影垂辉。冲默凝玄贶,希夷契道机。灵鸟沧海曙,合殿紫云飞。"此外如丁熙化《谒紫霄宫》:"岩岩紫霄宫,蹑迹追仙侣。旁通小壶天,倒景窥灵宇。雾气排晓光,炉峰瑞烟举。"将道观与云雾同写,营造出羽化缥缈的氛围,境界上追求气象壮阔,这也是多数题咏白岳道宇诗歌的风貌。

（二）歌咏道士隐逸生活图景

观齐云山诗歌，其中绝大多数内容为题咏道士隐逸图景，皆以山中生活为主要描写对象。某种程度上，一卷在手，可遍览宋、元、明、清齐云山道士生活图景。这对齐云山道教文化史的研究，可谓提供了诸多鲜活素材。书写齐云山道人日常生活的诗歌内容大致可分为三部分。首先，对居所环境的描述，如宋代孙吴会《望仙》云："忆昔云山裹，幽人构此庵。檐松青郁郁，庭草碧毵毵。"明代汪尧宽《夜》云："玄馆空山静，秋风晚更清。岚光连雾气，松声乱泉声。"曲径通幽却又庄严肃穆，简单清净之地是修禅悟道的好去处。"重重烟树微茫裹，簇簇峰峦缥缈间""四面峰峦排剑戟，九霄烟雾幻楼台"，可见此处云雾缭绕，景色迷人，宛如仙境。又有汪玄第《望仙》诗"白鹿叩山花，玄猿叫松月。缥缈隔烟霞，尘世两隔绝"，凸显了道人所住之地的清净，人迹罕至，远离尘世。面对"紫气望不至，青牛杳无迹"的幽静之地，连诗人也发出"何如归去来，窗前独《周易》"的感叹。其次，对道道士日常生活的描述，如"午夜披衣子画眠，道人水火炊云烟""面能丰肉口侑延，一条破衲松龙编"是对士日常生活的鲜活描述，"黄庭探妙理，白鹤结芳邻"是道士参悟修真的真实写照，"坐我明月下，犹闻清梵音"写道士读书诵经的情景，"童子焚香延客坐，一帘山色晚沉沉"写道士迎送香客、会客谈禅的社交场景。再次，对超然世外，不为尘扰，追求寂境的描述，如"山为有情偏有累，道惟能默始能休。凭师度与超凡诀，笑指终南八百秋""碧树晴风锁洞奇，洞中仙子薜为衣。人间日月谁能管，独坐峰头送夕晖"。"自是至真臻众妙，庸才俗子岂能摩"更是一语道出道士不受俗世杂念羁绊，一心求真悟道的精神追求。道士一般都离群索居，长年与世隔离，以寂境为美，故诗中多清冷意象，如"雪""独鹤""白鹿""云""雾""孤松""乌啼""凉风"等。在词语选择上，"寂"这个字在诗中重复出现7次，如"寂灭""岑寂""寂寂""静寂"等，足见诗人内心对寂境的追求与向往。生活虽如此单调岑寂，但诗人依然自得其乐，"烘罢上禅床，挺挺脊梁骨"，可见诗僧特别善于从生活本身寻找乐趣，体现了生活禅的本质特征。

（三）借白岳抒怀言志

除了以上的类别外，齐云山诗歌还涉及祷愿祈福、惜友送别、赏游寄怀等诸多方面的内容。齐云山虽香火不断，盛名在外，但是由于深处万山之中，交通极其不便，因此无论游览齐云山，抑或是离开齐云山，都是诗人人生历程中值得纪念书写的大事。其中与友赏游齐云山的诗歌，在整个齐云山诗歌中占据较大的比例，诸如宋代金子潜的《雪岳同游》、明代林腾蛟的《白岳同游》以及王谣的《白岳同游》、汪文璧的《天门协金子鱼同游》等，这些诗歌皆表现出对齐云山雄壮幽远景色的赞美之情。同时，遣志抒怀之作亦多，诸如宋代朱晞颜的《白岳寄怀》、方秋崖的《白岳述怀》，明代洪垣的《雪中寄怀》、常道立的《雪岩雨中怀丁元甫》等。其中方秋崖诗言："因叩玄天到此山，叫开阊阖入重关。白云飞过峰无数，绿树深藏屋几间。物外乾坤常不老，壶中日月自宽阅。何时解组归林下，许借丹炉炼大还。"此写诗人面对齐云山的宛如仙境之境所生发的解官归隐、不如归去之感，从一个侧面反映了齐云山在当时文人墨客心目中的地位。此外，送别诗歌亦是齐云山诗歌的重要组成部分。诸如王之弼《雪岩送祝明府入觐》、陈履祥《白岳酬别丁以舒之白门》、丁若瀛《寄赠丁以舒读书云岩》、范涞《白岳酬詹孝兼君衡清风行之赠谢》等皆表达了作者对友人将要离开白岳的依依不舍之情。

三、齐云山诗歌的主要价值

齐云山诗歌皆为齐云山观音道场所独有的文化遗产，上起唐代，下至清代，近千首诗歌内容涵盖范围广，对齐云山的历史地位及其演变都有记述，具有极高的历史价值、文学价值和旅游文化价值。

（一）历史价值

齐云山诗歌可谓"齐云山史"的缩影，它对齐云山的自然风光、香火传承以及由盛而衰的历史事迹等都有反映。值得注意的是，齐云山在历史上曾作为明代帝王祭祀祈福的重要场所以及名人雅士的游览讲学的地方，故当时的一些涉及历史的重要事件在诗歌中都有不同程度的体现，因此具有重要的考据意义,可作为探求、考据齐云山与那段历史相关的极为有力的证据。诸如王守仁就曾在游览齐云山时写下《云岩》一诗,文曰:"岩高极云表,溪还疑磐折。壁立香炉峰,正对黄金阙。钟响天门开,笛吹岩石裂。掀髯发长啸,满空飞玉屑。"王阳明游览齐云山的时间是在正德年间。但是史籍对此事的记载几乎没有,对其在齐云山的讲学活动更是一无所知,而此诗恰可填补当时史料典籍记载的空白。由于王阳明在明代学术史上的重要地位,他的齐云山之行也一直为后世的徽州人士所津津乐道。明代名士唐寅在游览齐云山之时也写下了著名的《齐云岩纵目》,颇有借诗言志之意,其诗云:"摇落郊园九月余,秋山今日喜登初。霜林着色皆成画,雁字排空半草书。曲蘖才交情谊厚,孔方兄与往来疏。塞翁得失浑无累,胸次悠然觉静虚。"从诗歌所表达的情感来看,诗人更多的是流露出一种得失无碍、胸次悠然的旷达之感。联想到此时的唐寅刚刚经历弘治己未年(1499),科场案对其的打击后,就不难明白诗人写作此诗歌的意图及其内心复杂的心理活动。此外,鉴于明代嘉靖皇帝在齐云山祈子有验的灵异事迹,士大夫们纷纷将齐云山视为还愿祈福的圣地。因此在一些自然灾害来临时,齐云山自然成为祈福去灾的重要场所。诸如程信所写的《雪岩杨司理祈雨》,其中有言:"畎畆今年著处乾,扰民谁解圣心宽。瓣香方烧云随马,一疏遥陈雨布坛。"此外还有丁应泰的《白岳祷雨文》《谢白岳再祷雨文》等等。这些诗歌为我们以全新的视野、多维的角度来分析打量齐云山提供了较高的历史价值。

(二)文学价值

齐云山诗歌还有极高的文学价值。首先,它扩大了中国文学表现的意象空间。中国古典诗歌的自然意向,多以山川湖泊等自然景观为主,而对道教文化的人文景观描写则较少。但在齐云山诗歌中,描写道教文化艺术景观的诗句比比皆是。如朱完歌咏太素宫所言:"万仞青溪架崑墟,天禄崔嵬总不如。日射簾栊明翡翠,云流窗牖燦瓊琚。"金茂描写文昌阁时所言:"高阁逼层霄,登临四望遥。三姑浮瑞色,五老挺仙標。"汪道贯在《阅无量寿宫成》中所描述:"净域骞初地,禅居近一乘。青莲千嶂古,朱栱万峰升。帝時祇林接,仙源定水澄。"这些诗歌集中描绘道观清幽缥缈意象,成为齐云山诗歌的主流意象之一,极大拓展了中国古典诗歌的意象空间。其次,它成就了中国诗歌审美的高远缥缈图景。钱中选《梦天池同鲁子与明府丁以舒潘景升二太学游》之二写白岳雄壮巍峨:"嶙峋千仞翠峰限,一鉴澄波半天开。高下烟霞浮几席,纵横云树落深木。"吴士良《香炉峰》写孤峰耸立:"香炉峰势倚云孤,影入黟江幻有无。石诧青羊標玉柱,烟分绛鹤起蓬壶。"秦鸣雷《白岳》写白岳缥缈幽远:"灵境真奇绝,何难远道来。千盘仙路迴,一径石门开。"汪宽《白岳》写白岳深幽高远:"风袂晓翩翩,高凌白岳巅。五峰標日月,双阙拥云烟。"汪居安《云岳》写白岳浩壮雄伟:"突兀应千仞,神灵动万方。古今云雾裏,衡岱弟兄行。"中国古代诗歌多以优美为主,但齐云山诗歌山岳审美中出现的雄壮、深幽、缥缈、巍峨等多种意象,在一部名山诗集中得到如此集中的体现,在文学史上实属罕见。齐云山,云烟缭绕,天造地设,其特殊的地理环境,恰与诗意禅境浑然一体。

(三)旅游文化价值

众所周知,文化是旅游的灵魂,而旅游则是文化的载体,二者的融合促进了文化旅游产业的发展,同时也提升了旅游竞争力。在如今多元化的时代,游客选择旅游地点不再是仅仅追求山水自然风光,旅游景点的文化内涵成为其重要选择。他们不仅想一览大好山水,更想在游览之时经受文化精神的洗礼与熏陶。齐云山诗歌是记录、发掘和整理其旅游资源的重要载体,对充实、丰富和提升齐云山的文化品位,对齐云山旅游模式的改变和齐云山文化内涵的提升有着积极作用。首先,齐云山历史上的著名隐士道士们曾作诸多的山居诗,可以为今日游客的山居体验提供早课、诵经、砍柴、打坐等日常生活的参照。其次,这些诗歌为齐云山文化旅游产品,如诗扇、册页、卷轴、茶叶、食品设计等,增强诗意化和审美化的效果。最后,千余首诗歌,为进一步规划建设齐云山诗词碑林提供了足够的历史素材,同时也是宣传齐云山最形象、最为人喜闻乐见的齐云山传播媒介。

齐云山不论是自然景观,还是人文景观,都成为诗人笔下描写的素材。看自然的齐云山,是一种视觉享受,读诗中的齐云山,更是一份情的陶冶、美的熏陶。齐云山诗不仅是语言本身美,能给我们带来审美愉悦,而且还能带来一种精神气质的自我提升和人格的独立完善,这就是齐云山诗歌的独特价值之所在。齐云山诗的存在和研究可以提升和丰富齐云山本身的文化内涵,更是中国山岳诗中一道亮丽的风景线。

新著评介

呼唤中国大自然文学理论建设
——评何向阳主编《呼唤生态道德》的理论意义

韩 进

何向阳主编的《呼唤生态道德——刘先平大自然文学作品评论选集》(以下简称《呼唤生态道德》,人民文学出版社、天天出版社,2020年版),收录近40年来发表的具有代表性意义的刘先平大自然文学作品评论29篇,另有历届刘先平大自然文学作品研讨会资料、刘先平大自然文学创作年表和刘先平论大自然文学等内容作为附录,仿佛一部"刘先平大自然文学创作评论"的专题辞典,突出体现了两人功能:一是表明刘先平坚持创作大自然文学40年,其实只是在做一件事,以大自然文学的方式"呼唤生态道德"建设;一是表明与刘先平大自然文学创作同步的作品评论,已经发展出一种理论自觉,以刘先平评论为基础"呼唤大自然文学理论"建设。

一、《呼唤生态道德》记录了40年刘先平大自然文学创作评论的"两大阶段"和"四个时期"

刘先平最早的两部大自然探险长篇小说《云海探奇》《呦呦鹿鸣》于1980年、1981年出版后,1983年《人民日报》就发表了徐民和的评论文章《开拓出一个新天地》,指出刘先平"把文学和科学结合起来","展现了一个新奇的动物世界","成为一个新品种",展现了"新探索"。1987年,儿童文学界的"泰斗"陈伯吹先生评价刘先平以"人与自然关系"为主题的系列小说,是"人与自然的颂歌","在少年儿童文学领域里开拓出一块极有价值的新大地"。1996年中国青年出版社推出"刘先平大自然探险长篇系列"(5种),第一次将刘先平以"人与自然关系"为主题的创作定位为大自然探险文学或自然保护文学,著名评论家、北师大教授浦漫汀第一次将刘先平的创作称作"中国的大自然文学",直接催生了2000年安徽儿童文艺家协会在黄山举办的"大自然文学研讨会"。2001年,束沛德在《新景观　大趋势——世纪之交中国儿童文学扫描》中,将安徽倡导的"大自然文学"称作新时期中国儿童文学的一面"美学旗帜",从此,刘先平大自然探险文学与中国大自然文学成为相互解读的一个论题的两个方面。以2000年"大自然文学研讨会"为界,将刘先平作品评论称作"前大自然文学"评论和"大自然文学"评论两大阶段。收入《呼唤生态道德》评论集的"前大自然文学"评论阶段的重要文论作者有徐民和、陈伯吹、束沛德、翟泰丰、浦漫汀、高洪波、云德、张小影、樊发稼、金波、班马、陈浩增、赵凯、韩进等;收入评论集中"大自然文学"评论阶段的重要文论作者有束沛德、翟泰丰、金炳华、浦漫汀、高洪波、云德、张小影、樊发稼、金波、鲁枢元、胡平、曹文轩、王泉根、赵凯、韩进、吴怀东、唐先田、吴尚华、雷鸣、汪树东、王俊晔、谭旭东、刘秀娟、张玲、王欣等。这份名单有两个特点:一是评论的即时性和持续性,多位评论者始终关注并跟踪评价刘先平大自然文学创作;二是评论者的权威性和广泛性,中宣部、文联作协担任重要职务的领导亲自写评论,文艺评论界、儿童文学界有影响的作家评论家高度关注刘先平创作。由此可见,刘先平大自然文学创作成为新时期以来中国文坛引人注目的文学现象,甚至发展为一门被称作"大自然文学"的文学新品种和教育新学科。

　　两个阶段的划分以"大自然文学"概念的确立为标准,前后恰巧各20年,从评论者使用的评论话语来考察,经历了儿童文学(1980—1996)、大自然探险文学(1996—2000)、原旨大自然文学(2000—2014)和生态大自然文学(2014至今)四个时期。四个时期的学术理论价值,真实地反映了大自然文学概念的发生、演变、发展过程,为大自然文学理论体系建设提供了丰富的素材,《呼唤生态道德》也成为研究中国大自然文学理论建设的有心人的必读书。

二、《呼唤生态道德》回答了关于"大自然文学"的基本理论问题，为构建中国特色大自然文学理论体系提供了重要思路

什么是大自然文学？自从1996年浦漫汀以美国自然文学类比，首提刘先平以"人与自然关系"为主题的创作是"中国的大自然文学"后，为人们认识大自然文学提供了思路和参照。评论界对"大自然文学"现象的关注和本质的探讨一直没有停止，纷纷从儿童文学、自然文学、生态文学等文学视角给予解释和阐发。翟泰丰认为，刘先平不仅创立了新的文学形态——大自然文学，还形成了独特的大自然文学文体。高洪波认为，"人与自然的关系是大自然文学关注的核心"。刘先平从自己的创作体会出发，认为"歌颂人与自然和谐、呼唤生态道德的文学，即当代大自然文学"，并与密切相关的儿童文学、生态文学厘清边界，正如樊发稼指出的，"大自然文学就是大自然文学，而不是其他什么文学"，强调大自然文学作为新文学品种的独创性和独立性。多重视野下的大自然文学评论，在充分展现评论个性和丰富性的同时，逐渐聚焦到大自然文学的兴起、概念、特征、原理、定位、主题、文体、欣赏、评论等九大理论话题，刘先平、赵凯、韩进、张玲、王俊暐等明确提出加强大自然文学理论建设、构建中国特色大自然文学话语体系的新课题新任务，同时分别以《我和中国大自然文学》《大自然文学论纲》《刘先平大自然文学创作研究》《大自然文学的概念界定及其中国特质——兼及中国生态批评话语体系的建构》等成果，为中国特色大自然文学理论建设开疆拓土。《呼唤生态道德》评论集的出版，既是从评论视角对刘先平大自然文学创作作出了一次全面回顾，展现了刘先平创作与中国大自然文学的密切关系，更以评论的力量构建了中国大自然文学的美学框架，通过回答"什么是大自然文学"这一基础理论问题，对开展刘先平创作研究以及推进中国大自然文学学科建设有着重要的史料价值和学术价值。

三、《呼唤生态道德》从评论视角确立了刘先平在中国大自然文学史上的重要地位，刘先平关于大自然文学的论述是构建中国特色大自然文学理论体系的重要参考

从一定意义上说，中国大自然文学特指刘先平创作。众多权威评论家在论述中重申了一个基本事实，即刘先平是业界公认的"中国大自然文学的开拓者"，是"高举大自然文学的旗手"，有"中国当代大自然文学之父"的称誉，在刘先平身上浓缩了中国大自然文学40年的发展史。在创作的同时，刘先平没有放松对大自然文学的理论思考，评论集中收录了刘先平三篇重要理论文章——20世纪90年代初的《对大自然探险小说美学蠡测》、21世纪初叶的《呼唤生态道德》和2020年的最新自述《我和中国当代大自然文学》，展露了他从"环保文学""大自然探险文学"到"生态大自然文学"不断演进的认识过程。其对大自然文学的理论思考成果突出表现在三大方面：一是大自然文学是描写人与自然关系的文学，是人类发展到生态时代的文学，是以生态自然观为指导的呼唤生态道德的文学；二是大自然文学颠覆了"文学是人学"的文学观，它根植于中华传统文化"道法自然""天人合一"的生态智慧，践行中国特色社会主义生态文明建设的文学实践，是讲好美丽中国故事和美好生活故事的生动载体；三是大自然文学是与儿童文学、生态文学、科学文艺等文体交融变化的新文体，是"跨文化的对话、跨代际的沟通、跨文体的写作"（王泉根语）。由此可见，刘先平论述大自然文学的实践性、丰富性与独创性，为我们构建中国特色大自然文学理论话语体系建设提供了多种开放的、与时俱进的、多种阐释的可能性、建设性和权威性。《呼唤生态道德》评论集充分体现了编选者对刘先平大自然文学创作成果与大自然文学理论主张的肯定和重视，通过评论家和作家的联袂出演，再现了中国大自然文学理论与创作如影随形、并驾齐驱的密切关系与发展历程，犹如一部独特的中国大自然文学评论史，为中国大自然文学理论框架的构建提供了扎实的评论支撑。

建构中国大自然文学理论话语体系的奠基之作
——评《刘先平大自然文学创作研究》

刘金凤[①]

文学总是与时代紧密相连的,反映特定时代物质的或精神的需求。正如兴盛于唐朝,词大行于五代北宋,小说戏曲高潮于明朝中期,它们都是时代的产物,展示的是"特定社会时代下人们心灵的物态化的同形结构"。文学中关于自然的书写,自古有之,作为审美对象的自然反映在文学艺术的领域,大致经历了几个阶段:神话阶段,如后羿射日、女娲补天、精卫填海等,展示的都是人与自然相敌对、相抗争的场景;寄托长生幻想和幸福生活的阶段,如秦代的求仙活动、汉赋里对皇家园林的描写、谢灵运的山水诗等,描述的是与现实生活直接联系着的自然,是生活或人加工过和幻想加工过的自然;本色的自然阶段,大自然的山水花鸟以其自身作为人们赏心悦目、寄兴移情的对象,以其自身的色彩、形体、姿态来吸引人、感动人,成为人们抒发情感和充分感知的对象,表现为诗词书画中的各种情景和境界等;人征服自然怀抱自然的历史阶段(《美的历程》,第481—482页)。可见,文学自古以来就有表现大自然的传统,以大自然为题材来寄情山水,或借景抒情,或托物言志,然而以大自然为题材的作品并不是现代意义上的大自然文学。

我们现在所说的大自然文学与以大自然为题材的自然书写不同,属于现代文学的范畴,是生态文明时代的产物。中国大自然文学是与中国的生态文明建设同步的文学,从发生到发展仅仅40年的历史,但在刘先平的身体力行和鼓与呼下,已成为一种明显的文学现象。面对生态危机和生态失衡,中国

---

① 刘金凤,安徽大学出版社编辑、副编审。

大自然文学立足中国现实，描述的是人与自然的故事，歌颂人与自然的和谐，以构建生态文明的社会。它是新时代中国文学界讲述"美丽中国"故事和"美好生活"故事的重要载体，是面向现代化、面向世界、面向未来的，追求人与自然和谐共生的希望文学。

自刘先平先生创作大自然文学作品以来，围绕其创作的评论就从未中断过。2020年是刘先平先生第一部大自然文学作品(《云海探奇》)出版40周年，也是安徽省政府成立"刘先平大自然文学工作室"10周年。这一年，三部中国大自然文学的理论研究著作相继问世——《大自然文学论纲》《刘先平大自然文学创作研究》《呼唤生态道德》，首次从大自然文学的教材建设、作家研究、作品评论等几个方面共同建构中国大自然文学的理论话语体系，把中国大自然文学的发展和理论研究推上一个新的台阶和新的高度。作为《刘先平大自然文学创作研究》的责任编辑，本人对此书更加熟悉。此书是评论家韩进30年来追随刘先平及其创作实践而撰写的大自然文学创作研究专著，是我国首部以刘先平创作大自然文学为研究对象的作家论，也是对刘先平及其大自然文学创作的一次整体的、系统性的、全面性的评价，更是对中国大自然文学发生与发展的整体呈现，填补了大自然文学理论研究与学术出版的空白，其被中国大自然文学奠基人、开拓者刘先平称为"构建中国大自然文学美学法则的奠基之作"。

再读《刘先平大自然文学创作研究》，我认为可以从宏观和微观两个层面来了解此书。从宏观层面来看，作者秉承理论联系实际的原则，以习近平生态文明思想为指导，将刘先平大自然文学创作放到中国当代文学的发展进程中去考察，放到中国生态文明社会建设的伟大实践中去考察，放到世界大自然文学的发展潮流中去考察；在全面梳理大自然、自然观、大自然文学的自然观中深入浅出地回答了"什么是大自然文学"；在比较中外哲学思想、美学精神和文化传统中深度解读了刘先平与中国大自然文学40年的关系；在总结发端于安徽的刘先平大自然文学创作历程中详细阐释了刘先平大自然文学观的演变及特征、刘先平大自然文学创作对中国当代文学的贡献及对中国生态文明建设的意义，等等。可见，作者是用系统的、联系的、发展的观点来研究刘先平大自然文学的创作,进而引出新时代中国大自然文学所承担的新使命和所面临的新挑战。

从微观层面来看,作者坚持艺术源于生活并高于生活的原则,从作家、作品、评论切入,联系时代背景和刘先平的童年生活、青年时期的境遇及在大自然中的探险生活,把其文学人生分为两大阶段,即青年时期的文学梦和追寻大自然文学的人生梦。通过对刘先平的大自然文学人生分析,作者结合刘先平的创作历程和创作成果,对刘先平大自然文学的创作时期和创作类型进行分类,对几十部作品的主题意蕴进行归纳,高度概括了中国大自然文学的美学特征——回归"人之初"的本真美、热爱每一片绿叶的自然美、养成科学自然观的知性美、追求"诗意地栖居"的和谐美、讴歌"时代英雄"的崇高美。同时,作者立足刘先平大自然文学作品,对评论界关注的话题和具有代表性的评论进行归纳总结。

通过书中对刘先平大自然文学的创作分期、主题意蕴的解析,可以看出刘先平在以人与自然整体为审美对象时,其审美能力、审美观念和审美理想也在发生变化,从"悦耳悦心"到"悦心悦意"再到"悦志悦神",这不只是耳目感官的"进步"、心灵境界的提高、审美能力的扩展,还是个人审美理想的体现。发展到新时代的中国大自然文学追求的是人与自然和谐共生的审美理想,与大自然相融合的"天人合一"的精神境界,更是对合乎宇宙规律性的生态道德的呼唤。正如刘老师在很多场合上提到,"我在大自然中跋涉了几十年,写了几十部作品,其实只是在做一件事:呼唤生态道德——在面临生态危机的世界,展现大自然和生命的壮美。因为只有生态道德才是维系人与自然血脉相连的纽带",并坚信"只有人们以生态道德修身济国,人与自然的和谐之花才会遍地开花"。

《刘先平大自然文学创作研究》一书内容丰富、视野开阔、见解独到、意味深远,将刘先平大自然文学创作现象作为中国当代文坛一面重要的美学旗帜,从基础理论、发展史论、作家作品论等方面,论述了中国大自然文学从自发走向自觉的全过程,不仅为中国大自然文学的理论话语体系构建了整体框架,还对中国大自然文学的创作繁荣、理论研究和学科建设起着积极的推进

作用。文章的最后,引用一个儿童创作的题为《保护大自然》的作品(由时值二年级外甥女余菲杨所作):

> 保护大自然,
> 齐心协力;
> 保护环境,
> 做一个环保小卫士。
> 不要让地球早早退化,
> 让花变得更鲜艳,
> 让草变得更翠绿,
> 让树变得更高大,
> 让地球变得更美,
> 让我们的梦想成真。

我们有理由相信,在国家的全方位倡导和刘先平大自然文学观的大力弘扬下,生态道德和生态文明会逐渐在人们的心间生根、发芽。

大自然文学研究的奠基之作
——略评《大自然文学论纲》

孟凡萧[1]

赵凯教授等新著的《大自然文学论纲》[2]（以下简称《论纲》）是一部筚路蓝缕的开创性著作,具有重要的理论和实践价值。本书作为中国第一部研究和探讨中国当代文学史上出现的"大自然文学"现象的专著,作者以一种独特的生态视野梳理和描绘了大自然文学的生成与发展轨迹,探索和整合了大自然文学的哲学基础,探讨了大自然文学与生态文明建设之间的关系,为大自然文学的进一步发展与研究奠定了坚实的基础,为中国文学理论的建设与发展开辟了一块新的学术场地,因此,本书被誉为"大自然文学研究的奠基之作"。在此,笔者仅就本书的开拓与创新之处作些简单的评析。

第一,《论纲》首次对大自然文学的基本概念及其审美特征进行了厘清与界定。作者对中国当代文学史上出现的大自然文学现象进行了详细的梳理与分析,并将其与当代中国诸多的生态文学现象（如动物小说、环保小说等）进行了比较研究,进而界定了大自然文学概念。"'现代意义上的大自然文学是以大自然为题材,观照人类生存本身,追求人与自然的和谐。'……大自然文学作家的创作,特别注重从作家个人自然探险出发,集中选择以纪实文学文体叙事,更加自觉地以文学审美实践来呼唤当代社会的生态道德。"[3]可以说这样的界定是十分准确的,它使"大自然文学"这个术语在文学理论中的概

---

[1] 孟凡萧,安徽大学文学院讲师,师资博士后。
[2] 赵凯等著:《大自然文学论纲》,安徽文艺出版社,2020年。
[3] 赵凯等著:《大自然文学论纲》,安徽文艺出版社,2020年,第4页。

念内涵清晰澄明,开创了对这一文学类型的理论探究。作者对大自然文学概念的界定建立在科学地梳理和研究文艺现象基础之上,通过对代表性作家、作品等微观现象的研究,归纳总结出大自然文学这一当代文学现象的一般规律,恰当处理了一般与个别、历时性与共时性的辩证统一关系。《论纲》的这种研究显然与当前文学理论界一味沉迷于"概念自我循环的自娱游戏"[1]不同,它打破了这种概念的循环,加强了文学理论与文学作品之间的内在关联,使文学理论更接地气,更具有生命力,有助于文学理论回归科学。

第二,《论纲》一书结合古今中外哲学思想建构了当代大自然文学的哲学基础,这不仅是这一文学类型得以成立的前提,而且是从理论上探究大自然文学的必要举措。从全书来看,哲学基础的建构部分是本书极具开拓性的篇章。作者立足于文学是人学,在生态视域的指导之下综合与打通了西方哲学与美学、中国古代生态智慧、中国当代自然生态审美理论等理论资源,对前人的自然文学观做出了全新的诠释,凸显出当代大自然文学独特的审美机制与特性。综合与打通是学术深化发展的必由之路,它要求打破古今的时间界限,打破中西学术的空间藩篱,在科学、理性分析的基础之上进行综合创新。统观《论纲》全书,特别是大自然文学哲学基础建构的章节,其综合与打通之处颇多,如在对西方哲学与美学的考察中,作者面对大自然文学研究出现的主体缺失的症候,用主体间性阐释了大自然文学的创作机制,进而呼吁"人的在场性"。从自然美与艺术美的张力之中,揭示出大自然文学的审美机制。在对中国古代生态智慧的考察中,作者不仅对中国古典哲学与美学中"自然"范畴的内涵与意义进行探本溯源,而且还将"生生为易""天人合一"等中国古代生态美学的主要命题视为大自然文学学理基础的生发点。通过对中国当代自然生态审美的理论向度的考察,弥补了西方、中国古代生态审美理论与当代大自然文学存在的语境鸿沟,为大自然文学提供了更具时代感的哲学基础。由此可见,作者对西方哲学与美学、中国古代生态智慧、中国当代自然生

---

[1] 朱国华:《渐行渐远?——论文学理论与文学实践的离合》,《浙江社会科学》2020年第12期。

态审美理论等理论资源的综合与打通,并不是对上述理论资源的简单搬用,而是通过对中西、古今生态审美理论资源的融贯与整合进行的一次理论探索和创造。这种探索与创造不仅有助于大自然文学的研究与发展,而且有助于中国文学理论学科的开拓与发展。同时它也体现了作者深厚的学术素养和扎实的写作准备。

第三,自觉站在马克思主义生态美学立场上,批判与解读当代大自然文学的审美价值,这是本书极具启迪意义的篇章。运用马克思主义分析和解决当下的学术问题,推动马克思主义文艺理论的创新与发展,这是马克思主义中国化的题中之义和必然要求。在此方面,本书做了有益的探索。作者通过聚焦于马克思主义生态美学中"美的规律"在人、自然、社会三个范畴上的实现过程,不仅重新阐释了"美的规律"命题,拓宽了生态审美的阐释空间,而且建构了一种生态整体主义观念,深化了对大自然文学生态审美价值的理解与认识。《论纲》一书还以实践理性为切入点,对恩格斯《自然辩证法》文本进行了生态意义的解读。作者通过对实践理性三原则——"正当原则、向善原则、有效原则"的梳理与阐释,归纳出实践理性的生态美学价值与意义,并将实践理性的确证过程视为马克思主义生态美学"美的规律"的实现过程,而这一过程是人的内在尺度与物的外在尺度同构的过程,是合目的性与合规律性相统一的过程,这有助于建构人与自然之间的和谐关系。此外,作者还从"超脱与回归""无机与有机""文化与科学"等二律背反着手,厘清了大自然文学生态审美的内在逻辑,打破了目前学界仅从人与自然或环境的关系角度研究和阐释大自然文学的局限,促进了具有当代形态的马克思主义生态审美理论的形成与发展,为马克思主义中国化做出了自己的贡献。

第四,《论纲》对大自然文学与生态文明之间关系的探索与研究,体现了鲜明的当代意识。生态文明作为当代意识,它是新时代精神的映射,也是大自然文学生成与发展的基础,自觉从生态文明视域出发进行探索与研究,是把大自然文学研究引向深入的有效途径之一。《论纲》的作者正是采用了这一研究方法与路径,他一方面从生态文明视域出发,将生态文明视为大自然文学生成与发展的基础,将大自然文学界定为表现"人与自然关系"的文学,进而重新梳理与考察了人类对人与自然关系的历史认知,反思了文学中人与自然关系的演进轨迹,并在此基础之上对"文学是人学"的命题进行了重新审视。另一方面,作者还从大自然文学的视角对当代生态文明建设的理念及其践行路径进行了考察,指出了大自然文学对当代生态文明建设的价值与意义在于呼唤生态道德,启蒙和提升国民的生态文明意识,探索人与自然和谐共生的路径,等等。《论纲》的当代意识当然不仅体现于此,全书将中国当代文学史上出现的"大自然文学"现象作为研究对象,体现鲜明的时代精神之处颇多,在此就不一一赘述。

总之,《论纲》是一本具有鲜明的时代性、开拓性与系统性的著作,它的理论贡献是多方面的,但最主要的还是以科学的态度对中国当代文学史上出现的"大自然文学"现象进行理论的探索与研究,以极具原创性的成果实现了填补学术空白的意义,具有开拓之功。文学理论研究的出发点应该是文学现象,而不应是某些抽象的概念,对文学现象掌握不清,或者只是掌握部分文学事实,即使研究方法再正确,也有可能推导出具有谬误性的结论。《论纲》不仅关注当下的大自然文学现象,而且也没有舍弃对自然文学发展与演变历史轨迹的梳理与研究,这是其获得成功的关键所在。《论纲》的结集出版,其意义不仅在于为当代大自然文学的发展与研究奠定了坚实的理论基础,而且在于为中国文学理论的建设与发展开辟了一块新的学术场地,就此意义而言,这绝对是一部具有开创性的奠基之作。

发表于《生态美学与生态批评通讯》2021年第4期

大自然的守望者
——评《高黎贡山女神》

张 玲[①]

《高黎贡山女神》是刘先平先生的最新力作。中国西部的高黎贡山是他从南北两线走进万山之祖的帕米尔高原探索"山之源"、两赴美丽的西沙群岛,追梦珊瑚之外又一个重要的聚焦之地,这里是一树万花、诗意绽放的大树杜鹃王的故乡,这里有高耸入云、丰富多彩的人类两面书架,这里是植物多样性和多变性展示的美轮美奂的殿堂,也是令动植物科学家怦然心动、勇敢攀登的植物学宝地。神秘的云雾面纱下隐藏着怎样的人间大美,便是此书将要带给读者的主旨要义。

没有读过刘先平大自然文学作品的人乍读此书也许会产生一瞬的不适,因为这里得不到"山"与"女神"标题下常见的玄幻作品的阅读期待,也看不到错综复杂、巧合连连的惊险小说的结构模式,翻开书迎面而来的是一座神秘宁静而生机盎然的山峰,迎面遇见的是一个平凡而做着不凡事业的女人,这时,读者便会悄然收敛起猎奇的心思,放慢阅读的速度,缓缓走进这个绿意徜徉的植物世界。

匠心独运的书写方式。将科学探险活动融入文学,集文学性、科学性和趣味性于一体是刘先平大自然文学比较凸显的特色风格。作为中国当代大自然文学作家第一人,刘先平先生敏锐地察觉到文明进步中人与自然的疏离,自觉地站在时代精神的前沿,为倡导人与自然的和谐共生而大声呐喊。他迫切地希望"用大自然探险奇遇,还给人们一个真实的大自然世界,激活人

[①] 张玲,博士,安徽大学科学技术处副处长。

类曾有的记忆,接通人类与大自然相连的血脉,让人们接受生态道德的洗礼、启蒙,同时启迪人们对人类自身的未来予以思考"。为此,他感觉到长篇小说的叙事方式限制了自己的表达,开始寻找一种适宜表现人与自然关系,能够听到人与自然的对话,能够表现原汁原味的、真实的大自然的叙事方式。在这样的审美意识需求下,他不再追求甚至有意撇开情节的惊险、刺激,虚拟夸张的故事杜撰,以自然科学的求真态度来记叙所见所闻,书写自然的壮美、生命的伟大,抒发对自然的崇高敬意。但是,以科学求真的严谨态度来写默默生长的植物比写灵动活泼的动物要难,写研究植物的基础学科的科学家传记更难,容易给人一种枯燥、沉闷的感观。为此,作品打破了传记文学的传统套路,全文不以主人公的成长历程为顺序,也不以她的人生轨迹为中心,而是以作者重走与主人公李恒教授同样的考察路径为主线,采用第一人称的视角,深入观察,记叙高黎贡山特有的自然奇观和丰富的人文色彩,同时记叙、探讨李恒对高黎贡山植物世界的研究贡献和保护之功,将"山"与"人"之间和谐共处的画面展现在读者面前。

  记叙人宕开一笔,先写山,唯有高黎贡山的特殊性、重要性和对其研究的艰巨性,才能突显李恒的勇敢决绝、刚强不屈,展现其"全有雪精神"的冬花般品质。记叙人以考察路线为串联,生动再现了高黎贡山的神奇景象,同时,也将当地独特的风土人情呈现在眼前。无论是迥然不同的东坡西坡植被,垂直变化的多层植物群落,特有物种俅江青冈、美丽冬花滇藏木兰、多种重楼属特有种,以及那灵动的白袜子独龙牛、白眉长臂猿等景、物,还是热情好客、勤劳质朴的独龙江人,无不彰显了高黎贡山的独特魅力。这是植物学家眼里的绿色世界,也是大自然文学作家眼里的绿色世界,字里行间都透露着高黎贡山的研究者们"热爱祖国每一座山峰,每一条小溪"的自然情怀,蕴含着大自然的守护者们对高黎贡山的崇敬和热爱之情。

  举重若轻的主题谱写。跟随作者的脚步,我们看到了一座在中国乃至世界植物学上有着特殊意义的大山——高黎贡山。中国是世界园林之母,中国的植物对世界园艺做出了巨大的贡献,而奇雄险绝的高黎贡山特殊的地理环境孕育了丰富的生物多样性,成为"世界物种基因库""东亚植物区系的摇篮",在中国的植物殿堂占据着重要的位置。"高黎贡山女神"是对研究高黎贡山植物的女科学家李恒教授的肯定和赞誉,无论是她置生死于度外艰苦走进独龙江进行前所未有的植物学大考察,还是严谨治学在重楼属植物研究等方面取得瞩目成绩造福一方百姓的事迹,抑或是她敏锐细致的工作态度不断发现植物新种对高黎贡山特有种植物的保护与忧思之情,都无疑是对此称号的有力诠释。然而,作者并不局限于此,他将浓墨重彩的一笔给予了李恒身后的一批默默奉献的植物学家,他们几十年如一日进行基础学科研究,兀兀穷年,孜孜不倦,胸怀"原本山川 极命草木"之志,在植物学科研究上做出非凡的贡献。李恒教授只是这杰出行列中的一个代表,正是在胡先骕、俞德俊、蔡希陶、吴征镒等虽出身贫穷而做出辉煌成绩的前辈的熏陶和指引下,才有她如今的丰硕成果,在植物学研究中开辟出自己独特的领域。

"莫道桑榆晚,为霞尚满天。"32岁才开始走进绿色植物世界进行研究的李恒,年过花甲还承担高黎贡山植物学重大课题研究的李恒,耄耋之年犹自翻山越岭指导药用重楼植物种植的李恒,身上所体现的是一种奋进不息的豪壮,一种瑰丽无比的期望。这种"老骥伏枥,志在千里"的家国情怀引起作者的共鸣,自称"80后"的老顽童的作者也正是这样一位不服老,矢志不渝进行大自然探险,书写自然笔耕不辍的守望大自然之人。引起作者结缘高黎贡山,从此改变他四五十年的生命历程,"踏遍绿色宇宙寻根,决心谱写祖国壮丽的自然诗篇"的正是这样一群植物学界的拓荒者。他跟随植物学家们的考察脚步,在高龄之际仍三闯独龙江、六探高黎贡山,对高黎贡山进行着另一种考察与研究。冯国楣教授在研究如何将高黎贡山特有种大树杜鹃移栽山外,而作者在研究如何将大树杜鹃的灼灼风采移栽众多读者的心灵,让其四季花开,芬芳绽放;李恒教授在研究高黎贡山的生物物种分类及生物保护,而作者在尝试将山与人的伟岸身姿刻画进读者的脑海,让其绿意浮动,诗意栖居,共同谱写守望大自然的美好乐章。

自成一体的生态话语。与某些作家书斋式工作方法不同,刘先平先生人自然文学创作灵感和思路源自他几十年探险大自然的体验与感悟。行走自然的步伐调整着作家凝视山川海洋的角度,改变了他与自然相处之道。据刘先平先生自己所说,刚开始他是为了摆脱世事的喧嚣,希望能在大自然探险中得到心灵的慰藉。他以一种旅游者的视角对大自然进行观察和欣赏,在家乡黄山和大别山区的考察中,他看到了大自然原生态的美,看到了野生动植物活泼的生命之美,也看到了自然环境遭受破坏的危机,由此奠定他第一阶段的创作风格,以科学考察过程中保护与破坏之战为主题的长篇小说充满了山野探险的奇趣惊险,也充满了人类对野生动植物人道主义救援的悲悯情怀。

转折点就在1981年,他与一片热带雨林和一座大山结缘,踏上云南横断山脉考察之旅,西双版纳热带雨林、横断山脉高黎贡山极其繁复的植物群落和生物多样性,让他更加强烈地感受到大自然神奇的造化和美丽,正如作者所说,"这次云南、川西之行,改变了我以后几十年的生活轨迹,也让我发现了无穷无尽的大自然的造化,享受到从未见过的大自然之美,享受到了人生难以得到的快乐"。这种快乐就是洋溢在《高黎贡山女神》中的基调——发现的快乐。如果联系作者之前的作品如《走进帕米尔高原》《美丽的西沙群岛》《续梦大树杜鹃王》等可以看出,大自然的鬼斧神工、神奇造化给作家带来深深的震撼,使他逐渐放下了"万物之灵"的身段,俯身寻求与自然的融通和对话。他已不再以一个旅游观光者他者的视角,而是将自己作为自然的一分子进行自我的内视,好像在认识自己的童年那样,虔诚地开始了大自然的寻根之旅。在《我和中国当代大自然文学》中,刘先平先生写道:"四十多年在大自然中跋涉,使我感悟到生命之美才是自然之美的灵魂,生命之美是自然之美所创造的,生命之美源于自然,自然最能展现生命之美的灿烂、辉煌。世界上没有什么比生命之美更神奇,更富有,更有无尽的伟大的创造力。创造是美。生命之美是美的源泉。犹如阳光、空气和水,无所不在,无所不能,才使地球生气勃勃,繁华无比。如果没有生命之美,地球也只不过像木星、水星、火星一样,空寂、冷漠地年复一年地围着太阳转圈圈。生命之美源于智慧。智慧是无穷的。"海德格尔曾借用德国诗人荷尔德林的诗呼吁人要诗意地栖居于大地之上,以摆脱技术统治下的人的异化状态。生命的本真是诗意的,可以从一草一木中体验出生命的价值,给予心灵以慰藉,《续梦大树杜鹃王》中作者所深情描述的那棵屹立于我国云南腾冲的高黎贡山深处的大树杜鹃王,历经沧桑,一树万花,自在绽放,正是人们栖居大地上的诗意所在。所以,在《高黎贡山女神》引言中我们毫不奇怪地看到作者对植物生命的赞美和对植物世界的研究者们的敬意,"植物宇宙是神奇的,它有着千变万化的生命形态。植物的花朵孕育着生命的奥秘,植物的果实隐藏着能量的谜题……一个生命是如何用自己的方式推动世界和宇宙的前进,这个答案就藏在古往今来前赴后继的植物学家们用心血写就的篇章之中,他们的伟业,就如同尝百草的神农氏,为后人留下无数的向往",植物传承生命的智慧和植物学家们对自然的守护之功都成为作者崇敬和讴歌的对象。

　　大自然是人类赖以栖身的家园,不只是物质上的家园,也应该是精神上的家园。讴歌自然,是为了在物质高度丰富、技术理性盛行的世界里唤回人类对自然与生命的尊重与热爱,唤回被现代科技文明所遮蔽的人与自然相依相存的记忆;记录鲜活的野性生命之花,是为了向人类确证自然是生命之母,是人的生命的价值来源。"只有人们认识到大自然的神奇、伟大,才会由衷地敬畏自然、热爱自然,才会将大自然的壮美移植到自己的心灵家园!"家园是需要呵护和维护的,维护自然的完整、稳定与美丽,也成为大自然文学创作的使命担当,作家的审美视角不再只关心"人",或只关注"大自然",而是扩展到人与自然之间的联动。人与自然共生共荣、和谐统一是人与自然相处的终极方式,所以《高黎贡山女神》和刘先平近期的其他作品如《美丽的西沙群岛》《追梦珊瑚》《一个人的绿龟岛》一样,复线交叉。《美丽的西沙群岛》一方面书写西沙群岛美丽的自然风光,另一方面抒写守岛官兵的心灵之美;《追梦珊瑚》采用复线结构,一方面在"我"的考察之旅中展示了美丽迷人的海洋世界奇观,另一方面抒写了为保护海洋生态而进行着艰苦卓绝工作的科学家的故事;《一个人的绿龟岛》在"我"跟着渔民阿山二探绿龟岛的情节中穿插了阿山海上遇险,奇入绿龟岛的传奇式故事;《高黎贡山女神》一方面为我们展示了高黎贡山这艘"巨型油轮"上的奇特住客,另一方面也展示了以李恒教授为代表的植物学家们为保护自然家园做出的努力和精神之美。作品共同的主旨背后凸显出作者的大自然文学审美意识追求:呼唤生态道德,追求人与自然的共生共荣、和谐统一。

发表于《生态文化》2021 年第 4 期

播撒一粒生态和美的种子
——评吴惠敏先生的《安徽湿地植物图说》

疏延祥[①]

湿地(wetland)与森林、海洋一起并称为地球的三大生态系统,是指地表过湿或经常积水,生长湿地生物的地区,是指天然或人工、长久或暂时性的沼泽地、湿源、泥炭或水域地带,带有静止或流动淡水、半咸水、咸水水体等。湿地生态系统(wetland ecosystem)是湿地植物、栖息于湿地的动物、微生物及其环境组成的统一整体。湿地具有多种功能:保护生物多样性,调节径流,改善水质,调节小气候,以及提供食物及工业原料,提供旅游资源。

我老家在菜子湖边,离圩区不远,我是在湿地边长大的,那里有围湖而造的农田,也有沟渠水凼,更有外圩大片湖滩和广阔的湖水,这些都能形成成片的湿地。小时候,我对这片湿地,除了千人会战,肩挑手挖造圩埂以及湖草、老牛、荇菜、红蓼外,并不觉得它美。中年以后,对湖滩植物了解渐多,尤其是和友人田胜尼先生跑了两趟升金湖、一趟菜子湖,对湿地产生了从未有过的依恋。在这个基础上再读吴惠敏先生的《安徽湿地植物图说》[②],湿地的美变得非常具体,一朵朵长在湖边甚至山间林缘和溪流边的草花成了我梦回萦绕的对象。

吴先生的这本书文理交融、图文并茂。当然,她写到的每一种植物都附有植物志上的生物学特征描述,这些文字对于偏文的读者来说,读起来有一定难度。不过,这部分也可以略去不读,只读作者有关每一种植物文学、文化

[①] 疏延祥,安徽大学文学院讲师。
[②] 吴慧敏:《安徽湿地植物图说》,黄山书社,2014年。

的描写,即"物语",兼看美图,你一样有收获。下面我想循着这样的阅读方法,体会作者笔下精彩的文字。

"蘋"是该书介绍的第三种植物,作者给它配的物语是:"看起来茎细柄软,实际上,蘋却有着很强的生命力,无论浮水、挺水、陆生,它皆可铺散开去。……《左传》视其为高贵的祭祀之菜,屈原在《九章·悲回风》中将蘋列为香草。"[①]对作者的这段文字读第二遍,我发现,蘋确实有三种生存状态。我第一次注意到它并知晓它名字时,就是其陆生状态。或许读者见到它,提不起兴致,那我告诉你,张籍"渡口过新雨,夜来生白蘋"和温庭筠的"斜晖脉脉水悠悠,肠断白蘋洲"作为人们耳熟能详的诗句,此"蘋"可能就是它,而它的俗名"田字草"容易记,也很形象。

作为词牌,"满江红"大名鼎鼎,可作为沿江甚至不大的水塘中的浮水生物,注意的人很少,我第一次注意到它时是2010年,它成片生长在巢湖岸边的一块水面上。正如吴惠敏所说:"无论观其叶片的褶皱形态,还是远眺它连绵不断的壮阔气势,满江红都呈现了自己的独特之美。"[②]

槐叶萍,吴先生认为它似槐叶落入水中,但它比槐叶多出一份护卫自然的担当,它对轻度富营养水体的净化,更是使人多了一份对它的爱惜。说来惭愧,我是2018年国庆节长假最后一天,才在家乡圩外的水面上认出了这种植物。不久又在我们安徽大学磬苑校区的小水塘里看到它,翻开它的叶子,你能看到许多白色的孢子囊,而这也是它为蕨类植物的特征。回想这一幕幕,我觉得知识的大门又向我打开一点,我感到无比的兴奋。

以前,我认为苎麻是林地的植物。看了《安徽湿地植物图说》,尤其是在合肥翡翠湖风景区看到它,我才知它真的是湿地植物,在一些山区的潮湿之地,它能吸引一种叫"苎麻珍蝶"的蝴蝶产卵,卵破壳是一堆毛毛虫,然后羽化成一身红黄黑数色的美丽精灵。《诗经》中"东门之池,可以沤麻"说的就是它。吴先生说,由李白的《西施》"西施越溪女,出自苎萝山"推想,当年西施所

[①] 吴慧敏:《安徽湿地植物图说》,黄山书社,2014年,第3页。
[②] 吴慧敏:《安徽湿地植物图说》,黄山书社,2014年,第4页。

居之地、所浣之纱,当与苎麻密不可分。

我也认识萹蓄,也知道它和《诗经》《楚辞》的关系,但是我的观察是不细致的。吴先生爱它是爱到骨子里,说它瓣瓣生辉,朵朵有色。在不到3毫米的逼仄空间里,开出了深裂成5瓣的绿色之花,还精心地镶了一道白色的花边。植物多么富有智慧!多么从容!

在"金荞麦"的词条里,吴惠敏配的是白居易《村夜》中"独出前门望野田,月明荞麦花如雪"的诗句,我觉得陆游的"城南城北如铺雪,源头家家种荞麦"也不错,它们都道出了荞麦花白的特点。当然,如果你仔细观察它心形叶上有红色纹理,知道它和何首乌以及上面的萹蓄都是蓼科植物,有托叶鞘,可能会更好一些。

戟叶蓼常和金荞麦伴生,杠板归浑身带刺,连叶片也如带刺的犁头,深秋时节,它有串串彩果,蓝、青、红,各种颜色搭配的果实攒在一起,颇具观赏价值。而酸模叶蓼叶布褐斑,茎节膨大,花色黯沉,红蓼叶片阔大,穗花粉艳,茎秆如竹;盃蕋草叶片似柳,花色素净。对于这些蓼科植物,吴先生的植物分类特征的描写抓得很准,文学性也强,而且往往配诗词,如红蓼条目就引用了"树枝红蓼醉清秋",而且说它在《诗经》中叫"游龙"。

我喜欢《安徽湿地植物图说》中对植物特征的精细描写,像提到"长刺酸模",说它"远望鲜绿嫩黄,近观细刺密布",写"粟米草"三片轮生叶虽包不住茎秆,却照样春绿秋红,油光明亮,微花如米,而且它萼翠蕾红,蕊黄瓣白。作者的眼睛恰如放大镜,一丝一缕都不放过。很多人可能以为这种植物和自己没有关系,其实它很普遍,在我家乡的荒地和田野,在黄山浮溪,粟米草很寻常,它低调生长,开花结果,一点都不马虎。

植物分类似一门严肃的学科,但分类学语言较专业,常使业外人士望而生畏。吴先生深入浅出,像茴茴蒜和扬子毛茛很难区别,吴先生在书中说:"说是蒜,却入不得口。仔细看看,不难发现扬子毛茛和茴茴蒜果实大异,前者小果似球,个个顶举弯钩,后者果如圆柱,满布点状短喙。"[1]对于大戟和泽

---

[1] 吴慧敏:《安徽湿地植物图说》,黄山书社,2014年,第47页。

漆，很难区分。吴先生说泽漆的叶子中部以上有细密锯齿，大戟叶全缘。通奶草和斑地锦、地锦的区别不仅在于前者直立，后两者匍匐，而且通奶草的花有细柄托举着。甜麻的蒴果奇特，顶端有三五个突起的角，周围有棱，像个带棱的针筒，所以得名"针筒草"。对于打碗花，吴先生，不仅说了很多人在童年时都听说采了此花一定会打坏碗的传说，还说它断根、断权后，仍可再生新植株。这些简介的文字比较容易使我们把握这些植物的特征，对于我来说，吴先生对打碗花的描述，使我明白为什么我上课教室附近的打碗花，年年都在刚开花就被工人铲除，为什么还能再长，难道它们不靠种子再生，还真是如此，它们不需要用种子繁殖。对此，我是喜欢的，否则，我怎能年年在同一地方欣赏到打碗花呢？还有野塘蒿别名香丝草，和野茼蒿是不同的，这也使我知道野塘蒿和野茼蒿是不同的，解了我的疑惑。

  吴先生说萍蓬草花开时金黄，花柄挺立水中，叶片油光晶亮，芡实的花蕾形似鸡头，上面布满利刺；黄堇黄花，叶缘镶了紫边，茎秆光滑红润，绿荚似翘檐；垂盆草豆瓣般的三片肉质叶，星星状的聚伞黄花；金鱼藻纤细的茎，条形的轮状叶片，在水中自然舒展，蓖麻的种子光滑坚硬，种子的花纹像极了京剧中的花脸；泽珍珠菜的圆锥花序恰似新娘手中洁白的捧花，每一朵都很精致婉约，像极了迷你百合。萝藦是毛茸茸的花，羊角般的果，对生的心形叶和自备降落伞的种子。三脉紫菀的舌状花为白色，所以花开时如白菊绽放。写苦蘵时，说它的那些灯笼是宿萼膨胀而成。鳢肠是因为此草折断后汁液迅速变黑，就像乌鱼肠黑色；天名精"小小一朵菊，总也打不开"，野茼蒿的花朵是低垂的，菹草分枝极多，往往一根草就能长成水中一棵树，自成一片风景。鸭舌草花从茎秆斜出，显得局促；雨久花开在顶端，从容而艳丽。大茨藻易断，枝叶上布满锐刺。饭包草具明显叶柄，鸭跖草叶几无柄。这些文字都有助于我们对这些植物的辨认。

  读吴先生的文字，我觉得我对植物的观察还是不细致的。比如，垂序商陆我熟悉，但要我根据其特征描述，则不得要领。在吴先生笔下，垂序商陆植株高达一米，花序下垂，仿佛转动着的彩色万花筒。未开花时，绿蕾一串，开花时粉花一团。有果实时，先是柄红果青，继而硕果累累，熟果脱落后，鲜红的花萼也招人眼。读着吴先生这样的文字,想起多年前,我在校园里一株乔木旁见到它绿色的秆干,我想知道它的名字。冬天时,我在岳西鹞落坪,见到它枯萎的植株,我也想知道它的名字。但像吴先生这样,如此审美观照,我从未有过。

球序卷耳和繁缕因为太普遍了,注意到它们存在的人少,或者视为杂草,是农夫和园林工人清除的对象。但你读读吴惠敏对它们的描写,你顿时会产生美感,再见时会倾心它们。这就是文字的魔力、文学的意义。

满身柔毛,顶簇花团,花开时蕊黄瓣白,沉静素朴。球序卷耳彼此相拥,互为守望,同沐明媚春光,共织阳春丽景。①

叶青花白,茎细枝蔓。初春时节,繁缕的小白花星星点点地撒在阴湿的绿地上,比起姹紫嫣红的热闹来则是另一份情趣。它的每一个花瓣都因为裂成两半而活像个兔耳朵。它的花虽小,花期却很长,即使入了秋,也仍可见到它的身影。②

再次阅读这些文字,我依然感动。再想想夫年国庆在六尺巷参观,于吴家老屋旁,对着繁缕,因为处在背阴处,大概土地又肥沃,那丛繁缕格外苗壮,花也显得比一般的大,一时间我竟然以为是一种没有见过的植物。

以前,我也注意到野老鹳草的果实像鹳的长喙,它的名字由此而来。吴先生笔下的野老鹳草是这样别致:

野老鹳草的花并无奇特之处,长长的蒴果却颇为奇妙。当集生于茎端的粉花凋落,一顶绿意葱茏的皇冠就形成了。皇冠不断变换着色彩,由绿而红而黑,直至果实成熟后飞弹出去,皇冠跌落,王权也就被彻底颠覆了。③

阿拉伯婆婆纳和水蓑衣都很普通,但一经吴先生的渲染,便别具风韵:

这"洋婆婆"(阿拉伯婆婆纳)来自西亚和欧洲,在早春和原野,四处讲述着春天的故事。④

---

① 吴慧敏:《安徽湿地植物图说》,黄山书社,2014年,第33页。
② 吴慧敏:《安徽湿地植物图说》,黄山书社,2014年,第34页。
③ 吴慧敏:《安徽湿地植物图说》,黄山书社,2014年,第92页。
④ 吴慧敏:《安徽湿地植物图说》,黄山书社,2014年,第174页。

蓑衣,是中国古典诗歌的常见意象,它时常可以抚平传统文人失意人事的创伤。蓑衣一披,就回归自然了,也悟得了人生的真谛。南宋吴芾就曾有言:"扰扰半生蝴蝶梦,休休今日绿蓑衣。"水蓑衣虽不比绿蓑衣的空灵,却实打实地可以养生健体。①

我熟悉天葵,它的根块入药,形如老鼠屎,故它有中药名"千年老鼠屎"。它一朵花可多个雌蕊发育,形成蓇葖果,果实三个或四个角,到了春末夏初,叶子枯萎,先是果壳裂开,往往在林中一片,资深的观植人士也不知叫啥。我特别喜欢吴其濬《植物名实图考》对它的描写:"天葵一名夏无踪。初生一茎一叶,大如钱,颇似三叶酸微大,面绿背紫;茎细如丝,根似半夏而小;春时抽生分枝即柔,一枝三叶,一叶三杈,翩反下垂;梢间开小白花,立夏即枯。"②当然,吴老师对天葵的感悟也别具一番风味:"有时候,观叶比赏花更有意趣。它的三出复叶疏淡随性,叶面像轻涂着一层薄粉沉着淡定,叶底却深藏紫气,满怀热情。"③

植物在各地常常有不同的名字,这些名字朴实却恰到好处,齿果酸模有条形的肉质叶片,于是河南人叫它野菠菜,莲子草茎秆上每节都有花,故在广州叫"节节花"。大蓟的根茎像萝卜,故广东一带人把大蓟叫作"地萝卜"。吴惠敏先生罗列这些,不是卖弄学识,而是使植物知识丰富,同时这些名字形象,也有利于把握这些植物的特征。

植物和古诗词相关联,但是如果老生常谈,也令人审美疲劳,比如一看到荷花,就说出淤泥而不染。可吴老师提到荷花,引用的是曹植的《芙蓉赋》中的"览百卉之英茂,无斯花之独灵"和纪伯伦的《论自知》中的那句名言:"灵魂像一朵千瓣的莲花,自己开放着。"这就很新鲜了。

一种植物,如果只在图鉴里存在,你可能美则美矣,但很难有亲近感。像蛇含委陵菜,吴先生这本书里有,可在我家乡,浮溪甚至我身边的翡翠湖,我

---

① 吴慧敏:《安徽湿地植物图说》,黄山书社,2014年,第175页。
② 吴其濬:《植物名实图考》,张瑞贤等校注,中医古籍出版社,2008年,第247页。
③ 吴慧敏:《安徽湿地植物图说》,黄山书社,2014年,第45页。

都看见了。在家乡的湖边,一大片一大片地存在,还伴有蓝花参、裸柱菊,那就有美感了,尽管裸柱菊作为入侵植物,令人有些不快,可看着它身边那大片的开黄花的蛇含,心情自然好起来。人们说读万卷书,行万里路。这话对辨识和观赏植物更是如此,光在书上认识,不在植物生存的具体环境里和它们亲密接触,那知识是不牢固的,美感也不会稳定形成。因此,我建议读了吴先生这本书后,还要多在湿地区域跑跑,使书本认知变成牢固的感性认知。

吴先生这本书引用了不少古人的资料或者诗词。写到盒子草时,就说在唐人陈藏器的《本草拾遗》中有过准确描述:"蔓生河岸,叶尖,花白,子中有两片如盒子。"清人赵学敏在《本草纲目拾遗》中把这"和合二子"称为"鸳鸯木鳖"。写乌菱时,便引用了南朝江洪的《采菱曲》:"风生绿叶聚,波动紫茎开。含花复含实,正待佳人来。"写水芹时,引用了《诗经·泮水》:"思乐泮水,薄采其芹。"原来读书人在古代的雅称就是"采芹人"。写到益母草时,联想到《诗经·中谷有蓷》,根据《毛诗品物图考》,"蓷"就是今天的益母草。顺带说一句,对于益母草来说,苗期和花期都好认,它秋天和冬天虽枯萎却不倒伏的样子真令人迷惑,对着它,想不起它风华正茂的叶子。吴先生写飞蓬(别名小蓬草、加拿大飞蓬)时引用了《诗经·伯兮》:"自伯之东,首如飞蓬。岂无膏沐,谁适为容。"我恍然大悟,原来司马迁的"女为悦己者容"在《诗经》里就有诗意的表达了。

吴先生写湿地的植物,许多都浸透了情感,有满满的回忆、深深的感情。她说苘麻果,是童年里最有趣的记忆。拔下粉色管状的益母草花瓣,一瓣一瓣地插入苘麻果盘四周的芒刺上,再把狗尾巴草秆的茎秆弯成提手,一个花篮就大功告成了。玩饿了,还能剥开苘麻的绿果,里面嫩嫩的种子可以吃,口感面面的。她说与紫色翼萼首次碰面,是在皖南一莫名湖畔。近午时分,秋阳高照,四寂无声,唯一牛静卧反刍。紫色翼萼遍布河滩,灼灼其华,与卧牛动静相宜地构筑了一幅秋景图。都说年年岁岁花相似,吴先生说事实并非如此,花与人一样,也是一年有一年的差异。她曾连续两年观察同一片地域,发现头一年这里千屈菜枝繁叶茂,第二年却稀稀疏疏。这些文字不仅亲切,还充满了在场感。也使我感慨,曾经在我们老校区附近,我就看到成片开放的苘麻花,黄黄的,好看得很,可很快随着市政建设和市区的扩张,再也没有了。而我们新校区前些年,苘麻很普遍,随着校园追求绿化的整齐效应,它们也几乎没有了,可以预见有一天,我在校园再也见不到一株苘麻。而紫色翼萼虽不是什么稀罕的花,但紫色花朵蝴蝶状,美得很,我只见过一次,在安徽,只有皖南普遍,对于我也不是想见就能见到的。而花和树的确并非年年相似,比如我们学校几处梅花,去年都是花蕾满枝,可今年不知什么原因,多处梅花的花蕾都稀稀拉拉的。

以花喻人,在花草中看到独特和美丽的生命,这也是吴先生这本书的特点。比如在"华鼠尾草"这个条目中,吴先生说:"秋日的沟坡溪畔,常可见三五成丛的华鼠尾草。它静静地开放,点缀着远离喧闹的郊野。它像是在向人们证明,错过春天,一样可以美丽。"①写泥花草,吴先生说:"泥花草,伏地而生,几乎找不着一根挺立的茎,即使这样,它也依然泥里开花,美美一夏。秋日的蒴果更不含糊,虽细如线,却满贮种粒,以备来年。"②写半边莲,吴先生说:"花开半边却为莲,半边莲实在令人称叹。它在先天的残缺中透出空灵,又给每一位看客留下思考。人们总想追求完美,其实,完整并不一定完美。很多时候,尽己所能,不怨不艾,反倒能从容地开出迷眼之花,甚至可以生成残缺之美。"③读完吴先生这本书,我觉得教书可以育人,著书呢,同样能。

吴先生描述植物,用诗,这也提升了《安徽湿地植物图说》这本书的文学性。像写白花水八角:"嫩茎绿如玉,叶脉似川流。白花两相对,层层垒双球。"④白花水八角,造型奇特,我曾经撕开其茎,发现它网状管道多,排水功能极好。吴先生写下田菊:"下田一丛菊,近水生芳华。密密管状花,细听人世

---

① 吴慧敏:《安徽湿地植物图说》,黄山书社,2014年,第157页。
② 吴慧敏:《安徽湿地植物图说》,黄山书社,2014年,第172页。
③ 吴慧敏:《安徽湿地植物图说》,黄山书社,2014年,第179页。
④ 吴慧敏:《安徽湿地植物图说》,黄山书社,2014年,第173页。

语。"①写毛车轴草,依其形状和能够织席造纸的特性,吴先生说:"三棱粗秆三线叶,毛轴聚穗穗飞花。年来不肯望秋水,欲成纸席进人家。"②写金鸡菊:"匙叶绿,舌花黄,万里迢迢涉重洋。不肯移情另择婿,只为荒原着丽装。闲来戏逗小小虫,且消浓浓愁思乡。"③

读这本书,我增长了不少植物知识,比如现在人们吃的粟,就是由狗尾草驯化而来的,北美车前作为入侵植物,首次发现是在20世纪50年代,地点是江西南昌。像在江浙一带,清明时节,泥胡菜的莲座状叶子已经长成,可和艾蒿、鼠麴草一起做成特有的清明小吃。诸如此类的知识,可以丰富人的见识,也可以丰富家庭餐桌。当然,读此书还得到了美的享受。对于有些植物名,我也有了一些猜测,"爵床"。吴先生说,连李时珍也认为其名不可解,吴其濬的《植物名实图考》只说它在《唐本草》中谓之赤眼老母草。南方阴湿处极多,似香薷而不香。④但吴先生说,李时珍用爵床茎叶做浴汤,主治"不得着床,俯仰艰难"的腰脊痛,莫非"爵床"就是"公爵的床"之意,说它能治脊椎病,使人能够摆脱此病,能够安睡乎?

吴惠敏先生这本书介绍了253种高等湿地植物,不算少,虽然像中华水韭、水蕨这些珍稀植物遗漏了,而刚毛荸荠、豆瓣菜、稻槎菜、蓝花参、异檐花、水苦荬、千金藤、广州蔊菜、蚊母草、拟南芥、荠菜、孩儿参、碎米荠、半枝莲、翅茎灯芯草、蛇床、石荠苎这些植物也应该收录。但总的来讲,还较为全面。它还有一个值得称道之处,就是美图。一图胜千文,不少植物特征相差不大。像弯喙慈姑、华夏慈姑、矮慈姑怎么区分,看图就明白了。弯喙慈姑蒴果边缘有翅生弯喙,华夏慈姑花瓣基部带紫色,矮慈姑基生叶条形,苞片宿存。

纪伯伦说,撒下一粒种子,大地会给你一朵花。我觉得,吴惠敏先生这

---

① 吴慧敏:《安徽湿地植物图说》,黄山书社,2014年,第183页。
② 吴慧敏:《安徽湿地植物图说》,黄山书社,2014年,第287页。
③ 吴慧敏:《安徽湿地植物图说》,黄山书社,2014年,第191页。
④ 吴其濬:《植物名实图考》,张瑞贤等校注,中医古籍出版社,2008年,第459页。

本湿地植物图说如她自己所说是"播下一粒生态的种子",同时,这又是一本美学感悟的著作,我以为她会播进一些爱植物的读者心田,开出各色绚烂的花。

学术动态

安徽大学第一届大自然文学作家班结业典礼隆重举行

2021年6月20日下午3点,安徽大学第一届大自然文学作家班结业典礼在安徽大学刘先平大自然文学工作室举办。安徽大学原党委书记、安徽大学大自然文学协同创新中心理事长李仁群,大自然文学著名作家、安徽大学大自然文学协同创新中心副理事长刘先平,安徽大学文学院教授、院长、大自然文学协同创新中心主任吴怀东,长江少年儿童出版社文学分社社长胡同印,安徽大学文学院教授、大自然文学协同创新中心副主任刘飞,安徽时代出版公司副总经理、编审韩进,安徽省政府参事室办公室原副主任汪书贵,《传奇·传记文学选刊》杂志社主编王蜀、副主编刘君早,大自然文学协同创新中心、刘先平大自然文学工作室工作人员周玲、孟凡萧、陈照娣以及作家班各位

学员参会,会议由大自然文学协同创新中心副主任刘飞教授主持。

会上,首先,到场领导和嘉宾发表了重要的真诚而激情昂扬的讲话;其次,作家班学员代表发表结业感言;再次,颁发结业证书、纪念品,作家班成员踊跃和与会嘉宾一一合影留念;最后,所有到场人员集体大合影。会上,各位领导和嘉宾回忆、总结了两年多来大自然文学作家班工作的艰辛与成果,表达了对作家班组织者及工作人员的敬意与谢意,对作家班成员的顺利结业表示祝贺,对大自然文学协同创新中心的未来发展寄予期待。李仁群理事长满怀期望地指出:"大自然文学作家班不只文科学生可以加入,可以打破文理科的界限,让大自然文学得以更好地推广、发展、走出去。"刘先平先生饱含深情地说:"人与自然相连,可以感受生命智慧,希望同学们继续写作,继续在大自然中寻找灵感,提高自己,做一个有心人。"吴怀东主任坚定地说:"无论多么困难,我们也会坚持把作家班办下去,周玲老师、刘先平先生用行动默默地诠释'情怀'的真正内涵。大学应该有一种大精神,这是一种超越自我、超越个人物质利益的崇高精神追求。"学生代表丁佩同学说:"在作家班学习过程中,我感受到了生命的丰富与自然的辽阔,感受到了文字的力量与坚持的意义。"

安徽大学大自然文学作家班由安徽大学大自然文学协同创新中心、长江少年儿童出版社(集团)有限公司、刘先平大自然文学工作室三方发挥各自优势创办,以培养大自然文学作家、研究人才,传播生态理念为目标,是全国首创的一项具有深远意义的尝试。作家班立足教学内容和方式的创新,带领团队进行野外考察,力争让学生们认识真实的自然。通过两年多的学习,成员们提高了写作水平和审美能力,加深了对大自然的热爱与敬畏之情,增强了对大自然文学意义的理解。据悉,安徽大学大自然文学协同创新中心将总结经验,协同创新,进一步推进作家班的招生和大自然文学作家的培养工作。

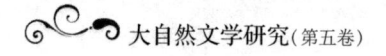

大自然文学协同创新中心召开 2021 年度招标课题工作会议

2021 年 5 月 25 日下午 3 点，大自然文学协同创新中心在安徽大学龙河校区文学院 309 会议室召开了年度工作会议，研究课题结项验收及 2021 年度课题招标工作。大自然文学协同创新中心主任、文学院院长吴怀东教授，文学院学术委员会主任丁放教授，大自然文学协同创新中心副主任刘飞教授，文学院副院长王泽庆教授及部分中心成员参加了会议，会议由中心主任吴怀东教授主持。

会上，专家组分别对中心 2017 年、2019 年度招标课题结项申请进行验收。经评审，2017 年度共有 5 个课题通过结项，2019 年度共有 8 个课题通过结项。其中，课题"人与自然沟通的另一种方式——以杜甫的春天感为中心""姚鼐山水游记的美学特质""张彦远画论'自然'范畴的美学阐释""刘先平大自然文学创作的审美诉求""中国当代自然生态审美的理论形态及其效用研究"的研究成果在 CSSCI 期刊上发表。

会上对大自然文学协同创新中心 2021 年度招标课题设置及招标方案等工作进行研究安排。会议上认为，为持续激发大自然文学创作活力，深化大自然文学研究，把课题研究与学科建设相融合，大自然文学协同创新中心将进一步强化课题研究的前沿性、创新性、优质化，以提升中心的学术影响力，更好地传播生态文明理念。会议还就大自然文学协同创新中心第二届作家班招生推进工作和 2021 年度工作计划做了研究安排。

安徽大学大自然文学协同创新中心
召开 2021 年度招标课题评审会

2021 年 9 月 11 日下午,大自然文学协同创新中心学术委员会在安徽大学龙河校区文西楼 309 会议室召开了 2021 年度招标课题评审会议。

协同创新中心主任、文学院院长吴怀东教授,副主任赵凯教授、刘飞教授,文学院副院长王泽庆教授及部分中心成员参加了会议。与会专家就中心 2021 年度招标课题申报书进行了细致的审阅,认为这次申报的课题都具有较高的研究意义且论证允分,对一些命题欠妥的课题,专家们也提出了修改建议。经会议讨论决定,大自然文学协同创新中心 2021 年度课题立项 25 项。

为提升大自然文学协同创新中心的学术影响力,会议上特别就课题研究成果的质量作了强调,明确提出重点课题结项时要发表核心期刊的要求。此外,会议还就大自然文学作家班 2021 年的开班计划与采风实践活动等工作进行了酝酿讨论。

安徽大学大自然文学协同创新中心
大自然文学第二届作家班开班

为培养作家队伍和研究工作者，推动大自然文学的创作与研究，打造安徽大学的特色学科方向，安徽大学大自然文学协同创新中心联合湖北少儿出版集团、刘先平大自然文学工作室将举办大自然文学第二届作家班。于2021年4月26日发布招生简章，2021年10月10日正式开班，本期共招收学员22人。开班第一课由大自然文学著名作家、安徽大学大自然文学协同创新中心副理事长刘先平和安徽大学文学院教授王泽庆主持。本学期共开课6次，线上1次，线下5次，分别请到了安徽大学历史学院副教授胡秋银、上海大学文学院教授谭旭东、中科院华南植物园研究员罗世孝、作家周旗、安徽文艺评论家协会主席韩进、安徽农业大学气象学教授六位老师给同学们上课。

学术动态

建设中国特色的大自然文学理论
——"中国当代大自然文学理论建设研讨会"综述

韩 进

  为总结中国大自然文学 40 年的创作实践,创建具有中国特色大自然文学理论,探索大自然文学理论建设机制,培养大自然文学理论评论人才,推进中国当代大自然文学高质量发展,由中国作协创研部、安徽大学文学院、安徽大学大自然文学协同创新中心共同主办的"中国当代大自然文学理论建设研讨会"在安徽合肥举行。中国作协创研部主任何向阳,安徽省文联主席陈先发,安徽大学党委常委、副校长程雁雷,安徽大学原党委书记、大自然文学协同创新中心理事长李仁群,安徽省政府原副秘书长、参事室主任、安徽大学大自然文学协同创新中心副理事长邱江辉,安徽大学大自然文学协同创新中心副理事长、著名大自然文学作家刘先平,安徽省文联副主席、省作协主席许春樵,以及潘凯雄、刘颋、吴良柱、吴其南、赵凯、吴怀东、刘飞、韩进、周志雄、谭旭

东、王晓华、曹元勇、张晓琴、韩清玉、张玲、张娴、刘金凤等90余位专家学者与会研讨。著名评论家、黄河科技学院生态文化研究中心鲁枢元教授发来贺信。此次研讨会由人民文学出版社、安徽大学大自然文学研究所、刘先平大自然文学工作室、安徽省写作学会、长江少年儿童出版社（集团）有限公司协办。吴怀东、赵凯、韩进、刘飞分别主持会议。

一、吹响中国特色大自然文学理论建设的集结号

中国大自然文学发端于安徽，以安徽作家刘先平的大自然文学创作与理论倡导为代表，以安徽大学以及安徽大学大自然文学协同创新中心、安徽大学大自然文学研究所三大机构为阵地，通过出版《大自然文学研究》辑刊、主办大自然文学研讨会、推出"大自然文学研究书系"等一系列活动，为构建中国特色大自然文学的美学框架做出了卓有成效的探索，在当代中国文坛形成了耳目一新、令人瞩目的大自然文学现象，在评论推进大自然文学创作的同时，"中国当代大自然文学理论建设也有了一个相当可观的宏大视野和相当坚实的学术基础"（何向阳语），在生态文明建设的新时代，中国大自然文学创作已经发展出自己的理论话语并进入需要大自然文学理论来指导提升的新阶段。在此重要时刻，中国作家协会创作研究部牵头安徽大学有关大自然文学研究机构联合主办"中国当代大自然文学理论建设研讨会"，可谓恰逢其时，登高而呼，应者云集，推进了作协、大学、出版三大系列理论队伍的大融合，形成了大自然文学创作、研究、出版一体化发展的新格局，吹响了当代中国特色大自然文学理论建设的集结号。

何向阳指出，党的十八大以来，以习近平同志为核心的党中央高度重视生态文明建设，在此背景下的中国大自然文学研究就具有特殊的现实意义，她之所以主编《呼唤生态道德——刘先平大自然文学作品评论选集》，就是试图为一位自20世纪80年代开始就笔耕不辍，在中国当代大自然文学领域取得开拓性成就的刘先平的创作特色、文学探索、历史定位、审美价值和艺术成就等方面做出史学梳理和理论总结，也是将大自然文学理论建设提升到新时

代生态文明建设和讲好美丽中国故事的战略高度，发动和号召所有关心生态和关注大自然文学的文艺家、评论家、教授学者、出版人等加入大自然文学队伍中来，整合优势资源，发挥各自专长，一方面对现有学术成果加以梳理总结；一方面不断拓展中国当代大自然文学的边界，推动大自然文学理论研究深入发展。程雁雷介绍了安徽大学基于安徽省丰厚的大自然文学土壤，以及生态文明建设的全球性语境，长期关注大自然文学这一文学现象，充分发挥省政府建立在安徽大学校内的"刘先平大自然文学工作室"的优势，创建安徽大学大自然文学协同创新中心，成立安徽大学大自然文学研究所，开办大自然文学作家班，主办中国当代大自然文学理论建设研讨会，积极推动并引领这一具有开创性、前沿性领域的大自然文学理论研究，形成自身特色，为中国特色大自然文学理论建设做出贡献。邱江辉认为，研讨会以"理论建设"为主题，非常及时，非常重要，它让人们思考中国当代大自然文学的发展规划，探讨它的目标、任务、路径、政策，如何从战略层面和理论高度来引领当代大自然文学更好地发展。陈先发认为，在习近平生态文明思想深入人心、国家生态文化建设向纵深推进、常态化疫情深刻改变人与自然关系的新时代背景下，主办"中国当代大自然文学理论建设研讨会"，无疑有着特殊意义。自然是文学和一切艺术的母亲，文艺从自然中得到启示，也在人与自然关系的不断演变中得以发展，刘先平以人与自然关系为审美对象创作的大自然文学，经过40年的发展，已经形成了一整套具有鲜明个人风格、创作和理论相互支撑的个人文学生态系统，这一"刘先平现象"值得重视和研究。李仁群认为，本次"理论建设研讨会"是大自然文学理论自觉的表现，各级领导和各位专家学者与会研讨，表明在研究刘先平创作、研究大自然文学、推进大自然文学的理论建设上已经达成了共识。本次理论建设研讨会就是搭建一个交流探讨平台，对大自然文学理论建设的方方面面，诸如生态背景、哲学基础、理论体系、中国特色、发展规划、建设机制、政策扶持等，开展广泛交流和深入研究，以期形成关于当代中国特色大自然文学理论的基本框架、主要观点、话语体系，以理论的力量，引领和推进大自然文学创作、批评和学科建设，将发端于安徽的这块大自然文学品牌越擦越亮，成为与生态文明建设同步发展、讲好美丽中国故事、传播生态道德思想的新文学。

二、构建中国特色大自然文学理论的重要实践

李仁群指出,发端于刘先平大自然文学创作评论基础上的当代大自然文学理论建设有一个显著特点,就是从创作形成的开始,评论和理论研究互动共进,取得了一些重要成果,如何向阳主编的《呼唤生态道德——刘先平大自然文学作品评论选集》、赵凯主编的《大自然文学论纲》、韩进的《刘先平大自然文学创作研究》,以及安徽大学文学研究所已经出版4辑的《大自然文学研究》。这次理论研讨会召开之前,刘先平大自然文学工作室就将上述4种理论著述送到各位会议代表手中,并在会议通知中"出题":大自然文学理论建构进展研究——以《大自然文学论纲》《刘先平大自然文学创作研究》《呼唤生态道德——刘先平大自然文学作品评论选集》等理论著作为例。会议期间,又将韩进新著《新世纪中国大自然文学观察》和《中国当代大自然文学理论建设研讨会论文集》作为会议材料供代表参考。有的代表感叹安徽大学"对于大自然文学学科建设和理论研究已经走得非常深入"(刘颋语),为中国当代大自然文学理论建设做了开拓性的基础工作。韩进在《呼唤中国大自然文学理论建设》中评价《呼唤生态道德——刘先平大自然文学作品评论选集》,通过收录40年来的代表性评论文章和刘先平关于大自然文学的自述,生动地呈现了中国大自然文学理论与创作如影随形、并驾齐驱的密切关系和发展历程,犹如一部独特的中国大自然文学评论史,为当代中国特色大自然文学理论建设提供了扎实的支撑。张玲博士评价《呼唤生态道德》是第一部历时性最长的刘先平大自然文学作品评论选集,在各具特色的评论声中展现了当代大自然文学的全新面貌,不仅是中国当代大自然文学发展进程的另一种记录和解读,而且让"中国当代大自然文学"这一新概念"越辩越明"。周志雄教授评价《大自然文学论纲》是一部具有"中国气派和时代呼唤"的开创之作,不仅是安徽大学大自然文学学科建设的阶段性成果,更是中国大自然文学理论研究的最新收获。孟凡萧博士评价《大自然文学论纲》是"大自然文学研究的奠

基之作",它首次对大自然文学的基本概念及其审美特征进行了厘清与界定,尝试以古今中外哲学思想建构当代大自然文学的哲学基础;自觉站在马克思主义生态美学立场上,评判和解读当代中国大自然文学的审美价值;自觉将当代大自然文学融入中国生态文明建设的大背景下,探讨其当代意识与文学价值。何向阳评价《刘先平大自然文学创作研究》"以对中国当代大自然文学做出卓越贡献的著名作家刘先平创作作为研究对象,呈现出对这一文学实践中的个案研究、现象分析和文本细读"。刘金凤认为,《刘先平大自然文学创作研究》首次从大自然文学的基本概念、理论体系、作家研究、作品评论、现象解析、学科建设等方面构建大自然文学的理论话语体系,为中国特色大自然文学理论建设提供了思路和启示。《新世纪中国大自然文学观察》是"一个人的大自然文学评论史",选取21世纪以来20年中国大自然文学从举旗帜、重作品、创品牌,到聚资源、搭平台、建队伍等全视角的观察,为当代中国特色大自然文学理论建设提供宝贵资料和重要参考。与会专家学者一致肯定《大自然文学研究》辑刊的出版,已经出版的4辑成为大自然文学爱好者和研究者必备的理论资料,希望能继续出版下去,办成大自然文学研究的交流平台和权威阵地,在大自然文学理论建设中发挥更大的作用。本次会议的重要论文将在《大自然文学研究》第5辑集中推出,作为会议重要理论成果发布。

三、回答"什么是中国当代大自然文学"这个立论之本

什么是中国当代大自然文学?这是建设中国特色大自然文学理论不可回避的立论之本,也是所有论著和专家学者必须回答的根本问题。在众多观点中,刘先平从自身大自然文学创作实践作出的经验型解读和理论概括,自成体系,发一家之言,最有说服力。刘先平认为,中国大自然文学经过40年发展,已经到了理论建设的新阶段,首先就要回答"什么是中国当代大自然文学"这个根本问题。刘先平认为,大自然文学概念是在演变中走向清晰的,凡是歌颂人与自然和谐、呼唤生态道德的文学都可以称为当代大自然文学。这个定义简洁鲜明地表现了大自然文学描写的是人与自然的故事,以歌颂生命

之美、生态之美,唤醒人们对自然的热爱和保护,培育、树立生态道德。只有生态道德才能化解人与自然的矛盾,才能建立人与自然的和谐,培养生态道德的过程即是建设生态文明的过程。所以说生态道德主题是当代大自然文学的灵魂,当代大自然文学是在生态危机的现实中应运而生的,是热爱万物生命的文学、面向人类未来的文学。刘先平回顾说,我国当代大自然文学发生于20世纪70年代末80年代初,第一个提出中国大自然文学概念的是北师大教授浦漫汀,是专门针对"刘先平大自然探险长篇系列"(5种)提出的,并得到儿童文学界和评论界的重视和响应。此后安徽省作协于2000年、2003年在黄山举行了两次"大自然文学研讨会",达成以下三方面共识:一是大自然文学是生态时代的呼唤。面对生态危机的现实,承担起歌颂人与自然共荣共存、构建人与自然和谐、保障人类可持续发展的文学重任。二是大自然文学开拓了广阔的、崭新的文学空间,已成为一面美学旗帜,需要对"文学是人学"的文学观加以新的诠释,提出整体生态观视野下的大自然文学新格局。三是在生态文明的新时代应大力发展繁荣大自然文学。2000年"大自然文学研讨会"的意义是举起了大自然文学的旗帜,指出了安徽儿童文学发展的大自然文学方向;2003年"大自然文学研讨会"的意义是反思"文学即人学"的传统文学观,建立了大自然文学的生态文学观;2014年"国际大自然文学研讨会"的意义是在中外比较研究中提出大自然文学的中国特色,即中国当代大自然文学根植于中华优秀文化传统中道法自然、天人合一的生态哲学,闪耀着东方美学思想的光辉,是融入当代中国生态文明建设,描绘美丽中国、说好中国故事的文学载体,是直面生态危机的现实,呼唤生态道德、展示自然和生命之美、倡导一种新的生态思维方式和绿色生活方式的新文学,是非虚构、跨文体写作的纪实文学。2021年这次以"理论建设"为主题的研讨会,就是要倾听专家、学者等各方面意见,集中大家智慧,为建设中国特色的大自然文学理论提供思路和方案。

评论家鲁枢元认为,中国当代大自然文学继承了中国古代山水诗、田园诗、神话、游记、风物志优良的文学传统,借鉴了西方浪漫主义文学及科普文学的宝贵创作经验,由此大大拓展了当代生态文学写作的新领域,大自然文学创作是天地之心与人类同行的融合,是自然之道与人文精神的谐和,是筚路蓝缕以启山林、栉风沐雨砥砺天下的生命实践的结晶,正在产生越来越广泛的影响。评论家刘颋认为,刘先平创作展示给读者更多的是他致力于人和自然关系的探索与发现。在作家刘先平身上,有一种为生态文明建设而努力的使命感,这是他坚持40年如一日倡导大自然文学的终极动力。生态文学或者大自然文学都是关于人和自然关系的描述,其实内在的区别是千差万别的,如果说文学本身就是对人和人之外的各种关系的建构和表达,那么刘先平在创作中所致力于建构和表达的人和自然的关系,就是一种现代意义上的人和自然关系的重新建构,因为在刘先平创作中看到的不仅仅表达了对自然的尊重,也同样表达了对人的尊重。在刘先平大自然文学作品中,人和自然之间的关系、位置,不是谁主谁辅的问题,而是真正做到众生平等、万物有灵。他不仅大声疾呼对自然的尊重和对自然美的表述,而且强调大自然文学颠覆了"文学是人学"的传统文学观,将大自然作为文学的审美对象,以人与自然关系作为审美视角,不仅歌颂和赞美自然,还尊重人在构建人与自然和谐关系中的主导作用。就像他2017年写的《追梦珊瑚——献给为保护珊瑚而奋斗的科学家》这部作品所呈现的,不仅对每一个珊瑚个体差异及其生态状态有细致入微的描述,而且以更大的敬意和更多的篇幅用在对那一群为保护珊瑚、为保护生态而奋力的科学家的描写上。在生态文明建设的新时代,刘先平多次呼吁建立生态道德,实质上是引导人们重新认识和理解人和自然的关系,就是今天的人如何在发展中保护,如何在保护中发展,这是今天我们提倡大自然文学、建设大自然文学理论需要思考的一个很重要的话题。刘先平通过他的创作和他基于创作的理论思考,已经给出了一种尝试,那就是对自然的主体性和人的主体性的双重尊重和平等对待,在双重主体性的互融、互通、互建过程中,自然与人才能得到共同保护和协同发展。这是今天倡导大自然文学、建构大自然文学理论需要思考的一个重要的理论话题。

四、描绘中国特色大自然文学理论的基本范畴

动议筹划这次理论建设研讨会之初,刘先平就有一个强烈的愿望,希望通过这次研讨会,引发更多人来关注大自然文学理论建设,为引导会议主题,在会议通知时就给每位代表出了六道选答题:1.大自然文学概念和内涵研究;2.中国大自然文学从自发走向自觉进程研究;3.中国当代大自然文学美学体系建构及途径研究;4.大自然文学理论建构进展研究(以《大自然文学论纲》《刘先平大自然文学创作研究》《呼唤生态道德——刘先平大自然文学作品评论选集》等理论著作为例);5.刘先平大自然文学创作研究;6.中国当代大自然文学价值和意义研究。从收到的40余篇会议论文来看,对上述六个方面论题都有回应,描述了中国特色大自然文学理论的基本范畴。

与会者围绕上述六大论题展开热烈讨论,充分交流。王晓华教授认为,大自然文学的主要特征是"大"字,否则就与自然文学没有区别了,"大"不仅是事实描述,更是价值判断,包含了人在自然中的生态自然观,因而大自然文学的价值,在于对人与自然关系重新认识的独特性,在于传统文化创新性发展的连续性,在于对生态文化建设的引领性。韩清玉教授以《大自然文学的哲学基础》为题,提出"自然生态审美"概念,认为大自然文学呈现给读者的美景不是纯自然景物的审美,而是以生态的眼光看大自然所获得的自然美、环境美和生态美。评论家张娴在《自然美的转向:从"祛魅"到"复魅"》里,通过梳理自然美发展的理论脉络,寻找一种新的关于人与自然关系的理论来作为建构大自然文学的支点。吴其南教授提醒人们注意:刘先平的大自然文学发现和创造了什么样的自然呢?他在《刘先平大自然文学对"自然"的建构》一文里,分析了刘先平创作的三种自然类型:作为神秘的外部世界的自然、作为人类生活环境的自然、作为生态系统的自然。而这三种自然呈现空间性的不同层次的结合,最上层是外部世界的自然,中间是人的环境自然,最下层是关于整体生态自然的思考,这使得刘先平的大自然文学与社会现实产生紧密联系,有批判现实主义的力量,又有生态审美理想的浪漫主义情怀。谭旭东教

授认为,大自然文学理论建设要展开,可以从四个维度来厘清大自然文学概念,即把大自然文学作为生态文学、儿童文学、非虚构写作和跨界写作,在比较中找到其个性。李仁群理事长认为,刘先平之所以被誉为"中国当代大自然文学之父",在于他的开创性贡献是多方面的:他创建了一个叫作"中国大自然文学"的独特的文学门类,有文学史上的贡献;他在创作过程中始终在进行理论思考,对什么是中国大自然文学以及大自然文学的理论特征有自己独到的见解,有理论建设上的开拓之功;因为有刘先平大自然文学工作室在安徽大学,才有安徽大学大自然文学研究所和安徽大学大自然文学协同创新中心,他对安徽大学大自然文学学科建设有创建之功;他的作品选入教材和课外阅读推荐目录,主办大自然文学作家班并亲自授课,在立德育人方面堪称楷模;他在生态文明时代呼唤生态道德建设,为传播社会主义核心价值观和美丽中国、美好生活建设发出了时代呐喊。刘先平以其创作和理论的实践,为中国特色大自然文学理论建设立了头功。潘凯雄指出,大自然文学作为一种文学现象,一定有它的独特性和特殊性,不是所有表现自然的文学就是大自然文学。大自然文学与生态文学是最容易混淆的两个概念,它们尊重自然、尊重生态、追求生态和谐、人与自然命运与共,这是大自然文学和生态文学的共同追求,但在表现形态上,大自然文学是原生态的、非虚构的。如果说理论就是关系,范畴就是联系,我们构建当代中国特色的大自然文学理论,既要厘清大自然文学自身各理论要素的构成关系,又要看到大自然文学与其他文学的密切联系,这样才能将大自然文学放到文学的大家庭里,以其鲜明的创作特色和理论品格,争取一个独立的位置。赵凯教授认为,我们要坚信理论,事物的真相也许就是在这个事物和那个事物的联系点上,所以大自然文学一定要和生态哲学、生态美学、生态批评理论结合起来,继承传统文化中的生态哲学智慧,借鉴西方美学中的理论批评精神,根植于生态文明的伟大实践,为当代中国大自然文学理论建设开出一条新路。韩进认为,中国当代大自然文学以刘先平创作为代表,已经走过40个年头,它打破了"文学是人学"的传统文学观禁锢,将人与自然关系纳入审美,与中国当代生态文明建设同步,与世界自然文学发生发展的进程同步,经历新时期启蒙、新世纪自觉,到新时代成为引人注目的现象级文学,发展出了属于自己的具有中国特色的大自然文学理论。这次"中国当代大自然文学理论建设研讨会"的意义,就是宣示了中国当代大自然文学的理论自觉,开启了在中国特色大自然文学理论指导下中国大自然文学发展的新征程。